HEYNE
BÜCHER

D1858642

Von Heather Graham sind als
Heyne-Taschenbücher erschienen:

*Die Geliebte des Freibeuters* · Band 04/37
*Die Wildkatze* · Band 04/61

HEATHER GRAHAM

# DIE WILDKATZE

*Roman*

Deutsche Erstausgabe

WILHELM HEYNE VERLAG
MÜNCHEN

HEYNE ROMANE FÜR »SIE«
Nr. 04/61

Titel der Originalausgabe
SWEET SAVAGE EDEN
Aus dem Amerikanischen übersetzt
von Eva Malsch

Copyright © 1989 by Heather Graham Pozzessere
Copyright © 1991 der deutschen Ausgabe by
Wilhelm Heyne Verlag GmbH & Co. KG, München
Printed in Germany 1991
Umschlagillustration: Oliviero Berni/Schlück
Umschlaggestaltung: Atelier Ingrid Schütz, München
Satz: IBV Satz- und Datentechnik GmbH, Berlin
Druck und Bindung: Elsnerdruck, Berlin

ISBN 3-453-04923-3

# 1

*Im Gasthof an der Kreuzung, England*
*Winter, im Jahr des Herrn 1621*
*Unter der Regierung Seiner Königlichen Majestät, König James I.*

Kreischend tobte der eisige Wind und drohte, die Deckenbalken der winzigen Dachkammer zu zerreißen. Jassy preßte die geballten Hände an die Brust und spürte die Kälte nicht, während sie die zerbrechliche Schönheit betrachtete, die vor ihr im Bett lag, unter fadenscheinigen Decken. Dann schaute sie sich unglücklich in dem schäbigen Schlafzimmer um, das nur schwach vom Kerzenschein erhellt wurde. Ihr Blick streifte die alte Truhe, die nur wenige Habseligkeiten enthielt. Tränen brannten in ihren Augen.

Einen solchen Tod darf sie nicht finden, gelobte sie sich. Ich werde betteln, Geld leihen oder stehlen, aber – Gott helfe mir – so lasse ich sie nicht sterben.

Der alte Tamsyn starrte sie an, als hätte er ihre Gedanken erraten. Traurig schüttelte er den Kopf. Die Hoffnung, Linnet Dupré könnte noch gerettet werden, hatte er längst aufgegeben. »Chinin, Mädchen. Chinin würde ihre Leiden ein wenig lindern. Mehr kann ich Ihnen nicht sagen.«

Jassy wischte ungeduldig die Tränen weg, die über ihre Wangen rollten. Er mußte sich irren. Wer war er denn schon? Ein heruntergekommener Trunkenbold, der im Gasthof an der Kreuzung mühsam sein Dasein fristete. Er behauptete, vor langer Zeit habe er in Oxford Medizin studiert. Doch das mochte eine Lüge sein – eine Lüge wie die Träume, die er für sie gesponnen hatte, von einer besseren Zukunft, fernen Ländern, exotischen Reisen und smaragdgrünen Meeren.

Aber ihre Mutter lag im Sterben, und Jassy hatte keine Zeit für Träume. »Chinin?«

»Chinin«, wiederholte Tamsyn. »Genauso gut könnten Sie sich den Mond wünschen. Selbst geringe Mengen kosten ein Vermögen.«

Verzweifelt biß sie sich auf die Unterlippe. Alles war teuer, denn ihre Mutter verdiente im Gasthaus pro Jahr nur eine Goldmünze und einen Stoffballen. Ihr selbst wurde gar nichts bezahlt. Sie arbeitete als Küchenlehrling, und man würde ihre Bemühungen erst nach einer fünfjährigen Ausbildung entlohnen. »Wenn ich Master John bitte...«, flüsterte sie.

»Das sollten Sie sich sparen, Mädchen«, warnte Tamsyn. »Er wird Ihnen nichts geben.«

Sie mußte ihm beipflichten. Die Gäste saßen vor üppig gefüllten Tellern, tranken Ale und Wein, aus Frankreich importiert. Oft gab er großzügig Getränkerunden aus. Um so weniger vergönnte er seinen Angestellten.

Trotz seines Geizes und seiner Grausamkeit waren die Duprés hiergeblieben. Nur in diesem Gasthaus, wo sie eine Dachkammer teilten und Jassy ihrer schwachen, anfälligen Mutter fast die ganze Arbeit abnahm, konnten sie ihren Lebensunterhalt bestreiten.

Als die Kranke leise stöhnte, eilte Jassy zu ihr, kniete nieder und umfaßte eine der dünnen, kraftlosen Hände. Linnet war ihr schon immer unwirklich erschienen, wie eine Märchenfee. Auch jetzt, wo der Tod seine knochigen Finger nach ihr ausstreckte, zeigte sich ihre makellose Schönheit. Nein, nicht der Tod, schwor sie sich. Lieber wollte sie am Galgen enden, ehe sie ihre Mutter in dieser erbärmlichen Umgebung sterben sah. Die zauberhafte Linnet – nicht geschaffen für ein Leben im häßlichen Elend...

Sie öffnete die Augen, die im Fieber glänzten, in einem dunklen Violett, das einen wunderbaren Kontrast zum goldenen Haar und der elfenbeinweißen Haut bildete. Nicht die Jahre hatten das Gesicht, ein vollkommen ebenmäßiges Oval, altern lassen, sondern die Sorgen, die endlosen Kämpfe.

»Mama!« Liebevoll drückte Jassy die schmale Hand. »Ich bin bei dir!«

Und dann stieg panische Angst in ihr auf, denn Linnet erkannte sie nicht. Sie war in die Vergangenheit zurückgekehrt, sprach mit einer Person, die nicht mehr existierte. »Sind Sie das, Malden? Sagen Sie Sheffield, der Vorhang darf noch nicht aufgehen. Ich fühle mich schlecht und muß erst Kräfte sammeln. Diesem Mädchen fehlt es am nötigen Talent, um die Rolle der Lady Macbeth zu spielen.«

Neue Tränen hingen an Jassys Wimpern, tiefer Schmerz krampfte ihr das Herz zusammen. Nur zu deutlich erkannte sie, wie Linnet ihre Beziehung zur Realität verlor, um in früheren Zeiten zu leben, an einem viel schöneren Ort. Ihr Leben war nicht immer so armselig verlaufen. Als unumstrittene Königin hatte sie die Londoner Theaterszene beherrscht, in Paris, Rom und in der übrigen christlichen Welt Triumphe gefeiert, umschwärmt von Herzögen und Grafen, von Luxus umgeben.

Jassy war in Glanz und Reichtum aufgewachsen.

Ihre Mutter hatte mehrere Dienstboten beschäftigt und immer gut behandelt. Remington war für Haus und Hof verantwortlich gewesen, die alte Mary für die Küche. Sally Frampton aus dem nahen Waverly hatte ihre Herrin in kostbaren Essenzen gebadet und ihr das Haar nach der neuesten Mode frisiert. Bruder Anthony unterrichtete Jassy in Französisch und Latein, Miß Nellie gab ihr Tanzstunden, und Herr Hofinger aus Deutschland brachte ihr alles bei, was er über die Welt und deren Geschichte wußte. Er berichtete vom großen Entdecker Columbus, von der Neuen Welt und den Kolonien, von den Amerikanern und Indianern; von den Spaniern und der großen Niederlage der Armada, von den Engländern, die auf dem Meer immer noch mit den Spaniern kämpften und Land in Übersee beanspruchten. Und er erzählte auch von vornehmen Häusern und Schlössern in England. In ihren Träumen wurde sie von einem Ritter in goldener Rüstung erobert und residierte mit ihm auf einer herrlichen Burg. In solchen Träumen sah die Mutter niemals erschöpft und überfordert aus. Lächelnd, in Samt und Seide, saß sie in einem eleganten Salon und goß sich Tee aus einer Silberkanne ein.

Doch diese Träume gehörten zu einer anderen Zeit. Plötzlich hatte Linnet keine Bühnenangebote mehr bekommen. An ihrer finanziellen Lage war sie nie interessiert und deshalb völlig unvorbereitet auf die harten Schicksalsschläge gewesen. Bestürzt erfuhr sie, daß sie nicht einmal genug Geld besaß, um in ein kleines Haus zu ziehen, daß ihr wegen der hohen Schulden sogar das Gefängnis drohte. Wunderbarerweise erwies sich ein geheimnisvoller Gönner als Retter in höchster Not.

Linnet kannte ihn, was sie ihrer erst neunjährigen Tochter allerdings verschwieg. Aber mit zehn verstand Jassy das Dienstbotengeschwätz. Die Leute munkelten, der Herzog von Somerfield habe Mrs. Dupré endlich Gerechtigkeit widerfahren lassen.

Sie starrten Jassy an, und der kleine George, ein Sohn der Köchin, erzählte ihr schließlich, sie sei ›illegitim‹ geboren. Alle meinten, der Herzog, mit dem ihre Mutter einmal ›liiert‹ gewesen war, hätte sie schon längst aus ihrer Not erlösen müssen.

Solche Gerüchte versetzten Jassy zunächst in eine wundervolle Traumwelt. Sie malte sich aus, ihr Vater wäre ein hübscher, großer, reicher Mann. Eines Tages würde sie sein Haus betreten und ihn mit ihrer Schönheit entzücken. Er würde sie inniger lieben als seine ehelichen Kinder und sie dem goldenen Ritter vorstellen, ihrem künftigen Gemahl...

Doch es kam ganz anders. Eines Morgens sprang Linnet vom Frühstückstisch in der kleinen Küche auf, stieß einen Schrei aus und brach ohnmächtig zusammen.

Jassy eilte ihr zu Hilfe, ebenso wie Mary, die erschrocken fragte, was diesen seltsamen Anfall verursacht haben könnte. Im Gegensatz zu der Dienerin konnte Jassy lesen, und so griff sie nach der Zeitung, die auf dem Tisch lag. Hastig überflog sie die aufgeschlagene Seite und erfuhr, der Herzog sei wenig ruhmreich bei einem ungesetzlichen Duell getötet worden.

Jetzt gab es niemanden mehr, der die Miete für das kleine Haus bezahlte. Ein Dienstbote nach dem anderen verließ die Duprés. Letzten Endes mußten sie ihr Heim aufgeben, die restlichen Goldmünzen gingen bald zur Neige. Vergeblich bemühte sich Linnet um ein neues Engagement an einem Londoner Theater. Die rachsüchtige Herzogin sorgte dafür, daß der einst so bewunderten Schauspielerin alle Türen verschlossen blieben.

Wie Jassy sehr schnell erkannte, mußten sie eine andere Verdienstquelle suchen. Auch Linnet sah ein, daß sie sich nur mit körperlicher Arbeit über Wasser halten konnten. Auf jeden, der seine Schulden nicht beglich, wartete das Gefängnis Newgate. Da es ihr an den nötigen Fähigkeiten mangelte, um einer besser bezahlten Tätigkeit nachzugehen, landete sie als Küchenhilfe im Gasthof an der Kreuzung. Aber auch für diese Stelle war ihr schöner, zarter Körper völlig ungeeignet.

Master John hatte sie nur aufgenommen, weil die damals zwölfjährige Jassy kerngesund gewesen war und kräftig genug, um den Vierzehn-Stunden-Tag zu überstehen, der ihre Mutter überforderte.

Als Linnet wieder zu sprechen begann, wurde ihre Tochter in die Gegenwart zurückgeholt. »Sagen Sie ihnen, der Vorhang darf noch nicht aufgehen...« Dann schien der fiebrig glänzende Schleier von den Augen zu verschwinden. Sie runzelte die Stirn, Tränen rannen über ihre Wangen. »Jassy – Jassy, Jasmine... Er hat dich so genannt, denn er liebte den Duft von Jasmin. Schon als Baby warst du so schön wie eine Blüte – und so süß. Oh, was für wunderbare Zukunftsträume ich hatte... Er liebte uns – ja, er liebte uns wirklich. Du hättest eine Lady werden müssen, beschützt und verwöhnt. Aber – deine armen Hände... O Jassy, was habe ich dir angetan! Dich hier zurückzulassen, an diesem gräßlichen Ort...«

»Nein, Mutter, nein! Es geht mir gut, und auch du

wirst dich bald wieder besser fühlen.« Mühelos kam die Lüge über Jassys Lippen. »Sobald du gesund bist, ziehen wir hier aus. Meine Halbschwester hat mir geschrieben, eine Tochter des Herzogs. Wir sollen auf einem seiner Landgüter leben. Ihre – ihre Mutter ist gestorben, und nun möchte sie wiedergutmachen, was wir durch die Schuld dieser Frau erlitten haben. Endlich werden wieder bessere Zeiten für uns anbrechen, das schwöre ich dir. Aber zuerst mußt du dich erholen.« Sie hatte einen falschen Eid geleistet. Würde der Allmächtige Verständnis dafür zeigen und ihr verzeihen? Doch mit solchen Bedenken konnte sie sich nicht belasten. Gott hatte sie verlassen, sie mußte ihr Schicksal aus eigener Kraft meistern. Natürlich würde Linnet den Meineid entsetzt verurteilen, denn sie war sehr religiös.

Aber die Kranke hatte gar nicht zugehört. »Niemand hat die Julia in so würdevoller Haltung gespielt, mit so reiner Unschuld. Das sagten alle Kritiker. Und genauso werde ich wieder auf der Bühne stehen.« Sie starrte ihre Tochter an, dann schob sie deren Hand schwungvoll beiseite. »Beeilen Sie sich jetzt! Der Vorhang soll aufgehen!«

Plötzlich öffnete sich die Tür der Dachkammer. »Tamsyn!« Master John stand auf der Schwelle. »Wofür bezahle ich Sie eigentlich, Mann? Ich brauche zwei Fässer im Schankraum – sofort! Jassy, wenn sie morgen früh nicht auf den Beinen ist und wieder arbeitet, fliegt ihr alle beide raus!« Er brach in Gelächter aus und verneigte sich spöttisch. »Mylady!« Dann gab er Tamsyn eine Kopfnuß. »Beeilen Sie sich, Mann! Gerade ist die Postkutsche aus Norwood eingetroffen. Und Sie, Lady Dachkammerratte, gehen besser nach unten und bedienen die Leute!«

»Ich kann meine kranke Mutter nicht allein lassen!« Schon im nächsten Moment bereute Jassy ihre unbedachten Worte. Master John mußte so schnell wie möglich besänftigt werden. Sie richtete sich aus ihrer knienden Haltung auf, ging zu ihm und ließ demütig den Kopf hängen. »Sir, ich möchte Sie um Hilfe bitten. Ich brauche dringend Geld, um Chinin für meine Mutter zu kaufen, und...«

Sie verstummte, als er einen Finger unter ihr Kinn legte und sie zwang, ihn anzuschauen. Lächelnd entblößte er seine gelben Zähne, sein übelriechender Atem stieg ihr in die Nase. »Ich habe Ihnen schon erklärt, wie Sie sich ein bißchen Extrageld verdienen können, Mädchen.«

Der Raum begann sich zu drehen, und sie fürchtete, ihr kärgliches Mittagessen zu erbrechen, wenn Master John noch näher kommen würde. Nur zu gut wußte sie, was er meinte. Molly, die Kellnerin, ließ sich oft auf Liebschaften ein und hatte Jassy in die Dinge eingeweiht, die zwischen Mann und Frau geschahen. Oft hatte sie ihr zugezwinkert und behauptet, es sei grauenhaft, wenn ein grunzender, keuchender Kerl auf einem liege und – nun ja, einen seiner Körperteile in sie hineinschiebe. »Mit einem hübschen Jungen ist es nicht so schlimm. Dann kann's sogar himmlisch sein.« Wenn kein netter Junge zur Verfügung stand, tröstete sie sich mit dem Geld, das ihr die anderen für gewisse Dienste zahlten.

Jassy biß die Zähne zusammen und senkte den Blick. Sie würde alles tun, um ihre Mutter am Leben zu erhalten – und mochte es noch so abscheulich sein. Und eines Tages werde ich Master John umbringen, nahm sie sich vor.

»John!« Der schrille Ruf drang vom Erdgeschoß

herauf, und der Gastwirt schien zu schrumpfen. Er hatte eine Heidenangst vor seiner Frau, nicht ohne Grund, denn sie wog zweihundert Pfund und setzte ihre ganzen Körperkräfte ein, wenn sie wütend das Nudelholz schwang.

»Schon gut, Mädchen, heute habe ich kein Geld«, murmelte er und wandte sich ab. Er warf einen Blick auf Tamsyn und entschied, daß der Mann noch eine Kopfnuß verdiente, dann eilte er aus der Kammer.

Tamsyn strich sich stöhnend über das graue Haar. Er war klein und dünn, aber drahtig und stark. »Jassy, um Himmels willen!« Beschwörend ergriff er den Arm des Mädchens. »An so etwas dürfen Sie nicht einmal denken. Ihre Mutter wird so oder so ...« Doch dann verstummte er verlegen, denn er brachte es nicht übers Herz, offen auszusprechen, was er dachte – daß Linnet nur mehr wenige Stunden zu leben hatte. »Glauben Sie mir, Ihre Mutter würde lieber sterben, als Sie in den Armen dieses stinkenden Tölpels zu wissen.«

Bei dieser Vorstellung erschauerte er. Was Jassy nicht ahnte – sie war noch viel schöner als Linnet, der sie auf frappante Weise glich. Aber aus ihren tiefvioletten, schrägstehenden Augen strahlte ein unbezwingbarer, rebellischer Geist, wie ihn die schwächliche Schauspielerin nie besessen hatte.

»Irgend etwas muß ich doch tun!« Ungeduldig schüttelte sie seine Hand ab.

Tamsyn schluckte und wünschte, er wäre kein wertloser Trunkenbold, der alles verloren hatte außer einem ebenso wertlosen Überlebensinstinkt. »Jetzt muß ich nach unten gehen, Mädchen. Waschen Sie ihr das Gesicht und reden Sie mit ihr. Und wenn sie schläft, kommen Sie hinunter und machen

Sie sich an die Arbeit, sonst setzt Sie der gemeine alte John wirklich alle beide auf die Straße.«

Sie nickte, und als er die Tür hinter sich geschlossen hatte, kniete sie wieder neben ihrer Mutter nieder. Mit einem feuchten Lappen kühlte sie ihr die fieberheiße Stirn. »Bald wirst du gesund, Mama«, flüsterte sie, »und dann bleiben wir nicht mehr hier, das verspreche ich dir.«

Schließlich schlief Linnet ein, schön und ätherisch wie ein zarter Schmetterling. Jassy erhob sich, küßte die Wange ihrer Mutter und verließ hastig die Kammer.

Sie rannte die Treppe hinab und wollte in die Küche gehen. Aber Jake, Johns widerwärtiger Schankkellner, rief ihr zu, sie solle schleunigst Ale servieren.

In der Gaststube schlugen ihr Lärm und verrauchte Luft entgegen. Alle blankgescheuerten Tische waren besetzt, mit Aristokraten und gewöhnlichen Leuten.

Jassy haßte die Schankstube, wo sich ständig Männer von Master Johns Kaliber tummelten, ihr lasziv zugrinsten und versuchten, sie ins Hinterteil zu kneifen. Und sie durfte nicht einmal die Hände wegstoßen, die nach ihr griffen. Das hatte ihr der Wirt ausdrücklich verboten.

Immer wieder eilte sie zwischen der Küche und dem Gastraum hin und her, schleppte schwere Platten voller Roastbeef und Bratenten und unzählige Ale-Krüge. Ihre Schultern und Arme schmerzten von der harten Arbeit.

Einmal traf sie Molly im Flur, der zur Küche führte. Die Kellnerin tätschelte ihr freundlich die Wange. »Wie blaß Sie sind, Mädchen! Ich weiß, Sie machen sich Sorgen um Ihre Mama. Aber ich habe eine gute Nachricht für Sie. Gerade hat mir die Köchin etwas Wein und eine gute Suppe gegeben. Ich hab' alles beim Sideboard versteckt. Später können Sie's Miß Linnet hinaufbringen ...«

»Was ist denn da los?« Plötzlich stand Master John hinter ihnen. »Ah, Ihre Majestät, Lady Jasmine!« Wieder verbeugte er sich höhnisch. »Wenn ich Sie noch mal hier herumstehen und tratschen sehe, setze ich Sie mitsamt Ihrer Ma vor die Tür!« Warnend hob er einen Zeigefinger.

»Ah, Master John!« Mollys Wimpern flatterten verführerisch. »Bitte, Sir, das Mädchen hat doch ...«

»Das Mädchen ist arbeitsscheu!« brüllte er. »Und wenn sie heute vor Mitternacht nach oben läuft, kann sie sich ihr Abendessen woanders suchen!« Grob packte er sie bei den Schultern und schob sie zur Küche. Beinahe hätte sie empört aufgeschrien, aber genausogut hätte sie ihrer Mutter den Todesstoß versetzen können. Und so preßte sie mühsam die Lippen zusammen.

Molly folgte ihr. »Ich geh' selber mit der Suppe und dem Wein zu Miß Linnet, das verspreche ich Ihnen. Passen Sie bloß auf, daß Sie den alten John nicht noch mehr ärgern.«

Dankbar nickte Jassy. »Gott segne Sie.«

Später befahl ihr Jake, den beiden Gentlemen am Kamin noch einen Krug Ale zu servieren. »Und tragen Sie nur nicht die Nase zu hoch, Miß!« ermahnte er sie. »Das sind vornehme Gäste, die anständig bedient werden müssen.«

Sie wußte, was eine ›anständige Bedienung‹ bedeutete, und fragte sich, warum er nicht Molly zu diesen zwei Gästen schickte. Die würde neckisch erröten und genau die richtigen Worte finden, wenn man sie lachend in die Kehrseite zwickte.

Als Jassy den vollen Krug zu dem Tisch beim Kamin brachte, sah sie, daß die beiden Männer tatsächlich der gehobenen Gesellschaftsschicht angehörten, nach der gediegenen Kleidung zu urteilen. Der eine sah besonders hübsch aus, blond und schlank wie der ritterliche Held ihrer Träume, mit funkelnden Blauaugen. Er schenkte ihr ein Lächeln, das ihr Herz schneller schlagen ließ. »Ah, Mädchen, wo haben Sie denn mein Leben lang gesteckt?«

Das Blut stieg ihr in die Wangen. Er war freundlich und nett, genauso, wie sie sich den Mann immer vorgestellt hatte, den sie einmal lieben würde. Auf einem schönen Hengst würde er zu ihr reiten, sie zu sich in den Sattel heben und in ein wundervolles Schloß führen. Dort würde eine neue Welt auf sie warten, voller Dienstboten, die ihr jeden Wunsch von den Augen ablasen, mit herrlichen Kleidern und Bettwäsche aus feinem Leinen und üppigen Mahlzeiten. Und sie würde die Herrin in diesem Haus sein, angebetet von ihrem Gatten, dem sie schöne, gesunde Kinder schenkte...

Verwirrt senkte sie die Wimpern. Was bildete sie sich da ein? Männer von Stand kamen nicht in diese Kneipe, um eine Kellnerin als Braut zu erwählen, sondern um sich mit ihr ›im Heu zu wälzen‹, wie Molly es ausdrückte.

Plötzlich warf sie stolz den Kopf in den Nacken. Eines Tages würde sie dieser erniedrigenden Armut entrinnen, im Wohlstand leben und alle verachten, die glaubten, sie stünden hoch über Jasmine Dupré.

Der junge blonde Mann bedankte sich für das Ale und betrachtete sie aufmerksam. Offenbar wollte er nicht mehr mit ihr schäkern, und sein Blick gefiel ihr. Jetzt schien er mehr in ihr zu sehen als eine gewöhnliche Kellnerin.

Unwillkürlich lächelte sie, und während sie das Ale einzuschenken begann, streiften die Finger des Mannes ihre Hand.

»Robert, starr dieses Mädchen nicht so an und hör mir zu! Was ich zu sagen habe, ist wirklich wichtig.«

Er erwiderte Jassys Lächeln so bewundernd, daß sie die Worte seines Gefährten kaum wahrnahm.

»Ich weiß, du willst mir von den Indianern erzählen, Jamie.«

»Robert!«

Eine Hand fuhr hoch und stieß gegen Jassys Arm. Der Henkel des Krugs entglitt ihren Fingern, Ale rann über den Tisch. Erschrocken hielt sie das Gefäß fest und stellte es ab.

»Verdammt, Mädchen, passen Sie doch auf!«

Nicht der schimmernde goldene Ritter stieß den zornigen Fluch hervor, sondern der andere Mann, den sie bisher kaum angeschaut hatte. Jetzt sah sie ihn um so deutlicher, denn er sprang erbost auf. Das Ale war nicht nur auf sein elegantes weißes Spitzenhemd geflossen, sondern auch auf Dokumente, die er studiert hatte.

Er war überdurchschnittlich groß, mit breiten Schultern und schmalen Hüften. Seine muskulösen Schenkel wurden von einer engen Reithose umspannt, die in hohen, blankpolierten Stiefeln steckte. Das Haar, ebenso schwarz wie die Stiefel, wirkte kaum dunkler als die blitzenden Augen in seinem tiefgebräunten Gesicht. Er schien nicht viel älter zu sein als der freundliche blonde Mann, weckte aber den Eindruck, er wäre seinem Gefährten um einige

Jahre voraus. Vielleicht lag das an der starken Persönlichkeit, die er ausstrahlte, an seiner spürbaren Arroganz und vitalen Energie.

Aus seinem Blick, der sich auf Jassy heftete, sprach keine Bewunderung, sondern Ärger – und noch etwas anderes, das ihren Stolz viel mehr verletzte – deutliche Mißachtung. Ohne an ihre niedrige Stellung zu denken, verteidigte sie sich gegen den ungerechten Angriff. »Sir, es war nicht meine Schuld. Sie haben mich angestoßen.«

»Beherrsch dich, Jamie«, bat der blonde Mann leise. »Der Wirt in dieser Kneipe ist ein wahrer Tyrann. Womöglich wird er das Mädchen schlagen.«

Jamie antwortete nicht. Sein nasses Hemd interessierte ihn offenbar nicht. Um so eifriger versuchte er, die Dokumente zu retten. Unsanft zerrte er Jassys Röcke zu sich heran, um das Pergament damit abzutrocknen.

»Wagen Sie es nicht, mich anzurühren!« Mit beiden Fäusten trommelte sie gegen seine Schulter. Und plötzlich stieg Angst in ihr auf, denn die sonderbaren dunklen Augen schienen sie zu durchbohren.

»Hören Sie auf!« Mühelos wehrte er ihre Attacke ab, indem er ihre Handgelenke packte. Er setzte sich wieder und zog sie neben sich auf die Bank.

»Bastard!« zischte sie. »Lassen Sie mich los!«

Er lachte belustigt, und sie versuchte, ihm ihre Hände zu entziehen. Und plötzlich merkte sie, daß sein arrogantes Selbstvertrauen nicht von ungefähr kam. Er war ungeheuer stark, nicht nur körperlich, sondern auch in seinem Wesen. Das merkte sie an der vibrierenden Hitze, die von seinem Schenkel ausging und ihre Röcke durchdrang, am festen Griff seiner Finger. Ungeniert musterte er sie. Der Blick seiner dunklen, satanischen Augen wanderte über ihr Gesicht, ihre Brüste.

Eine seltsame Wärme breitete sich in ihr aus, ihr Herz schlug wie rasend. Wieder wollte sie sich losreißen, kannte nur noch einen einzigen Wunsch – vor diesem Mann zu fliehen.

Und dann hörte sie zu ihrer Bestürzung Master Johns Stimme. »Was gibt's denn hier für Schwierigkeiten, Gentlemen? Verzeihen Sie der Kleinen, sie arbeitet noch nicht lange bei mir und ist ziemlich ungeschickt. Aber sie soll bestraft werden, das verspreche ich Ihnen.«

Er packte Jassys Arm, um sie von der Bank hochzuzerren, aber der hübsche blonde Mann kam ihr zu Hilfe. »Tun Sie ihr nicht weh, Master John!« Der gebieterische Klang dieser Worte ließ keinen Zweifel an Roberts aristokratischer Abstammung. »Sollte ich den Verdacht schöpfen, daß Sie Ihre Angestellten allzu streng züchtigen, werde ich meine Freunde und Bekannten auffordern, Ihren Gasthof in Zukunft zu meiden.«

Jetzt schaute auch Jamie den Wirt an, nachdem sein blonder Begleiter ihn offenbar unter dem Tisch gegen das Schienbein getreten hatte, und seufzte ungeduldig. »In der Tat, Sir, dann sähe ich mich gleichermaßen gezwungen, die Leute vor diesem Lokal zu warnen. Und dabei habe ich hier immer so gern mein Ale am Kaminfeuer getrunken.«

Master John schien kurz vor einem Schlaganfall zu stehen. Sein Gesicht lief dunkelrot an.

Der schwarzhaarige Mann ließ Jassy los, erhob sich zu seiner vollen Größe und stemmte die Hände in die Hüften. »Falls mir zu Ohren kommt, daß diesem Mädchen ein Leid geschehen ist, kehre ich zurück und breche Ihnen beide Beine. Verstanden?«

»Aye«, flüsterte John atemlos.

»Sehr gut.« Jamie setzte sich wieder.

Der Wirt wandte sich zu Jassy. »Gehen Sie wieder an die Arbeit!«

Das ließ sie sich nicht zweimal sagen. Nicht nur Master John wollte sie möglichst schnell entrinnen, sondern auch dem dunkeläugigen Fremden.

Rasch holte der Wirt sie ein. »Sie bilden sich wohl ein, Sie wären was Besonderes, Lady Jasmine aus der Dachkammer?« fauchte er. »Aber für mich sind Sie das keineswegs! Und damit Sie's wissen – ich werde das Gehalt Ihrer Mutter kürzen!«

Noch weniger Geld? Obwohl Linnet ohnehin nur einen Hungerlohn bekam? Und das alles wegen dieses arroganten Gastes! »Ach, lassen Sie mich doch in Ruhe!« stöhnte sie.

»Marsch in die Küche! Servieren Sie den Soldaten Seiner Majestät, die soeben eingetroffen sind, das Essen!«

In der Küche eilte ihr Molly entgegen. »Gerade war ich bei Ihrer Ma, Liebes. Sie hat ein bißchen Brühe getrunken.«

»Ich bin Ihnen so dankbar...« Während die Köchin ein schweres Tablett auf Jassys Schulter lud, vergaß sie den Zwischenfall mit den vornehmen Gästen, und ihre Sorgen kehrten zurück.

Chinin, hatte Tamsyn erklärt. Linnet mußte Chinin nehmen, um das Fieber zu bekämpfen.

Beim Apotheker auf der anderen Straßenseite könnte Jassy das Mittel kaufen – wenn sie genug Geld hätte.

Die Köchin schwatzte mit einem der kürzlich angekommenen Kutscher, und dabei stellte sie volle Teller auf Jassys Tablett. Der Mann saß am Küchentisch, tippte sich an den Hut und grinste Jassy freundlich an.

»Großer Gott, davon glaube ich kein einziges Wort, Matthew!« rief die Köchin lachend.

»Es stimmt aber. Jassy, das sollten Sie auch hören.«

»Matthew, sie ist doch noch ein unschuldiges junges Ding!« protestierte die Köchin streng.

»Eine wundervolle Geschichte – von Joel Higgins, der im Londoner Mietstall gearbeitet hat. So ein hübscher, strammer Bursche! Er erzählte mir von dieser Alten, die ihn für seine Dienste im Bett bezahlen wollte. Aber er brachte es einfach nicht fertig. Also tat er so, als wäre er zu allem bereit. Die Vettel zog sich aus, und da schnappte er sich ihre Börse. Er sagte, er müsse sich vorher waschen, und verschwand auf Nimmerwiedersehen. Stellt euch das vor! Da lag sie und wartete, und er war mit dem gestohlenen Geld längst über alle Berge.« Matthew lachte schallend. »Diesem Drachen hat er's gegeben, was?«

»Dafür wird er am Galgen baumeln«, prophezeite die Köchin düster. »Und hüten Sie lieber Ihre Zunge, wenn meine blutjunge Küchenhilfe in der Nähe ist, Matthew. Ach, Jassy, ich brauche Sie so dringend hier bei mir, und er läßt Sie draußen im Schankraum schuften. Und dann beklagt er sich, wenn sein Braten nicht genauso schmeckt, wie er's haben will. Übrigens, tut mir leid, daß es Ihrer Ma so schlecht geht.«

»Danke.« Mühsam hielt Jassy das schwere Tablett auf ihrer Schulter fest. »Könnten Sie mir vielleicht zufällig...«

»Du lieber Himmel, Mädchen, ich gäbe Ihnen gern eine Münze, wenn ich eine hätte! Mein letztes Geld habe ich nach Hause geschickt, für meine alte Mutter. Aber ich will für Ihre Ma beten. Sicher wird der Allmächtige einen Ausweg finden.«

Der Kutscher kicherte. »Der hilft nur denen, die sich selber helfen.«

Jassy hatte es längst aufgegeben, göttlichen Beistand zu erhoffen. Um unter dem vollbeladenen Tablett nicht zusammenzubrechen, lächelte sie der Köchin nur noch kurz zu und eilte dann aus der Küche.

Der Abend schien eine halbe Ewigkeit zu dauern, doch dann konnte sie endlich in die Dachkammer zurückkehren. Tränen stiegen ihr in die Augen, als sie die keuchenden, mühevollen Atemzüge ihrer Mutter hörte. Wenn sie doch bloß Chinin kaufen könnte, um ihr die Qualen zu erleichtern...

Ein leises Klopfen unterbrach ihre Gedanken. »Ich bin's – Molly!« Jassy öffnete die Tür, und die Kellnerin blickte mitfühlend auf die Kranke. »Geht's ihr noch immer nicht besser?«

»Eher schlechter.«

»Oh, mein Gott...« Nachdenklich betrachtete Molly das Mädchen. Sie fand, genauso wie die Köchin und die Zimmermädchen, daß Jassy ein besseres Leben verdient hätte. Was viel Besseres, als kalte Steinböden schrubben zu müssen, Schwielen an den Händen zu bekommen und Lumpen zu tragen. Alle träumten von einem Prinzen, der die kleine Jassy eines Tages heimführen würde. Sie sah ja auch schön genug aus, trotz ihrer schäbigen Kleidung, trotz des häßlichen Haarnetzes, in dem ihre goldenen Locken steckten. Eine Rose unter Dornen, eine Frühlingsblüte mitten im Winter...

Und sie war zu diesem armseligen Schicksal verurteilt, zu einer Hölle auf Erden.

Molly seufzte. »Ich weiß, Ihre Ma will nicht, daß Sie's so treiben wie wir. Aber – nun ja, der große, hübsche Lord hat nach Ihnen gefragt. Er sagt, er wohnt im Towergate, jenseits der Straße, und er wird heute nacht lange aufbleiben.«

Bittere Enttäuschung schnürte Jassys Kehle zu. Der freundliche blonde Mann begehrte sie, wollte eine Hure für die Nacht haben. Und er war ihr wie der goldene Ritter aus ihrer Märchenwelt erschienen...

Plötzlich hörte sie Linnets schwache Stimme. »Jassy!«

Sie rannte zum Bett und kniete nieder. »Da bin ich, Mutter.« Sanft berührte sie die glühend heiße Stirn der Kranken.

»Hilf mir – so hilf mir doch...« Die Augen, die sich für wenige Sekunden geöffnet hatten, fielen wieder zu.

Tränenblind stand Jassy auf. Nein, so qualvoll soll sie nicht sterben, nahm sie sich vor. Ich werde betteln – oder stehlen – ja, stehlen... Der Allmächtige würde es sicher verstehen. Und Er war der einzige Richter, auf den es ankam. Sie hatte zwar ihr Vertrauen in Gott verloren. Aber vielleicht würde Er ihr helfen, wenn sie sich selber half – so wie es der Kutscher Matthew gesagt hatte.

Womöglich würde der blonde Mann den Diebstahl gar nicht bemerken. Und wenn er sie ertappte? Grimmig preßte sie die Lippen zusammen. Dann konnte sie ihm immer noch verkaufen, was er sich wünschte. So oder so, Linnet durfte nicht länger leiden.

»Oh, vielen Dank, Molly.«

Die Kellnerin räusperte sich. »Ein aufregender Bursche, was?« meinte sie und versuchte ihrer Stimme einen fröhlichen Klang zu geben. Dann wurde sie rot. »Ich habe mich angeboten, an Ihrer Stelle. Das Geld hätte ich Ihnen gern gegeben. Aber er möchte Sie haben, sonst keine.«

»Ich verstehe...«

»Soll ich inzwischen bei Ihrer Ma bleiben?«

»O Molly, das würden Sie für mich tun?«

»Klar.«

Jassy rannte zur Waschschüssel und spritzte sich das restliche Wasser ins verweinte Gesicht.

»Beeilen Sie sich, Kindchen«, riet Molly und sank auf einen Stuhl.

Hastig warf sich Jassy ihren abgetragenen Umhang um die Schultern und rannte zur Tür. Ehe sie die Kammer verließ, drehte sie sich noch einmal zu ihrer Mutter um. »Nein, so lasse ich dich nicht sterben. Um keinen Preis.«

## 2

Eiseskälte hüllte sie ein, als sie dem Weg folgte, der vom Gasthof an der Kreuzung zum Towergate führte. Die beiden Gebäude lagen nicht weit auseinander, denn in diese Stadt, an der Straße von London nach Süden, kamen viele Reisende und Kaufleute, und deshalb hätte sogar noch ein dritter Wirt gute Geschäfte machen können.

Man behauptete, Master John würde ein besseres Essen servieren, aber das Towergate habe komfortablere Zimmer zu bieten. Deshalb speisten die vornehmeren Leute bei John, um dann im anderen Etablissement zu übernachten, während sich das einfache Volk mit den billigen Quartieren im Gasthaus an der Kreuzung begnügte.

Jassys Zähne klapperten. Der fadenscheinige Umhang schützte sie nur unzulänglich vor dem Winterwind, ihre Füße in den dünnen Schuhen froren erbärmlich auf dem vereisten Schneematsch, durch den sich die Radspuren zahlloser Fahrzeuge zogen. Doch sie war dankbar für die Kälte, die ihre angstvollen Gedanken ein wenig betäubte. Aber als sie das Tor des Towergate erreichte, zitterte sie nicht nur vor Kälte.

Eine heftige Bö wehte hinter ihr in die Schankstube, und sie schloß hastig das Tor. Dienstboten und Hunde dösten vor dem sterbenden Kaminfeuer. Um diese späte Stunde herrschte kaum noch Betrieb, nur an einer Wand saßen noch zwei Gäste und unterhielten sich leise.

Eine vollbusige Kellnerin kam mit wiegenden runden Hüften auf Jassy zu. »Was wollen Sie denn, Mädchen?«

»Ich – bin eingeladen worden.«

»Oh!« Die Kellnerin hob neugierig die Brauen. »Dann werden Sie wohl von Seiner Lordschaft erwartet?« Sie zeigte zur Treppe. »Die dritte Tür, das beste Zimmer im ganzen Haus.«

Auf dem Weg zu den Stufen hörte Jassy, wie die Frau dem Schankkellner vernehmlich zuflüsterte: »Das ist die kleine Dupré. Die hat sich immer für was Besseres gehalten. Und jetzt hurt sie genauso herum wie unsereins.«

Der Schankkellner lachte, und Jassy glaubte seinen Blick im Rücken zu spüren. »Dann ist es mit ihr also auch soweit gekommen? Na, wenigstens wird sie in Zukunft nicht mehr auf dem hohen Roß sitzen.«

Das höhnische Gelächter der beiden verfolgte sie bis in den Oberstock hinauf. Sie erreichte die dritte Tür und öffnete sie rasch, ohne anzuklopfen. Dann lehnte sie sich dagegen und rang nach Atem. Da war sie nun – im Schlafzimmer eines Mannes, der sich mit ihr amüsieren wollte.

Nicht irgendeiner, sagte sie sich, sondern Robert, der nette blonde Gentleman. Wenn er sie anfaßte, würde sie sicher nicht sterben. Und wenn sie wegging, würde Geld in ihrer Tasche stecken, schmachvoll verdientes Geld – der gestohlenes, falls sie ihre Jungfräulichkeit retten konnte.

Es war angenehm warm im Zimmer, aber dunkel, denn im Kamin lag nur noch glühende Asche. Als Jassys Augen sich an die Finsternis gewöhnt hatten, entdeckte sie vor dem rötlichen Schein eine Sitzbadewanne aus Metall, aus der Dampf emporwehte. Niemand saß darin.

Offensichtlich war das Bad für sie bestimmt. Natürlich, ein Gentleman gab sich nur mit einer Dienstmagd ab, wenn sie sauber war. Aber wie sollte sie das Geld aus seiner Börse einstecken, wenn sie ihre Kleider ablegen mußte?

Jassy ging unsicher auf die Wanne zu. Wo war der Mann, dem sie – dienen sollte? Plötzlich schnappte sie entsetzt nach Luft. Von hinten hatten sich große Hände auf ihre Schultern gelegt. Reglos stand sie da.

»Darf ich Ihnen den Umhang abnehmen, Mistreß?« fragte eine rauhe Männerstimme.

Kalte Panik drohte sie zu überwältigen. Es zerrte

schmerzhaft an ihren Nerven, ihn direkt hinter ihrem Rücken zu spüren. Der Raum schien sich zu drehen, aber sie riß sich zusammen, bekämpfte ihre Furcht, und das Schwindelgefühl ließ langsam nach.

Sie nickte und versuchte sich mit dem Gedanken zu beruhigen, daß dies der nette blonde Mann war, der sie im Gasthaus bei jenem Mißgeschick vor seinem grausamen dunkelhaarigen Freund in Schutz genommen hatte. Und weil sie sich noch deutlicher an die Bewunderung in seinem Blick erinnern wollte, kniff sie die Augen zusammen.

»Sie frieren, Mistreß. Das Bad wird Sie wärmen.« Obwohl er leise sprach, beinahe flüsternd, machten ihr seine Wort Angst. Ein seltsamer Unterton schwang darin mit, eine gewisse Spannung. Natürlich, sagte sie sich, er hat eine Hure in sein Zimmer bestellt, und jetzt freut er sich auf das Vergnügen, das ihn erwartet.

Als er den Umhang von ihren Schultern gestreift hatte, trat sie rasch vor, um aus der beklemmenden Nähe des Mannes zu fliehen. »Das Bad ist also für mich vorgesehen?«

Nach einer kleinen Pause bestätigte er: »Aye, Mistreß, für Sie.« Nun nahm seine Stimme einen ironischen Klang an. Er folgte ihr, seine Finger berührten ihren Rücken und begannen die Knöpfe ihres schäbigen Wollkleids zu öffnen. Jassy zwang sich, stillzustehen. Damit hatte sie nicht gerechnet – mit diesem verwirrenden Gefühl, ihre Haut würde unter seinen Händen brennen.

Ihre Augen verengten sich. Sie beobachtete, wie der Dampf aus der Wanne hochstieg, wie die Asche im Kamin glühte. Wenn sie doch alles andere auch so sehen könnte – durch einen roten Nebel...

Er zog das Kleid von ihren Schultern nach unten, und dann hätte sie beinahe einen Schrei ausgestoßen, denn seine Lippen preßten sich auf ihren Nakken. Der Kuß entfachte ein fremdartiges Feuer in ihren Adern. Ihr Körper, eben noch halb betäubt von der Kälte, erwachte zu zitterndem Leben. Empfindungen, die sie nie zuvor gekannt hatte, schienen ihr Gehirn zu lähmen. Aber sie mußte einen klaren Kopf behalten, wenn sie ihren Stolz und ihre Unschuld bewahren – und mit dem Geld entkommen wollte, das sie so dringend brauchte.

Seine Hände liebkosten ihre Schultern, das Kleid fiel über ihre Arme und die dürftigen Unterröcke zu Boden. Instinktiv stieg sie heraus – entfernte sich erneut von dem Mann, der sie immer mehr verwirrte.

Ihr Blick schweifte zu einem Sessel zwischen der Wanne und dem Kamin. Ordentlich zusammengefaltet, hing ein Gehrock über der Lehne. Wenn sie doch in die Taschen greifen könnte... Wenn sie lange genug unbeobachtet bliebe...

Doch das war unwahrscheinlich. Sie wagte noch immer nicht, sich zu dem Mann umzudrehen, aber sie hörte ein leises Rascheln, als er ihr Kleid beiseite räumte. Dann kam er wieder zu ihr, suchte und fand die Häkchen ihrer Unterröcke, die wenig später am Boden landeten. In ihrem dünnen Hemd spürte sie die Kälte wieder. Schau ihn an, mahnte eine innere Stimme, sink in seine Arme. Er ist ein guter, freundlicher Mensch. Wenn du mit einem Lächeln sein Herz rührst, wird er dich gehenlassen, ohne dir die Ehre zu rauben...

Aber sie konnte sich nicht zu ihm wenden, obwohl sie es wollte, und sie wagte nicht einmal, in seine sanften blauen Augen zu blicken. Noch nicht...

Plötzlich fand sie es beschämend, so spärlich bekleidet vor ihm zu stehen, nur im Hemd und in Strümpfen.

Sie erschauerte, als sie wieder eine Bewegung hinter sich spürte, den Hauch eines warmen Atems. Er ergriff ihre Schultern, drückte ihren Rücken an seine Brust, und sie fühlte seine harten Muskeln, seine wachsende Erregung. Dann sah sie, wie seine langen, gebräunten Finger über ihre Arme glitten und ihre Brüste umfaßten. Zum zweitenmal mußte sie einen Schrei zurückhalten, als er mit seinen Daumen die Knospen durch das dünne Hemd berührte, das scheinbar gar nicht vorhanden war. Jassy biß die Zähne zusammen, kämpfte verzweifelt gegen den Impuls, sich loszureißen und davonzulaufen.

Seine Atemzüge beschleunigten sich. Er zog ihr das Haarnetz vom Kopf, wollte die Nadeln aus dem lockigen Knoten zupfen.

Jassy trat wieder einen Schritt vor. »Bitte... Ich will mein Haar nicht naß machen. Sonst friere ich, wenn ich ins Freie gehe.«

Sie hörte ein leises Lachen und wünschte beinahe, er würde nicht länger in der Finsternis hinter ihr bleiben und sich endlich zeigen, ihr mit sanften, ausdrucksvollen Augen zulächeln.

Andererseits wollte sie ihn nicht sehen. Noch nicht. Nicht in diesem Augenblick, wo sie ihre Hemmungen und ihre Erziehung vergessen mußte, das höhnische Getuschel über die hochnäsige Miß Dupré, die gar nicht so unnahbar war, wie sie sich gab, sondern eine Hure, die sich willig verkaufte...

»Also gut, ich werde Ihr Haar nicht anrühren, obwohl ich es gern offen sehen würde. Baden Sie jetzt und lassen Sie sich Zeit.«

Sie preßte die Lippen zusammen und wollte ihn bitten, ihr den Rücken zuzukehren, während sie ihre restliche Kleidung ablegte. Doch das wäre sicher sinnlos gewesen.

Nun, wenigstens blieb er außerhalb des schwachen Lichtscheins, den die schwelende Asche verbreitete. Sie bemühte sich, die Strümpfe möglichst anmutig von ihren Beinen zu ziehen, und hielt unsicher inne, ehe sie aus dem Hemd schlüpfte. Dabei wußte sie nicht, wie sinnlich und aufreizend sie sich bewegte.

Jetzt kam es darauf an, das Hemd in der Nähe des Gehrocks abzulegen, damit sie später so tun konnte, als würde sie danach suchen, wenn sie die Börse durchwühlte.

Sobald sie nackt war, stieg sie hastig in die Wanne und sank ins warme Wasser hinab. Sie schloß die Augen und schlug sie sofort wieder auf, weil etwas auf ihren Bauch fiel. Doch sie sah nichts, denn der Mann stand hinter ihr, wie zuvor.

»Ein Stück Seife, meine Liebe«, erklärte er, und sie hörte leichten Spott aus seiner Stimme heraus. Vielleicht war er gar nicht so freundlich, wie sie glaubte. Um so besser. Wenn er sich unhöflich benahm, würde es ihr leichter fallen, ihn zu betrügen, ihm etwas zu rauben, was sie sich nicht verdienen wollte.

Ein Waschlappen folgte der Seife ins Badewasser. Nervös tastete Jassy nach beiden Gegenständen und wünschte bedrückt, der Mann würde nicht hinter ihr stehenbleiben. Plötzlich bezweifelte sie, daß er ihre Dienste bezahlen würde. Deshalb mußte sie unbedingt an den Gehrock herankommen.

Sie hörte, wie er hinter der Wanne auf und ab ging. Offenbar verlor er allmählich die Geduld. Wenn er sich doch endlich entfernen würde... Wie sollte sie ihn dazu veranlassen?

Glücklicherweise sorgte er selbst für eine Lösung dieses Problems. »Möchten Sie etwas trinken?« fragte er.

»Aye, sehr gern«, flüsterte sie.

Da eilte er zur Tür, stieß sie auf und rief nach der Bedienung.

Blitzschnell warf Jassy den Lappen und die Seife ins Wasser, beugte sich über den Wannenrand und griff in eine Tasche des Gehrocks, die voller Münzen steckte. Wenn ich eine stehle, wird er sie bestimmt nicht vermissen, dachte sie bitter. Welch eine traurige Welt, in der ein reicher Mann eine Frau kaufen konnte, ohne zu merken, wieviel er bezahlte... Rasch versank sie wieder im Badewasser. Sie hörte, wie er jemandem dankte, der offenbar zur Tür gekommen war. Und dann sah sie ihn, allerdings nur undeutlich, weil er sich im Schatten bewegte. Er stellte ein Tablett auf den Tisch und füllte zwei Gläser, den Rücken zu ihr gewandt, nur mit Hemd und Hose bekleidet, barfuß. Deshalb war es ihm vorhin gelungen, lautlos an sie heranzuschleichen.

Jassy starrte auf seine breiten Schultern, Robert... Könnte sie doch endlich seine sanften Augen sehen... Nein, es war besser, wenn er sich nicht zu ihr wandte, denn sie umklammerte seine Münze, und die durfte er nicht finden.

Sie tauchte ihr Gesicht ins Wasser, und dann zuckte sie erschrocken zusammen, denn er kauerte plötzlich hinter ihr, einen Arm um ihre Schultern gelegt. Das Glas, das er ihr anbot, enthielt eine bernsteinfarbene Flüssigkeit. »Rum aus der Karibik, rein und golden. Sonst gibt's hier nur minderwertiges Ale.«

Sie nahm das Glas, leerte es in einem Zug, hustete und schnappte nach Luft. Lachend klopfte er ihr auf den Rücken. »Ich hätte lieber doch Ale bestellen sollen.«

»Nein, nein, der Rum schmeckt mir sehr gut.« Und das war die reine Wahrheit, denn der Alkohol brannte wie ein kräftespendendes Feuer in ihrem Körper und nahm dieser Nacht zumindestens einen Teil des Grauens.

»Möchten Sie noch einen Schluck?«

»O ja, bitte.« Jassy senkte den Blick und überlegte, daß der Rum vermutlich teurer war als der Durchschnittspreis für eine Dirne.

Doch das spielt jetzt keine Rolle mehr, sagte sie sich, denn sie hielt die Münze in der Hand. Bald würde sie den Mann schluchzend anflehen, sie gehen zu lassen, weil sie einfach unfähig sei, seine Wünsche zu erfüllen. Mit einer überzeugenden Szene wollte sie beweisen, daß sie die Tochter der grandiosen Schauspielerin Linnet Dupré war.

Danach könnte sie dieses Zimmer verlassen und ihren Traum vom goldenen Ritter retten. Vielleicht würde sie dem blonden Mann eines Tages wieder begegnen, als ehrbare Dame in Samt und Seide, und wie durch ein Wunder seine Liebe erringen...

Er gab ihr das gefüllte Glas zurück, kniete hinter ihr nieder, und seine Finger streichelten ihren Nakken, ein Ohrläppchen. Es war gar nicht so schlimm. Der Rum half ihr, das alles zu ertragen.

»Sie sind ein sonderbares Mädchen«, bemerkte er. »So schlank und zierlich. Das Gesicht einer Aristokratin – und die rauhen Hände einer Küchenmagd. Der Körper einer Verführerin – und die arroganten, schlauen Augen eines durchtriebenen Biests.«

Seine Worte überraschten Jassy. Sie klangen irgendwie entzückt – und trotzdem nahm sie noch einen anderen Tonfall wahr, eine schneidende Schärfe. Sie erschauerte, denn diese Stimme paßte ganz und gar nicht zu dem freundlichen blonden Mann mit den sanften blauen Augen.

»Mistreß...«

Die Anrede glich dem Wispern eines magischen Windhauchs, der ihre Haut berührte und wieder dieses fremdartige Feuer entzündete. Er griff nach der Seife und dem Lappen. Und als er Jassy zu waschen begann, konnte sie sich nicht wehren, weil sie in einer Hand das Rumglas und in der anderen die Münze hielt. Wie selbstverständlich wanderte seine Hand über ihren Körper – als hätte sie das Recht dazu, als würden sie sich schon lange kennen, und sie saß einfach da und erlaubte diese schockierenden Intimitäten.

Der Lappen strich über ihren Hals, die Schultern und Brüste. Sie fröstelte und fühlte sich wie ein in die Enge getriebener Hase. Eine magische Macht ging von dieser Berührung aus. Verwirrt schloß Jassy die Augen, und da spürte sie seinen Mund auf ihrem.

So warm, so fordernd, so zwingend... Ein Zittern durchlief Jassys Glieder. Wie von selbst öffnete sie die Lippen, seine Zunge spielte mit ihrer. Während sie gegen überwältigende Emotionen kämpfte, verfluchte sie den Rum. Denn das ermutigende Feuer des Alkohols verstärkte jetzt die Hitze, die durch ihre Adern raste, schürte die panische Angst vor der Macht, die dieser Mann auf sie ausübte. Hilflos war sie ihm ausgeliefert.

Nie hätte sie sich träumen lassen, welche Empfindungen der erste Kuß ihres Lebens wecken würde. Und dann... Seine Lippen wanderten über ihren Hals, seine Hände tauchten ins Wasser und liebkosten die Schenkel, die sich, von der schmalen Wanne beengt, fest zusammenpreßten. Sie mußte diesen Wahnsinn beenden, sofort, sonst wäre alles verloren.

Seine Arme umfingen ihren Körper und hoben sie aus der Wanne. Unwillkürlich schrie sie auf und klammerte sich instinktiv an ihn, um nicht zu fallen. Seinem Lachen entnahm sie, daß er ihr Gewicht kaum spürte – und immer noch ironische Spottlust verspürte. Ihre Angst wuchs.

»Bitte, Sir!« Ihre atemlose Stimme hatte genau das richtige bebende Pathos. Sie sank auf ein breites Bett, der Mann kniete über ihr, sein dunkler Kopf näherte sich ihren Brüsten, ein heißer, begieriger Kuß drohte eine rosige Spitze zu versengen.

»Nein!« Sie schlang die Finger in sein Haar und versuchte, ihn wegzuschieben. Die aufwühlenden Liebkosungen seiner Zunge sandten feurige Wellen durch Jassys Körper. Sie ertrug es nicht länger. »Nein, bitte!« Mühsam zwang sie sich, klar zu denken. »Sir, ich flehe Sie an! Ich dachte, ich könnte mich hierherwagen, weil Sie so nett zu mir waren. Aber nun weiß ich, daß ich außerstande bin...«

Abrupt verstummte sie und starrte auf das Haar zwischen ihren Fingern, auf den Kopf des Mannes, der ihr diese intimen Zärtlichkeiten zumutete.

Dunkles Haar, fast schwarz...

»O Gott! Schonen Sie mich, Sir!«

Er richtete sich auf und schaute sie an – nicht mit sanften blauen, sondern mit dunklen, zynischen, teuflischen Augen, durchdringend und verächtlich. Nicht schwarz oder braun, wie sie zuvor geglaubt hatte, sondern grau, mit indigofarbenen Punkten. Satansaugen... Das war nicht Robert, wie sie nun voller Entsetzen erkannte, sondern der rüde, arrogante Jamie. Und Jassy lag nackt in seinen Armen. »Sie!«

Nun vergaß sie, daß sie mit dem Gedanken gespielt hatte, um des Geldes willen sogar in Master Johns Bett zu steigen. Vielleicht entfiel es ihr, weil diese Situation noch viel schlimmer war als alles, was der grausame Wirt ihr hätte antun können. Hilflos fühlte sie sich diesem bronzebraunen dunkeläugigen Fremden ausgeliefert, der sie bereits am früheren Abend abscheulich behandelt hatte. Sein Atem kühlte ihre Brust, die noch feucht war von seinem Kuß, seine Hand lag auf ihrer Hüfte.

»Sie!« stieß Jassy noch einmal hervor.

Seine Lippen verzogen sich zu einem spöttischen Lächeln, mit schmalen Augen beobachtete er ihr Gesicht.

»Ja, ich. Sie wollten Robert in eine Falle locken, nicht wahr? Sie niederträchtige kleine Diebin! Ein raffinierter Trick, das muß ich zugeben. Als Verführerin ins Schlafzimmer eines Mannes zu kommen, ihn zu bestehlen und dann die arme Unschuld zu mimen...« Angewidert schüttelte er den Kopf. »Schade – ich hatte gedacht, Sie wären etwas Besonderes. Jetzt bin ich tief enttäuscht. Sie sind nur eine ganz gewöhnliche Hure – und dazu noch eine Diebin.«

»Ich bin keine Diebin!« protestierte sie verzweifelt und wäre am liebsten gestorben.

»Nein?« Herausfordernd hob er die Brauen.

»Gehen Sie weg!« Sie versuchte, ihn beiseite zu schieben, aber sein Bein lag wie eine Eisenklammer über ihren Schenkeln. Als sie sich gegen seine Brust stemmen wollte, packte er ihre Unterarme. »Ich bin keine Diebin!«

»Das Geld steckt in Ihrer Hand, Mistreß. Ich sah, wie Ihre zarten kleinen Finger in meiner Tasche kramten. Und Sie haben diese Münze noch nicht verdient. Natürlich will ich Ihnen eine Gelegenheit dazu geben.«

»Nein! Nein!« Wütend versuchte sie ihre Arme zu befreien und bäumte sich auf, aber dadurch drückte sie sich nur noch fester an seine Brust. Vergeblich wand sie sich umher und stampelte. Sein Körper rührte sich nicht von der Stelle, hart wie ein Felsen und warm wie die Sommersonne. Viel zu deutlich fühlte Jassy seine Kraft, während sie nackt und verletzlich unter ihm lag. Und als Diebin ertappt... Sie konnte nicht gewinnen. Ihre Gegenwehr bewirkte nur, daß sie immer mehr von seinen starken Muskeln zu spüren bekam.

Schließlich gab sie ihren Widerstand auf und schluckte mühsam ihre Tränen hinunter. Die Erkenntnis, daß dies nicht ihr goldener Ritter war, sondern sein grausamer Freund, wurde ihr schmerzlicher denn je bewußt. Nein, diesem Mann würde sie sich nicht hingeben. Und sie wollte ihn auch nicht um Gnade bitten, ihre Verzweiflung nicht gestehen. Sie konnte nur hoffen, er würde auf das fragwürdige Vergnügen einer Vergewaltigung verzichten – und sie der Obrigkeit nicht überantworten.

Unverwandt schaute er sie an. Wäre es möglich, vor Erniedrigung zu sterben, dachte sie, dann müßte jetzt meine letzte Stunde schlagen. Doch sie hatte einmal gehört, im Haß liege eine lebensspendende Macht. Vielleicht würde sie dem Tod entrinnen, weil sie diesen Mann so abgrundtief haßte. Entschlossen starrte sie an ihm vorbei und wartete.

Er bewegte sich plötzlich, und sie schrie erschrokken auf. Aber er ignorierte sie. Mit einer Hand umklammerte er ihre Unterarme, mit der anderen löste er ihre Finger von der Münze. Sie zeigte keine Reaktion und blickte ins Leere.

»Haben Sie einen Entschuldigungsgrund?« Als sie ihn keiner Antwort würdigte, lachte er. »Ach, wäre ich doch nur Robert! Dann würden Sie schluchzend Ihre Unschuld beteuern. Oder ich würde eine rührende Geschichte über hungernde Kinder oder ähnliche Lügenmärchen hören. Aber ich bin nicht Robert – und Sie tun gut daran, das zu berücksichtigen.«

»Nein, Sie sind ein abscheulicher, skrupelloser Bastard«, sagte sie zur Zimmerdecke. O Gott, sie war ihm hoffnungslos ausgeliefert. Wenn er die Behörden verständigte, war sie verloren. Sie hatte kläglich versagt.

»Oh, da muß ich aber protestieren, meine Liebe. Ich pflege die Frauen mit dem größten Zartgefühl zu behandeln, mögen Sie nun Damen oder Huren sein. Nur Diebinnen kann ich nicht ausstehen.« Ein halb erstickter Schrei rang sich aus ihrer Kehle, als er unsanft einen Schenkel zwischen ihre Beine schob.

Jassy hatte geglaubt, sie könnte unmöglich noch schlimmer gedemütigt werden. Doch das war ein Irrtum gewesen. Ihr Zorn wuchs von neuem, und sie wehrte sich wieder mit aller Kraft, während seine Finger rücksichtslos die intimste Zone ihrer Weiblichkeit erforschten. In tiefster Scham warf sie den Kopf hin und her. »Ich werde um Hilfe rufen – und Sie wegen Vergewaltigung anzeigen...«

»Sie? Eine Hure, die freiwillig zu mir kam?« erwiderte er belustigt.

»O Gott! Hören Sie auf!«

Aber er ignorierte ihren Protest, und sie konnte der schmachvollen Berührung nicht entfliehen, so verzweifelt sie sich auch darum bemühte. Hätte sie eine Waffe besessen, sie wäre ohne Zögern zur Mörderin geworden.

Und dann spürte sie seine tastenden Finger nicht mehr. Er hielt sie immer noch fest, aber wenigstens diese eine Qual war beendet, und sie konnte wieder etwas freier atmen.

»Eine Jungfrau?« Er sprach im lässigen Konversationston, als wollte er sich mit ihr über das Wetter unterhalten.

»Oh, im Namen Gottes und aller Heiligen...«

»Augenblick mal, Mistreß«, unterbrach er sie. »Sie sind zu mir gekommen, oder? Und als ich in der Kneipe mit dieser anderen Hure sprach, ließ ich keinen Zweifel an meinen Absichten.«

»Ich bin keine Hure!«

»Es scheint so. Dafür sind Sie eine Diebin.«

»Und Sie sind ein nichtswürdiger, arroganter Schurke, ein Frauenschänder...«

»Wurden Sie denn geschändet, kleine Diebin?«

»Ja, durch Ihre Berührung!«

»Oh, zwischen einem Mann und einer Frau kann noch viel mehr geschehen. Wollen wir diese Möglichkeiten erproben?«

»Nein!«

»Also haben Sie mein Schlafzimmer nur aufgesucht, um mich zu berauben... Ach nein, nicht mich, sondern den armen Robert.«

»Ja, und nachdem es mir mißlungen ist, lassen Sie mich nun bitte gehen.«

Jassy bebte vor Angst. Wie gleichmütig er sie musterte... Seine Hand lag auf ihrem Bauch, sein Bein über ihren Schenkeln verhinderte ihre Flucht noch immer. Sie müßte weinen, um Milde flehen. Aber vor diesem Mann konnte sie nicht Theater spielen. Das hatte sie bereits erkannt. Bald würde er sich nehmen, was er wollte, genüßlich und brutal über sie herfallen. Denn er schien sie zu hassen, und daß er kein Mitleid mit ihr empfand, hatte er bereits bewiesen.

»Sie meinen, ich sollte Sie gehen lassen?« fragte er leise. Seine Fingerknöchel strichen über ihren Bauch, und sie biß sich auf die Unterlippe und hoffte inständig, er würde ihr keine weiteren Intimitäten zumuten.

Doch dann glitt er grinsend von ihrem Körper herunter und lag neben ihr, auf einen Ellbogen gestützt. Sie wagte kaum zu glauben, daß sie frei war. Verwirrt starrte sie in sein Gesicht, das sie erst jetzt deutlich sah, markante, bronzebraune Züge, indigofarbene Augen und volle, sinnliche Lippen, spöttisch verzogen. Dunkles Haar hing ihm in die Stirn. Das Hemd umspannte breite, muskulöse Schultern, bis zum Brusthaar aufgeknöpft. An einer Halskette trug er eine Medaille, die den Heiligen Georg im Kampf mit dem Drachen zeigte.

»Besinnen Sie sich anders, Mädchen? Wollen Sie nun doch bei mir bleiben? Offenbar habe ich zärtliche Gefühle in Ihnen erregt. Sie sind frei, und Sie rühren sich trotzdem nicht vom Fleck?«

Frei – er hielt sie nicht mehr fest... »Oh!« Sie sprang vom Bett und stolperte beinahe über die eigenen Füße, als sie sich hastig anzog. Das Hemd, die Unterröcke und Strümpfe ließ sie liegen, schlüpfte nur in das rauhe Wollkleid und die Schuhe, ehe sie zur Tür eilte. »Zärtliche Gefühle! Für Sie! Bis zum letzten meiner Tage werde ich Sie hassen und verachten! Wäre ich ein Mann, ich würde Sie umbringen! Und das werde ich auch tun, sollte ich jemals eine Gelegenheit dazu finden – obwohl ich eine Frau bin! Also nehmen Sie sich in acht, falls wir uns jemals wieder begegnen, Sir.« Heiße Tränen brannten unter ihren Wimpern.

»Moment mal, Mädchen!« donnerte er. Unwillkürlich blieb sie stehen und verabscheute sich selbst, weil sie dem herrischen Ruf gehorchte. Etwas prallte klirrend gegen die Tür – die Münze, die er ihr entwunden hatte. »Um sich dieses Geld zu verschaffen, mußten Sie einiges durchmachen. Also nehmen Sie's.«

Jassy schluckte. Wie gern hätte sie ihm die Münze vor die Füße geworfen und in sein Gesicht gespuckt... Aber das durfte sie nicht. Ihre Mutter lag im Sterben.

Beschämt bückte sie sich und hob das Geld auf. Dabei gelobte sie sich, diesem Mann heimzuzahlen, wie tief er sie gedemütigt hatte. Eines Tages, wenn sie Macht und Geld besaß...

Sie riß die Tür auf und taumelte hinaus. Es dauerte eine Weile, bis sie sich auf dem düsteren Flur zurechtfand. Atemlos stand sie da, dann rannte sie die Treppe hinab, vorbei an der vollbusigen Megan und dem Schankkellner, die sie verdutzt angafften, und zum Haustor hinaus. Dankbar ging sie dem eisigen

Wind entgegen, der sie irgendwie zu reinigen schien.

Nach ein paar Schritten blieb sie stehen und blickte auf das Geld in ihrer Hand. Jetzt brauchte sie nur noch zu Tamsyn zu gehen. Er würde den Apotheker aus dem Bett holen und das Chinin kaufen. Die bittere Erniedrigung war kein zu hoher Preis für Linnets Rettung. Entschlossen setzte Jassy ihren Weg fort.

»Mistreß! Mistreß Dupré!«

Bestürzt drehte sie sich um. Wie hatte sie diese sanfte Stimme mit jener anderen verwechseln können? Oh, was für eine Närrin war sie gewesen! Der hübsche blonde Mann holte sie ein, ihren Umhang, die Unterröcke und Strümpfe über dem Arm. Vor Scham glaubte sie sterben zu müssen.

»Mistreß! Jamie bat mich, Ihnen zu folgen! Sicher brauchen Sie diese Sachen.«

Verzweifelt kämpfte sie mit den Tränen, als er ihr das Bündel in die Arme drückte, dann wandte sie sich wortlos ab, um die Flucht zu ergreifen.

»Mistreß! Jassy! Bitte warten Sie! Wenn ich Ihnen irgendwie helfen kann...«

Er wollte ihr helfen? Zu spät. Sie ertrug es nicht mehr, seinem Blick zu begegnen. Nie wieder...

Sie lief weiter, ohne auf die Kälte und den vereisten Schnee zu achten, bis sie Master Johns Kücheneingang erreichte. Die Köchin, die am warmen Herd gewartet hatte, ließ sie ein und legte warnend einen Finger an die Lippen. Dankbar nickte Jassy ihr zu und eilte die Dienstbotentreppe hinauf.

Als sie die Tür zur Dachkammer öffnete, sah sie Tamsyn neben dem Krankenlager ihrer Mutter stehen. »Ich habe das Geld! Bitte, besorgen Sie mir das Chinin! Ich muß bei ihr bleiben.«

»Jassy...« Molly legte ihr die Hand auf den Arm, wurde aber ungeduldig beiseite geschoben.

Ehe Jassy zum Bett gehen konnte, trat Tamsyn ihr in den Weg. »Ihre Ma hat jetzt ihren Frieden gefunden, Mädchen.«

»Ihren Frieden?« Verständnislos starrte sie ihn an. Erst nach einigen Sekunden begriff sie den Sinn seiner Worte und schüttelte heftig den Kopf. »Nein! Nein! Holen Sie das Chinin, Tamsyn! Sicher schläft sie nur.«

Weder der alte Mann noch Molly vermochten sie zurückzuhalten. An der Seite ihrer Mutter fiel sie auf die Knie und ergriff eine zerbrechliche weiße Hand. Kalt wie der Wind, der draußen wehte. Steif, leblos.

»O nein! Lieber Gott, bitte, nein!« Schluchzend richtete sie sich auf, küßte ihre Mutter, versuchte sie mit ihrem Körper zu wärmen. Dann starrte sie in das bleiche, schöne Gesicht und erkannte, daß die Master Johns dieser Welt ihre Macht über Linnet verloren hatten. Verzweifelt legte sie ihre Wange auf das Kissen.

Molly kam zu ihr, nahm sie in die Arme, und Jassy weinte, bis ihre Tränen versiegten. Dann hob sie entschlossen den Kopf. »So werde ich nicht leben. Und – der Allmächtige helfe mir – so werde ich auch nicht sterben.«

»Ist ja schon gut.« Molly seufzte resignierend.

Und da entdeckte Jassy, daß noch nicht alle Tränen vergossen waren. Denn als sie wieder nach der eisigen Hand ihrer Mutter griff, wurde sie von neuem Schluchzen erschüttert.

# 3

»Ich gehe zurück«, sagte Jamie Cameron zu seinem Freund. »Und du solltest mitkommen.« Der Stallbursche hatte ihm das Pferd gesattelt, einen braunen Hengst namens Windwalker. Aber der Besitzer des Tieres fühlte sich bemüßigt, den Sitz des Zaumzeugs zu überprüfen.

»Ich weiß nicht...« Robert runzelte skeptisch die Stirn und beobachtete, wie Jamie den tänzelnden Hengst bestieg. Beide waren elegant gekleidet, denn am Abend würden sie auf dem Familiensitz der Camerons eintreffen, im Carlyle Castle bei Somerfield.

Für die geplante geschäftliche Besprechung mit seinem Vater hatte sich Jamie so angezogen, wie ihn der vornehme alte Gentleman am liebsten sah. Er trug ein feines weißes Hemd mit flämischen Spitzen am Kragen und an den Manschetten, ein geschlitztes Lederwams, Kniehosen aus Brokat, die in hohen schwarzen Reitstiefeln steckten, einen pelzgefütterten Umhang und einen breitrandigen, mit Federn geschmückten Hut. Ein wenig neidisch dachte Robert, sein Freund könnte sich auch in Lumpen hüllen und würde trotzdem großartig aussehen.

Jamie war zwar nicht der Cameron-Erbe, sondern nur der Drittgeborene, aber der Geschäftspartner seines bewunderten Vaters. Beide hatten sich voller Eifer in das gemeinsame Unternehmen gestürzt.

»Langsam glaube ich, du bist verrückt«, seufzte Robert, während er sich ebenfalls in den Sattel schwang. Seite an Seite ritten sie aus dem Hof von Towergate.

»Warum denn?«

»Nun, du wirst vielleicht nicht der nächste Herzog

von Carlyle sein. Doch du bist der Sohn eines schwerreichen Mannes, und du hast dein Vermögen gut genutzt. Nach erbitterten Kämpfen auf den Weltmeeren bist du in Virginia den Wilden begegnet. Die hätten dich leicht niedermetzeln können. Und warum hast du dich diesen Gefahren ausgesetzt? Einer Firma zuliebe, die mehr Fehlschläge als Erfolge aufweist – und wegen eines Grundstücks, das dir der König verliehen hat. Dabei besitzt du hier in England so viele Ländereien, daß du noch nie von einem Ende zum anderen geritten bist.«

Jamie lachte und schaute sehnsüchtig nach Westen, als könnte er dort die Neue Welt sehen. »Ich weiß es selber nicht, Robert. Irgend etwas zieht mich dorthin, ich spüre es in meinem Blut, in meinem Herzen. Ich liebe das Land und den Fluß und die endlosen Wälder. Diese Stille – diese unglaubliche Schönheit...«

»Ich habe Zeichnungen von den Indianerkämpfen gesehen, mein Freund, und von der Hungersnot im Jahre 1609. Die Indianer sind Barbaren, und sie leben in einem gräßlichen Land, wo entweder bittere Kälte oder schwüle Hitze herrscht.«

»Die Indianer entstammen einer anderen Kultur, aber sie sind genauso Menschen wie du und ich.«

Robert brach in schallendes Gelächter aus, und Jamie warf ihm einen kurzen Blick zu, dann zuckte er die Achseln. Sowohl in Virginia als auch an König James' Hof war er dem Siedler John Rolfe und dessen Frau begegnet, der Indianerprinzessin Pocahontas. Angeblich hatte sie John Smith des Leben gerettet, ihn davor bewahrt, von ihrem Vater enthauptet zu werden, und das auch nie geleugnet. Jamie war sehr betrübt gewesen, als er erfahren hatte, sie sei auf englischem Boden gestorben. Kürzlich hatte auch ihr Vater, der große Powhatan, Häuptling zahlreicher Stämme, den Tod gefunden. Eine Ära, eben erst begonnen, war bereits zu Ende gegangen.

Es waren schlimme Tage gewesen, als die London Company ihre ersten Leute über das Meer geschickt hatte. In Virginia, am James River, war die erste Siedlung namens Jamestown entstanden. 1606 hatten sie England verlassen, drei Jahre nach der Thronbesteigung König James' – drei Jahre nach Elizabeths Tod und einem stürmischen Zeitalter, geprägt von ruhmreichen Entdeckern, von Sir Francis Drake und Sir Walter Raleigh, von der spanischen Armada. Bei der Ankunft in Virginia mußten die Engländer mit ständigen Übergriffen der Spanier und mit Indianerkämpfen rechnen. Viele Hindernisse stellten sich dem Wachstum der Kolonie entgegen. Nicht immer traf der Nachschub aus England planmäßig ein. Gewinnsüchtige Siedler hatten zuviel Tabak und zuwenig Getreide und Gemüse gepflanzt. Eine bittere Hungersnot suchte sie heim, außerdem mußten sie sich gegen die Indianer zur Wehr setzen, die Pamunkies, Chickahominies und Chesapeakes.

Seither hatte sich die Situation erheblich gebessert. Auch nach Pocahontas' und Powhatans Tod schien der Friede, durch die Ehe zwischen der Indianerprinzessin und John Rolfe geschlossen, von Dauer zu sein. Früher hatten nur wenige Frauen in der Kolonie gelebt. Nun brachten verheiratete Männer ihre Gattinnen in die Neue Welt mit, und die Company veranlaßte charakterstarke junge Engländerinnen, über den Atlantik zu reisen. Die Kolonie begann zu gedeihen.

Bei seinem letzten Aufenthalt in Virginia hatte Jamie sein Land abgesteckt. Zusammen mit seinem Vater hatte er eine Menge Geld in die London Company investiert, aber Carlyle Hundred, wie er seinen Besitz nannte, war ihm vom König zugeteilt worden als Anerkennung für seine Verdienste in der Neuen Welt.

Das Gebiet lag direkt am James River, nahe der Mündung ins Meer, und nach seiner Meinung viel günstiger als Jamestown, auf höherem Terrain und deshalb nicht so feucht und kein bißchen verseucht. Es war ein schönes Stück Land mit einem natürlichen Hafen. Dicht bewachsen mit Kiefern, voll saftiger Wiesen, leuchtete es in einem wunderbaren Blaugrün. Einmal hatte Jamie am Flußufer gestanden, allein mit dem Rauschen der Wellen und der stillen Erde, und eine tiefe Liebe zu diesem Land verspürt. Hier wollte er sich niederlassen, hier sollten seine Kinder aufwachsen – auf Carlyle Hundred.

»Es ist ein Land voll unbegrenzter Möglichkeiten«, sagte er nun zu seinem Freund.

»Ich wäre sehr froh, hätte ich nur einen Bruchteil deiner Möglichkeiten«, erwiderte Robert seufzend. Er selbst hatte fast sein gesamtes Erbe verspielt, und nun ging er mit Jamie auf Reisen – in der Hoffnung, einer heiratsfähigen reichen Lady zu begegnen, die seine edle Herkunft würdigen und seine leere Börse übersehen würde.

»Wenn du mich begleitest, überschreibe ich dir tausend Morgen.«

»Tausend Morgen voller Wilder und Kiefernwald!«

»Es ist ein Paradies, Robert, eine unberührte Wildnis, die in einen kultivierten, ertragreichen Garten verwandelt wird.« Jamie zügelte seinen Braunen. Sie hatten den Stadtrand erreicht, und ein Leichenzug versperrte die Straße.

Eine alte Frau entdeckte die beiden Reiter und ermahnte die anderen Trauergäste: »Macht Platz für die vornehmen Gentlemen.«

»Lassen Sie nur, gute Frau!« rief Jamie. »Vor Gott sind alle Menschen gleich, und wir wollen diese Leute nicht in ihrem Gram stören.«

Die Frau nickte ihm zu, und die Prozession setzte ihren Weg fort. Windwalker scharrte ungeduldig über den festgefrorenen Boden, aber Jamie hielt ihn im Zaum. Er beobachtete, wie ein knochiger Gaul einen Karren hinter sich herzog. Auf dem Wagen stand ein Sarg mit giebelförmigem Deckel, so konstruiert, daß sich die unteren Bretter aufklappen ließen und die Leiche ins Grab fallen würde. Offenbar war die Familie zu arm, um sich einen eigenen Sarg zu leisten, und hatte deshalb einen gewählt, den die Gemeinde später weiterverwenden konnte.

Der Wind blies noch genauso eisig wie in der vergangenen Nacht. Eine Frau im schwarzen Umhang folgte dem Leichenwagen, die Kapuze über den Kopf gezogen, stolz aufgerichtet, ohne eine Träne zu vergießen. Nur in der steifen Rückenhaltung erkannte Jamie tiefes Leid, einen Kummer, so übermächtig, daß ihn niemand zu teilen vermochte.

Langsam ritten die zwei Freunde neben dem Trauerzug her, und Robert erkundigte sich: »Wer ist denn gestorben?«

»Linnet Dupré, Sir«, antwortete die alte Frau, »die berühmte Schauspielerin. Und wenn Sie mich fragen, Mylord, dann war's der gemeine Master John, der sie umgebracht hat. Sie war einfach zu schwach für die harte Arbeit in seinem Gasthaus. Und hätte das Mädchen nicht für sie gesorgt, wäre sie schon längst im Schuldturm von Newgate dahingesiecht.«

Jamie hörte aufmerksam zu und runzelte die Stirn. Ein Windstoß riß die Kapuze vom Kopf der schwarzgekleideten Frau, und da sah er, wer sie war – Jassy, die Diebin, die ihn letzte Nacht so fasziniert hatte.

Nun glaubte er, ihre Beweggründe zu erraten. Hatte sie das Geld für einen Sarg stehlen wollen? Oder war ihre Mutter noch am Leben gewesen und hatte eine Arznei gebraucht?

»Schau doch, die schöne Kellnerin aus der Taverne!« rief Robert.

»In der Tat«, stimmte Jamie zu.

»Vielleicht sollten wir ihr beistehen.«

Jamie erinnerte sich an die nächtlichen Ereignisse und bezweifelte, daß Jassy seine Hilfe annehmen würde. Die Münze hatte sie immerhin genommen. Nie würde er den haßerfüllten Blick vergessen, den sie ihm dabei zugeworfen hatte.

Es gab noch mehr, was er nicht vergessen würde – ihren schönen Körper, die weiche Haut, das ebenmäßige, feingezeichnete Gesicht mit den hohen Wangenknochen. Sie erschien ihm wie eine verletzliche Blume, und trotzdem spürte er ihre innere Kraft. Niemals wird sie sich einem Menschen beugen, dachte er belustigt. Und dann schlug sein Herz schneller, denn er entsann sich jener erregenden Minuten, wo er sie in den Armen gehalten hatte. Auch das würde er nicht so leicht vergessen. Sie war wie geschaffen für die Liebe, die Gestalt schlank, aber wohlgerundet an den richtigen Stellen, mit festen Brüsten, schönen, langen Beinen und sanft geschwungenen Hüften. Und sie hatte ihn mit einer heißen Sehnsucht allein gelassen.

Sie wollte zu Robert, sagte er sich. Die Frauen scheinen nie zu wissen, wohin sie sich wenden müssen. Robert hätte ihr nicht geben können, was sie brauchte. Dafür besaß er zu wenig Geld. Und was sie sich sonst noch wünschte, hätte er ihr auch nicht bieten können, spann Jamie seinen Gedanken mit einer gewissen Arroganz weiter. Sie war ein unschuldiges Mädchen, aber irgend etwas an ihr erinnerte ihn an sein wildes, ungezähmtes Land in der Neuen Welt. Das Versprechen einer noch nicht erblühten Leidenschaft hatte in ihren Augen gelegen, trotz ihres abgrundtiefen Hasses.

»Von mir läßt sie sich ganz bestimmt nicht helfen.« Jamie nahm ein paar Pfund Sterling aus der Tasche seines Wamses. »Folge ihr, Robert, gib ihr das Geld und besteh darauf, daß ihre Mutter in diesem Sarg bestattet wird.«

»Aber, Jamie...«

»Bitte, tu, was ich dir sage.«

Lächelnd zuckte Robert die Achseln. »Mit Vergnügen. Vielleicht gewinne ich mit dieser Geste ihr Herz. Würde dich das nicht stören?«

»Wir werden sie vermutlich nie wiedersehen, also spielt das keine Rolle. Du mußt sie veranlassen, so viel Geld zu nehmen, daß sie sich vorerst über Wasser halten kann – bis sie eine bessere Stellung gefunden hat. Dieser niederträchtige Master John soll sie nicht länger quälen.«

»Aye, es wäre ein Verbrechen, wenn man einem solchen Widerling erlaubte, sich an einem so schönen Mädchen zu vergreifen.« Robert stieg vom Pferd, übergab seinem Freund die Zügel und bahnte sich durch die Menge der Trauergäste einen Weg zu Jassy.

Sie hatte die Kapuze nicht mehr aufgesetzt, und Jamie sah ihr Gesicht. Keine einzige Träne benetzte ihre Wangen, mit großen Augen blickte sie geradeaus. Wie eine Eisprinzessin schien sie sich in einer gefrorenen Welt zu bewegen. Der Wind ließ das lange Haar, eine Flut aus goldener Seide, um ihr Gesicht flattern.

In diskretem Abstand ritt Jamie hinter der Prozession her und fragte sich, warum er sich überhaupt Zeit für ein Mädchen wie Jassy Dupré nahm. Sie hatte ihn zu bestehlen versucht und war sichtlich enttäuscht – nein, entsetzt gewesen, weil sie ihn und nicht Robert im Towergate angetroffen hatte.

Wäre sie offen und ehrlich gewesen, hätte er ihr das dringend benötigte Geld nur zu gern gegeben. Er konnte hartherzig sein, und das wußte er auch. Aber seine Freunde und alle, die ihm dienten, kannten seinen Gerechtigkeitssinn und seine Großzügigkeit. Dieses Mädchen hätte ihm die Situation nur erklären müssen... Doch solche Überlegungen waren jetzt gegenstandslos.

Die Prozession hatte sich bereits weit von der Stadt entfernt. Ein Trauergast nach dem anderen blieb zurück. Schließlich gingen nur noch ein dünner, kleiner alter Mann und die hübsche Molly hinter Jassy her. Sie erreichten den Armenfriedhof, wo sich keine Grabmäler erhoben. Jamie dachte an die Kapelle von Carlyle Castle, an die gewaltigen, zu Ehren seiner Ahnen gemeißelten Standbilder. Hier sah er nur schlichte Holzkreuze und gelegentlich einen Totenkopf, aber zumeist nur vereiste Erdhügel.

Eine große Grube erwartete den Leichenwagen,

ein Gemeinschaftsgrab. Andere verhüllte Tote waren bereits hineingeworfen worden, weitere würden folgen, ehe der Tag zu Ende ging.

Ein Priester stieg vom Karren, schwenkte ein Weihrauchfäßchen und erhob seine Stimme. Gott möge dieser armen Seele alle Sünden vergeben und sie in Gnaden bei sich aufnehmen. Asche zu Asche, Staub zu Staub. Möge Linnet Dupré in Jesu Armen ihre ewige Ruhe finden.

Jamie beobachtete Jassy immer noch. Reglos stand sie da, von ihrem schwarzen Cape umweht. Die Worte des Geistlichen wirkten wie Erdklumpen, die ihre Mutter endgültig begruben. Und noch immer keine Träne...

Die Zeremonie dauerte nicht lange. Jassy trat vor, drückte eine kleine Münze in die geöffnete Hand des Priesters, und da ging Robert auf sie zu. Erschrocken zuckte sie zusammen, und die blauvioletten Augen zeigten endlich Gefühle – Bestürzung, Staunen und Scham.

Grimmig preßte Jamie die Lippen zusammen. Letzte Nacht hatte er Robert mit einer gewissen Absicht gebeten, ihr die armseligen Sachen nachzutragen. Nie zuvor war er von einer so bösartigen Anwandlung befallen worden. Aus irgendwelchen Gründen legte er Wert darauf, Jassy wissen zu lassen, daß ihre Handlungsweise seinem Freund nicht verborgen blieb. Vielleicht, weil sie ihre Vorliebe für Robert so offen gezeigt und dadurch seinen, Jamies Stolz verletzt hatte. Bildete sie sich ein, Robert könnte ihr eine glanzvolle Zukunft bieten? Träumte sie von einem vornehmen Haus und einem Adelstitel, von kostbaren Juwelen? Hoffte sie sogar, Roberts Gemahlin zu werden? Doch da täuschte sie sich gründlich. Da er dringend Geld brauchte, würde er nur eine reiche Frau heiraten, und mochte die goldblonde Kellnerin noch so hübsch sein.

Jamie sah, wie sein Freund dem Priester das Geld für den Sarg gab. Der zahnlose Fahrer des Karrens, offenbar der Besitzer des Armensargs, kam rasch näher, das häßliche Gesicht zu einem eifrigen Lächeln verzerrt.

Jassy schien zu protestieren, und Robert wandte sich zu ihr. Offenbar erklärte er, sie müsse ihrer Mutter den Sarg gönnen, damit die Tote ihre ewige Ruhe finden könne. Der Geistliche, der inzwischen ein üppiges Trinkgeld erhalten hatte, nickte zustimmend. Sie nahm einen schwarzen Schleier von den Schultern und breitete ihn liebevoll über den Sarg, dann bot Robert ihr den Arm und führte sie ein paar Schritte vom Grab weg.

Der Fahrer hob den Karren etwas an, und der Sarg rutschte in die Grube. Erst jetzt sah Jamie die Lippen des Mädchens zittern. Tiefe Liebe erwärmte ihre blauvioletten Augen, dann schien sich sofort wieder eine eisige Maske über das schöne Gesicht zu legen. Robert umfaßte Jassys Ellbogen und verließ mit ihr den Friedhof. Nun entdeckte sie ihn in Windwalkers Sattel. Sie zuckte zusammen, und er las wilden Haß in ihrem Blick. Sie schüttelte die Hand seines Freundes ab, der auf sie einsprach und so tat, als hätte er nichts bemerkt.

Ihre Augen blieben auf Jamie gerichtet. Er stieg vom Pferd, nickte Molly und dem alten Mann zu, die sich ehrerbietig verneigten. Jassy schwieg. Wie eine Statue stand sie im kalten Wind. Hinter ihr entfernte sich der Leichenwagen, auf dem der Priester saß. Eilig gingen die Totengräber ans Werk.

»Ah, da bist du ja, Jamie!« rief Robert. »Gerade habe ich Mistreß Jassy beschworen, auf keinen Fall zu Master John zurückzukehren. Aber sie erklärte, das habe sie ohnehin nicht vor. Sie besitzt ein wenig Geld und möchte nach Süden reisen, um ihre Familie zu suchen.

»Tatsächlich?« fragte Jamie.

»Aye.«

Sie standen sich auf der vereisten Straße gegenüber. Windwalker wieherte ungeduldig, der Wind verstärkte sich.

Molly wandte sich zu Jassy. »Ich muß jetzt zurücklaufen, Liebes, sonst zieht mir Master John bei lebendigem Leib die Haut ab.«

»O Molly...« Die beiden Mädchen umarmten sich, und Jamie beobachtete ein zweites Mal, welche Gefühlswärme Jassys Augen ausdrücken konnten.

»Auch ich werde mich nun verabschieden«, sagte der kleine alte Mann. »Gott sei mit Ihnen, Kindchen. Und vergessen Sie nicht – wir sind immer für Sie da, wenn Sie uns brauchen.«

Jassy schlang ihm ebenfalls die Arme um den Hals, dann verneigten sich die beiden Trauergäste vor Jamie und Robert, ehe sie davoneilten.

»Sie wollen also Ihre Familie aufsuchen, Mistreß?« fragte Jamie skeptisch. »Allein?«

»Aye!« fauchte sie. »Geht Sie das was an, Sir?«

»Lord Cameron, Miß Dupré«, stellte er sich mit einer knappen Verbeugung vor, »und dies ist mein Freund Robert Maxwell. Die Frage ist für mich nicht ohne Bedeutung, denn die Ländereien meines Vaters liegen hier in der Nähe, und er wäre sehr betrübt, käme ihm zu Ohren, eine alleinreisende junge Dienstmagd sei überfallen oder sogar ermordet worden.«

»Sollte ich ein solches Schicksal erleiden, werde ich meinen Schöpfer bitten, Ihren Vater nichts davon wissen zu lassen, Mylord.« Mit einem bezaubernden Lächeln drehte sie sich zu Robert um. »Vielen Dank für Ihre Freundlichkeit, Sir.«

»Mistreß, ich möchte Ihnen einen Vorschlag machen...« Nach einem kurzen Blick auf seinen Freund fuhr Robert fort: »Wir haben noch ein Pferd – und es wäre wirklich besser, Sie würden sich auf Ihrer Reise in den Süden meiner Obhut anvertrauen. Auf den Landstraßen wimmelt es von üblem Gesindel.«

Jassy nickte lächelnd. »Ich weiß, aber sagen Sie mir doch – werden Sie von Lord Cameron begleitet, Sir?«

»Aye, so ist es«, bestätigte Robert unbehaglich.

»Dann ziehe ich das Gesindel vor«, erwiderte sie mit sanfter Stimme.

Da vergaß Jamie, daß sie ein wehrloses junges Mädchen war und eben erst ihre Mutter verloren hatte. Er packte sie an den Schultern, schüttelte sie und stieß zwischen zusammengebissenen Zähnen hervor: »Mistreß, Sie sollten bedenken, daß ich Sie vor Gericht bringen könnte. Und so manche Diebe enden am Galgen.«

»Jamie!« protestierte Robert, wurde aber ignoriert.

»Wollten Sie vielleicht auch ein Pferd stehlen, Mistreß?«

»Lassen Sie mich los!«

Ihre Schultern ließ er tatsächlich los, aber nur um fluchend ihre Taille zu packen. Er hob sie auf Windwalkers Rücken, schwang sich hinter ihr in den Sattel und ergriff die Zügel, was nicht so einfach war, weil Jassy sich kreischend umherwand und hinabzuklettern versuchte.

Lachend stand Robert am Straßenrand. »Verzeihen Sie, wenn ich mich amüsiere, Mistreß, aber in London werfen sich die Ladys an seinen Hals, und er merkt es kaum. Es ist eine nette Abwechslung, mal zu beobachten, wie Lord Cameron von einer jungen Frau verschmäht wird.«

»Robert, steig endlich auf dein Pferd, ja?« rief Jamie und hielt Jassy, die sich verbissen wehrte, eisern fest. »Es gibt kein zusätzliches Pferd, Mistreß. Also werden Sie auf diesem reiten. Haben Sie irgendwelche Sachen im Gasthaus zurückgelassen?«

»Am liebsten würde ich Sie zurücklassen!«

Täuschte er sich, oder klang ihre Stimme verzweifelt – so, als könnte sie die Tränen nur mühsam zurückhalten? War ihr Kampfgeist besiegt? »Mistreß, Sie sind eine Landplage, und ich habe wirklich keine Ahnung, warum wir Sie nicht einfach Ihrem Schicksal überlassen.«

Wieso, um alles in der Welt, gab er sich überhaupt mit ihr ab? In der vergangenen Nacht hatte sie ihn nur geärgert. Am letzten Abend im Gasthaus, mit seinen königlichen Urkunden, seinen Plänen und Skizzen beschäftigt, hatte er sich von der Kellnerin gestört gefühlt und die Beherrschung verloren. Aber dann war sein Interesse erwacht. Er begehrte Jassy so heftig, daß es ihn selber verblüffte. Alles wollte er von ihr wissen, auch die Dinge, die er weder sehen noch berühren konnte – das Feuer unter dem Eis.

Ihre Fingernägel gruben sich in seine Hände, die

an den Zügeln zerrten. »Lord Cameron, Sie niederträchtiger Schurke...«

»Das reicht jetzt, Mistreß!« schrie er. Schmerzhaft stachen ihre Fingernägel in sein Fleisch. Er hätte Handschuhe anziehen sollen. Fluchend spornte er den Hengst an. Windwalker preschte los, und Jassy fiel gegen Jamies Brust. Er hörte, wie sie nach Luft schnappte, dann hielt sie sich am Sattelknauf fest, und das freute ihn. Wenigstens besaß sie einen gewissen instinktiven Überlebenswillen.

Hufschläge klangen auf, als Robert ihnen folgte. Sie ritten dem eisigen Wind entgegen, den Jassy begrüßte, weil er sehr schnell ihre Gefühle betäubte. Der dünne Umhang bot ihr kaum Schutz vor der Kälte.

Wie hatte sie sich nur in diese Situation gebracht? Vielleicht war alles nur ein Alptraum? Innerhalb eines Tages hatte sich ihr Leben drastisch verändert. Seit diesem Morgen gab es nichts mehr, was sie mit der Vergangenheit verband. Linnet lag in ihrem Grab, und Jassy sah keinen Grund, noch länger bei dem grausamen Master John zu bleiben. Sie war jung und gesund, konnte nicht nur lesen und schreiben, sondern auch Unterricht in Geographie, Latein und Geschichte erteilen. Sicher würde sie eine bessere Stellung finden.

Aber vorher mußte sie Rache üben und ins Haus ihres Vaters gehen. Sie würde nichts verlangen, wollte der Herzogin nur gegenübertreten und erklären, deren Hartherzigkeit habe Linnet Dupré in den Tod getrieben, und dafür werde sie irgendwann büßen. Erst danach konnte Jassy ihr neues Leben beginnen.

Nicht einmal sich selbst gestand sie ein, daß ihr

nur die Goldmünze, die Jamie Cameron ihr so lässig zugeworfen hatte, diese lange Reise nach Somerfield ermöglichte.

Jamie Cameron... Erst vor wenigen Stunden war ihre Mutter gestorben, und diesen Bastard schien das überhaupt nicht zu kümmern. Statt ritterliche Fürsorge zu zeigen, erinnerte er sie unentwegt an ihre bittere Demütigung. Am liebsten wäre sie vom Pferd gesprungen, aber damit hätte sie sich in Todesgefahr begeben, und so umklammerte sie krampfhaft den Sattelknauf.

Die Pferde sprengten an schneebedeckten Feldern und Wäldern vorbei. Bei jedem Galoppsprung des braunen Hengstes wurde Jassy an Jamies Brust gepreßt. Sie spürte den Druck seiner Schenkel an ihren Hüften. Wieso glaubte er, sie könnte nach allem, was zwischen ihnen geschehen war, seine Nähe ertragen?

Plötzlich veränderte sich die Landschaft, zumindest der kleine Teil, den Jassy sehen konnte, denn der Wind blies ihr ständig das Haar ins Gesicht und brannte in ihren Augen. Der Wald lichtete sich, nur noch winterweiße Felder erstreckten sich entlang der Straße. Zur Linken standen Cottages, Scheunen und Ställe, rechts zog sich ein zugefrorener Bach dahin. Wenig später erreichten sie ein Dorf. Die Pferde verlangsamten ihren Trab und blieben schließlich stehen. Lord Cameron stieg ab und streckte die Arme hoch, um Jassy aus dem Sattel zu heben. Zunächst beachtete sie die Geste nicht, aber ein bedrohliches Glitzern in seinen dunklen Augen bewog sie dann doch, sich helfen zu lassen. Sie haßte seine Berührung, die Kraft seiner Muskeln.

»Wir müssen jetzt wissen, welche Richtung Sie einschlagen wollen, Mistreß Dupré.«

»Ich möchte allein weiterreisen«, erwiderte Jassy.

Robert kam zu ihnen, und zwei Stallburschen rannten aus der einzigen Taverne, die es in dem kleinen Ort gab. Der Anblick der beiden Gentlemen schien sie mit tiefer Ehrfurcht zu erfüllen. Offenbar verirrten sich nur wenige Aristokraten in diese Gegend. Diensteifrig führten die Burschen die Pferde in den Stall. Der Wirt eilte die hölzerne Eingangstreppe des Gasthauses herab und musterte die Neuankömmlinge genauso ehrerbietig.

Robert wandte sich zu Jassy und reichte ihr höflich seinen Arm. »Kommen Sie, wir werden hier essen.« Gefolgt von Jamie, betraten sie die Schankstube.

Offenbar waren sie die einzigen Gäste. Der Wirt führte sie in ein Privatzimmer, wo ein helles Kaminfeuer knisterte. Robert drückte Jassy auf eine Bank, während Jamie die Mahlzeit bestellte, kniete vor ihr nieder und rieb ihre blaugefrorenen Hände. In seinen sanften Augen las sie nicht nur Bewunderung, sondern auch ein schmerzliches Bedauern. »Die Kälte hat Ihnen schrecklich zugesetzt, nicht wahr?«

»Jetzt geht's mir schon wieder besser.« Sie begegnete noch einmal seinem Blick und hoffte, er würde ihr Erröten der Wärme des Flammenscheins zuschreiben. Nun verstand sie, was Molly gemeint hatte. Wenn eine Frau mit einem Mann ins Bett ging, fiel es ihr sicher leichter, wenn er hübsch und nett war. Dann würde sie sich nicht so erniedrigt fühlen. Sicher könnte ich Roberts Küsse erwidern, dachte Jassy verträumt, Küsse von Lippen, die sich nicht so verächtlich verzerren wie Lord Camerons Mund... O Gott, diese Nacht würde sie nie vergessen...

Alles hatte er ihr verdorben – Roberts unverkennbares Interesse, die Zuneigung dieses gütigen Mannes, der den Sarg für ihre Mutter bezahlt und ihr ein Pferd angeboten hatte ... Doch er wußte, daß sie wie eine Hure in Jamie Camerons Schlafzimmer gegangen war. Sie hatte ihre Jungfräulichkeit zwar nicht verloren – aber würde er das glauben? So oder so, er konnte sie nicht heiraten. Seine künftige Ehefrau würde aus seinen eigenen Kreisen stammen.

Sie lächelte wehmütig und entzog ihm ihre Hände. Dabei merkte sie, daß Jamie Cameron nicht mehr mit dem Wirt sprach, sondern ausdruckslos zu ihr herüberschaute.

Robert stand auf, um sich am Kamin zu wärmen. »Furchtbar kalt, nicht wahr?«

Inzwischen hatte der Wirt die Umhänge seiner Gäste weggebracht. Jamie beobachtete, wie Jassy immer noch erschauerte, ging zu ihr und berührte den fadenscheinigen Rock ihres Wollkleids. »Ist das alles, was Sie haben?«

Sie riß ihm den dünnen Stoff aus der Hand. »Aye.«

»Ihre Mutter hat Ihnen nichts hinterlassen?«

»Sie besaß nur ein einziges Kleid. Hätte ich sie nackt begraben sollen?«

Jamie trat ans Feuer und stellte einen gestiefelten Fuß auf die Steinkante des Kamins. Kritisch musterte er Jassy. »Wenn Sie sich keine wärmeren Sachen zulegen, werden Sie diesen Winter nicht überleben.«

»Bald werde ich mich besser kleiden können«, entgegnete sie und starrte in die Flammen.

»Vielleicht hat die Wirtin einen dickeren Umhang, den sie nicht mehr braucht«, meinte Robert aufmunternd. »Ich werde sie mal fragen.«

»Nein, bitte! Sie dürfen kein Geld mehr für mich

ausgeben. Sorgen Sie sich nicht um mich, ich werde es schon schaffen, auch ohne Ihre Hilfe.«

»Trotzdem müssen Sie mich jetzt für kurze Zeit entschuldigen. Ich möchte mich ein wenig frisch machen.« Robert verließ das Zimmer.

Drückendes Schweigen senkte sich herab. Jamie betrachtete Jassys abgearbeitete Hände, die auf der Bank lagen, und da sah er, daß sie einen Rubinring mit einem Falkenemblem trug. »Sie sind also doch eine Diebin!« Er packte sie am Arm, zerrte sie auf die Füße und schaute sich das Juwel genauer an.

»Wie können Sie es wagen!« Vergeblich versuchte sie sich loszureißen.

Er sank auf die Bank und zog Jassy an seine Seite. »Woher stammt dieser Ring?«

»Von meiner Mutter...«

»Lügen Sie nicht! Wen haben Sie bestohlen?«

»Niemanden.«

»Wen haben Sie zum Narren gehalten und beraubt? Wie dumm ich war! Das ist ihr kleiner Trick, was? Es ist Ihnen egal, ob Sie bei Ihren Diebereien ertappt werden oder nicht. Sie vergießen rührende Tränen und...«

»Vor Ihnen habe ich nicht geweint!«

»Das war auch nicht nötig, weil ich Sie laufen ließ. Aber bei anderen Männern haben Sie sicher herzzerreißend geschluchzt. Schade, daß ich Sie nicht gezwungen habe, Ihr Geld redlich zu verdienen! Aber ich bin auf Ihr Theater genauso hereingefallen wie Ihre anderen Opfer. Vielleicht sollten Sie meine rechtmäßigen Ansprüche nachträglich befriedigen.«

»Es gab keine anderen!« zischte Jassy. »Und ich lasse mich nie wieder von Ihnen anfassen...« Doch das tat er bereits. Stahlharte Finger umschlossen ihr

Handgelenk, sein warmer Atem streifte ihre Wange. Sie konnte nicht fliehen.

»Also, wen haben Sie bestohlen?« wiederholte er.

»Niemanden!« Sie wollte aufstehen, aber er zog sie auf die Bank zurück.

»Woher haben Sie diesen Ring?«

»Das geht Sie nichts an.«

Seine Augen verengten sich und zeigten keine Spur von Mitleid. »Sprechen Sie, oder ich verständige die Behörden. Dann wird man Ihnen eine Schlinge um den hübschen kleinen Hals legen.«

»Das würden Sie nicht tun!«

»Stellen Sie mich doch auf die Probe, Mistreß.«

Jassy zögerte. Sollte sie ihm glauben? Schließlich beseitigte ein Blick in seine gnadenlose Miene alle Zweifel. Er meinte es ernst. »Der Ring gehörte meinem Vater.«

»Was? Ich habe das Wappen des Herzogs von Somerfield erkannt.«

»Aye.«

»Oh, verzeihen Sie!« entschuldigte er sich höhnisch. »Aber ich kenne die Kinder des verstorbenen Herzogs, und eine Wirtshauskellnerin ist nicht darunter.«

Mühsam zwang sie sich zur Ruhe. »Ich bin unehelich geboren, Mylord.«

Jamie ließ ihr Handgelenk los. Nachdenklich schaute er vor sich hin, dann brach er in Gelächter aus. »Die Tochter des alten Herzogs?«

»Aye. Leider konnte ich mir meinen Vater nicht aussuchen.«

»Gestern nacht haben Sie den Ring nicht getragen.«

»Da steckte er noch am Finger meiner Mutter. Er

hatte sie beschworen, diesen Rubin zu behalten, und sie trennte sich nie davon. Er ist mein einziges Erbe, abgesehen vom blauen Blut, das in meinen Adern fließt...« Jamie lachte immer noch, und seine Belustigung zerrte an ihren Nerven. »Hören Sie doch auf! Wann verschwinden Sie aus meinem Leben?«

»Heute noch nicht, Mädchen. Ich werde Sie an Ihr Ziel bringen.«

»An mein Ziel?«

»Die Ländereien meines Vaters grenzen ans Herzogtum, das sich jetzt im Besitz Ihres Bruders Henry befindet. Ich bin gern bereit, die liebevolle Vereinigung der Familie zu ermöglichen.«

»Die will ich nicht!« Wütend sprang Jassy von der Bank auf. »Ich gehe nur in dieses Haus, um die Herzogin des Mordes anzuklagen...« Sie biß sich auf die Unterlippe, um nicht in Tränen auszubrechen. Der Schmerz des schweren Verlustes war eine viel zu frische Wunde in ihrem Herzen. Jamie lachte nicht mehr. Ernsthaft sah er zu ihr auf. »Sie hat meine Mutter getötet! Mama war keine Dienstmagd, sondern eine großartige Schauspielerin. Aber die Herzogin sorgte dafür, daß Linnet Dupré nie mehr auf einer Bühne stand. Mama konnte unsere Armut und die Sorgen nicht verkraften. Deshalb wurde sie krank und... Oh, warum erzähle ich Ihnen das alles? Ich hasse Sie! Ich verabscheue Sie genauso wie die Herzogin!«

Jamie musterte sie, ohne mit der Wimper zu zukken, dann lächelte er gönnerhaft und erhob sich. Hoch aufgerichtet stand er vor ihr, und plötzlich hatte sie Angst. Aber er rührte sie nicht an. »Leider werden Sie Ihren ganzen Haß an mich verschwenden müssen, meine Liebe.«

»Was meinen Sie?« Verwirrt wich sie vor ihm zurück.

»Die alte Herzogin ist seit zwei Jahren tot. Jetzt lebt ihre Nachfolgerin auf Somerfield Castle, denn Ihr Bruder hat geheiratet.«

Jassy griff sich an die Kehle. »Sie ist – tot?«

»Aye, tot und begraben.«

Sie wandte sich zum Kamin und schaute ins Feuer. »Dann habe ich keinen Grund, Somerfield aufzusuchen.«

»Keinen Grund? Erstaunlich ... Da Ihr Bruder unermeßlich reich ist, dachte ich, Sie könnten es kaum erwarten, ihn kennenzulernen.«

»Ich werde nicht hingehen.«

Lässig lehnte er sich an das Kaminsims. »Und was haben Sie vor? Wollen Sie wieder Fußböden schrubben und Kartoffeln schälen?« Er nahm noch einmal ihre Hand und betrachtete die rauhen Schwielen. »Wünschen Sie sich nicht ein bißchen mehr vom Leben?«

Erbost befreite sie sich von seinem Griff. »Meine Zukunft braucht Sie nicht zu interessieren.«

»Ich will Ihnen nur helfen. Wenn Sie so schrecklich gern Fußböden schrubben und Kartoffeln schälen, könnte ich mit meinem Vater sprechen. Er bezahlt seine Dienstboten sehr gut, und sie bekommen mehr als genug zu essen.«

»Nein, danke. Ich möchte Ihrer Familie ebenso wenig dienen wie Ihnen.«

»Ach, jetzt verstehe ich – Sie ziehen es vor, in einer Taverne zu arbeiten. Da treffen Sie immer wieder Männer, deren Geldbeutel Sie mit verführerischen Blicken und leeren Versprechungen plündern können.«

»Selbst wenn diese Männer keinen Penny lockermachen, sind sie mir immer noch tausendmal sympathischer als Sie, Mylord.«

Sie starrten sich an, und in diesem Augenblick schwang die Tür auf. Robert kam zurück. »Sehen Sie, was wir gefunden haben, Mistreß Dupré!« Triumphierend breitete er mehrere Kleidungsstücke auf der Bank aus. »Kürzlich war Lady Tewesbury hier zu Gast. Sie kennen doch ihre Geschichte? Nein? Dann will ich sie erzählen. Lady Tewesburys erster Mann starb, und sie heiratete einen Bewunderer, der sich jahrelang nach ihr verzehrt hatte. Auf der Hochzeitsreise stiegen sie in diesem Haus ab, weil sie ein abgeschiedenes Liebesnest suchten. Der neue Ehemann duldete es nicht, wenn sie Kleider trug, die sein Vorgänger gekauft hatte. Und so zwang er sie, alle ihre alten Sachen hier zurückzulassen. Der Wirt ist bereit, diese Garderobe für einen bescheidenen Preis zu veräußern...« Er schaute Jamie an, der ihm kaum merklich zunickte, und fuhr fort: »Ich glaube, diese Modelle müßten Ihnen passen, Mistreß.«

»Aber ich kann doch nicht...«

»Oh, Sie müssen aber«, fiel Jamie ihr ins Wort. »Robert, du ahnst nicht, was ich soeben erfahren habe. Jassy ist die Halbschwester des Herzogs von Somerfield.«

»Was?« rief Robert und starrte sie mit wachsendem Interesse an.

»Vermutlich weiß der Herzog nichts von ihrer Existenz, aber das werden wir feststellen. Ich schicke einen Boten zum Haus meines Vaters, und wir bringen Jassy sofort nach Somerfield.

»Natürlich«, stimmte Robert zu, dann schluckte er

und lachte. Plötzlich packte er Jassys Hände und begann ausgelassen mit ihr umherzutanzen. Sie fragte sich, ob er den Verstand verloren hatte, aber seine Fröhlichkeit wirkte ansteckend. Wenn bloß Jamie Cameron nicht am Kamin gestanden und sie mit seinen düsteren Augen beobachtet hätte...

»Ah, endlich wird unser Essen serviert!« Robert hörte zu tanzen auf, hielt Jassys Hand aber immer noch fest, und das ließ sie sich gern gefallen.

Unterstützt von einem Küchenjungen, tischte der Wirt ein Festmahl auf – Fische und Geflügel in Sahnesauce, eine große Platte mit Brot, Apfelkuchen und Ale. Für Jassy war es ein seltsames Gefühl, nach so langer Zeit wieder einmal bedient zu werden.

»Sind Sie mit diesen Speisen einverstanden, Mistreß?« fragte Robert, und seine blauen Augen strahlten sie an.

»O ja, danke.« Sie setzte sich neben ihn, und Jamie nahm ihr gegenüber Platz. Immer wieder begegnete sie seinem entnervenden Blick, der bis auf den Grund ihrer Seele zu dringen schien. Sie versuchte ihn zu ignorieren, und in gewisser Weise gelang ihr das auch, denn sie merkte erst jetzt so richtig, wie hungrig sie in all den Jahren gewesen war. Sie konnte sich nicht entsinnen, jemals so üppig getafelt zu haben.

Jamie füllte ihren Becher noch einmal mit Ale, und sie nippte daran, ohne ihn anzuschauen. Begeistert lobte Robert den Geschmack des Apfelkuchens, aber sie hörte ihm kaum zu, denn sie gewann allmählich den beunruhigenden Eindruck, Jamie würde sie mit seinen Augen ausziehen. Plötzlich hatte sie keinen Appetit mehr.

»Essen Sie doch!« mahnte er.

»Danke, ich habe schon genug.«

»Nun, Sie dürfen Ihrem Magen natürlich nicht zuviel zumuten. Jedenfalls fand ich es erfrischend, Ihre Freude an einem Genuß zu beobachten, den ich stets für selbstverständlich hielt.« Er stand auf, trat ans Fenster und starrte in den Winterwind. »Man sollte Master John aufhängen«, murmelte er. »Ziehen Sie sich jetzt um, Mistreß, wir müssen aufbrechen. Ich möchte Somerfield Hall kurz nach Einbruch der Dunkelheit erreichen.«

»Ich kümmere mich um die Pferde.« Robert drückte Jassys Hand und verließ das Zimmer.

Bedrückt schaute sie auf die schönen Kleider. Ein so kostbares Geschenk durfte sie nicht annehmen. Und sie würde die beiden Männer auch nicht begleiten. Sonst wäre sie genauso, wie Jamie Cameron sie eingeschätzt hatte – leichtfertig und habgierig. »Ich komme nicht mit.«

»Doch.«

Sie schüttelte den Kopf. »Robert war sehr freundlich zu mir, aber ich will seine Großzügigkeit auf keinen Fall ausnutzen, und ich verlange auch nichts von den Somerfields. Die würden mich ohnehin nicht mit offenen Armen aufnehmen. Also werde ich meinen Weg allein fortsetzen.«

Jamie schlenderte zu der Bank und suchte ein dunkelgrünes Samtkleid mit schwarzweißem Spitzenbesatz heraus. Der Unterrock bestand aus beiger, zart bestickter Seide. Unterwäsche und Strümpfe fand er nicht. Jassy müßte sich vorerst mit den Sachen begnügen, die sie gerade trug. »Ein Glück, daß Sie die gleiche zierliche Figur haben wie Lady Tewesbury! Da, Mistreß, Ihr neues Reisekleid.«

»Sind Sie schwerhörig? Ich komme nicht mit.«

Herausfordernd hob er die Brauen. »Sind Sie so feige?«

»Ich bin nicht feige, aber ich lege keinen Wert auf Ihre Gesellschaft.«

»Die müssen Sie nur kurzfristig ertragen. Auf Somerfield werden wir uns trennen.«

»Nein.«

Jamie warf ihr das Kleid zu. »Ich lasse Sie jetzt allein, damit Sie sich umziehen können.«

»Ich will nicht...«

»Aber ich will es«, unterbrach er sie mit sanfter Stimme. »Und wenn Sie nicht gehorchen, werde ich Gewalt anwenden. Die Geheimnisse Ihres Körpers kenne ich sowieso schon.«

Wütend stampfte sie mit dem Fuß auf. »Ich werde Sie nicht begleiten, Lord Cameron! Sie mögen reich und mächtig sein, aber ich bin nicht Ihre Sklavin. Deshalb können Sie mich zu nichts zwingen.«

»Was haben Sie denn vor? Sie sind völlig mittellos.«

»Mylord, Sie vergessen die Münze, die ich gestern nacht von Ihnen erhalten habe.«

Lächelnd legte er den Kopf schief. »Die besitzen Sie nicht mehr.«

Bestürzt griff sie in ihre Tasche. Er hatte recht. Die Goldmünze war verschwunden.

Jamie verneigte sich spöttisch. »Diesen kleinen Trick habe ich von Ihnen gelernt, Mistreß Jassy.«

»Geben Sie mir das Geld zurück!«

»Es gehört mir.«

»Nein!«

»Leider haben Sie die geforderte Dienstleistung nicht erbracht. Oder möchten Sie das nachholen?«

»Oh!« Sie ließ das Kleid fallen, stürzte sich auf ihn

und wollte ihn ins Gesicht schlagen. Aber er packte ihren Arm, und sie sank an seine Brust. »Geben Sie mir das Geld zurück!«

»Sie können's verdienen. Hier und jetzt.«

»Sie verdammter Bastard! Sie haben mir die Münze geschenkt!«

»Na und? Jetzt ist sie wieder mein Eigentum.« Jamie ließ ihren Arm los. »Ziehen Sie sich endlich um.«

»Möge sich die Erde auftun und Sie verschlingen! Nein, es wäre noch viel besser, wenn Sie von einem Meeresungeheuer gefressen würden – oder von Indianern...«

»Ich fürchte, Ihre Wünsche werden sich nicht erfüllen.«

Lässig ging er zur Tür, in der Gewißheit, daß sie seinen Befehl befolgen würde. Und ihr blieb auch gar nichts anderes übrig. Sonst würde er seine grausame Drohung wahrmachen, sie eigenhändig aus- und ankleiden. Und sie wollte es nicht mehr riskieren, seine Hände auf ihrer nackten Haut zu spüren. »Warum tun Sie mir das an?« rief sie ihm nach.

Erstaunt drehte er sich zu ihr um. »Das weiß ich nicht genau. Vielleicht möchte ich Ihnen eine Laufbahn als Kneipenhure oder gemeine Diebin ersparen. Ihr Hals ist viel zu hübsch, um von einer Schlinge zugeschnürt zu werden.« Plötzlich lächelte er, und sein Gesicht nahm einen sanften Ausdruck an, der nicht zu ihm paßte. »Sie erinnern mich an Virginia, Mistreß Dupré«, fügte er hinzu, dann schloß er leise die Tür hinter sich.

# 4

Jassy war froh, daß sie sich so schnell wie möglich umgezogen hatte, denn Jamie kehrte schon nach wenigen Minuten zurück, gefolgt von seinem Freund. Verlegen strich sie den grünen Samtrock glatt.

»Eine Vision!« flüsterte Robert, eilte zu ihr und sank auf die Knie, dann nahm er seinen Hut ab und preßte ihn an die Brust. »Mylady, Sie sehen aus wie eine überirdische Erscheinung.«

Sie errötete und warf einen Blick auf Jamie Cameron, der kein Wort sagte. »Genüge ich auch Ihren Ansprüchen?« fragte sie.

»Aye. Gehen wir.« Er wühlte wieder in Lady Tewesburys Sachen, ergriff einen pelzbesetzten Umhang und warf ihn Robert zu, der ihn um Jassys Schultern legte. Dann rief er den Wirt und beauftragte ihn, die restliche Garderobe einzupacken.

Ein seltsames Schweigen erfüllte den Raum, während sie warteten, bis der Wirt mit einem Bündel zurückkam. Jamie nahm es entgegen. Offenbar hatte er schon vorher bezahlt, was er dem Mann schuldete, und ein üppiges Trinkgeld hinzugefügt, nach der unterwürfigen Verabschiedung zu schließen.

Vor dem Gasthaus sah Jassy erstaunt, daß der Stallbursche ein drittes Pferd bereithielt. Sie wandte sich zu Robert, der ihr fröhlich zulächelte. »Ich glaube, das ist eine recht gute Stute.«

»Kein Rassepferd«, meinte Jamie.

»Ich finde sie wunderschön«, beteuerte Jassy. »Vielen Dank, daß ich Sie benutzen darf, Robert.«

»Sie gehört Ihnen.«

»Das kann ich unmöglich annehmen, aber es ist sehr nett von Ihnen, daß Sie mir die Stute zur Verfügung stellen.«

Unbehaglich schaute er Jamie an, und als sein Freund den Kopf schüttelte, griff Robert nach Jassys Arm, führte sie zum Steigbügel und half ihr in den Sattel.

»Wie heißt das Pferd?« fragte sie.

»Keine Ahnung.« Er drehte sich zu dem Stallburschen um, der puterrot anlief.

»Maria, Sir.« Zögernd ergänzte er: »Jungfrau Maria.«

»Oh!« Robert brach in Gelächter aus.

»Sehen Sie, Sir, meine Ma schimpfte ganz schrecklich mit meinem Pa, als er die Stute kaufte. Und sie sagte, wir würden dieses Tier genauso dringend brauchen wie ein Bordell die Jungfrau Maria.«

»Welch eine Gotteslästerung!« meinte Jassy und preßte die Lippen zusammen, um ihren Lachreiz zu bekämpfen.

»Dank der guten Bess befinden wir uns in einem anglikanischen Land«, erwiderte Robert grinsend.

Jamie warf dem Jungen eine Münze zu, und sie machten sich auf den Weg.

Schweigend ritt Lord Cameron voraus, während sich sein Freund mit Jassy unterhielt. Sie sprachen über die Landschaft, die neue französische Mode und die Entdeckungen in der Neuen Welt. Dankbar erkannte sie, daß er versuchte, sie von ihrer Trauer um die verstorbene Mutter abzulenken.

Am Rand eines großen Waldes machten sie kurz Rast und stiegen ab, um die Pferde an einem Bach trinken zu lassen. Robert wanderte zwischen die

Bäume, und Jassy lauschte dem leisen Geplätscher der Wellen. Alle Knochen taten ihr weh. Sie war es nicht gewöhnt, so lange im Sattel zu sitzen. Sie streichelte den Hals ihrer Stute, und als sie aufsah, begegnete sie Jamies Blick. »Sie haben bemängelt, daß Maria kein Rassepferd ist, Mylord. Legen Sie so großen Wert auf edles Blut? Auch bei Menschen?«

Langsam schüttelte er den Kopf. »Bei Menschen nicht, Mistreß. In aristokratischen Kreisen kommt es oft zu einer gewissen Inzucht, wodurch die Blutlinie geschwächt wird. Das gilt ebenso für Pferde. Wenn man sie überzüchtet, bekommen sie zu zarte Knochen. Manchmal ist es ratsam, einer Linie frisches, gesundes Blut zuzuführen.«

Er schaute sie so merkwürdig an, daß sie sich nervös abwandte. An seiner Abstammung ließ sich gewiß nichts aussetzen. Er war groß und stark, bewegte sich sicher und geschmeidig. Wenn er auch kein so hübsches Gesicht hatte wie Robert, so wirkten seine Züge doch sehr markant und attraktiv, vor allem die dunklen Augen über der schmalen geraden Nase und die ausdrucksvollen Lippen. Jassy konnte sich gut vorstellen, daß er die Londoner Damen faszinierte, trotz oder vielleicht sogar wegen seiner verächtlichen Arroganz. Nun, diese Frauen konnten ihn haben. Sie selbst würde ihn bis an ihr Lebensende hassen.

Bei diesem Gedanken erinnerte sie sich wieder an sein Vorhaben. »Es ist einfach absurd!« fauchte sie entrüstet. »Sie schleppen mich ins Haus meines Bruders, obwohl er sicher nichts von mir wissen will. Warum bestehen Sie darauf? Um mich noch tiefer zu demütigen?«

»Er wird Sie aufnehmen.«

»Warum?«

»Weil ich Sie zu ihm bringen werde.«

»Aber...«

»Sie werden es schon sehen«, unterbrach er sie. Damit war das Gespräch beendet, denn Robert kehrte zurück, und sie ritten weiter.

Während die Dunkelheit herabsank, wurde es immer kälter. Ein Vollmond stieg auf und warf elfenbeinweißes Licht auf die Schneelandschaft. Jamie drängte zur Eile, und wenig später sah Jassy zum erstenmal den Familiensitz ihres Vaters, eher ein Palast als ein Schloß, der am Ufer eines glitzernden Flusses stand. »Wie schön«, sagte sie leise. Dieses prächtige Gebäude könnte ihr Erbe sein. Aber ihre Mutter war von dem Mann, den sie geliebt hatte, im Elend allein gelassen worden.

Jamie warf ihr einen kurzen Blick zu. »Wir wollen versuchen, unser Ziel möglichst schnell zu erreichen. Die Nacht ist eisig.«

Jassy fürchtete sich vor der Ankunft in Somerfield Hall. Vermutlich gehörte Lord Camerons Absicht, sie hierherzuführen, zu einer bizarren Rache, die er an ihr übte. Nein, sie hätte nicht mitkommen und Robert lieber um eine Leihgabe bitten sollen.

Sie hörte Hundegebell, und durch einen breiten Torbogen, hinter dem eine lange Treppe zum Hauseingang hinaufführte, sah sie Lichter und die Schatten lebhafter Bewegungen. Ein Dienstbote erschien auf der obersten Stufe, eine Laterne in der Hand. Kläffende Hunde tummelten sich zu seinen Füßen. »Wer ist da?« rief er den Reitern entgegen.

»Hier ist Jamie Cameron, Lydon! Melden Sie dem Herzog und der Herzogin meine Ankunft!«

»Aye, Mylord, sofort! Willkommen in der Heimat!« Beflissen eilte der alte Mann die Treppe herab.

Verwundert fragte sich Jassy, wo Lord Cameron gewesen sein mochte. Über eine Brücke, unter der die Wellen des Flusses rauschten, ritten sie in den Hof. Mehrere Stallknechte standen bereit, um die Pferde zu übernehmen.

Jamie hob Jassy vom Pferd und musterte sie kritisch, dann strich er ihr eine Haarsträhne aus der Stirn und nickte. »Sie sehen ganz passabel aus.«

»Wie erfreulich, daß ich Ihren Ansprüchen genüge...« Sie wollte einen Schritt tun, aber die Beine trugen sie nicht, und sie stürzte beinahe. »Robert!« Doch ihr blonder Freund eilte nicht rechtzeitig herbei, und so wurde sie von Jamie gestützt.

»Was ist denn los?«

»Meine Beine – das Pferd...«

»Ich dachte, Sie könnten reiten«, erwiderte er.

»Das kann ich auch, und sie konnten sich ja auch davon überzeugen. Aber davor hatte ich jahrelang nicht im Sattel gesessen. Leider gab uns Master John Samstag vormittags nicht frei, und so fanden wir keine Gelegenheit, im Park auszureiten.«

Er nahm ihren Ellbogen und führte sie zu den Stufen, wo sich Lydon eifrig nach einem Ort namens Carlyle Hundred erkundigte. Robert folgte ihnen die Treppe hinauf und beteiligte sich an dem Gespräch, das für Jassy keinen Sinn ergab. »Mistreß Jassy, das ist Lydon, der Kammerdiener des Herzogs und sein vertrauenswürdigster Diener. Lydon – Mistreß Jasmine Dupré.

Der alte Mann schluckte so krampfhaft, daß sein Adamsapfel auf und ab hüpfte. »Dupré?« würgte er hervor.

»Ja«, bestätigte Jamie amüsiert. »Mistreß Dupré. Haben Sie den Herzog und die Herzogin von unserer Ankunft verständigt?«

»Aye, Mylord, aber...«

»Was?«

»Oh – nichts. Folgen Sie mir bitte. Willkommen auf Somerfield, Mistreß Dupré.« Lydon stieß die Doppeltür auf, die in eine schöne Marmorhalle führte. Zur Linken schwang sich eine breite Treppe nach oben. Der Kammerdiener öffnete eine Tür an der rechten Seite, hinter der ein eleganter Teesalon mit Stuckdecke, Brokatvorhängen und einer gepolsterten Sitzgarnitur lag. Auf einem blankpolierten Holztisch standen ein kostbares Silberservice und Kristallgläser.

In diesem Raum warteten mehrere exquisit gekleidete Frauen und ein Mann in seidenen Kniehosen, passendem Wams und Schnallenschuhen. Sein Anblick nahm Jassy den Atem. Sie hatte stets geglaubt, ihrer Mutter zu ähneln. Aber er hatte die gleichen violetten Augen und goldblonde Haare wie sie selbst. An der Verwandtschaft konnte es keinen Zweifel geben. Auch zwei Frauen waren blond, eine so klein wie Jassy, die andere viel größer und gertenschlank.

Eine hübsche Brünette trat vor und hängte sich bei dem Mann ein. »Jamie! Robert! Wie schön, euch beide wiederzusehen! Henry, was hast du denn? Lenore? Elizabeth?« Sie ließ Henrys Arm los, umarmte Jamie Cameron in aufrichtiger, unverhohlener Zuneigung und küßte Roberts Wange. »Und wer ist diese junge Dame?«

»Jane, das ist Jasmine Dupré«, stellte Jamie seine Begleiterin vor.

»Dupré!« Es klang wie ein Schreckensruf.

Jane drehte sich um und tadelte in scharfem Ton: »Lenore, du vergißt deine Manieren! Dein Papa wäre schockiert. Miß Dupré, bitte kommen Sie doch näher. Möchten Sie ein Glas Wein? Oder bevorzugen Sie Ale?«

Jassy bevorzugte gar nichts. Sie konnte nicht sprechen, konnte sich nicht rühren, und sie haßte Jamie Cameron leidenschaftlicher denn je.

Plötzlich ging Henry Somerfield auf sie zu. Im hellen Licht eines Kristallüsters legte er einen Finger unter ihr Kinn, hob ihr Gesicht empor und starrte in ihre Augen. Endlich erwachten ihre Lebensgeister wieder. Sie schob seine Hand weg und wich zurück. »Was erlauben Sie sich?«

Abrupt wandte er sich zu Jamie. »Was hat das zu bedeuten? Ich verlange eine Erklärung!«

»Vorsicht, Henry!« mahnte Jamie leise. »Solche Forderungen schätze ich nicht besonders. Wenn du mir in die Bibliothek folgen würdest. Dort werden wir in Ruhe alles besprechen.«

»Warum reden wir nicht in aller Offenheit darüber?« schlug Jane Somerfield vor. »Sie weiß, wer sie ist, und wir wissen es auch. Wozu die Heimlichtuerei?«

»Sie ist ein Bastard!« zischte die größere der blonden Frauen.

»Lenore, dieses Benehmen dulde ich nicht!« schimpfte Jane.

»Du bist nicht meine Mutter...«

»Ich bin die Herzogin, die Frau deines Bruders und die Hausherrin. Also wirst du mir gehorchen.«

»Henry...«

»Natürlich wirst du Jane gehorchen!« befahl der

Herzog seiner Schwester, dann schenkte er Jamie ein anzügliches Lächeln. »Wo hast du diese kleine Rinnsteinpflanze aufgegabelt? Willst du mir einen Streich spielen? Was geht hier eigentlich vor?«

»Gestern abend bin ich über sie gestolpert. Daß sie deine Schwester ist, merkte ich erst, als ich den Ring deines Vaters an ihrer Hand entdeckte. Und jetzt, wo ich euch beide zusammen sehe... Die Ähnlichkeit ist unverkennbar, geradezu unheimlich. Übrigens ist sie keine Rinnsteinpflanze, eher ein Kind, das in bittere Not geraten ist...«

»Ich bin kein Kind.«

»Jassy, seien Sie still und halten Sie sich da raus. Ich habe sie in äußerst unglücklichen Umständen angetroffen...«

»Sie waren der unglücklichste Umstand!«

»Schweigen Sie, Jassy. Dein Vater hat sie anerkannt, Henry, und deine Mutter ist tot. Außer diesem Mädchen lebt niemand mehr, der Schaden nehmen könnte.«

»Ein Bastard!« kreischte die ältere Blondine.

Diesmal wurde sie von Jamie gewarnt. »Lenore!«

»Bitte, Lenore...«, mischte sich Robert ein.

»Um Himmels willen!« rief Jassy. »Würden Sie endlich aufhören, über mich zu reden, als wäre ich gar nicht vorhanden? Lenore, mir ist noch nie eine Frau begegnet, die sich so abscheulich benommen hat wie Sie!«

»Nicht einmal einen Viertelpenny bekommen Sie von meinem Erbe, Sie raffgieriges Biest!«

»Ich will gar nichts haben!«

»Nun, ich teile mein Eigentum sehr gern mit dir«, meldete sich das kleinere blonde Mädchen zu Wort. Lächelnd ergriff sie Jassys Hand. »Ich bin die Jüngste und habe nicht allzuviel geerbt, nur eine Mitgift. Doch davon gebe ich dir die Hälfte. Es freut mich, daß du da bist. Natürlich wissen wir über dich Bescheid. Die Mama haßte allein schon den Gedanken an dich und deine Mutter. Aber ich glaube, mein Papa liebte dich sehr.«

Soviel Freundlichkeit ertrug Jassy nicht. Von dieser Familie hatte sie nur eisige Ablehnung erwartet – und keineswegs die herzliche Begrüßung, die ihr dieses zarte, liebenswerte Geschöpf bot. Tränen drohten ihre Stimme zu ersticken. »Ich danke dir«, flüsterte sie, dann faßte sie sich wieder. »Aber ich wünschte, ich wäre nicht hergekommen.« Sie warf einen vernichtenden Blick zu Jamie hinüber. »Leider hat Lord Cameron darauf bestanden.«

»Ich konnte sie wohl kaum zu mir nach Hause bringen«, meinte er lachend.

»Nun sollten wir diesen Disput endlich beenden und etwas trinken«, entschied Jane. »Für mich bitte Wein, Lydon.

»Ich nehme schottischen Whisky«, sagte Henry, der Jassy immer noch anstarrte.

Im Gegensatz zu den anderen nahm sie nicht Platz. Sie verzichtete auch auf das Glas Wein, das Lydon ihr anbot. Am liebsten wäre sie davongelaufen. Aber diesen Gefallen wollte sie ihrem Bruder und ihrer Schwester Lenore nicht erweisen.

»Kann sie in dem Zimmer neben meinem wohnen?« fragte Elizabeth, die jüngere Blondine.

»Gut«, stimmte der Herzog widerstrebend zu. »Natürlich darf sie nicht hierbleiben. Ein Bastard in diesem Haus! Das wäre unmöglich. Natürlich werde ich veranlassen, daß sie etwas zu essen bekommt und sich waschen kann...«

»Oh, sie ist sehr sauber«, fiel Jamie ihm ins Wort, und Jassy widerstand nur mühsam dem Impuls, zu ihm zu laufen und seine bronzebraune Wange zu ohrfeigen.

»Du kannst sie nicht auf die Straße setzen, Henry«, mahnte Jane. »Sie ist dein Fleisch und Blut.«

»Was ich lieber nicht wäre«, warf Jassy in kühlem Ton ein.

Henry grinste. »In der Tat, sie hat was von Papa ... Trotzdem sehe ich keinen Grund, ihr eine Mitgift zu geben. Falls sie bereit ist, im Haushalt zu helfen, darf sie vorerst hier wohnen – und sogar die Mahlzeiten mit der Familie einnehmen, wenn keine Gäste an der Tafel sitzen.«

Man sprach immer noch über Jassy, als wäre sie nicht anwesend. Robert Maxwell lächelte ihr aufmunternd zu. Trotzdem wurde ihr das Herz schwer, während sie sich das alles anhören mußte. Und doch vertieften sich ihre Gefühle für den hübschen blonden Mann. Den Traum von einer Zukunft an seiner Seite hütete sie immer noch wie einen kostbaren Schatz.

»Wo hast du sie gefunden, Jamie?« fragte Lenore. »In einem Bordell?«

Seine Miene zeigte deutlich, wie tief er sie verachtete. »Nein, beim Begräbnis ihrer Mutter, nachdem sie jahrelang hart gearbeitet hatte, um die arme Frau am Leben zu erhalten.«

»O Gott!« rief Jane. »Das werden wir ihr doch von jetzt an ersparen, Henry?«

»Ich sagte bereits, daß sie bleiben kann.«

»Vielen Dank, das möchte ich nicht.« Jassy wandte sich ab und hoffte auf einen würdevollen Abgang. Aber ihre Beine knickten ein. Sie schwankte und stolperte. Als ihr Kopf gegen das Kaminsims stieß, schrie sie auf. Und dann versank sie in einem seltsamen Dunkel.

Doch sie erreichte den Boden nicht. Starke Arme fingen sie auf. »Jassy!«

Sie konnte nicht antworten. Schwarze Finsternis hüllte sie ein.

Sie erwachte in sanftem Kerzenschein, in einem weichen Bett mit strahlendweißen Laken, und sie trug ein Nachthemd aus feinem Leinen. Bis sie das alles richtig wahrnahm, dauerte es einige Minuten. Sie berührte ihre Schläfe, wo es schmerzhaft pochte, und ihre Finger tasteten über einen Verband.

Ein Frauengesicht neigte sich zu ihr herab. Jassy sah es zuerst nur verschwommen, dann immer klarer. Ihre Schwester Elizabeth. »Hörst du mich?«

»Ja«, erwiderte Jassy.

»Ein gutes Zeichen.«

»Wie bin ich hierher geraten?«

Elizabeth setzte sich auf den Bettrand. »Das ist nur eine Dienstmädchenkammer neben meinen Gemächern. Natürlich gibt es bessere Zimmer in diesem Haus, aber Henry kann dir keinesfalls den Status eines legitimen Kindes zubilligen. Ich möchte nicht grausam sein – aber das verstehst du doch?«

»Sicher. Ich wollte auch gar nicht herkommen, und ich werde gehen, sobald...«

»Nein, bitte nicht! All die Jahre habe ich mich gefragt, wie es dir wohl ergehen mag. Mama und Papa haben deinetwegen furchtbar gestritten. Ich finde dich sehr nett. Bitte, bleib hier! Jane ist ein Schatz, aber als Herzogin muß sie viele Pflichten erfüllen, ebenso wie Henry, und hat kaum Zeit für mich. Und

Lenore – nun, du kennst sie ja schon. Ich habe niemanden.«

»Auch keine Freundinnen?« Jassy wollte sich aufrichten, sank aber sofort wieder ins Kissen zurück, weil ein heftiger Schmerz durch ihren Kopf schoß.

»Sei vorsichtig! Die Schnittwunde an deiner Schläfe sieht ziemlich übel aus. Nein, ich habe keine Freundinnen. Papa zog es vor, allein nach London zu fahren, und so kam ich nie mit gleichaltrigen Mädchen aus meinen Kreisen zusammen. Mit Dienstbotenkindern durfte ich nicht spielen. Jamie und Jane waren unsere nächsten Nachbarn. Aber, wie ich bereits sagte – Jane ist sehr beschäftigt, und Jamie sehe ich nur selten. Bitte, geh nicht weg!«

Jassy gab keine Antwort. Sie wußte nicht, ob sie es ertragen würde, in einem Haus zu bleiben, wo ihr soviel Feindseligkeit entgegenschlug. »Dieses Zimmer ist sehr schön«, meinte sie ausweichend und betrachtete entzückt die bunten Gobelins, die Truhe am Fuß des Betts und den Toilettentisch aus massiver Eiche. »Du hast mir noch immer nicht verraten, wie ich hergekommen bin.«

»Jamie hat dich heraufgetragen.«

»Oh...« Jassy versuchte, ihre Enttäuschung zu verbergen. Sie hatte gehofft, es wäre Robert gewesen. Rasch senkte sie den Blick.

Aber Elizabeth durchschaute sie und kicherte leise. »Falls du ein Auge auf Lord Robert Maxwell geworfen hast, hüte dich vor Lenore. Sie ist verliebt in ihn – in Jamie auch, aber der kann sehr eklig sein.«

»O ja, das kann er.«

»Lenore ist schrecklich anspruchsvoll, und an einen Mann wie Jamie darf man keine Forderungen stellen. Wenn er mit Lenore zusammen ist, wahrt er kaum die Grenzen der Höflichkeit. Wann immer sie ihn sieht, zankt sie sich mit ihm, wenn er gegangen ist, weint sie die ganze Nacht lang, und sobald er wiederkommt, fängt alles von vorn an.«

»Seltsam...« Jassy hätte es vorgezogen, Jamie Cameron nie mehr begegnen zu müssen. Für Robert Maxwell hegte sie natürlich andere Gefühle. Ein qualvoller Gedanke, daß er Lenore heiraten könnte... Sie selbst würde immer nur die arme Verwandte des Herzogs bleiben. Nun, immerhin hatte sie eine liebevolle Schwester gefunden. Sie betrachtete Elizabeth, die ihr nur entfernt ähnelte, denn sie hatte ein rundes Gesicht, eine Stupsnase und immer noch kindliche Augen. »Und wen wirst du heiraten?«

»Niemanden!« entgegnete Elizabeth im Brustton der Überzeugung. »Es sei dann, Henry zwingt mich dazu. Aber das wird Jane nicht zulassen. Eine Zeitlang hatte ich die Absicht, ins Kloster zu gehen, zum Orden der Nonnen von St. Francis. Doch dann merkte ich, daß mir die wahre Berufung fehlt.«

»Vielleicht wirst du dich eines Tages verlieben.«

»Das bezweifle ich, denn dafür bin ich einfach zu schüchtern. Oh, Jamie kenne ich mein Leben lang, und Robert ist so nett und lustig. Aber fremde Männer machen mich verlegen. Ich liebe dieses Haus, aber ich hasse es auch, denn es ist mein Gefängnis. Und jetzt erzähl mir von deinem Leben. Ich bin so neugierig.«

Jassy erfüllte ihr diesen Wunsch, und als sie den Tod ihrer Mutter schilderte, brannten Tränen in ihren Augen. Dagegen kämpfte sie nicht an, denn es störte sie nicht, vor ihrer Schwester zu weinen.

Sie umarmten sich, und Elizabeth flüsterte bestürzt: »Also hast du sie erst heute morgen zu Grabe getragen! Du Ärmste! O Jassy, du mußt hierbleiben, auch wenn mein Bruder und Lenore dich schlecht behandeln werden. Die Welt da draußen wäre noch viel grausamer zu dir.«

Am nächsten Morgen wurde Jassy zum Herzog von Somerfield gerufen. Er saß in seinem Arbeitszimmer am Schreibtisch. Statt ihr Platz anzubieten, stand er auf, ging um sie herum und musterte sie aufmerksam. Er war wesentlich älter als sie, aber immer noch ein junger Mann, elegant gekleidet in Pluderhosen und ein reichbesticktes Wams mit modisch weiten Ärmeln.

»Sie zeigen keine Demut, Jassy«, bemerkte er schließlich. »Das müssen Sie lernen.«

Wortlos senkte sie den Kopf und erinnerte sich an ihren Entschluß, vorerst in Somerfield Hall zu bleiben – zumindest so lange, bis sie einen Weg finden würde, ihr Schicksal selbst in die Hand zu nehmen und aus eigener Kraft Wohlstand zu erwerben. Vielleicht nur ein Traum – aber ein Traum, der ihr innere Kraft gab.

»Sie sind kein legitimes Mitglied dieses Hauses«, fuhr er in scharfem Ton fort.

»Nein, das bin ich nicht«, bestätigte sie.

»Diesem Umstand wird Ihre Stellung in Somerfield Hall entsprechen. Aber Sie sind meine Schwester«, fügte er etwas sanfter hinzu, »und sehr schön, viel schöner als Lenore, und vermutlich klüger als wir alle. Hier befinden Sie sich in einer schwierigen Position. Aber da es mir widerstrebt, eine Verwandte der Armut preiszugeben, dürfen Sie hierbleiben. Wir müssen eine Aufgabe für Sie finden. Ich nehme an, Sie besitzen eine gewisse Schulbildung?«

Jassy nickte. »Bis zu meinem dreizehnten Lebensjahr wurde ich unterrichtet.«

»Die Herzogin erwartet ein Kind. Wenn das Baby geboren ist, werden Sie es betreuen und vor allem die Amme im Auge behalten. Unglücklicherweise konnte ich für diese Stellung nur ein einfaches, ungeschicktes Bauernmädchen finden. Sobald mein Sohn sprechen kann, müssen Sie mit dem Unterricht beginnen. Wenn er älter ist, werde ich geeignete Hauslehrer engagieren. Kann ich Ihnen so verantwortungsvolle Pflichten anvertrauen?«

Jassy blickte auf. Sie hatte mit einem schlimmeren Schicksal gerechnet. »O ja, vielen Dank. Ich liebe Kinder, und ich will gut für Ihren Erben sorgen.«

»Ein Punkt muß noch geklärt werden. Sollten Sie Ihre Herkunft jemals erwähnen, werde ich Ihnen die Tür weisen. Natürlich weiß jeder, wer Sie sind. Aber in diesem Haus nehmen Sie nur den Posten der Gouvernante ein, die ich engagiert habe. Ist das klar?«

»Vollkommen.«

»Bis zur Niederkunft können Sie Jane bei Ihrer Korrespondenz helfen.«

»Sehr gern.«

»Gehen Sie jetzt. Wenn Jane Sie braucht, wird sie Ihnen Bescheid geben.«

Sie floh aus dem Arbeitszimmer und kehrte in ihre Kammer zurück, wo sie von Elizabeth und der freundlichen Zofe Kathryn erwartet wurde. Beide bestürmten Jassy mit neugierigen Fragen, und sie schilderte bereitwillig ihr Gespräch mit dem Herzog. Ihre Zuhörerinnen klatschten entzückt in die

Hände und entschieden, ein besseres Los hätte sie sich nicht wünschen können.

Wenig später wurde sie zur Herzogin beordert, die sie liebenswürdig begrüßte. Sie bat Jassy, einen Beileidsbrief an eine Freundin zu schreiben, die ihren Ehemann verloren hatte, und war sehr zufrieden. »Was für eine hübsche Handschrift! Sicher werden wir gut miteinander auskommen...« Sie unterbrach sich und griff nach Jassys kleiner Hand. »Ich habe eine Creme, die wird diese roten Schwielen mildern und mit der Zeit vielleicht völlig entfernen. Heute abend soll Kathryn Ihnen den Tiegel bringen.«

»Vielen Dank, Sie sind sehr freundlich.«

Lächelnd setzte sich Jane an ihren Sekretär. »Ich bin so froh, daß Sie sich um mein Baby kümmern werden – Ihren Neffen, wenn wir das auch nicht laut sagen dürfen.«

»Ich verspreche Ihnen, immer gut auf ihn zu achten.«

»Davon bin ich überzeugt... Großer Gott, über all der Aufregung gestern abend habe ich ganz vergessen, meinem Bruder zu erzählen, daß ich guter Hoffnung bin!«

»Ihrem Bruder?« fragte Jassy verwundert.

»Ja. Jamie ist mein Bruder – Jamie, der Pirat und Globetrotter. Niemals werde ich begreifen, warum er nicht hier auf seinen schönen Ländereien bleibt. Carlyle Castle wäre groß genug für ein Dutzend Familien. Es ist zehnmal größer als Somerfield Hall. Und Jamie hat sich auf seinem eigenen Grundstück, dem Erbe seiner Mutter, ein Haus gebaut. Nun, Papa ist ja auch ganz besessen von den Kolonien in Virginia, und deshalb muß man's wohl verstehen, daß Jamie immer wieder über den Atlantik segelt.« Jane erschauerte. »Keine zehn Pferde würden mich an Bord eines Schiffes kriegen, auf dem ich eine dreimonatige Seereise ertragen müßte. Aber Jamie tut immer, was er will, und der Himmel stehe allen bei, die ihm Steine in den Weg zu legen versuchen... So, das wäre vorerst alles. Wenn ich Sie am Nachmittag brauche, lasse ich Sie rufen.«

»Sehr wohl, Euer Gnaden.«

Jane errötete. »So müssen Sie mich nicht anreden – nur in Gegenwart meines Mannes. Ansonsten nennen Sie mich Jane. Übrigens, ich würde es begrüßen, wenn Sie den Großteil Ihrer Freizeit mit Elizabeth verbrächten. Sie ist sehr scheu und hat keine Freundinnen.«

»Ich bin gern mit ihr zusammen.«

»Sehr gut.«

Als Jassy von der Herzogin erfuhr, was sie verdienen würde, biß sie die Zähne zusammen, um nicht aufzuschreien. In einem Monat bekam sie genauso viel, wie Master John ihrer Mutter in einem Jahr gezahlt hatte. Nachdem sie den Salon verlassen hatte, begann sie sich die Zukunft auszumalen. Sie beschloß, ihr Geld zu sparen, eines Tages ein Stück Land zu kaufen oder eine Taverne. Natürlich mußte sie sich noch sehr lange gedulden, bis dieses Ziel erreicht war. Aber irgendwann würde sie ihre eigene Herrin sein.

»Ah, meine Schwester, der elegant herausgeputzte Bastard!« Unsanft wurde sie aus ihren Tagträumen gerissen. Lenore stand vor ihr im Korridor und lächelte plötzlich. »Ein Glück, daß Sie in diesem Haus eine Dienstbotenstellung einnehmen. Sie wären eine gefährliche Konkurrenz, wenn Sie eine Mitgift bekämen.«

Jassy hob die Brauen und fragte sich, was das heißen sollte.

»Ach, wissen Sie, ich bin gar nicht so schrecklich, wie ich tue«, fuhr Lenore fort. »Ich möchte Sie keinesfalls ertränken wie einen unerwünschten Katzenwurf, aber ich will nicht, daß Sie mir meine Chancen verderben.«

»Wie könnte ich das?«

»Haben Sie noch nie in den Spiegel geschaut?« Nach einer kleinen Pause fuhr Lenore fort: »Heute abend werden Sie in Ihrem Zimmer essen. Wir haben Gäste, und Sie sollten sich möglichst selten blikken lassen.«

»Das ist auch mein Wunsch«, erwiderte Jassy und ging an ihrer Schwester vorbei.

Gleichförmige Tage nahmen ihren Lauf. Morgens wurde Jassy von Kathryn geweckt. Elizabeth ergänzte die Garderobe der neuen Hausbewohnerin mit abgelegten Sachen von ihr selbst, Jane und Lenore, was letztere seltsamerweise nicht zu stören schien. »Solange Sie nur ausrangierte Fetzen tragen, soll's mir recht sein«, erklärte sie leichthin.

Vormittags befaßte sich Jassy mit Janes Korrespondenz, nachmittags hatte sie frei. Sie las, ging mit Elizabeth spazieren oder ritt aus. Am dritten Tag entdeckte sie die Stute Maria im Stall von Somerfield Hall. »Selbstverständlich gehört sie Ihnen«, bemerkte Jane, »und sie steht Ihnen jederzeit zur Verfügung.«

»Ich habe Robert doch gesagt, daß ich sie nicht behalten kann«, protestierte Jassy bestürzt.

Erstaunt runzelte Jane die Stirn. »Es war Jamie, der Maria für Sie hiergelassen hat. Sprechen Sie mit ihm, wenn Sie die Stute nicht haben wollen.«

»Natürlich will ich sie haben«, antwortete Jassy leise. Und weil das sanftmütige Tier bewegt werden mußte, überwand sie ihren Stolz und ritt aus, wann immer sich eine Gelegenheit ergab.

Lenore behandelte sie nach wie vor unfreundlich, Henry begegnete ihr mit kühler Zurückhaltung, aber Elizabeth und Jane waren sehr nett. Während die Frühlingssonne den Schnee schmolz, fand Jassy allmählich Gefallen an ihrem neuen Leben. Sie bewunderte die luxuriöse Einrichtung von Somerfield Hall, vor allem die französischen und italienischen Skulpturen und Gemälde. Mit der Zeit fühlte sie sich sogar heimisch, obwohl ihre Bitterkeit noch nicht verflogen war.

Eines Nachmittags stürmte Elizabeth zu ihr in die Kammer. »Heute abend erwarten wir Gäste! Du sollst mit uns essen!«

»Ich? Warum?«

Ein Junker, der Jassy über die Ländereien hatte reiten sehen, spielte neuerdings eine große Rolle in ihren Tagträumen. Wie sie wußte, war er mit Henry befreundet. Und sie malte sich aus, er würde darauf bestehen, die geheimnisvolle Halbschwester des Herzogs kennenzulernen, wenn er einmal zum Dinner eingeladen wäre.

Elizabeth riß sie aus ihren Gedanken. »Heute abend wollen wir den Maitanz besprechen. Bis dahin haben wir nur mehr einen Monat Zeit. Jamie wird mit uns speisen.«

»Oh«, murmelte Jassy enttäuscht.

»Und Robert. Die beiden helfen uns immer, das Fest zu arrangieren. Eigentlich müßte es der Herzog von Carlyle gemeinsam mit dem Herzog von Somerfield planen. Aber Jamies Vater interessiert sich nicht für so was, und seine älteren Brüder sind in London. Deshalb muß Jamie in die Bresche springen. Robert ist noch sein Hausgast, also werden sie beide kommen.«

»Das wird sicher ein netter Abend.«

»O ja, aber am 1. Mai wirst du dich noch mehr amüsieren. Die Leute stellen einen hohen Pfosten auf. Das ist ein heidnischer Brauch. Eigentlich ist diese Stange...« Elizabeth neigte sich näher zu Jassy und fuhr im Flüsterton fort, obwohl sie allein waren. »Nun, diese Stange ist ein Phallussymbol. Alle tanzen drumherum, immer schneller und schneller. Und wenn die Musik verklingt, sollen möglichst viele Mädchen den Mann fürs Leben finden. Natürlich wird niemand dazu gezwungen. Aber die meisten Liebenden einigen sich, und im Sommer feiern wir dann so manche Hochzeit. Vielleicht wirst auch du deinem künftigen Ehemann begegnen. Lenore ist schon ganz aufgeregt. Sie weiß nicht, ob sie nach dem Tanz Jamie oder Robert einfangen soll... Warum bist du denn plötzlich so blaß? Freust du dich nicht auf den 1. Mai?«

»Doch.«

»Beeil dich jetzt, wir müssen uns fürs Dinner umziehen. Kathryn wird dich frisieren.

Jassys Gedanken überschlugen sich. Lenore konnte sich nicht entscheiden, ob sie Jamie oder Robert wählen sollte... Am 1. Mai würden die Liebenden zueinanderfinden... Aber Henry würde ihr sicher verbieten, an dem Tanz teilzunehmen. Entschlossen reckte sie das Kinn hoch. Irgendwie würde sie es schon schaffen, Robert Maxwell für sich zu gewinnen. Dann wäre sie kein Dienstbote mehr, sondern die Herrin eines schönen Hauses. Sie mußte ihren Plan sehr sorgfältig schmieden.

# 5

Da Jamie und Robert an diesem Abend die einzigen Gäste in Somerfield Hall waren, legte Elizabeth ihre übliche Scheu ab. Sogar Henry schien sich in guter Stimmung zu befinden, und Lenore nutzte eifrig die Gelegenheit, beide Heiratskandidaten zu beobachten und ihre Wahl zu treffen.

Zum erstenmal seit vielen Jahren hatte Jassy das Glück genossen, sich für ein Dinner hübsch anzuziehen, und beinahe geglaubt, sie wäre eine Prinzessin, die ihre Vorbereitungen für einen großen Ball trifft. Sie trug ein Kleid von Elizabeth, eine wundervolle Kreation aus rotem Samt und malvenfarbener Seide. Schleifen schmückten die halblangen Ärmel, das Mieder war mit Goldfäden bestickt. Kathryn flocht ihr Goldbänder ins Haar, und als die Abendtoilette beendet war, drehte sich Jassy vor dem Spiegel, bejubelt von ihrer Schwester und der Zofe. Sie lachte fröhlich. Zum erstenmal in ihrem Leben fand sie sich schön und glaubte, eine vornehme Dame spielen zu können.

»Lenore wird vor Neid erblassen«, prophezeite Elizabeth.

Das strebte Jassy nicht an, aber sie wollte Robert betören. Daß er etwas für sie empfand, bezweifelte sie nicht. An diesem Abend mußte sie ihm beweisen, wie mühelos sie neben den vornehmsten jungen Damen aus seinen Kreisen bestehen konnte. Elizabeth hatte ihr erzählt, er sei der zweitgeborene Sohn des Grafen von Pelhamshire und habe, genau wie Jamie, kein Recht auf das väterliche Erbe. Da er den Adelstitel nicht tragen würde, hoffte Jassy inständig, er würde – falls er sie wahrhaft liebte – keine Rücksicht auf die Konventionen nehmen. Sie mußte ganz einfach seine Liebe erringen. Die scharfzüngige Lenore konnte er ihr doch unmöglich vorziehen.

»Komm, gehen wir hinunter!« drängte Elizabeth.

Ein letztes Mal strich die Zofe Jassys Röcke glatt, dann stiegen die beiden Mädchen die breite Treppe hinab.

»Oh, sie sind schon alle in der Halle versammelt!« flüsterte Elizabeth aufgeregt. »Laß mich vorausgehen und folge mir etwas langsamer, dann hast du deinen großen Auftritt.«

Ehe Jassy protestieren konnte, eilte ihre Schwester die Stufen hinab.

Die Stimmen verstummten, alle Blicke richteten sich auf Jassy. Henry runzelte nachdenklich die Stirn, Elizabeth strahlte vor Freude, und Jane hielt fasziniert den Atem an. In Lenores Miene trat ein kalter, harter Ausdruck. Robert Maxwell lächelte bewundernd, und nur auf ihn kam es an.

Doch als Jassy sein Lächeln erwiderte, wurde sie auf seltsame Weise von einem anderen Augenpaar abgelenkt. Jamies Gesicht zeigte weder Entzücken noch Überraschung, als hätte er erwartet, sie so schön und elegant zu sehen. Er selbst wirkte sehr imposant in seinem dunkelblauen Wams, der weißen Kniehose, dem weißen Spitzenhemd und den edlen Schnallenschuhen. Doch es spielt keine Rolle, wie er sich kleidet, dachte sie. Er ist der geborene Aristokrat... Das drückte sich in seiner Haltung ebenso aus, wie in seinem offenkundigen unerschütterlichen Selbstvertrauen, im spöttischen Zug um die Lippen, in der nonchalanten Art, wie er die Arme vor der breiten Brust verschränkte. Sogar in Lumpen wäre er ein stolzer Lord gewesen.

Sie konnte den Blick nicht von ihm abwenden und spürte, daß ihr das Blut in die Wangen stieg. Wie er sie anschaute – als wollte er sie mit seinen Augen ausziehen. Und das konnte er auch, denn er wußte genau, was er unter dem schönen Kleid vorfinden würde. Sicher amüsierte er sich über ihren Versuch, Aufnahme in der guten Gesellschaft zu finden.

Aber Robert verhöhnte sie nicht. Sobald sie den Fuß der Treppe erreichte, eilte er ihr entgegen und ergriff ihre Hand. »Die Knospe, die wir hierher verpflanzt haben, ist zu einer zauberhaften Blume erblüht. Jassy, Sie sind unglaublich schön. Und du, Henry, hast dich als wahrer Wohltäter erwiesen.«

»Ja, sie macht sich ganz gut«, gab Henry ungeduldig zu. »Da wir nun vollzählig sind, wollen wir ins Speisezimmer gehen. Ich bin schon halb verhungert.«

Lenore, in weißem Brokat mit Fuchsbesatz, schön wie eine Schneekönigin, trat rasch vor und hängte sich bei Robert ein. »Du bist heute abend mein Tischherr. Würdest du mich zur Tafel führen?«

Er schaute Jassy bedauernd an, und in seinem Blick lag das Versprechen einer baldigen Begegnung, dann beglückte er Lenore mit seinem Charme. »Deine Gesellschaft ist mir immer ein Vergnügen.«

Auf dem Weg zur breiten Doppeltür des Speiseraums glaubte Jassy auf Wolken zu schweben, verzaubert von der aufrichtigen Bewunderung, die sie in Roberts Miene gelesen hatte. Jäh wurde sie auf die Erde zurückgeholt, als Jamie Cameron ihren Arm ergriff. »Was wollen Sie?« fragte sie in scharfem Ton.

»Ich möchte nur Ihre wundersame Verwandlung begutachten. Aber trotz aller Seidenbänder und Goldstickereien werden Sie stets die kleine Diebin bleiben, die ich in einer schäbigen Kneipe aufgelesen habe.«

»Oh, Sie widerlicher Hurensohn...«

»Da meldet sich wieder das vulgäre Mundwerk der typischen Tavernendirne. So elegant Sie sich auch kleiden mögen – Ihre Herkunft werden Sie nie verleugnen können.«

Erbost riß sie sich los und ging ins Speisezimmer. Der Herzog und seine Frau saßen an den beiden Enden des Tisches, Jassy wurde ein Platz in der Mitte zugewiesen, gegenüber von Robert und an Jamies Seite. Sie beschloß, den unverschämten Lord zu ignorieren. Diesen Abend wollte sie sich nicht von ihm verderben lassen. Und so konzentrierte sie sich auf die erlesene Tafel. Noch vor einem knappen Monat hatte sie Master Johns frechen, zudringlichen Gästen Ale serviert. Jetzt trank sie Wein aus einem Kristallglas und aß mit Silberbesteck.

Die Mahlzeit begann mit einem Trinkspruch auf die Hausherrin und das Kind, das sie dem Herzog schenken würde. Jassy prostete ihr ebenso begeistert zu wie die anderen, denn sie hatte die freundliche Frau liebgewonnen. Doch dann verspürte sie schmerzlichen Neid, als Henry nach Janes Hand griff. Tiefe Liebe sprach aus seinem Blick. Genau das wünschte sich auch Jassy – geliebt und auf Händen getragen zu werden.

Sie biß sich auf die Unterlippe und senkte den Kopf, dann schaute sie entschlossen auf. Ja, sie würde Robert erobern und mit ihm ein ebenso himmlisches Glück finden, wie es der Herzog und seine Gemahlin genossen.

Das Tischgespräch drehte sich um den Maitanz. Lenore führte das große Wort, strahlte abwechselnd

Jamie und Robert an. Um nicht unhöflich zu erscheinen, bezog sie auch Jassy in die Unterhaltung ein, die ausnahmsweise weder Haß noch Verachtung in den Augen ihrer Schwester las. Beinahe gewann sie den Eindruck, Lenore hätte einen Trumpf im Ärmel und plante ihn gegen sie auszuspielen. Doch das bekümmerte sie nicht.

Henry verwickelte Jamie in eine Diskussion über die Kolonie Jamestown in der Neuen Welt. Dieses wilde ferne Land interessierte Jassy nicht. Sie zwang sich, nicht auf die bronzebraune Hand zu achten, die gelegentlich ihre Finger streifte, und hörte Lenore zu. Ihre Schwester beschrieb den Maibaum, der aufgestellt werden sollte. Man würde ein Mädchen zur Maikönigin wählen, und während des Festes würden die Herrschaften im Speisezimmer essen und die Dienstboten im Freien, an einem langen Tisch.

Lächelnd hielt Lenore inne, und Jassy bezweifelte nicht, daß das Mädchen sich ausmalte, wie der ›Bastard‹ beim Personal sitzen würde.

»Natürlich findet die Mahlzeit erst nach dem Tanz statt«, fuhr Lenore fort. »Für diesen Reigen werden wir uns alle kostümieren, und dann sucht jede Tänzerin ihren Liebsten.« Sie warf Robert einen koketten Blick zu. »Wenn sie ihn festhalten kann, bis die Musik verklingt, muß er sie heiraten.«

»Ist das ein Gesetz?« fragte Robert.

»Das nicht, aber ich finde es schrecklich romantisch. Schon viele Ehen sind auf diese Weise zustande gekommen. Jeder Mann ist es gewissermaßen seiner Ehre schuldig, den Wunsch des Mädchens zu erfüllen, das ihn erwählt hat.«

Und Robert Maxwell ist ein sehr ehrenwerter junger Mann, dachte Jassy. Wird sich Lenore für ihn entscheiden? Hoffentlich für Jamie... Die beiden würden einander verdienen.

»Nein, Henry, ich glaube, da irrst du dich!« rief Jamie lebhaft und riß Jassy aus ihren Träumen. »Die erste Urkunde, die unsere Company im Jahre 1606 bekam, ließ die Frage der Autorität offen. Der König und sein Rat übten große Macht aus, aber sie befanden sich auf der anderen Seite eines Meeres. Seither wurden viele neue Urkunden ausgefertigt.«

»Die Gouverneure kamen und gingen, und die Erfolge der Company lassen immer noch zu wünschen übrig.« Während der Herzog sprach, eilten die Diener lautlos umher und servierten das Essen. Auf das Fischgericht folgten Lamm mit Petersilie, Nierenpastete und ein Fasan, mit seinem Gefieder geschmückt. Alles schmeckte köstlich, und Jassy genoß das Dinner in vollen Zügen. Kaum zu fassen, daß sie sich noch vor wenigen Wochen von dünner Suppe oder wässerigem Gerstenbrei ernährt hatte und niemals richtig satt geworden war...

»Einiges hat sich schon gebessert«, erwiderte Jamie. »Die Indianer und die Weißen leben jetzt im Frieden, die Leute lernen Getreide, Gemüse und Tabak zu pflanzen. Viele Frauen sind in die Kolonien ausgewandert. Und mein Land wurde mir ausdrücklich vom König zugewiesen. Dort bin ich ein uneingeschränkter Herrscher.«

»Sicher wirst du mit deinem Tabak ein Vermögen verdienen«, meinte Henry. »Was du anrührst, verwandelt sich in Gold. Aber mußt du so viel Zeit in diesem heidnischen Land verbringen?«

»Obwohl du hier so ein prachtvolles Haus gebaut hast!« warf Lenore ein. »Wie ein Palast...«

»Es ist kein Palast, Lenore.«

»Aber es kann sich durchaus mit königlichen Residenzen messen«, bemerkte der Herzog. »Trotzdem segelst du immer wieder über den Atlantik. Was reizt dich so sehr an diesem Land?«

Jamie zuckte die Achseln. »Vielleicht seine Wildnis, seine ursprüngliche, unberührte Schönheit. Dort kann ich mit den Elementen kämpfen, und, bei Gott, ich werde gewinnen.«

»Und wenn Sie verlieren?« fragte Jassy herausfordernd.

»Ich werde nicht verlieren, Mistreß Dupré. Was ich will, erreiche ich auch.«

»Aber nicht immer!«

»Doch, immer.« Bei diesen Worten schaute er Lenore an, und sie lächelte hingerissen. Offenbar war seine Wahl auf sie gefallen, und da er seinen Willen angeblich immer durchsetzte, würde ihr gar nichts anders übrigbleiben, als ihn zu heiraten.

Robert lachte. »Ja, Jamie ist der geborene Sieger.«

»Ich würde lieber über den Maitanz reden als über dieses Heidenland.« Lenore erschauerte. »Allein schon der Gedanke an die Indianer...«

»Die Geschichten über John Smith und Pocahontas sind wundervoll«, entgegnete Robert. »Die Indianerprinzessin schloß Freundschaft mit den Weißen und heiratete Mr. John Rolfe. Dadurch überlebte die Kolonie.«

»Um so gräßlicher sind die Geschichten über die Kämpfe«, ergriff Jane das Wort. »Die Indianer ziehen ihren Opfern die Kopfhaut ab.«

»Und sie malen häßliche Ornamente auf ihre Körper«, ergänzte Lenore.

»Diese Ornamente sind sehr schön«, widersprach Jamie. »Und die Kämpfe haben längst ein Ende gefunden. Als die britischen Siedler im Jahre 1609 eine bittere Hungersnot erlitten, wurden sie von den Indianern gerettet.«

»Du scheinst die roten Teufel zu bewundern, Jamie«, tadelte Lenore.

»Ja, ich habe großen Respekt vor ihnen. Sie besitzen ein ausgeprägtes Ehrgefühl, und viele ihrer Wertmaßstäbe gleichen den unseren. Sie lieben ihre Kinder, sie schätzen aufrichtige, vertrauenswürdige Menschen, und sie kämpfen, um ihr Eigentum zu verteidigen. Powhatan war ein bedeutender Häuptling und Pocahontas eine großartige Frau. Es erfüllt mich mit Stolz, daß ich sie gekannt habe.«

Nun brach sogar Elizabeth ihr Schweigen. »Ich könnte mich niemals in diesen schwülen, verseuchten Kolonien wohlfühlen, wo es von Moskitos wimmelt. Ein gräßliches Land!«

»Nein, es ist wunderschön«, erwiderte Jamie. »Irgendwann mußt du mich nach Carlyle Hundred begleiten, dann werde ich es dir beweisen. Aber wenn dich dieses Thema bedrückt, wollen wir es fallenlassen. Welches Kostüm wirst du am 1. Mai tragen? Verkleidest du dich als schöne Helena? Oder als Märchenprinzessin?«

»Überhaupt nicht! Ich will keinen Mann einfangen.«

Alle lachten, dann wandte sich Robert an Jassy. »Und wie möchten Sie sich kostümieren, Mistreß Dupré?«

Verwirrt zögerte sie, und ehe sie antworten konnte, erklärte Henry mit scharfer Stimme: »Jassy wird nicht an diesem Fest teilnehmen. Sie ist erst seit kurzem hier im Haus und muß sich eingewöhnen, bevor sie solchen Vergnügungen frönt.«

Sie zuckte zusammen, als hätte sie eine Ohrfeige erhalten. Offenbar stand ihr die Enttäuschung ins Gesicht geschrieben, denn Jane beendete den peinlichen Augenblick, indem sie hastig die Tafel aufhob. Lächelnd bat sie die Gäste und die Familie in den Wintergarten und erklärte, sie habe einen Puppenspieler engagiert, der für Unterhaltung sorgen würde.

Als Jassy aufstand und ihre Wut zu unterdrücken versuchte, hörte sie Jamies leise Stimme hinter sich. »Seien Sie nicht traurig. Sie müssen sich eben woanders einen Ehemann suchen.«

Sie wollte ihm ihren Ellbogen in den Magen rammen, aber Jamie fing ihren Arm ab, hielt ihn fest und führte sie aus dem Zimmer. »Sie sollten sich wirklich nicht so ärgern, Jassy. Ich gehe auch nicht zum Maitanz. Solche Farcen finde ich viel primitiver als die Bräuche der nordamerikanischen Indianer.«

»Oh, wie schade! Dann sind Sie heute abend also hierhergekommen, um bei der Organisation eines Festes mitzuhelfen, das sie gar nicht besuchen werden?«

»Das gehört zu den Pflichten der Herzöge von Somerfield und Carlyle, und ich vertrete meinen Vater.«

»Lenore wird sich bestimmt grämen. Wo sie doch damit rechnet, Sie zu heiraten...«

»Ich glaube, Robert hat viel bessere Chancen bei ihr.« Im Wintergarten angekommen, ließ er Jassys Arm los, ging zu Lenore und flüsterte ihr etwas ins Ohr. Entzückt lachte sie auf.

Robert unterhielt sich mit Elizabeth, und der Herzog beugte sich zu seiner Frau, während der Puppenspieler seine Aufführung vorbereitete. Plötzlich fühlte sich Jassy sehr einsam. So wie es einem Bastard, einer armen, unerwünschten Verwandten gebührt, dachte sie bedrückt und musterte Henry voller Haß. Nein, sie würde sich nicht verbieten lassen, auf dem Maifest zu tanzen, und einen reichen, vornehmen Ehemann ergattern.

Sie ertrug es nicht mehr, an diesem Ort zu bleiben, wo sie unwillkommen war, und floh aus dem Wintergarten. Durch die Hintertür verließ sie das Haus. Ein heller Vollmond beleuchtete den Weg zu den Stallungen. Sie eilte zur Box der armen kleinen Stute mit der mangelhaften Blutlinie, streichelte die samtigen Nüstern und flüsterte: »Mir ist dein Stammbaum egal, denn ich weiß, daß du ein gutes, treues Herz hast. Wohin immer ich gehen werde, ich nehme dich mit. Und vorher will ich diesem ekelhaften Kerl das Geld geben, das er für dich bezahlt hat. Dann wirst du wirklich mir gehören.«

Verwirrt verstummte sie, als Schritte hinter ihr aufklangen. Einer der Stallknechte konnte es nicht sein, denn die hatten sich um diese späte Stunde in ihre Cottages zurückgezogen.

»Jassy?«

Diese Stimme erkannte sie sofort. Sie drehte sich lächelnd um. »Robert!«

»Warum sind Sie weggelaufen?«

»Ich fühlte mich wie ein unbefugter Eindringling.«

»Ein Eindringling?« Er ergriff ihre Hände. »Was für ein Unsinn!«

»Mein Bruder ist anderer Meinung.«

»Auch er muß heute abend gesehen haben, wie schön Sie sind.« Robert neigte den Kopf herab und küßte sie. Instinktiv öffnete sie die Lippen. Er ließ ihre Hände los, schlang die Arme um ihre Taille und drückte sie fest an sich. Entzückt schlang sie die Finger in sein Haar und spürte, wie heftig sein Herz an ihrem klopfte. Stöhnend richtete er sich auf. »Oh, wie sehr ich dich begehre...«

Sein Mund wanderte an ihrem Hals hinab, zum Busenansatz im tiefen Dekolleté. Ungeduldig zerrte er an den Bändern ihres Mieders. Nein, das darf er nicht, dachte sie, fand aber weder die richtigen Worte noch die Willenskraft, um ihm Einhalt zu gebieten. Er liebte sie, daran zweifelte sie nicht. Und doch... Solche Intimitäten wollte sie ihm nur gestatten, wenn er sie heiratete. »Robert...«, wisperte sie.

Er entblößte ihre Brüste, wieder preßte sich sein Mund auf ihren. Es war ein süßer, zärtlicher Kuß, und Jassy schloß hingebungsvoll die Augen.

Als ein lautes Räuspern ertönte, fuhren sie erschrocken auseinander. Jamie lehnte lässig an der Heuraufe, die Arme vor der Brust verschränkt. »Verzeih die Störung, Robert, aber Lenore möchte dich fragen, welches Kostüm du auf dem Maifest tragen wirst.«

»Oh, verdammt!« fauchte Robert. »Entschuldige mich, Liebste.« Hastig verließ er den Stall.

Jamie rührte sich nicht von der Stelle und beobachtete, wie Jassy mit zitternden Fingern versuchte, ihr Mieder zu schließen. Dabei biß sie sich auf die Unterlippe, um nicht in Tränen auszubrechen. Nach einer Weile kam er zu ihr und schob ihre Hände beiseite. »Lassen Sie das!« zischte sie.

»Wollen Sie in diesem Zustand ertappt werden?« Geschickt verknotete er die Bänder. Als seine Hände ihre Haut streiften, hätte sie am liebsten vor Zorn aufgeschrien. »Wieviel wurde Ihnen für diese romantische Szene bezahlt, Mistreß Dupré? Wäre mir rechtzeitig zu Ohren gekommen, daß Sie immer noch auf dem Liebesmarkt zu haben sind, hätte ich einen höheren Preis geboten.«

Empört schlug sie ihm ins Gesicht. Doch dann packte er ihre Handgelenke und drehte ihr die Arme auf den Rücken. Als sie gegen seine Schienbeine zu treten versuchte, hakte er einen Fuß in ihre Kniekehle. Sie stürzte, und er fiel auf sie. Außer sich vor Wut, starrte sie in seine indigoblauen Augen, die im Laternenlicht des Stalls fast schwarz wirkten. »Oh, ich hasse Sie! Ich verabscheue Sie! Niemals werde ich Ihnen erlauben, mich anzurühren, um keinen Preis der Welt! Ihre Berührung ist mir widerlich!«

»Sie lügen, Jassy, denn sie sind keine Treibhauspflanze, sondern eine wilde Rose, für heiße Leidenschaft geschaffen. Sie Närrin! Schon nach wenigen Monaten würden Sie Robert verachten, weil Sie ihn um den Finger wickeln könnten. Aber Sie sollen ihn nicht bekommen. Ich werde Ihnen beweisen, daß Sie nicht für ihn bestimmt sind.«

»Doch, das bin ich...«

Jamie ignorierte ihren Protest. Seine Lippen verschlossen ihr den Mund, nicht sanft und zärtlich, sondern begierig und fordernd. Aufreizend spielte seine Zunge mit ihrer. Jassy konnte kaum atmen und wehrte sich vergeblich. Das Feuer, das in ihm brannte, schien in ihren Körper zu dringen. Sie wollte es nicht, sie haßte diesen Mann, und trotzdem wurde sie von seiner Glut mitgerissen.

Der Kuß wollte kein Ende nehmen. Jamie löste die Bänder ihres Mieders, die er eben erst verknotet hatte, strich über ihre Brüste, und diese Liebkosung fachte die Hitze in Jassys Adern noch mehr an. Die Kraft, die von ihm ausging, lähmte den letzten Rest ihrer Willensstärke, und sie gab ihren Widerstand auf. Reglos lag sie da, während seine Hände ihren Busen streichelten und seine Zunge ihren Mund erforschte.

Abrupt hob er den Kopf. Die Nadeln hatten sich aus ihren Haaren gelöst, wirre Locken umgaben ihr Gesicht. Sardonisch lächelte er sie an. »Die Position meiner Geliebten ist immer noch frei, Jassy, und ich versichere dir – meine finanziellen Möglichkeiten übersteigen Roberts Mittel bei weitem.«

Erfolglos suchte sie nach passenden Worten, um ihm zu sagen, wie sehr er sie anwiderte. Und so stieß sie nur einen schrillen Schrei aus und wollte ihn noch einmal schlagen, aber er hielt lachend ihre Hände fest und neigte sich herab, um ihre Brüste zu küssen. Fluchend wand sie sich umher. Ihr Kampfgeist spornte ihn zu noch intimeren Zärtlichkeiten an. Seine Zunge umkreiste die Spitze einer Brust, und sie war wütend auf sich selbst, weil ein unerwünschter wohliger Schauer durch ihren Körper strömte.

Sie entriß ihm ihre Hände, trommelte mit beiden Fäusten auf seine Schultern, doch diese Bemühungen wurden nur mit spöttischem Gelächter belohnt. Endlich erhob er sich und zog sie auf die Beine. Tränenblind riß sie sich los und band mit bebenden Händen die Schleifen an ihrem Mieder zu.

»Komm, ich helfe dir«, erbot sich Jamie.

»Laß mich in Ruhe!« rief sie und kehrte ihm den Rücken. »Nach allem, was du mir angetan hast, könntest du mir jetzt wenigstens einen einzigen Gefallen erweisen und verschwinden.«

»Nein. Ich bringe dich ins Haus zurück, wenn du wieder ordentlich aussiehst.«

»Ich gehe nicht mit dir. Deine Gesellschaft ist mir unerträglich...«

Er umfaßte ihre Schultern und drehte sie zu sich herum. »Sag das nie wieder! Wir wissen beide, daß es eine Lüge ist. Dieses leidenschaftliche Herz, das in deiner Brust schlägt, gehört mir, und deine Augen versprechen mir den Himmel.« Beschwörend ergriff er ihre Hände. »Ich bewundere deine undamenhaften rauhen Schwielen, denn sie zeigen mir, daß dir Arbeit und Mühsal nicht fremd sind. Und dein Blick verrät eine heiße Sehnsucht nach einem glücklicheren Leben. Wie lange willst du dich noch selber belügen, kleine Närrin? O ja, du erträgst meine Zärtlichkeiten, du fieberst sogar danach. Du brauchst sie, Jassy, ich kenne dich. Ich kenne deine Stärken und Schwächen, ich weiß, was in deinem schlauen Gehirn vorgeht, in deiner gierigen Seele. Du spielst ein gefährliches Spiel, aber du ignorierst die Regeln und setzt dir die falschen Ziele...«

»Geh doch endlich.« Mit aller Kraft entwand sie ihm ihre Hände, die sie viel zu schmerzlich an die Zeiten erinnerten, wo sie sich als Küchenmagd abgerackert hatte. Von Janes Creme waren die rauhen Stellen etwas gemildert worden, aber man sah sie immer noch. Deshalb konnten weder Samt noch Seide über ihr einstiges bitteres Schicksal hinwegtäuschen.

Sie versteckte ihre Hände hinter dem Rücken und hob herausfordernd das Kinn. »Spiel du deine Spiele, Jamie Cameron, ich spiele meine. Die Regeln kümmern mich nicht. So wie du spiele ich, um zu gewinnen, und das werde ich auch schaffen, bei Gott! Deine Geliebte werde ich niemals sein. Du irrst dich nämlich. Von dir will ich gar nichts.«

Er streckte einen Arm nach ihr aus und lachte, als sie kreischend mit dem Fuß aufstampfte. »Darf ich dir wenigstens das Heu aus dem Haar zupfen?«

»Nein!«

»Das kannst du nicht selbst machen. Du brauchst meine Hilfe.«

»Nein...«

»Ach, halt den Mund.« Er packte ihren Ellbogen, zog sie zu sich heran, und trotz ihrer wütenden Gegenwehr entfernte er das Heu aus ihren Locken. Dann rückte er die Schleifen an ihrem Mieder zurecht und strich den Rock glatt.

»Anscheinend bist du in solchen Dingen geübt«, bemerkte sie bissig, während er ihre Haarnadeln feststeckte.

»Ja, ich habe gewisse Erfahrungen gesammelt«, gab er unbefangen zu. »Halt doch still!«

»Sicher haben das alle deine Geliebten getan.«

»Nur du tanzt aus der Reihe.«

»Ich bin nicht deine Geliebte!«

»Schade! Ich dachte, du hättest dich bereiterklärt, diese Position zu übernehmen.«

»Niemals.«

»Du wirst von mir träumen«, prophezeite Jamie.

»Nur in meinen schlimmsten Alpträumen.«

»Glaub mir, du wirst dich nach mir sehnen.«

»Eher nach dem Tag, wo ein Indianerspeer deine Brust durchbohren wird.«

»So, jetzt laß dich mal ansehen.« Er trat ein paar Schritte zurück und musterte Jassy kritisch. »Ich denke, der Schaden ist behoben.«

»Der Schaden, den du mir zugefügt hast, läßt sich nicht wiedergutmachen.«

»Wie unhöflich du bist! Nachdem ich mein Bestes

getan habe, um dein Äußeres in Ordnung zu bringen.«

»Nachdem du es ruiniert hast.«

»Mag sein, aber ich war nicht der erste. Ich wollte nur das Terrain sondieren, das bereits von einem anderen Mann erforscht worden war.«

»Oh...« Sie hob eine Hand, um ihn zu ohrfeigen, aber er zog sie grinsend an sich. »Soll ich dir noch einmal beweisen, welche Leidenschaft ich in dir entfachen kann? Besser nicht – nachdem ich mir soviel Mühe mit deinem Kleid und deiner Frisur gegeben habe...«

»Du hast mir gar nichts bewiesen – nur daß du ein unverschämter Rüpel bist. Und ein Verräter! Robert ist dein Freund. Trotzdem hast du versucht, ihn in meinen Augen herabzusetzen. Du spottest über seine Absichten, aber wie hast du dich denn benommen? Du mußtest dir mit Gewalt nehmen, was ich ihm freiwillig schenken würde...«

»Du Närrin!« Er schob sie so heftig von sich, daß sie taumelte. »Gut, dann lauf zu Robert Maxwell und wirf dich an seinen Hals. Ich kann dich nicht davon abhalten und dich nur warnen. Er ist mittellos, und mag er dich auch noch so heiß und innig lieben – er hat dir nichts zubieten. Und falls du dir einbildest, er würde dich heiraten, wiegst du dich in albernen Illusionen!« Höhnisch verbeugte er sich und eilte aus dem Stall.

Jassy starrte ihm wütend nach und biß die Zähne zusammen. Ihre Knie zitterten so heftig, daß sie nicht länger stehen konnte und sich auf einen Heuballen setzen mußte. Es dauerte eine Weile, bis sich ihre keuchenden Atemzüge beruhigten. Oh, wie sie Jamie Cameron haßte...

Sie berührte ihre Lippen, die noch wund waren von seinen wilden Küssen. Diese Erinnerung erfüllte sie mit sonderbarer Rastlosigkeit. So sehr sie ihn auch verabscheute – er ging ihr nicht aus dem Sinn. Als sie dann ins Haus zurückkehrte und unbemerkt in ihre Kammer schlich, wurde sie immer noch vom Gedanken an Jamies heiße, fordernde Lippen verfolgt. Wie sich Roberts sanfter, zärtlicher Mund angefühlt hatte, wußte sie nicht mehr, und das ärgerte sie maßlos.

## 6

Am nächsten Tag wurde sie zu ihrem Bruder gerufen. Henry vergaß niemals, daß er der Herzog von Somerfield war, am allerwenigsten, wenn er mit Jassy sprach. Wann immer sie sich im Haus begegneten, erwartete er einen unterwürfigen Knicks von ihr.

»Jane hat mir erzählt, Sie würden ihr gute Dienste leisten.«

»Das freut mich...« Widerstrebend fügte sie hinzu: »Euer Gnaden.«

»Ich bin kein grausamer Mann, Jasmine.«

»Das sind Sie gewiß nicht, Mylord. Habe ich vielleicht irgendwie den Eindruck erweckt, ich würde so etwas glauben?«

Er schüttelte den Kopf, und sie fragte sich, ob ihr Vater so ausgesehen hatte wie Henry, als er in ihre Mutter verliebt gewesen war – groß, schlank und blond, in kostbaren Brokat gekleidet.

Der Herzog trat ans Fenster und schaute auf die

breite, geschwungene Zufahrt hinab. »Ich möchte Ihnen eine kleine historische Lektion erteilen, kleine Schwester. Am Ende des fünfzehnten Jahrhunderts argwöhnten einige Leute, Richard III. habe seine Neffen im Tower umgebracht. Im nächsten Jahrhundert ließ Königin Mary ihre Kusine Lady Jane Grey hinrichten, die ihr den Thron streitig gemacht und sich geweigert hatte, den päpstlichen Glauben anzunehmen. Später ließ unsere Königin Elizabeth die schottische Königin Mary töten, weil diese ebenfalls nach dem Thron getrachtet hatte. Und in den Rosenkriegen kam es zu zahlreichen Brudermorden. Aber Sie kennen die englische Geschichte, nicht wahr? Jane hat erwähnt, Ihre Bildung sei erstaunlich.«

»Ja, ich kenne die Geschichte.«

»Dann werden Sie verstehen, daß Blutsbande in dieser Welt nur wenig bedeuten, insbesondere wenn das Blut mit dem Makel einer unehelichen Geburt befleckt wurde. Ich habe mein Bestes für Sie getan, Jasmine. Aber Sie sind kein Mitglied dieser Familie, und an größeren Ereignissen werden Sie nicht teilnehmen. Jane mag Sie, Elizabeth liebt Sie sogar. Aber in meinen Augen sind Sie eine habgierige, raffinierte Verführerin. Offensichtlich treten Sie in die Fußstapfen Ihrer Mutter. Doch Sie werden in meinem Haus keine Gelegenheit finden, ihr künftiges Glück sicherzustellen. Sie sind die Dienerin meiner Frau, sonst nichts. Deshalb müssen Sie auf das Maifest verzichten. An diesem Tag wird Lenore ihren Bräutigam wählen, und Sie dürfen sich da nicht einmischen.«

Jassy schluckte mühsam. »Wie könnte ich, ein Bastard, mich in solche Dinge einmischen, Euer Gnaden?«

Er kehrte zu seinem Schreibtisch zurück und ergriff einen Federkiel. »Das wissen Sie sehr gut, Jasmine, denn Sie sind die Tochter Ihrer Mutter – eine Frau, die in Männern Begierde erregt. Allein schon durch Ihr Wesen verursachen Sie Schwierigkeiten. Ich will mein Bestes tun, um Sie zu christlichem Anstand zu erziehen. Sollten Sie sich gegen mich stellen, werden Sie eine Niederlage erleiden. Und nun bin ich beschäftigt. Sie können gehen.«

Doch sie verließ das Zimmer nicht. Statt dessen lief sie zum Schreibtisch und warf sich auf die Knie. »Euer Gnaden! Elizabeth hat mir erzählt, sogar die niedrigste Küchenmagd dürfe das Fest besuchen...«

»Aber Sie nicht. Verschwinden Sie jetzt, Sie stören mich.«

»Euer Gnaden...«

»Wenn Sie mir nicht gehorchen, werde ich Sie züchtigen und in die Kloake zurückschicken, aus der Sie gekommen sind.«

Jassy stand auf und schwor sich, ihm niemals zu verzeihen. Ihr bedeuteten Blutsbande ebenso wenig wie ihm. Sie ergriff die Flucht, voller Angst, sie würde sich vor Henry demütigen und in Tränen ausbrechen. In ihrer Kammer ging sie auf und ab. Jamie wollte dem Maifest fernbleiben, und so würde Lenore in Roberts Armen landen. Und um seinem Ehrgefühl nichts schuldig zu bleiben, würde er sie heiraten.

Welch eine Ungerechtigkeit...

Sie warf sich auf das Bett und starrte zur Zimmerdecke hinauf. Eigentlich müßte ich dankbar sein für das angenehme Leben, das ich hier führe, und dürfte nicht mehr verlangen, überlegte sie. Aber Henrys grausame Worte taten ihr in der Seele weh. Wenn sie seine Gebote mißachtete, würde er sie ins Elend zurückschicken.

Es mußte doch irgendeinen Ausweg geben.

Kathryn klopfte an die Tür und erklärte, die Herzogin würde Jassys Dienste benötigen.

Und so verdrängte Jassy den Haß gegen Henry und eilte zu den Gemächern seiner Frau. Jane diktierte ihr Briefe an mehrere Aktionäre der London Company. Wie ihr Vater und ihr Bruder hatte sie viel Geld in die Firma gesteckt, auch in ein ähnliches Unternehmen, die Bermuda Company. Als die Korrespondenz erledigt war, sank sie auf ihr Bett. »In letzter Zeit ermüde ich so schnell. Und ich werde schrecklich dick.«

»Man sieht noch gar nicht, daß Sie in anderen Umständen sind, Mylady.«

»Sie sind sehr diplomatisch – und klug.« Jane zeigte auf die Briefe. »Was halten Sie von diesen Aktivitäten?«

»Was meinen Sie, Mylady?«

»Die London Company. Jamie ist ganz begeistert davon. Es hat zwar einige Fehlschläge gegeben, aber ich möchte meinen Bruder finanziell unterstützen. Die Firma leidet an Organisationsmängeln, die leitenden Mitglieder streiten ständig miteinander. Trotzdem wurden seit 1606 große Fortschritte erzielt. Jamie erzählte mir, nun würden schon viele Familien in Jamestown leben, auch auf den Ländereien am Fluß. Ich glaube, mein Bruder wird uns mit seinem Grundstück in der Neuen Welt zu beträchtlichem Wohlstand verhelfen.«

»Ganz sicher«, antwortete Jassy höflich. Ihre Finger krampften sich um den Federkiel.

»Jamie ist ein Abenteurer. Er liebt den Wind und

das Meer und ferne Länder. Immer wieder zieht es ihn nach Amerika, obwohl er sich hier ein so schönes Haus gebaut hat. Nun, vielleicht wird Lenore ihn dazu bewegen, sich daheim niederzulassen. Ich weiß es nicht. Diese Ehe könnte sehr unglücklich werden. Jamie neigt dazu, auf und davon zu gehen, wohin immer es ihm beliebt, und Lenore ist eher bodenständig.« Jane zuckte die Schultern. »Doch das sollen die zwei miteinander ausmachen. Henry ist fest entschlossen, seine ältere Schwester noch dieses Jahr zu verheiraten. Also muß sie ihre Wahl treffen.«

»Und wenn sie sich für Robert Maxwell entscheidet?« Diese Frage vermochte sich Jassy nicht zu verkneifen.

»Dann gäbe es sicher Probleme. Beide flirten gern und kennen kein Verantwortungsbewußtsein.«

Jassy zögerte. »Und Sie, Mylady? Kommen Sie gut mit Henry aus?«

»O ja«, erwiderte Jane lächelnd. »Sicher finden Sie ihn grausam. Aber bedenken Sie bitte – von Kindesbeinen an wurde er dazu erzogen, eines Tages die Herzogswürde zu übernehmen. Die meisten anderen Männer in seiner Position hätten Ihnen die Tür gewiesen.«

»Ich bin eine Last für ihn. Aber wenn er mir erlaubt, das Maifest zu besuchen, könnte er mich loswerden.«

Jane lachte. »Jetzt will er erst einmal Lenore unter die Haube bringen. Danach wird er vermutlich feststellen, daß auch Sie seine Aufmerksamkeit verdienen. Wir werden andere Feste veranstalten. Irgendwann wird Henry ganz bestimmt einen passenden Ehemann für Sie finden, vielleicht einen reichen Kaufherrn.« Plötzlich stöhnte sie leise. »Wenn Sie mich nun entschuldigen würden ... Ich habe gräßliche Kopfschmerzen.«

Sofort sprang Jassy auf. »Sie sollten es mit Mineralwasser versuchen. Das hat meiner Mutter oft geholfen.«

»Wenn Sie meinen ...« Jane deutete zum Toilettentisch, wo eine Karaffe mit Mineralwasser stand, und Jassy benetzte ihre Finger damit, die sie sanft auf die Schläfen der Herzogin legte und langsam bewegte.

Nach einer Weile seufzte Jane zufrieden. »Oh, Sie sind einfach wundervoll, ein wahres Himmelsgeschenk!« Wenig später schlief sie ein, und Jassy schlich auf Zehenspitzen aus dem Zimmer.

Sie verließ das Haus, ging zu den Stallungen und bat einen der Knechte, Maria zu satteln. Während sie wartete, erschien Elizabeth und beschloß, mit ihr auszureiten. Fröhlich schwatzte sie über den Maitanz. Sie liebte es, Feste vorzubereiten. Vor dem 1. Mai würden sie natürlich Ostern feiern. Auch deshalb gab es eine Menge zu tun.

Jassy hörte ihr nur mit halbem Ohr zu. Sie achtete nicht auf den Weg und überließ es ihrer Schwester, die Richtung zu bestimmen, in die sie ritten. Doch dann zügelte sie plötzlich ihre Stute. Sie waren einem Weg gefolgt, den sie nicht kannte, und nun erblickte sie ein prächtiges neues Bauwerk, grandioser als alle Paläste, die sie sich vorzustellen vermochte. Eine hohe Mauer umgab einen Park mit zahlreichen Baumgruppen, dahinter bildete das weißgestrichene Gebäude einen atemberaubenden Kontrast zum frischen Frühlingsgrün, mit mehreren Türmen geschmückt. Als Kind hatte sie Hampton Court gesehen. Aber sie fand dieses Haus noch großartiger als die königliche Residenz, die Henry VIII. dem Kardinal Wolsey weggenommen hatte.

»Was ist denn das?« fragte sie ehrfürchtig.

»Jamies neues Haus«, entgegnete Elizabeth lachend. »Er ist viel gereist, und er erzählte mir, die Symmetrie der Architektur habe er von italienischen Häusern übernommen, die Balance aus Frankreich und aus seiner englischen Heimat den Tudor-Stil. Wundervoll, nicht wahr?«

»O ja.«

»Komm, wir besichtigen das Haus.«

»Das geht doch nicht...«

»Keine Bange, Jamie ist in London. Der königliche Rat hält eine Sitzung ab. Der Herzog von Carlyle ist Mitglied, und Jamie hat seinen Vater in die Hauptstadt begleitet, um ihn zu beraten. Lymon Miller, der Verwalter, wird uns herumführen.«

Jassy konnte nicht mehr protestieren, denn Elizabeth spornte ihr Pferd an, und sie galoppierten auf das schmiedeeiserne Tor mit dem Emblem eines Löwen und eines Falken zu. Ein Torhüter erkannte Elizabeth und begrüßte sie ehrerbietig. Reitknechte eilten herbei, um die Pferde zu übernehmen. Während die beiden Mädchen ihre Handschuhe auszogen, stieg ein kahlköpfiger Mann in einer hübschen dunklen Livree die Eingangstreppe des Hauses herab. »Lady Elizabeth!« rief er entzückt. »Willkommen! Lord Cameron wird es sehr bedauern, daß es Ihren Besuch versäumt. Er ist mit seinem Vater nach London gefahren.«

»Ich weiß, Lymon. Das ist meine Schwester Jasmine. Ich möchte ihr das Haus zeigen. Darf ich?«

Lymon musterte Jassy neugierig. Vermutlich haben alle Bewohner dieser Gegend längst gehört, daß ich aus einer schmutzigen Vergangenheit aufgetaucht bin, dachte sie und lächelte ihm zu, als er sich verneigte.

»Guten Tag, Miß Jasmine. Natürlich können Sie einen Rundgang durch das Haus unternehmen, Lady Elizabeth. Wünschen Sie Kaffee zu trinken? Lord Cameron hat soeben eine Lieferung von einem seiner Schiffe im Mittelmeer erhalten.«

»Ja, bitte, Lymon. Am besten im blauen Salon.«

Jassy folgte Elizabeth die Stufen hinauf, vorbei an zwei Steinlöwen, die das Haustor bewachten. Ein roter Teppich bedeckte den Boden der Halle, in der mühelos hundert Personen Platz gefunden hätten. Porträts schmückten die Wände, zu beiden Seiten führten mehrere Türen in die angrenzenden Räume. Im Hintergrund schwang sich eine Treppe nach oben, ebenfalls mit einem roten Teppich ausgelegt.

Elizabeth lächelte, als Jassy hörbar den Atem anhielt. »Schön, nicht wahr?«

»Herrlich.«

»Trotzdem ist Jamie nur selten hier. Wenn er von seinen Reisen zurückkehrt, wohnt er meistens bei seinem Vater. Offenbar braucht er dieses Haus nur, um seine Sachen aufzubewahren.« Lachend fügte Elizabeth hinzu: »Nun, wenn er Lenore heiratet, wird er etwas mehr Zeit in seinem Heim verbringen müssen.«

Jassy nickte, aber sie wollte sich nicht vorstellen, daß Lenore als Herrin in dieses Haus ziehen würde. Viel lieber malte sie sich aus, es würde ihr gehören. Dann könnte sie in Samt und Seide die Treppe herabsteigen, um ihre Gäste zu begrüßen. Alle würden ihr zuprosten und erklären, sie sei die großzügigste Gastgeberin in König James' Reich – sie, der arme kleine Bastard, die Küchenmagd, die in höchste Adelskreise emporgestiegen war.

Aber es ist Lord Camerons Haus, sagte sie sich seufzend.

»Komm, wir trinken erst einmal im blauen Salon Kaffee.« Elizabeth führte ihre Schwester nach links, in ein Zimmer, dessen Wände mit blauer Seide tapeziert waren. Schimmernde Holzstühle und ein kostbarer silberner Servierwagen standen vor einem Marmorkamin, in dem ein sanftes Feuer flackerte.

»Setz dich!« Elizabeth wies auf einen der Stühle. »Ich werde einschenken.«

»Bitte, laß mich das machen.« Jassy hatte noch nie Kaffee getrunken. Das Getränk stammte aus dem Fernen Osten, und nur die reichsten Leute konnten es aus südeuropäischen Ländern importieren.

»Wie du willst.«

Jassy füllte die Tassen, dann bewies sie ihr schauspielerisches Talent, das sie von Linnet Dupré geerbt hatte. Affektiert plauderte sie über Lord Soundsos Rede im Parlament und die Lady – wie hieß sie doch gleich? –, die neulich dem König und der Königin vorgestellt worden war. »Und habe ich dir schon erzählt, daß Lady Cauliflower behauptet hat, es würde im Tower spuken? In Hampton Court läuft Catherine Howard kreischend durch die Korridore. Und im Tower trägt Anne Boleyn ihren Kopf unter dem Arm herum.«

Elizabeth lachte schallend. »O Jassy, du würdest eine großartige feine Lady abgeben.«

»Ja, allerdings«, bestätigte eine Männerstimme von der Tür her.

Jassy zuckte so heftig zusammen, daß sie etwas Kaffee verschüttete, und Elizabeth ließ beinahe ihre

Tasse fallen. Beide starrten Jamie Cameron an, der nun den Salon betrat, gefolgt von Lymon, der ihm den schwarzen Umhang abnahm. Darunter trug der Hausherr eine rote Reithose, kniehohe Stiefel, ein geschlitztes Wams und ein weißes Hemd. Auch den Federhut übergab er seinem Verwalter und dankte ihm höflich. Jamie begrüßte Elizabeth liebenswürdig, aber die Anwesenheit der zwei Mädchen schien ihn zu stören.

»Verzeih mir...«, begann Elizabeth. Doch er unterbrach sie mit einem Kuß auf die Wange.

»Du bist unter meinem Dach stets willkommen.«

Schweigend biß Jassy die Zähne zusammen und starrte auf ihre Hände hinab, die sie im Schoß gefaltet hatte. Immer wieder mußte er ihre Träume zerstören und sie voll spöttischer Verachtung in die rauhe Wirklichkeit zurückholen. Zudem erinnerte sie sein Anblick viel zu deutlich an die letzte Begegnung, an die beschämende Szene im Stall von Somerfield Hall. Nun fand er kein Grußwort für sie und schaute sie nur ausdruckslos an.

»Ich habe dich nicht so früh zurückerwartet«, sagte Elizabeth.

»Die Angelegenheiten in London konnten schneller erledigt werden, als ich dachte. Ah, die Damen trinken Kaffee. Ihr habt doch nichts dagegen, wenn ich mir einen Whisky genehmige?« Er schlenderte zu einem Sideboard, ergriff eine Kristallkaraffe und füllte ein Glas mit bernsteinfarbener Flüssigkeit. An die Wand gelehnt, wandte er sich wieder zu den Mädchen, und Jassy hatte das Gefühl, daß sein ironisches Lächeln nur ihr galt.

»Wir sollten jetzt gehen, Elizabeth«, schlug sie unbehaglich vor.

»Ja, vielleicht...« Elizabeth stand hastig auf und stellte ihre zierliche Tasse ab. Dabei vergoß sie ein paar Tropfen Kaffee auf ihr Kleid. »O Gott! Henry hat diesen Stoff aus Flandern erst vor kurzem gekauft. Er wird wütend sein...«

»Lymon schafft es ganz bestimmt, den Fleck zu beseitigen. Außerdem wäre Henry dir niemals böse.« Jamie ging zur Tür, um nach seinem Verwalter zu rufen, der sofort erschien.

»Wenn Sie mich begleiten würden, Lady Elizabeth... Wir können das Problem in wenigen Minuten lösen.«

»Ich bin gleich wieder da, Jassy.«

»Oh, ich komme mit und helfe dir...«

»Die beiden brauchen sicher keinen Beistand«, meinte Jamie grinsend und versperrte Jassy den Weg, als sie hinter ihrer Schwester und Lymon in die Halle eilen wollte. Sie versuchte nicht, sich an ihm vorbeizudrängen. Statt dessen trat sie zu einer Wand und tat so, als würde sie die Tapete studieren.

»Das kannst du gut, Jassy, sehr gut«, bemerkte er leise.

»So?« Nun hielt sie es doch für besser, ihn anzuschauen. Wenn sie ihm den Rücken kehrte, fühlte sie sich noch unsicherer. »Was kann ich denn?«

»Du beherrschst die Kunst, Leute nachzuäffen, die über dir stehen.«

»Niemand steht über mir.«

Lächelnd neigte er den Kopf. »Vielleicht nicht. Jedenfalls hast du die schauspielerische Begabung deiner Mutter geerbt. Ich würde es sogar riskieren, dich an den königlichen Hof mitzunehmen, und ich müßte wohl kaum befürchten, deine Manieren könnten zu wünschen übriglassen. Aber du träumst immer noch, Jassy.«

»Glaubst du?«

Er ging auf sie zu, und da sie an der Wand stand, war es ihr unmöglich, zurückzuweichen. »Soll ich dir sagen, was ich in deinen schönen verräterischen Augen lese?« fragte er. »Du liebst dieses elegante Haus und malst dir aus, wie es wäre, hier als Herrin zu leben – natürlich nicht mit einem so ekelhaften Schurken wie mir. In deinen Träumen gehört dieser Landsitz dem lieben Robert Maxwell. Der würde dir niemals unsittliche Anträge machen, sondern seine edle Herkunft vergessen und dich heiraten. Und dann würdet ihr beide froh und glücklich hier hausen, bis der Tod euch scheidet.«

»Vielleicht wirst du bei einem Duell erschossen«, erwiderte sie mit sanfter Stimme, »und Robert kauft deinen Erben dieses Haus ab. Und es wäre durchaus möglich, daß er mich aufrichtig liebt.«

Er wandte sich ab, setzte sich vor den Kamin und ließ ein Bein über die Armstütze seines Stuhls baumeln. »Robert wird dich niemals heiraten. Nachdem er einen Großteil seines Vermögens verspielt hat, braucht er unbedingt eine reiche Ehefrau.«

»Du bist ein Lügner – und genauso ungehobelt wie die Heiden in diesem gottverlassenen Land, das dir so gut gefällt. Bei jeder Gelegenheit versuchst du, Robert herabzuwürdigen.«

Langsam schüttelte er den Kopf. »Keineswegs, Jassy. Er ist mein Freund, und ich möchte ihm nicht schaden. Gerade war ich in London, um ihm aus der Klemme zu helfen.«

»Du bist nach London gefahren, weil du deinem Vater beistehen wolltest.«

»Glaub doch, was dir beliebt...«

»Ich wäre also besser dran, wenn ich mit dir schlafen würde?« fragte sie verächtlich.

»Ja, in der Tat. Dann könntest du mich ermorden und allein das Regiment in diesem wunderbaren Haus führen.«

»Das wäre zu schön.«

»Aber dieser Traum wird sich nicht verwirklichen. Ich beabsichtige, zu heiraten.«

»Oh, der großartige Lord Cameron läßt sich dazu herab, eine Gattin zu erwählen! Hoffentlich werdet ihr beide todunglücklich.«

»Niemand wird mich unglücklich machen. Eine Ehefrau hat gewisse Zwecke zu erfüllen. Sie muß Erben zur Welt bringen, als Gastgeberin ihres Gebieters fungieren und ihn in allen Dingen unterstützen. In erster Linie muß sie ihm natürlich gehorchen und ihn begleiten, wohin immer er gehen mag. Aber falls das sanfte, nette Wesen, das sie vor der Hochzeit gezeigt hat, nur Lug und Trug gewesen ist, wird sie daheim bleiben, während ihr Gemahl allein verreist.«

»Wenn sie das duldet, hätte der Mann eine Närrin geheiratet. Und die würdest du auch verdienen.«

Sein Gelächter folgte ihr, als sie den Salon verließ. Sie hatte beschlossen, vor dem Haus auf ihre Schwester zu warten. Als sie die Eingangstreppe hinabeilte, standen die Stallknechte schon mit den Pferden bereit. Wenig später erschien auch Elizabeth, und die Burschen halfen den Mädchen, in die Sättel zu steigen.

»Ein himmlisches Haus, nicht wahr?« schwärmte Elizabeth.

»Ja«, bestätigte Jassy, »aber jetzt wollen wir aufbrechen.«

In dieser Nacht wurde sie von einem Alptraum heimgesucht. Sie war wieder in Master Johns Dachkammer und sah eine blonde Gestalt im Bett. Als sie bei ihr niederkniete, stieß sie einen lautlosen Schrei aus, denn das Gesicht ihrer Mutter war verwest.

Mit einem knochigen Finger zeigte Linnet auf die Brust ihrer Tochter. Und dann erblickte sie nicht mehr ihre Mama unter der schäbigen Decke, sondern sich selbst. Genauso wie Linnet Dupré starb sie in Schmutz und Armut.

Dieser böse Traum quälte sie tagelang. Doch nach einer Woche schickte Robert Maxwell ihr Blumen, und sie vergaß das Grauen, denn ihre Fantasie gaukelte ihr wieder schöne Zukunftsbilder vor. Sie stand im Stall, als der Bote eintraf, ein junger Bursche, der ein wenig hinkte und eine Wollmütze tief in die Stirn gezogen hatte. Er hielt einen Rosenstrauß in der Hand, während er auf Jassy zuging, schaute er sich nervös um. Offenbar fürchtete er, beobachtet zu werden. »Mistreß Dupré?«

»Ja?«

Er drückte ihr das Bukett in die Arme. »Mit den besten Empfehlungen von Sir Robert Maxwell.« Hastig wandte er sich ab und flüchtete.

Die Blumen erschienen ihr wie die schönste Gabe, die eine Frau erhalten konnte. Sie trug den Strauß in ihre Kammer, legte ihn auf ihr Kopfkissen und atmete den süßen Duft der Blüten ein. Ja, nun war der Winter endgültig vorbei, vom Frühling vertrieben. Vielleicht würde auch aus ihrem Leben die Kälte für immer verschwinden, denn Robert liebte sie. Es gab keinen Zweifel.

Sie preßte die Rosen in dem einzigen Geschenk,

das sie von ihrem Bruder bekommen hatte, einer Ausgabe der neuen königlichen Bibel.

Rasch gingen die Tage dahin. Ostern wurde mit einem langen Gottesdienst gefeiert, und danach begannen die Bewohner von Somerfield Hall das Maifest vorzubereiten.

Obwohl Elizabeth nicht am Tanz teilnehmen wollte, geriet sie in freudige Erregung. Die Pächter errichteten einen hohen Maibaum, mit bunten Bändern geschmückt. Alle fieberten dem großen Feiertag entgegen, an dem jeder ein Fläschchen Rum, eine Silbermünze und einen Stoffballen erhalten sollte. Man würde ein Dorfmädchen zur Maiprinzessin krönen, während der Titel der Königin nur einer einzigen zustand – Lenore.

Der Herzog würde mit seiner Familie und den vornehmen Gästen im Speiseraum essen. Für die Dienstboten und Pächter wurde ein Tisch im Hof zwischen den Stallungen und dem Haus aufgestellt. Die Leute würden Geschenke für Henry mitbringen. Die wollte er im Freien entgegennehmen, da es sich erfahrungsgemäß meistens um kleine Ferkel handelte.

Elizabeth bemühte sich, Jassy zu trösten. »Mach dir nichts draus, daß du nicht mittanzen darfst. Du wirst trotzdem deinen Spaß haben. Henry hat einen Mann engagiert, der einen Tanzbären vorführen wird, dazu viele Musiker und Puppenspieler.«

»Oh, wie aufregend!« meinte Jassy.

Lenore gab bekannt, sie würde sich als weiße Taube verkleiden. Alle ihre Verehrer sollten schon vorher erfahren, wie sie aussehen würde – nur zur Sicherheit. Eines Nachmittags bestellte sie Jassy in ihre Gemächer. »Ich habe gräßliche Kopfschmerzen«, klagte sie. »Jane hat mir erzählt, Sie wüßten, wie man diese Qualen lindern kann.«

»So klug bin ich nicht«, erwiderte Jassy, die keine Lust hatte, Lenore einen Gefallen zu erweisen.

»Oh, bitte, helfen Sie mir doch!«

Schweigend rieb Jassy die Schläfen ihrer Schwester mit Mineralwasser ein, Lenore lehnte sich seufzend in ihrem Sessel zurück. »Sie sind einfach großartig, Jassy. Manchmal wünschte ich, Sie gehörten wirklich zur Familie. Dann würden Sie uns gewiß amüsieren, denn Sie sind ganz anders als Elizabeth. Die traut sich nicht, gegen Henry aufzubegehren. Andererseits bin ich froh, daß Sie ein Bastard sind, weil Sie eine ernstzunehmende Konkurrenz wären.« Lächelnd drehte sie sich zu Jassy um. »Sollte Henry Ihnen das Leben zur Hölle machen, ziehen Sie zu mir, wenn ich verheiratet bin – und sei es auch nur, um mich von meinen Kopfschmerzen zu befreien.«

»Das ist sehr freundlich von Ihnen.«

»Tun Sie nicht so unterwürfig! Ihre blitzenden Augen strafen diese bescheidenen Worte Lügen.«

»Wen werden Sie denn heiraten?«

»Nun, Jamie Cameron hat verkündet, er würde nicht zum Maitanz kommen. Er haßt solche Feste. Natürlich wollte er früher auch niemals heiraten. Ich weiß nicht, warum er sich plötzlich anders besonnen hat.« Zögernd fügte Lenore hinzu: »Ich mag ihn sehr. Wenn er in meiner Nähe ist, kann ich kaum atmen, und sein Blick läßt mich erzittern. Aber er jagt mir auch Angst ein. Die Wünsche seiner künftigen Gemahlin wird er nie berücksichtigen. Er beugt sich niemandem, weder Männern noch Frauen. Ich verstehe nicht, wie er es jemals geschafft hat, mit dem König Freundschaft zu schließen. Der ist genauso egozentrisch. Mit Robert läßt sich's bestimmt leichter leben. Er ist immer freundlich und heiter... Warum schauen Sie denn so unglücklich drein? Henry wird sicher auch für Sie eine Heirat arrangieren.«

»Ich will keine arrangierte Ehe eingehen«, entgegnete Jassy.

»Nein.« Lenore sah sie vielsagend an. »Ich weiß, Sie wollen unter dem Maibaum tanzen...« Plötzlich sprang sie auf. »Ich werde Ihnen helfen.«

»Warum denn?« fragte Jassy mißtrauisch.

»So schrecklich, wie Sie glauben, bin ich nun auch wieder nicht. Wir beide stammen immerhin vom selben Vater ab, auch wenn Ihre Mutter eine Hure war.«

»Meine Mutter war keine...«

»Aber Sie sind ein Bastard, oder? Trotzdem gehen Sie auf das Fest, und wir tragen beide weiße Kleider. Henry wird Ihre Anwesenheit nicht bemerken. Wir werden uns völlig gleichen. Wenn er Sie sieht, wird er glauben, ich wäre es.«

»Falls er uns auf die Schliche kommt, wird er mich bestrafen – nicht Sie.«

»Unsinn, er ist kein Monstrum. Jetzt müssen wir sorgfältig Pläne schmieden und alles geheimhalten. Vielleicht werden Sie unter dem Maibaum einen hübschen jungen Ritter einfangen.«

Jassy senkte den Kopf. Natürlich konnte sie ihrer Schwester nicht gestehen, daß jede Nacht die Bibel mit Roberts gepreßten Rosen unter ihrem Kissen lag und sie ihren Ritter bereits gewählt hatte. Als sie aufsah, vermochte sie ihre Freude nicht zu verbergen. »Also gut, ich bin einverstanden.«

Am 1. Mai herrschte eine so frohe Stimmung auf Somerfield Hall, daß Jassys Angst vor den möglichen bösen Folgen ihrer Handlungsweise verflog. Sie hörte, wie Pferde und Kutschen eintrafen, wie sich Pächter und Dienstboten im Hof drängten. Durch ihr Fenster beobachtete sie das übermütige Treiben. Einige junge Paare tanzten bereits um den Maibaum herum, der Bär erhob sich auf den Hinterpfoten, und die erste Marionettenaufführung hatte begonnen. Ein Flötist spielte, Highlander ließen zu Ehren des Königs ihre Dudelsäcke erklingen. Und über dem lebhaften Getümmel schien eine strahlende Frühlingssonne.

Jassy eilte zu Lenores Gemächern, klopfte an die Tür und wurde von ihrer kichernden Schwester ins Zimmer gezogen. »Kommen Sie, schnell!«

Eine Stunde später waren beide Mädchen gleich gekleidet, in weiße Kleider mit Brokaträcken, Samtmiedern und seidenen Unterröcken. Üppige Spitzenrüschen schmückten die halblangen Ärmel. Dazu trugen sie weiße Lederschuhe, mit Glassteinen besetzt. Jassys Absätze waren etwas höher, damit der Größenunterschied nicht so ins Auge fiel. Weiße Federn bedeckten die Gesichtsmasken, weiße Satinbänder schlangen sich durch die hochgesteckten blonden Locken.

Als sie fertig angezogen waren, starrten sie einander an und brachen in Gelächter aus. »Wir sind einfach fantastisch!« jubelte Lenore.

Jassy betrachtete ihr Spiegelbild. Sie fühlte sich schön und unschuldig wie eine Braut. Hoffentlich würde Lenore sie nicht allzusehr hassen, wenn sie ihr Robert wegschnappte. Mit Lord Cameron konnte ihre ältere Schwester genauso glücklich werden. Immerhin war er schwerreich, und sie kannten sich ihr Leben lang. Sicher paßten sie gut zusammen. Und wenn nicht, trug Jassy keine Schuld daran.

»Gehen wir hinunter!« drängte Lenore.

»Zusammen?«

»Nur bis in die Halle. Dann müssen Sie sich aus dem Haus schleichen, und ich betrete den Speiseraum. Wenn die Mahlzeit zur Hälfte vorbei ist, entschuldige ich mich unter irgendeinem Vorwand, und Sie nehmen meinen Platz ein.«

»Aber daß wir gemeinsam die Treppe hinabsteigen...«

»Oh, ich liebe die Gefahr!« erwiderte Lenore. »Ein gewisses Risiko kann sehr reizvoll sein.«

Natürlich, dachte Jassy nervös. Ihr wird Henry nur eine Standpauke halten. Aber mich wird er verprügeln und dann aus dem Haus werfen. »Also gut, machen wir uns auf den Weg.«

Erstaunlicherweise erreichten sie die Halle, ohne Aufmerksamkeit zu erregen. Jassy eilte aus dem Haus und in den Hof. Sie kam an zahllosen Leuten vorbei, traf Freunde des Herzogs, Wachtposten und Pächter, Kaufherren mit ihren Ehefrauen und Töchtern. Aristokraten mischten sich unter das gewöhnliche Volk. Barfüßige Bauernmädchen und Burschen tanzten zu einer fröhlichen Dudelsackmelodie. Sicher würde man bald ein paar Hochzeiten feiern.

Vor der Marionettenbühne blieb Jassy stehen. Die Puppen waren kunstvoll gestaltet, das kleine Bühnenbild vermittelte den Eindruck eines dichten Waldes, vor dem ein Meer rauschte. Häuser aus Flechtwerk, mit Lehm beworfen, standen am Strand. Eine Indianerfigur stürzte sich auf einen Weißen und durchbohrte ihn mit einem Speer.

»Ah, da bist du ja!« Robert legte die Hände auf Jassys Schultern und drehte sie zu sich herum. Er trug ein italienisches Renaissance-Kostüm mit kurzer Pumphose und spitzen Schuhen. Die Maske verdeckte nur seine Augen. Er schaute sich nach allen Seiten um, dann hauchte er einen Kuß auf ihre Lippen. »Wie schön du bist! Wirst du heute in meine Arme sinken?«

In der Überzeugung, daß er das Täuschungsmanöver durchschaute, nickte sie. Lächelnd schlang er seine Finger in ihre. »Daß du auf dieser albernen Farce bestehst! Wollen wir tanzen?«

Er führte sie zum Maibaum, wo ihnen eine Bäuerin bunte Bänder reichte. Sie schlossen sich dem Reigen an, und die Frau prophezeite, alle Paare würden viele Kinder bekommen.

Als Jassy zum Haus blickte, sah sie Lenore die Treppe herabsteigen. Erschrocken ließ sie ihr Band los und ergriff die Flucht. Auch Lenore entdeckte sie und eilte in die entgegengesetzte Richtung.

»Komm her, du kleine Hexe!« Robert holte Lenore ein, und beide lachten so laut, daß Jassy es deutlich hörte, während sie zum Haus rannte. Sie selbst fand die Situation kein bißchen komisch. Im Speisezimmer stellte sie bestürzt fest, daß sie zwischen Henry und Jamie Platz nehmen mußte.

Offensichtlich hatte Lord Cameron seine Abneigung gegen das Maifest überwunden. Er schenkte ihr Wein aus einer Silberkaraffe ein und flüsterte: »Ich habe dich vermißt.«

»Jetzt – bin ich ja wieder da«, antwortete sie ebenso leise.

Henry musterte sie ungehalten. »Untersteh dich, noch einmal zu verschwinden, ehe die Mahlzeit beendet ist, Lenore. So eine Unhöflichkeit dulde ich nicht.«

Unter dem schneeweißen Tischtuch griff Jamie nach ihrer Hand und drückte sie. Am liebsten hätte sie aufgeschrien. Seine Finger berührten ihren Schenkel, und ihr Herz schlug wie rasend. Als sie seinem Blick begegnete, gewann sie wieder einmal den Eindruck, er würde sie mit den Augen ausziehen. Erkannte er sie?

»Lenore! Lady Renwig hat sich soeben nach dem Ball des Herzogs in Northumberland erkundigt.«

Der Ball des Herzogs in Northumberland ... Jassy hatte keine Ahnung, was die Lady wissen wollte, deren Kopfputz einem riesigen Igel glich.

»Der Ball – war sehr schön.« Sicher würde Henry den veränderten Klang ihrer Stimme bemerken. Nein, sie war die Tochter ihrer Mutter, und so suchte sie Zuflucht bei ihrem schauspielerischen Talent. »Wir hatten herrliches Wetter und tanzten im Mondschein. Sogar der König fand großen Gefallen an dem gelungenen Fest.«

»Auf James I.!« rief irgend jemand. »Auf den König von England und Schottland, der uns alle endlich vereint hat!«

Ein Gast erwiderte, er wolle gar nicht mit den heidnischen Schotten vereint sein, ein anderer tuschelte, solche Worte könnten als Hochverrat ausgelegt werden. Das interessierte Jassy nicht. Wenigstens lenkte die Diskussion, die sich nun entspann, die Aufmerksamkeit von ihr ab.

»Fühlst du dich nicht gut?« raunte Henry ihr zu.

»Ich glaube, es geht ihr ziemlich schlecht«, mischte Jamie sich ein. »Sie ist ganz rot unter ihrer Maske.

»Bitte – ich muß an die frische Luft«, hauchte Jassy.

»Vielleicht sollte ich sie hinausführen, Henry«, schlug Jamie vor. »Gerade wird die Maiprinzessin gekrönt, und Lenore muß bald als Königin erscheinen. Sicher möchte sie vorher noch Kräfte sammeln.«

Ärgerlich hob der Herzog eine Hand, um beide zu entlassen, und Jassy bemühte sich um einen möglichst würdevollen Abgang. Jamie führte sie nicht in den Hof, sondern zur anderen Seite des Hauses, wo nicht soviel Trubel herrschte. »Wolltest du mit mir allein sein, Lenore?« fragte er, drückte sie an die Mauer und küßte ihre Lippen.

»Nein – nicht...«

»Aber Lenore! Vor einer halben Stunde hast du mich mit deinen Blicken geradezu verschlungen, und jetzt spielst du das scheue Mädchen.«

»Ich – muß jetzt zu den Leuten gehen.« Weil sie nicht vergessen durfte, daß sie Lenore war, stellte sie sich zögernd auf die Zehenspitzen und küßte ihn. »Wir sehen uns später...«

Mit weichen Knien floh sie und wischte sich den Mund ab, weil sie immer noch den Geschmack von Jamies warmen Lippen spürte.

Im Hof beobachtete sie, wie Lenore auf ein Podest stieg und von ihrem Bruder zur Maikönigin erkoren wurde. Jane, deren Schwangerschaft sich mittlerweile deutlich zeigte, stand neben ihm. Alle lachten und küßten sich. Eine hübsche Szene, dachte Jassy, die sich im Eingang des Geräteschuppens versteckt hatte, Gepränge für das arme Volk... Zu diesem Volk wollte sie nie wieder gehören. Sie würde Robert heiraten, ihn von seiner Spielleidenschaft kurieren –

falls er wirklich dazu neigte – und ihn glücklich machen.

Henry winkte der jubelnden Menge zu, dann hob er eine Hand, um die Leute zum Schweigen zu bringen und kündigte den großen Maitanz an. Die Musiker begannen zu spielen, Paare fanden zueinander, und Lenore verschwand in der Menge.

Einige Sekunden später fiel Jassys Blick auf Robert, der am anderen Ende des Podestes stand. Sie mußte unbedingt zu ihm. Hastig bahnte sie sich einen Weg durch die Menge. Plötzlich stand das Herzogspaar vor ihr, und sie zuckte erschrocken zusammen. »Triff eine gute Wahl«, riet Henry ihr liebevoll. Sie nickte nur und mischte sich unter die Tänzer. Die Musik wurde lebhafter, der Reigen beschleunigte sich. Endlich entdeckte sie Robert, nur wenige Schritte entfernt.

Eine Hand legte sich auf ihre Schulter. Sie wurde herumgerissen, landete in starken Armen und starrte in Jamie Camerons Gesicht. Er begann sich mit ihr im Kreis zu drehen, und sie versuchte vergeblich, sich loszureißen. »Nein!« schrie sie in wilder Panik.

Lähmende Schwäche drohte sie zu überwältigen. Sie sah die echte Lenore an Roberts Brust sinken. Lachend küßten sich die beiden, von einem donnernden Trommelwirbel umbraust.

Und dann schaute Jassy wieder in Jamie Camerons dunkelblaue Augen, die bis auf den Grund ihrer Seele zu dringen schienen. Sie spürte die Kraft seiner Arme, die sie umschlangen, und alle ihre Träume stürzten in einen schwarzen Abgrund.

»Jetzt!« befahl der Herzog, und die Musik verstummte.

Jamie riß seiner Tanzpartnerin die Maske vom Gesicht. »Ah, Jasmine...«

Es gelang ihr noch immer nicht, sich aus seinem festen Griff zu befreien. Wie durch Nebelschleier beobachtete sie Lenore und Robert, die einander zärtlich küßten. Und dann erblickte sie ihren Bruder Henry, der wütend auf sie zukam. »Um Himmels willen, hab doch Mitleid!« flehte sie Jamie an. »Laß mich gehen!« Endlich konnte sie ihn von sich schieben und davonlaufen.

## 7

Sie mußte fliehen. Der Herzog würde seine Drohung wahrmachen, und deshalb war es besser, wenn sie ihm zuvorkam und sein Haus freiwillig verließ.

Ihre Angst war kaum größer als ihre Enttäuschung. Das Bild von Lenore in Roberts Armen und seinem glücklichen Lächeln verfolgte sie wie ein Nachtmahr.

Hinter sich hörte sie aufgeregte Stimmen, mehrere Männer schienen ihr zu folgen. Sie beschleunigte ihre Schritte, stürmte ins Haus, und in der Halle stieß sie mit Henry zusammen. Sein Gesicht war feuerrot, und er sah so aus, als würde er jeden Moment einen Schlaganfall erleiden.

»Ich gehe weg von hier!« rief sie.

»Erst, wenn ich mit Ihnen fertig bin, Mistreß! Sie haben mein Verbot mißachtet.«

»Henry!« Atemlos tauchte Jane hinter ihm auf. »Sei doch barmherzig!«

»Sie hat sich meinen Wünschen widersetzt, und

das mit voller Absicht. War ich nicht gut zu ihr? Habe ich sie nicht gnädig aufgenommen! Ich habe mehr für sie getan als unser Vater. Trotzdem wendet sie sich gegen mich!«

»Henry ...«

»Nein, bei Gott, misch dich da nicht ein, Jane!« Er packte Jassy am Handgelenk und zerrte sie an der Treppe vorbei. »Sie haben mich vor meinen Gästen lächerlich gemacht, Mädchen, und dafür werden Sie büßen!«

»Bitte! Ich habe doch schon gesagt, daß ich dieses Haus verlassen werde.«

Er ignorierte ihren Einwand, zog sie in die Bibliothek und warf die Tür ins Schloß. Inständig hoffte sie, Jane würde noch einmal eingreifen. Aber niemand kam ihr zu Hilfe. Henry rückte seinen Schreibtischsessel in die Mitte des Raumes, zwang sie, davor niederzuknien, riß ihr die Satinbänder aus den Haaren und fesselte ihre Hände damit an die Stuhlbeine. Dann holte er das scharfe Messer, mit dem er seine Federkiele zu spitzen pflegte. Entsetzt schrie sie auf, denn sie dachte, er wolle sie erstechen. Doch das tat er nicht. Er schnitt die Korsage ihres Kleids am Rücken auf, nahm eine Reitpeitsche von einem Wandhaken und ließ sie durch die Luft knallen. »Möchten Sie ebenso behandelt werden wie die ehelichen Nachkommen Ihres Vaters? Auf diese Weise wurden wir alle gezüchtigt.«

Sie wollte protestieren und versuchte, ihn zur Vernunft zu bringen. Aber sie wagte nicht, den Mund zu öffnen, aus Angst, sie würde in Schluchzen ausbrechen.

»Sie sehen also, daß auch illegitime Kinder gewisse Privilegien genießen, meine Liebe«, fuhr er fort und schlug mit dem Peitschengriff auf ihren nackten Rücken.

»Euer Gnaden...«, begann sie, dann schrie sie gequält auf, weil die Peitschenschnur klatschend auf ihrer Haut landete. Nie zuvor hatte sie einen so heftigen Schmerz verspürt. Tränen verschleierten ihren Blick.

Die Tür schwang auf, doch das nahm sie kaum wahr, halb benommen von ihren Qualen. Sie straffte die Schultern, um sich gegen den nächsten Hieb zu wappnen. Aber Henry verstand sich darauf, eine Strafe zu vollstrecken. Offenbar wollte er die Tortur steigern, indem er sich Zeit ließ, bevor er die Peitsche wieder hob. »Wie viele Schläge brauchen Sie, ehe Sie sich bereiterklären, mir zu gehorchen, Jasmine? Ich fürchte, ich könnte Ihr Fleisch in Fetzen reißen, und es würde noch immer nichts nützen. Trotzdem muß ich es versuchen.«

»Nein, Henry«, erklang eine herrische Männerstimme.

Wieder wurde Jassy von einem Peitschenhieb getroffen und stieß gegen ihren Willen einen gellenden Schrei aus.

»Hör auf, Henry!« Schritte näherten sich, ein Mann riß ihrem Bruder die Peitsche aus der Hand.

»Verdammt, Cameron, wer gibt dir das Recht, mir Einhalt zu gebieten? Du hast diese Person in mein Haus gebracht. Sie hat sich meinem Befehl widersetzt, und deshalb steht es mir zu, sie zu strafen. Sie verdient nichts anderes.«

Mühsam schluckte Jassy ihre Tränen hinunter und wäre am liebsten gestorben. Nun wurde auch noch Jamie Cameron Zeuge ihrer Demütigung. Das zerschnittene Oberteil ihres Kleides war zur Taille hinabgerutscht und hatte ihre Brüste entblößt. Verzweifelt betete sie darum, der Mann, der ihr eine Galgenfrist verschafft hatte, würde sich in Luft auflösen. Die Peitschenschläge konnte sie leichter ertragen als die Verachtung in seinen dunkelblauen Augen.

»Bei Gott und allem, was mir heilig ist, wir sind Freunde, Jamie!« rief der Herzog. »Aber das da ist meine Sache. Misch dich nicht ein!«

»Dazu habe ich das Recht.« Jamie kniete neben Jassy nieder und löste ihre Fesseln. Kraftlos sank sie zu Boden, und er schlüpfte aus seinem Wams, um es über ihren nackten Oberkörper zu legen. »Ich habe das Recht dazu, weil ich sie heiraten werde.«

»Was?« stieß Henry verblüfft hervor.

Erst jetzt merkte Jassy, daß noch andere Leute in die Bibliothek gekommen waren, und alle wiederholten den Ausruf des Hausherrn.

»Das ist doch Wahnsinn, Jamie!« fügte er hinzu. »Denk an deine Position! Du würdest eine Sondererlaubnis brauchen. Nein, du kannst sie unmöglich heiraten, diese gewöhnliche ...«

»Hüte deine Zunge!« warnte Jamie. »Du sprichst von meiner Verlobten.«

Nun meldete sich Jane zu Wort. »Du hast den Verstand verloren, Jamie.« So gutherzig sie auch war, sie besaß einen ausgeprägten Sinn für Schicklichkeit. »Wie kannst du vergessen, wer du bist – die Herkunft, deinen Lebensstil ...«

Aber er beachtete sie nicht. Er hob Jassy hoch, die sich instinktiv an ihn klammerte, und fragte: »Wo ist ihr Zimmer? Wohin soll ich sie bringen?«

»Ich führe dich hinauf«, erbot sich Elizabeth.

»Jamie, du bist verrückt!« schrie der Herzog ihm nach.

»Ich hielt sie in den Armen, als der Tanz vorbei war – oder etwa nicht?«

»Ich würde dich niemals verpflichten, einen Bastard zu heiraten.«

»Dazu verpflichte ich mich selbst«, entgegnete Jamie und folgte Elizabeth in die Halle.

Sie stiegen die Treppe hinauf, und Jassy starrte auf Jamies bronzebraunen Hals. Der Schmerz vernebelte ihren Blick immer noch. »Ich werde dich nicht heiraten«, flüsterte sie.

»Du willst nicht? Obwohl ich so reich bin?«

»Ich hasse dich! Niemals werde ich deine Frau! Hättest du Henry doch gestattet, mich auszupeitschen!«

»Ja, vielleicht wäre das vernünftiger gewesen.«

»Hier bitte.« Elizabeth öffnete die Tür zur Kammer.

Er trug Jassy hinein, legte sie auf das Bett und drehte sie auf den Bauch, dann entfernte er das Wams von ihrem Rücken, um die roten Peitschenstriemen freizulegen, die er eingehend betrachtete. »Anscheinend macht sich Henry doch ein bißchen was aus dir, denn er ging sehr rücksichtsvoll mit dir um. Ich sah einmal, wie er einen Knecht auspeitschte, der gestohlen hatte. Der Mann hatte nachher kaum noch Fleisch auf den Rippen. Elizabeth, meine Schwester soll dir eine Salbe geben, die Jassy Linderung verschaffen wird. In ein paar Wochen wird man nichts mehr von den Wundmalen sehen.«

»Bitte, geh doch weg!« jammerte Jassy, das Gesicht ins Kissen gedrückt.

Aber Jamie ging nicht. Statt dessen setzte er sich auf den Bettrand, und sie spürte, wie er ihre linke

Hand ergriff, um einen Ring auf den kleinen Finger zu schieben. »Zur Verlobung.«

»Ich werde dich nicht heiraten. Und du willst es auch nicht. Also hör auf mit dieser Farce.«

»Doch, ich will es«, flüsterte er, und sie fühlte seinen warmen Atem im Nacken. »Ich meine es ernst.«

Verwirrt drehte sie sich auf die Seite und starrte ihn an. »Warum? Henry hat recht. Niemand wird von dir verlangen, das Mädchen zu heiraten, das du nach dem Maitanz im Arm gehalten hast. Ich bin ein Bastard – und du bist der Sohn eines Herzogs. Warum?«

Jamie zuckte die Achseln. »Genau weiß ich es nicht – vielleicht, weil ich dich begehre. Die Hochzeit ist der Preis, den ich für die Erfüllung meiner Wünsche zahle. Du forderst doch einen Preis?«

Sie brachte kein Wort hervor. Doch sie beschloß, sich nicht von seiner Willenskraft einschüchtern zu lassen. Mit aller Macht würde sie gegen ihn kämpfen.

»Bis später, mein Liebes.« Er küßte sie auf die Stirn, verneigte sich vor Elizabeth und verließ das kleine Zimmer.

Von kalter Panik erfaßt, richtete sich Jassy auf. »Niemals werde ich seine Frau, Elizabeth! Gut und schön, er hat mich vor dem Zorn unseres Bruders gerettet. Aber wenn Jamie in Wut gerät, fürchte ich ihn noch mehr als Henry. Oh, warum mußte er unter dem Maibaum mit mir tanzen? Er wollte Lenore einfangen – und sie ihn...«

»Um Lenore mach dir keine Sorgen«, erwiderte Elizabeth unbekümmert. »Die hat ihren Robert.«

»Oh...« Jassy brach in Tränen aus, und Elizabeth versuchte bestürzt, sie zu trösten.

»Du hast Schmerzen! Ich hole jetzt Janes Salbe. Dann werde ich dich mit Kathryns Hilfe verarzten, und du bekommst einen heißen Tee mit Rum. Danach mußt du schlafen. Morgen wird die Welt wieder ganz anders aussehen.«

Aber am nächsten Morgen sah alles noch schlimmer aus. Lenore weckte Jassy mit einem überschwenglichen Kuß auf die Wange. »Oh, jetzt gehörst du endgültig zur Familie! Was für ein unglaubliches Glück du hast! Jamie Cameron will dich heiraten – dich, einen Bastard, ohne Adelstitel! Wäre er nicht dazwischengetreten, hätte Henry dich ausgepeitscht und mich bis zu meiner Hochzeit in meinem Zimmer eingesperrt. Aber nun ist er so verwirrt, daß er nicht weiß, was er tun soll. Oh, ich bin ja so froh! Jetzt müssen wir Freundinnen werden, Jassy. Vor den Londoner Snobs brauchst du dich nicht zu fürchten, mit denen werde ich schon fertig. Und der König wird dich Jamie zuliebe akzeptieren.«

»Ich kann ihn unmöglich heiraten.«

»Sei nicht albern! Natürlich, ich dachte, ein Kaufmann oder ein junger Soldat würde dich nehmen. Aber nun wirst du Lady Cameron heißen...«

»Ich kann ihn nicht heiraten.«

»Du bist jetzt ein bißchen nervös, und das wäre ich sicher auch, wenn ich mit Jamie vor den Traualtar treten müßte. Er hat den Teufel im Blut. Aber er ist so hübsch – und so reich. Robert besitzt nicht annähernd soviel. Glücklicherweise bekomme ich eine üppige Mitgift. Sicher werden wir eine wunderbare Ehe führen, denn wir lieben uns sehr. Nun ja, ich gebe zu – gestern morgen hatte ich mich für Jamie entschieden. Er küßte mich, und da wurden meine

Knie weich. Oder ich küßte ihn, so genau erinnere ich mich nicht mehr. Aber ich finde es völlig in Ordnung, daß du ihn heiratest. Ich glaube, das Schicksal hat euch für einander bestimmt.«

»Nein, ich kann ihn nicht heiraten.«

»Was soll der Unsinn? Er hat dich aus der Gosse herausgeholt, und jetzt will er den Bund fürs Leben mit dir schließen. Er gehört zu den reichsten Männern in diesem Land. Und du sagst, du wirst ihn nicht heiraten. Gut, dann geh doch in die Kloake zurück, der du entstammst, und wälz dich bis in alle Ewigkeit darin!«

Den restlichen Tag verbrachte Jassy im Bett. Immer wieder erschauerte sie. Sich selbst und allen, die sie besuchten, gelobte sie, daß sie Jamie nicht heiraten würde.

Abends kam Kathryn in die Kammer und erklärte, Jassy müsse aufstehen und sich ankleiden. Lord Cameron erwarte sie in der Bibliothek.

Bei Jamies Anblick pochte ihr Herz viel zu schnell. Keinesfalls konnte sie sich ihm auf Gnade oder Ungnade ausliefern – wo er doch wußte, wie sehr sie ihn haßte. Aber er meinte es sicher nicht ernst und wollte wohl nur ein grausames Spiel mit ihr treiben.

Er benahm sich auch gar nicht wie ein liebender Bräutigam. Statt dessen musterte er sie kritisch, als sie die Bibliothek betrat, und verkündete dann: »Ich habe eine Schneiderin hierher beordert. Du brauchst eine neue Garderobe. Meine künftige Frau darf keine abgelegten Sachen tragen, so elegant sie auch sein mögen. Du wirst einige warme Wollkleider benötigen. Die Frau soll auch Wollstrümpfe und -unterhosen für dich anfertigen, denn im Winter kann es eisig werden. Und natürlich Ballkleider, für alle Fälle. Henry hat bereits das Aufgebot bestellt. Wir heiraten am 1. Juni.«

Ihr Mund war so trocken, daß sie kaum sprechen konnte. »Nein. Ich habe doch gesagt, daß ich niemals deine Frau werde.«

Lächelnd hob er die Brauen. »Ist das dein Ernst?«

»Ja.«

»Nun, ich habe es zumindest versucht.« Ohne ein weiteres Wort ging er an ihr vorbei und verließ die Bibliothek.

Am folgenden Morgen fand sie die Zukunft an Jamies Seite nicht mehr ganz so schrecklich, denn in der Nacht hatte sie wieder geträumt, sie wäre in Master Johns kalter, armseliger Dachkammer. Während der Wind durch die Fensterritzen pfiff, trat sie ans Sterbebett ihrer Mutter, die mit dem Gesicht zur Wand lag. Sie griff nach der fadenscheinigen Decke, und ihr graute. Denn noch ehe sich die Gestalt zu ihr umdrehte, wußte Jassy, was sie sehen würde – den Tod.

Trotzdem mußte sie den schmalen Rücken berühren, sie konnte nicht anders. Und als Mama sich zu ihr wandte, starrte Jassy tatsächlich in eine furchtbare Totenmaske mit bleichen, eingefallenen Wangen. Aber es war nicht Linnets Gesicht, sondern ihr eigenes. Sie stieß einen schrillen Schrei aus...

»Jassy, wach auf!« Elizabeth rüttelte sie an der Schulter. »Sei ganz ruhig, du hast nur geträumt.«

Vor den Fenstern dämmerte der Morgen herauf. Entschlossen sprang Jassy aus dem Bett und lief zum Schrank.

»Was hast du vor?« fragte Elizabeth verblüfft.

»Ist er in seinem Haus?«

»Wer? Wo?«

»Jamie. Ist er in seinem Haus?«

»Ich glaube schon.«

In aller Eile zog sich Jassy an. Sie rannte zur Tür, dann kehrte sie noch einmal zurück, um Elizabeths Wange zu küssen. »Ich liebe dich«, flüsterte sie. Ohne eine Antwort abzuwarten, stürmte sie aus der Kammer und die Treppe hinab.

Nur wenige Dienstboten waren um diese frühe Stunde auf den Beinen. Jassy mußte einen Stallknecht rufen lassen und warten, bis Maria gesattelt war. Ungeduldig stieg sie auf und drückte rücksichtslos ihre Fersen in die Pferdeflanken. Gleich darauf entschuldigte sie sich reumütig bei dem treuen Tier.

Im Galopp überquerte sie die frühlingsgrünen Wiesen. Die Sonne war noch nicht aufgegangen, als sie Jamie Camerons Landsitz erreichte. Sie läutete am Tor, und es dauerte eine Weile, bis der Pförtner erschien, um ihr das schmiedeeiserne Tor zu öffnen. Währenddessen betrachtete sie das großartige Haus. Wenn sie hier als Herrin leben konnte, würde sie sogar die Ehe mit Jamie ertragen. Nachts würde sie natürlich gewisse Pflichten erfüllen und ihren Preis für den Reichtum zahlen müssen. Ein Schauer lief ihr über den Rücken, und sie wäre beinahe wieder umgekehrt. Doch da schwang das Tor auf, und sie ritt hindurch.

Lymon stand auf der Treppe, ein Reitknecht nahm die Stute in Empfang. »Ist Lord Cameron schon wach?« fragte Jassy den Verwalter.

»Ja, Mistreß, und er weiß bereits, daß Sie hier sind. Ich soll Sie zu ihm bringen.«

Sie folgte ihm ins Haus und in den ersten Stock hinauf, wo er eine Doppeltür öffnete. Jassy betrat einen großen Raum, offenbar das Herrschaftsschlafzimmer. Ein Vierpfostenbett mit Baldachin stand neben einem steinernen Kamin. Elisabethanische Stühle umgaben einen runden Intarsientisch. Durch die Fenster fiel das Licht der aufgehenden Sonne auf einen Schreibtisch. Eine halboffene Tür schien in ein Ankleidezimmer zu führen.

Welch ein Luxus, dachte Jassy entzückt. Hier werde ich wohnen. Dann wanderte ihr Blick zum Bett. Der einzige Haken an der ganzen Sache... Wenn sie Jamies Frau war, würde er natürlich sein Recht beanspruchen, mit ihr zu schlafen, sie anzufassen, wann immer es ihm beliebte. Wieder rann ein Schauer durch ihren Körper.

Lässig saß er auf einem geschnitzten Fensterbrett und schaute in den Morgen hinaus. Er trug nur ein weißes Hemd, eine schlichte braune Kniehose und seine hohen Stiefel. Ohne Jassy einen Blick zu gönnen, fragte er: »Was verschafft mir die Ehre deines Besuchs?«

So sehr sie sich auch bemühte, sie brachte kein Wort hervor.

Schließlich wandte er sich zu ihr. »Hat es dir die Sprache verschlagen? Das wundert mich, da ich deine scharfe Zunge nur zu gut kenne.«

»Du – du könntest es mir ein bißchen leichter machen.«

»Ich habe keine Ahnung, wovon du redest.«

»Doch.«

Langsam stand er auf und ging zu ihr. »Bist du vielleicht gekommen, um festzustellen, ob mein Heiratsantrag immer noch gilt?«

Sie mußte den verächtlichen Klang seiner Stimme ertragen, denn sie wollte weder so leben wie ihre Mutter noch auf so schreckliche Art sterben. Und so nickte sie gottergeben.

»Das dachte ich mir.« Jamie schlenderte um sie herum und rieb sich das Kinn. »Laß mich mal raten. Du bist mitten in der Nacht erwacht und hast plötzlich gemerkt, daß du mich leidenschaftlich liebst. Und die heiße Sehnsucht nach mir hat dich hierhergetrieben... Nein? Nun, das hatte ich auch nicht ernsthaft angenommen. Versuchen wir's noch einmal. Du bist mitten in der Nacht aufgewacht und hast erkannt, daß du nie wieder so ein günstiges Angebot erhalten wirst. Du bekommst die Chance, eine Lady zu werden. Adelstitel dürften dir zwar nicht allzuviel bedeuten, aber du könntest eine sehr reiche Lady sein. Es liegt am Geld, nicht wahr? Deshalb hast du dich anders besonnen.«

Jassy senkte den Kopf und schwieg.

»Nun?« stieß er hervor, legte einen Finger unter ihr Kinn und hob ihr Gesicht hoch.

»Ja, genau deshalb!« fauchte sie. »Ich habe dir niemals Liebe vorgeheuchelt.«

»Oh, ich weiß, du haßt mich. Trotzdem willst du mich heiraten?«

»Ja.« Sie schaute in Jamies dunkle Augen, die nichts von seinen Gefühlen verrieten, und fuhr ungeduldig fort: »Du liebst mich doch auch nicht. Warum hast du mir einen Antrag gemacht?«

»Ich begehre dich wenigstens.« Plötzlich packte er ihren Arm, zog sie zum Bett und stieß sie auf die weiche Decke. »Wenn du meine Frau bist, wirst du kein eigenes Zimmer bekommen, sondern hier mit mir schlafen. Nacht für Nacht. Du wirst weder Kopfschmerzen noch sonstige Wehwehchen vorschützen. Bist du trotzdem bereit, mit mir vor den Altar zu treten?«

Verzweifelt dachte sie an ihren Traum von der schmutzigen kalten Dachkammer und dem Totengesicht. »Ja.«

Jamie zog sie lachend auf die Beine. »Du bist eben doch eine Hure.«

In wilder Wut wollte sie ihn ohrfeigen, aber er hielt ihr Handgelenk fest. »Wenn du mit mir kämpfen willst, meine Liebe – ich bin jederzeit bereit. Nimm dich bloß in acht, denn wenn du mich zu verletzen versuchst, zahl ich's dir hundertfach heim. Vor Henrys Zorn bewahrte ich dich nur, weil ich mich bereits zu unserer Heirat entschlossen hatte. Ein paar Peitschenhiebe mehr hätten dir ganz gut getan. Aber ich ziehe es vor, dich selber zu züchtigen.«

»Laß mich los!« kreischte sie.

Jamie hob die Brauen. »In diesem Ton sollte eine zärtliche Braut nicht sprechen«, meinte er, doch er erfüllte ihren Wunsch und setzte sich wieder auf das Fensterbrett. Erst jetzt sah sie dort einige Dokumente liegen, die er offenbar vor ihrer Ankunft studiert hatte. »Wie ich bereits sagte – die Trauung findet am 1. Juni statt. Heute schicke ich dir die Schneiderin. Viel Zeit bleibt euch nicht mehr. Sie soll all die Näherinnen einstellen, die sie benötigt, um deine Garderobe bis zum Hochzeitstag fertigzustellen. Falls du dich beraten lassen möchtest – Jane und Lenore verfügen über einen ausgezeichneten modischen Geschmack. Andererseits vermute ich, daß du sicher ein gewisses Stilgefühl besitzt, da du ja auch recht gute Manieren hast und dich gewählt auszudrücken verstehst. Ich werde Henry eine prallgefüllte Börse senden – falls du außer deiner Garderobe noch andere Sachen benötigst.«

»Ich brauche sonst nichts.«

»Was? Du heiratest mich wegen meines Geldes und willst nichts davon verwenden?«

Wie sollte sie erklären, daß sie seinen Antrag nicht aus Habgier annahm, sondern um nie mehr hungern und frieren zu müssen und in einem weichen, warmen Bett liegen zu können? »Ich brauche nichts«, wiederholte sie leise.

Er schwieg eine Weile, und sie fragte sich, woran er dachte, während er sie aufmerksam beobachtete. »Wie du willst«, entgegnete er schließlich und befaßte sich wieder mit seinen Dokumenten.

Offenbar hielt er die Unterredung für beendet, aber Jassy rührte sich nicht von der Stelle. Sein Geld wollte sie nicht. Dafür hatte sie andere Wünsche, und so räusperte sie sich. Als Jamie irritiert aufsah, sichtlich verärgert über die neuerliche Störung, erklärte sie: »Molly, die Kellnerin in Master Johns Taverne, war immer sehr gut zu mir. Darf ich sie hierherholen?«

»Natürlich. Ich werde nach ihr schicken. Sie kann schon vor der Hochzeit kommen.«

»Und – und Tamsyn auch?«

»Tamsyn?«

»Ich glaube, er war früher Arzt. Jetzt arbeitet er im Gasthaus.«

»Dieser alte Trunkenbold?«

»Das ist er nicht. Er hatte nur sehr viel Pech in seinem Leben. Wenn ich auf ihn achte, wird er gute Arbeit leisten und bestimmt nicht trinken.«

Jamie zuckte die Achseln. »Für das Personal bist du zuständig. Ich besitze große Ländereien, also werden wir viele Dienstboten brauchen. Du kannst einstellen, wen du willst. Wenn dieser Tamsyn in Master Johns Taverne anzutreffen ist, soll er gleich mit Molly hierherkommen. Noch etwas?«

Sie schüttelte den Kopf, und er wartete. Schließlich fuhr sie mit der Zunge über ihre Lippen und zwang sich zu einem knappen Dankeswort.

Jeden Nachmittag erschien die Schneiderin. Jassys kleines Zimmer füllte sich mit Samt, Taft, Seide, Spitzen, Leinen und Brokat. Sie mußte Tages- und Abendkleider anprobieren. Sommer- und Wintersachen. Dazu kamen Muffe, Capes, elegante Hüte und hübsche Taschen. Jane und Lenore wußten gut über modische Dinge Bescheid. »Natürlich muß man beachten, daß der König streng presbyterianisch erzogen wurde«, meinte die Herzogin. »Ansonsten hat sich die Mode in letzter Zeit kaum geändert. Wenigstens sind die unbequemen Halskrausen verschwunden, die wir als Kinder tragen mußten.«

»Die Königin nimmt bei ihrer Garderobe wenig Rücksicht auf presbyterianische Regeln«, wandte Lenore ein.

Jassy hörte den beiden kaum zu. Manchmal berührte sie einen Ärmel oder den weichen Pelzbesatz eines Kragens. All diese kostbaren Wunderdinge sollten ihr gehören. Einerseits freute sie sich darüber, andererseits wurde ihr das Herz schwer, wenn sie überlegte, daß der Preis für einen einzigen Muff wahrscheinlich das Leben ihrer Mutter gerettet hätte.

Am 20. Mai war Jamie zum Dinner eingeladen. Mit Henry, der sich für einen edlen Wohltäter hielt, hatte er sich längst wieder versöhnt. Mehrmals betonte der Herzog, Jassy habe ihren gesellschaftlichen Aufstieg nur ihm zu verdanken.

Die Mahlzeit schmeckte köstlich, vor allem die Bratente mit frischem Gemüse. Aber Jassy brachte kaum einen Bissen hinunter, und ihr Weinglas hob sie nur selten an die Lippen. Auch Robert saß am Tisch, und man besprach seine Hochzeit mit Lenore, die zwei Wochen nach Jassys Trauung stattfinden sollte.

Vergeblich versuchte Jamie seine Braut in ein Gespräch zu verwickeln. Er bekam nur einsilbige Antworten. Schließlich behauptete Lenore lachend, das liege an Jassys flatternden Nerven. Kein Wunder, wo doch der große Tag immer näher rücken würde...

Nach dem Dinner floh Jassy aus dem Haus und in den Stall, zu ihrer Stute. Dort begegnete sie Robert und erinnerte sich voller Bitterkeit an den Abend, wo sie sich zum erstenmal an diesem Ort getroffen hatten.

Fröhlich küßte er sie auf beide Wangen. »Welch eine wunderbare Wende dein Schicksal genommen hat, Jassy! Besäße ich Jamies Vermögen, wären die Dinge vielleicht anders verlaufen. Du bist so schön.«

»Und du bist mit meiner Schwester verlobt.«

»Mit der Schwester, die eine Mitgift bekommt«, betonte er.

»Sei gut zu ihr!« mahnte sie.

»Natürlich. Auch Lenore ist eine Schönheit. Aber du bist etwas ganz Besonderes. Nun, wenigstens wirst du meinen besten Freund heiraten, also werde ich dich öfter sehen. Wenn man bedenkt, was aus Master Johns Küchenmagd geworden ist...«

»Die Küchenmagd wird ihr Glück machen«, unterbrach ihn Jamie, der lautlos den Stall betreten hatte. Das Glitzern in seinen Augen mißfiel Jassy. Sie wirkten noch härter als sonst.

»Robert wollte mir nur gratulieren«, erklärte sie.

»So?«

»Ich freue mich für euch beide«, versicherte Robert grinsend. »Aber nun will ich das Liebespaar allein lassen.« Hastig suchte er das Weite.

Jamie blieb beim Eingang stehen, während Jassy am anderen Ende des Stalls beklommen ihre Stute streichelte.

»Seltsam«, meinte er, »als ich das letzte Mal hier war, sah ich euch beide ebenfalls zusammen.«

»Damals hatte ich dir gegenüber noch keine Verpflichtungen.«

»Und jetzt sind wir verlobt. Ich habe sogar den Segen des Königs für meine Heiratspläne.«

Jassy spürte seinen unterdrückten Zorn und glaubte sich verteidigen zu müssen. »Zwischen Robert und mir ist nichts vorgefallen.«

»Habe ich dich etwa beschuldigt?«

»Dafür gäbe es auch keinen Grund.«

»Weil ich dir so schnell gefolgt bin.«

»Was für ein Unsinn!«

»Du warst in Robert verliebt. Hoffentlich hast du diese Gefühle mittlerweile überwunden.«

»Willst du mir drohen?«

»Keineswegs, meine Liebe. Ich verspreche dir nur eins – sollte ich dich jemals wieder mit einem Mann in einer zweideutigen Situation antreffen, werden dir die Peitschenhiebe deines Bruders wie eine wahre Wohltat erscheinen – verglichen mit der Strafe, die du von meiner Hand zu erwarten hättest.«

Sie verkniff sich eine wütende Antwort und ging zum Tor, um den Stall zu verlassen. Aber Jamie versperrte ihr den Weg und legte die Hände auf ihre Schultern. Sie warf furchtlos den Kopf in den Nakken. »Laß mich bitte los.«

»Welch eine würdevolle Haltung...«

»Du müßtest es doch begrüßen, wenn sich deine künftige Frau wie eine Lady benimmt.«

»Vor mir brauchst du die Nase nicht hoch zu tragen. Das werde ich dir abgewöhnen.«

»Niemals. Würdest du jetzt das Tor freigeben?«

Seine Finger glitten über ihren Hals, und sie tat ihr Bestes, um nicht zu erschauern, nichts von der stürmischen Hitze zu verraten, die plötzlich durch ihre Adern strömte.

»Wie schön du bist...« Er neigte sich herab, zog sie an seine Brust, und ihre Lippen öffneten sich wie von selbst, als er sie küßte. Mühelos erforschte seine Zunge ihren Mund.

Jassy klammerte sich an ihn, weil sie kaum noch stehen konnte. Erschrocken kämpfte sie gegen die Schwäche an, die sie zu überwältigen schien. Endlich gelang es ihr, sich loszureißen. »Bitte, laß mich gehen! Wir...«

»Was?«

»Wir sind noch nicht verheiratet.«

Jamie lächelte sanft. »Aber bald. Hast du Angst?«

»Nein.«

»Vergiß nicht, daß ich sehr viel von dir erwarte. Und ich bin kein geduldiger Mann.«

»Ich werde es nicht vergessen.«

»Diesen Preis mußt du zahlen – für alles, was ich dir biete.«

»Das weiß ich.«

»Im Grunde wollen wir beide dasselbe. Deine leidenschaftliche Abenteuerlust ist genauso stark wie meine – glaub mir.« Er trat beiseite. »Geh jetzt und bereite dich auf den großen Tag vor. Du hast nicht mehr viel Zeit. Übrigens, in einigen Tagen wird mein Vater hierherkommen. Sei höflich zu ihm.«

»Warum? Wird er dir sonst verbieten, mich zu heiraten, oder dir keinen Unterhalt mehr zahlen?«

Jamie packte ihren Arm. »Ich tue immer, was ich will. Das solltest du bedenken. Und mein Vermögen gehört mir. Ich bekomme von niemandem finanzielle Unterstützung. Du wirst meinem Vater höflich begegnen, weil er ein wunderbarer alter Mann ist. Und er soll glauben, ich hätte meine Braut wegen ihrer Schönheit, ihres Geistes und angenehmen Wesens ausgesucht. Daß ich ein Geschäft mit einer Hure ausgehandelt habe, die sich nur für mein Geld interessiert, braucht er nicht zu erfahren.«

Entschlossen schluckte sie die Tränen hinunter, die in ihren Augen brannten. »Darf ich jetzt gehen?«

»Du darfst. Oh, was ich noch sagen wollte – deine Freunde wohnen bereits in meinem Haus.«

»Molly? Und Tamsyn?«

»Ja, alle beide sind bei mir.«

»Danke«, flüsterte sie. Und dann floh sie aus dem Stall.

Drei Tage später traf der Herzog von Carlyle in einer prächtigen Kutsche ein. Jassy erwartete ihn, zusammen mit Henry und Jane, im Empfangssalon. Sie hatte gefürchtet, er würde sie verachten und eine Dirne in ihr sehen, die seinen Sohn heimtückisch umgarnt hatte. Statt dessen begrüßte er sie, als hätte Jamie ein Mädchen aus besten Kreisen gewählt.

Hochgewachsen wie sein Drittgeborener, mit den gleichen blitzenden dunklen Augen, breitete er die Arme aus. »Willkommen, meine Tochter.«

Beinahe brach sie in Tränen aus, als sie an seine Brust sank. Ihre Vergangenheit erwähnte er mit keinem Wort. Er sprach nur von der Zukunft. Angeregt unterhielten sie sich, und alle außer Jassy lachten fröhlich. Nachdem der alte Herzog sich verabschiedet hatte, wollte sie aus dem Salon fliehen, aber Jane rief sie zurück. »Was hast du denn? Papa ist doch gar nicht so übel.«

»Dein Vater ist großartig...« Unfähig, die Tränen noch länger zurückzuhalten, wandte Jassy sich ab. Und als sie zur Tür rannte, erhob Jane keine Einwände mehr.

Dunkle Wolken ballten sich am Hochzeitsmorgen zusammen. In der Ferne grollte dumpfer Donner, Blitze zuckten über den Himmel. Kathryn, Elizabeth, Jane und Lenore ignorierten das Gewitter. Alle trafen sich schon zeitig in Jassys Kammer und halfen ihr in das Brautkleid aus elfenbeinweißer Seide, die mit Perlen und Glassteinen bestickt war. Weißer Fuchsbesatz säumte den tiefen Ausschnitt. Der Schleier hing an einer Diamantentiara, Perlen und winzige Spahire schmückten den zarten Stoff.

Reglos stand Jassy da, während sie angekleidet wurde, die Hände nervös geballt. Sie konnte weder essen noch trinken. Um ein Uhr mittags stieg sie mit der Herzogsfamilie in eine große Kutsche, die wenige Minuten später vor der alten normannischen Dorfkirche hielt. Inzwischen krachte der Donner ohrenbetäubend, und sie beeilten sich, um das Gebäude zu betreten, ehe es zu regnen anfing.

Henry führte Jassy zum Altar, gefolgt von Jane, ihrer Trauzeugin. Der Bräutigam wartete neben seinem Trauzeugen Robert in einer eleganten schwarzen Kniehose, einem schwarzen Wams und einem roten Seidenhemd. Ausdruckslos blickte er Jassy entgegen. Würde es ihr jemals gelingen, seine Gedanken zu erraten?

Und dann stand sie an seiner Seite, spürte seine warmen Finger, die ihre Hand umschlossen. Zunächst konnte sie vor lauter Aufregung die zeremoniellen Worte nicht sprechen, und der Priester mußte sie zweimal dazu auffordern. Als sie es endlich schaffte, schenkte Jamie ihr ein seltsames Lächeln. Er selbst legte sein Ehegelübde mit klarer Stimme und ohne Zögern ab. Danach küßte er sie, wobei er sich keinen Zwang antat und von lachenden jungen Männern angespornt wurde, die in den hinteren Kirchenbänken saßen.

Der Hochzeitsempfang fand im Haus des Bräutigams statt. Jassy saß neben ihm in der Kutsche und drehte nervös an ihrem goldenen Ehering. »Dein neues Heim, Mylady«, bemerkte Jamie, als sie sich dem prachtvollen Gebäude näherten. Zum erstenmal an diesem Tag empfand sie ein wenig Freude. Er hatte sie mit ›Mylady‹ angeredet, mit dem Titel, der ihr jetzt gebührte, und sie würde von nun an im Luxus leben. Beinahe wäre sie glücklich gewesen, hätte sie nicht unentwegt an die bevorstehende Hochzeitsnacht denken müssen.

Jamie trug sie über die Schwelle, vom Beifall der Gäste begleitet. In der Halle eilten livrierte Lakaien umher, boten Wein und Ale in Kristallgläsern an. Jassy wurde von ihrem Schwiegervater, ihren Schwestern und Jane geküßt – sogar von Henry, dann lernte sie Jamies aristokratische Freunde kennen. Sie fühlte sich wie im Märchen, wie eine Prinzessin in ihrem Palast.

»Du müßtest mit Jassy nach Paris reisen, Jamie«, meinte Lenore. »Ich werde das jedenfalls von meinem Mann verlangen.«

»Und wenn meine Braut es zehnmal verlangte – es wäre unmöglich, weil ich in zwei Wochen über den Atlantik segle.« Er machte eine kurze Pause, suchte Jassys Blick. »Und in dem kurzen Honigmond, der uns bis dahin noch bleibt, ziehe ich den Komfort meines eigenen Bettes vor und die Dienste meiner vertrauenswürdigen Angestellten.«

Jassy wandte sich ab. In ihren Schläfen pochte es schmerzhaft. Die Musiker begannen zu spielen, und sie war froh über das Tanzvergnügen, das sie von ihren bedrückenden Gedanken ablenkte. Als sie in Roberts Armen dahinschwebte, lachte sie sogar. Seine Scherze hoben ihre Stimmung, und sie amüsierte sich köstlich, bis sie merkte, daß sie von Jamie beobachtet wurde.

Nachdem die letzte Kutsche davongerollt war, kündigte Lymon an, er würde ihre Ladyschaft am nächsten Morgen aufsuchen, um Haushaltsfragen mit ihr zu besprechen. Jamie hob sein Weinglas und prostete ihr zu. »Ich gebe dir dreißig Minuten Zeit, Jassy. Nicht länger.«

Sie konnte kaum atmen. Jetzt näherte sich der Augenblick, wo sie den Preis für ihr Glück zahlen mußte. Sie floh die Treppe hinauf und ins Herrschaftsschlafzimmer, warf die Tür zu und lehnte sich dagegen.

»Jassy!«

Verwirrt sah sie auf. Molly stand vor ihr, hübsch gekleidet, mit strahlenden Augen und rosigen Wangen. »O Molly!« Erfreut sank Jassy in die Arme ihrer Freundin.

»Nun haben Sie wirklich und wahrhaftig einen Lord geheiratet, Mädchen – und sich trotzdem an den alten Tam und mich erinnert. Gott segne Sie! Jetzt sind wir also wieder beisammen. Und ich traue meinen Augen nicht. Dieses herrliche Haus ist Ihr Heim!«

Jassy schluckte. Ja, dies war ihr Heim. Aber das Wiedersehen mit Molly bedeutete ihr viel mehr. »Ich habe Sie so vermißt. Wie ist es Ihnen inzwischen ergangen? Erzählen Sie...«

»Doch nicht jetzt, in Ihrer Hochzeitsnacht! Wenn Ihr hübscher Bräutigam kommt, will ich nicht mehr hier sein. Schnell, lassen Sie sich beim Auskleiden helfen! Das Nachthemd habe ich schon bereitgelegt.«

Panik stieg in Jassy auf, und sie war versucht zu protestieren. Aber Molly ging energisch ans Werk, nahm ihr die Tiara mit dem Schleier ab und streifte ihr das Seidenkleid über den Kopf. Dann drückte sie Jassy auf einen Stuhl, zog ihr die Schuhe und Strümpfe aus und befreite sie von dem engen Korsett.

Als Jassy nur noch ihr Hemd trug, umklammerte sie plötzlich Mollys Arm. »Ich kann es nicht! Unmöglich!«

»So schlimm wird's schon nicht sein. Er ist doch so hübsch und nett. Viele Mädchen würden Jahre ihres Lebens für eine einzige Nacht mit einem solchen Mann geben. Und Sie sind so wunderschön, Mädchen. Er wird Sie von ganzem Herzen lieben.«

Nein, er haßt mich, dachte Jassy, doch sie brachte es nicht über sich, das auszusprechen.

Molly half ihr aus dem Unterhemd, das weiche, seidene Nachtgewand glitt über ihre Schultern, mit langen Ärmeln, am Hals hochgeschlossen. Der Saum reichte bis zum Boden. Trotzdem wirkte das Hemd keineswegs züchtig, denn es war fast durchsichtig.

Es klopfte an der Tür. »Oh!« rief Jassy, kroch rasch unter die Bettdecke und zog sie bis ans Kinn hoch. Molly lächelte ihr aufmunternd zu und ließ Jamie eintreten. »Guten Abend, Mylord...« Und dann entfernte sie sich diskret.

Er schloß die Tür hinter sich, legte sein Wams ab und warf es auf die Truhe am Fußende des Betts. In wachsender Angst beobachtete Jassy, wie er zum Schreibtisch wanderte und sich einen Cognac einschenkte, dann sank er lässig auf den Stuhl und nahm einen Schluck. »Nun sind wir also verheiratet, meine Liebe. Mal sehen, ob sich das Geschäft für mich lohnt...«

Als er das Glas abstellte, aufstand und zum Bett ging, wirkte er nicht mehr lässig, sondern sehr zielstrebig. Mit einem Ruck riß er die Decke von Jassys Körper.

## 8

Unwillkürlich schrie sie auf und versuchte sich wieder zu verhüllen. Aber Jamie hielt die Decke eisern fest und musterte seine Frau verächtlich.

Kalter Ärger lag in seinen dunklen Augen, und sie

mußte sich sehr beherrschen, um keinen zweiten Schrei auszustoßen. Ich bin kein Feigling, redete sie sich ein, und ich fürchte mich nicht vor ihm. Er hat mich zur Herrin dieses wunderschönen Hauses gemacht, und dafür bin ich ihm etwas schuldig.

Er lächelte zynisch. »Nun? Bereust du es schon, daß du mich geheiratet hast?«

»Nein.«

»Dann hast du diesen Augenblick also in vielen einsamen, schlaflosen Nächten herbeigesehnt?«

»Ich sagte nur, ich würde nichts bereuen.«

»Gut.« Sein Lächeln erlosch. Er ließ die Decke fallen, setzte sich auf den Bettrand, schlüpfte aus seinen Schnallenschuhen. Dann zerrte er das Hemd aus dem Hosenbund und zog es über den Kopf. Viel zu hell für Jassys Geschmack brannten das Kaminfeuer und die Kerzen. Der Widerschein warf flakkernde Schatten auf Jamies breite, muskulöse Brust, die genauso bronzebraun schimmerte wie sein Gesicht.

Während Jassy ihn betrachtete, biß sie sich auf die Unterlippe, um nicht zu zittern. Die kräftigen Arme hätten eher zu einem Schmied gepaßt, nicht zu einem vornehmen Lord. Er erschien ihr wie ein heidnischer Gott – oder wie einer jener fremdartigen roten Männer auf der anderen Seite des Atlantiks, die sie auf Bildern gesehen hatte und die er so oft mit Inbrunst verteidigte.

Das Hemd landete auf der Decke, und Jassys Blick wanderte zu den schmalen Hüften in der engen Kniehose. Die würde er auch noch ausziehen. Bei diesem Gedanken wurde ihr abwechselnd heiß und kalt, und sie betete verzweifelt um eine wundersame Rettung. Sie mußte sich sehr beherrschen, um nicht aufzuspringen und einen Fluchtversuch zu wagen. Das wäre ohnehin sinnlos gewesen, denn Jamie würde sie gewaltsam zurückholen. Sie würde sich einfach vorstellen, woanders zu sein, alles über sich ergehen lassen und ihre ehelichen Pflichten erfüllen.

Er ging zum Schreibtisch, löschte die Kerze, die dort knisterte, dann eine zweite, die auf der Truhe stand. Danach fand Jassy das Licht im Zimmer immer noch zu hell, und Jamie verstand es, die Qual in die Länge zu ziehen. Mit jeder Sekunde, die verstrich, bebte sie heftiger, wurde sich seiner männlichen Kraft noch intensiver bewußt.

Auf leisen Sohlen schlenderte er zum Kamin, um die Kerze auf dem Sims auszublasen. Das ersterbende Feuer sprühte Funken und spiegelte sich in Jamies glänzender Haut. Scheinbar geistesabwesend rieb er sich den Nacken, und Jassy glaubte beinahe, er hätte sie vergessen.

Doch so war es nicht. Er schlüpfte aus der Kniehose und den Strümpfen, dann kam er zum Bett. Wieder mußte sie den Impuls bekämpfen, davonzulaufen, und sich vor Augen führen, daß es keinen Zufluchtsort gab. Konnte sie irgend etwas tun oder sagen, um den schrecklichen Moment noch ein wenig hinauszuzögern – ihn anflehen oder sein Herz rühren?

Unaufhaltsam näherte er sich dem Bett, überaus selbstsicher in seiner Nacktheit, ohne die geringste Scham. Seine Erregung war unverkennbar. Die Hände in die Hüften gestemmt, blieb er vor Jassy stehen. »Zieh das Nachthemd aus.«

Vergeblich bekämpfte sie das Zittern in ihren Fingern. Jamies gebieterische Stimme brachte sie in Wut, und plötzlich entschloß sie sich zur Gegenwehr. »Wenn du ein bißchen Feingefühl hättest, würdest du heute nacht deinen Willen nicht durchsetzen.«

»Was?«

»Vielleicht – mit der Zeit...«

»Zieh das Hemd aus. Sofort!«

»Robert Maxwell würde sich niemals so grausam verhalten und geduldig warten, bis seine junge Frau ihn besser kennengelernt hat...«

»Du kennst mich, und zwar sehr gut. Offenbar träumst du immer noch von Robert. Hör mir jetzt gut zu. Ich bin nicht Robert, und zumindest das wirst du am Ende dieser Nacht genau wissen – wenn du schon nichts anderes begriffen hast.« Ein Puls pochte in seinem Hals. Noch nie hatte sie ihn so zornig gesehen, und bei dieser Erkenntnis wuchs ihre Angst.

Angriff ist die beste Verteidigung, entschied sie und kreischte: »Du hast die Manieren eines wilden Ebers!«

»Und du die Manieren einer Londoner Hure«, erwiderte er ungerührt und setzte sich auf den Bettrand.

Empört schlug sie in sein Gesicht, dann hielt sie erschrocken den Atem an, als sie die roten Spuren ihrer Finger auf seiner Wange sah. Er preßte die Lippen zusammen, sprang auf und zerrte Jassy vom Bett hoch. Blitzschnell packte er ihr Nachthemd am Kragen und riß es mit einer einzigen Bewegung entzwei. Die Seide fiel von ihrem Körper zu Boden, nackt stand sie vor ihm.

»Du Bastard!« fauchte sie und trommelte mit beiden Fäusten gegen seine Brust, als er sie hochhob. »So benimmt sich also ein vornehmer Lord!«

»Du spielst die große Dame recht gut, Jassy. Aber in unserer besonderen Situation finde ich deine prüde Zurückhaltung lächerlich. Natürlich wirst du oft genug eine Gelegenheit finden, deine guten Manieren zu beweisen – aber bitte nicht in meinem Schlafzimmer.« Unsanft ließ er sie auf das Bett fallen, und es gab nichts, womit sie ihre Blöße verhüllen konnte, denn die Decke lag immer noch am Boden. Hilflos war sie Jamies Blick ausgesetzt.

»Kennst du denn keine Gnade?« jammerte sie. »Vergißt du, daß ich – daß ich…«

»Daß du unschuldig bist, meine Liebe? Eine seltsame Form von Unschuld – aber ich habe es nicht vergessen.«

»Wir könnten warten…«

»Am besten bis zum Tag nach meiner Abreise nicht wahr? Nein, mein Schatz. Unser Geschäft bringt mir ohnehin nur geringe Vorteile ein, weder Geld noch Adelstitel. Deine Mitgift ist dein Körper, und den will ich jetzt haben. Also, dann reiß dich zusammen. Du bist doch eine so exzellente Schauspielerin! Heiße deinen Herrn und Gebieter willkommen.«

»Du Schuft!« Tränen stiegen in ihre Augen, aber sie schwor sich, keine einzige zu vergießen.

Jamie legte sich zu ihr und nahm sie in die Arme. Mit aller Kraft stemmte sie sich gegen seine Schultern, spürte seine harten, warmen Muskeln unter ihren Fingern. Ihre Beine wurden von seinem Schenkel festgehalten und ließen sich nicht bewegen.

Seine nackte Brust preßte sich an ihre, sein ganzer Körper schien aus Stahl zu bestehen. Sie erkannte, wie zwecklos ihr Widerstand war, und hörte auf, sich zu wehren. Sekundenlang schaute er in ihre Augen, dann küßte er sie.

Wieder breitete sich jene seltsame Hitze in ihr aus, wie ein Feuer, das von außen in sie eindrang, aber auch in ihrem Innern entzündet wurde. Jamies Hand umfaßte eine ihrer Brüste, sein Daumen strich über die rosige Spitze, und diese Berührung jagte ein Gefühl durch Jassys Unterleib, das einem sengenden Blick glich.

Sie fürchtete, diese Empfindung würde sie völlig beherrschen, denn dann könnte sie sich nicht mehr gegen ihn verteidigen. Er liebte sie nicht, er verachtete sie, er nannte sie eine Hure. Deshalb wollte sie ihm nichts geben. Überhaupt nichts.

Entschlossen löste sie ihren Mund von seinem und rang nach Atem. »Bitte!« stöhnte sie. »Tu, was du willst, aber – mußt du mich unbedingt küssen?«

Seine Augen wurden schmal, alle seine Muskeln spannten sich an, und sie wußte, daß sie ihn verletzt hatte. Ein paar Sekunden lang war es ihr vergönnt, sich darüber zu freuen. Wie oft hatte sie seine Selbstgefälligkeit verabscheut... Doch dann schrie sie wieder auf, denn er schob gewaltsam ein Knie zwischen ihre Schenkel und warf sich auf sie. »Gut, Mylady – wir machen es auf deine Weise.«

Kraftvoll umspannten seine Hände ihre Hüften. Sie ahnte, daß eine einzige geflüsterte Bitte genügt hätte, um ihn zu sanfter Rücksichtnahme zu bewegen. Vielleicht. Aber diese Worte brachte sie nicht über die Lippen. Sie wollte nicht um Gnade flehen. Sie biß die Zähne zusammen und senkte die Lider.

Seine Finger berührten sie zwischen den Beinen, dann drang sein hartes, pulsierendes Organ in sie ein. Gebieterisch und ohne Zaudern nahm er sie, und sie schluchzte halb erstickt. Nie zuvor hatte sie einen so brennenden Schmerz verspürt.

Sofort hielt er in seinen Bewegungen inne. Während sie mit den Tränen kämpfte, wünschte sie verzweifelt, sie könnte sich vom lastenden Gewicht seines Körpers befreien.

Jamie murmelte einen Fluch, und sie wußte nicht, ob sein Zorn ihr oder ihm selbst galt. »Sei ganz ruhig«, sagte er leise.

»Du – bringst mich um!« würgte sie hervor. Die Intimität dieser Vereinigung erschien ihr unerträglich. Er war ein Teil von ihr, lag auf ihr und in ihr. Und sie kam sich so verwundbar vor, so ausgeliefert. Sein Atem mischte sich mit ihrem. Sein Herz pochte an ihrer Brust.

»Du wirst nicht sterben, glaub mir. Seit dem Anbeginn aller Zeiten geben sich die Frauen den Männern hin.« Er schaute ihr in die Augen, und sie konnte seinem Blick nicht ausweichen. »Öffne die Lippen«, befahl er.

»Ich . . .«

»Öffne die Lippen, laß dich küssen und entspanne dich. Hör auf, Widerstand zu leisten.«

Er neigte sich herab, seine Zunge glitt über ihren Mund und schob sich hinein, dann zog sie eine heiße Spur über ihren Hals und in das Tal zwischen den Brüsten, umkreiste erst die eine Spitze, dann die andere. Und die ganze Zeit fühlte sie ihn in sich, pochend und zuckend und so fremdartig, voller Leben und unbegreiflicher Versprechungen. Der Schmerz ließ noch immer nicht nach, und sie lag wehrlos unter ihm. Immer wieder attackierten seine Hände und Lippen ihre Sinne.

Die Hitze, die Jamie in ihr entfachte, verdrängte

allmählich den Schmerz. Als er sie wieder küßte, öffnete sie freiwillig die Lippen, und sie versuchte den Händen, die ihre nackte Haut liebkosten, nicht mehr auszuweichen. Aber sie durfte ihren Gefühlen nicht nachgeben…

Plötzlich zog er sich zurück. Jassy fühlte das Brennen immer noch. Aber nun fragte sie sich hoffnungsvoll, ob das alles gewesen war. Würde er sie jetzt verlassen?

Sie hatte sich zu früh gefreut. Viel schlimmere Dinge als die bereits erlittenen kamen auf sie zu. Jamie richtete sich auf und glitt von ihrem Körper hinab, küßte ihre Brüste, ihren Bauch. Sein Mund wanderte tiefer hinab, und als sie seine Absicht erkannte, protestierte sie entsetzt: »Nein. Nein, bitte…«

»Bleib ganz still liegen. Ich will deinen Schmerz lindern.«

»Nein, nein!«

Aber die intimen Zärtlichkeiten hatten bereits begonnen. Sie schlang die Finger in das zerwühlte Laken, warf den Kopf hin und her, gab sich alle Mühe, um Jamie abzuwehren – es nützte ihr nichts. Schließlich versuchte sie, nichts zu empfinden. Aber noch nie in ihrem Leben waren stärkere Gefühle in ihr erwacht. Weder Hunger noch Todesangst oder der Glaube an die ewige Seligkeit hatten sie tiefer berührt. Ein Flammenmeer drohte sie zu verschlingen. Sie wand sich umher, flehte Jamie an, von ihr abzulassen. Vergeblich – der aufwühlende Kuß nahm kein Ende.

Sie wollte sterben, und als sie schon meinte, dem Tode nah zu sein, hob Jamie den Kopf, legte sich auf sie und verschmolz ein zweites Mal mit ihr.

Absurderweise erschien es ihr jetzt gut und richtig, ihn in sich zu spüren. Wenn sie ihm auch nicht ihr Herz schenkte – ihren Körper gab sie ihm rückhaltlos.

Er begann sich zu bewegen, und sie hielt den Atem an. Ihre Finger gruben sich in sein Haar, in seinen Rücken. Sein Flüstern streifte ihre Wange. »Tu ich dir weh?«

Jassy schüttelte den Kopf. Nie wieder würde sie ihm in die Augen sehen können. Sie preßte das Gesicht an seine Schulter, fand den Geruch seiner Haut erstaunlich angenehm – und ihre eigene Kapitulation viel erfreulicher als zuvor den erbitterten Kampf.

Plötzlich erschauerte sie, eine stürmische Welle erfaßte sie und riß sie mit sich. Jassy umklammerte instinktiv Jamies Hals, aus Angst, sie könnte in dieser wilden Flut ertrinken. Und der Sturm schwoll an, unheimlich und trotzdem süß. Etwas Fremdes, Wunderbares lag unmittelbar in ihrer Reichweite, und es drängte sie, dorthin zu gelangen. Und es rückte näher, während Jamie seinen Rhythmus beschleunigte. Nein – sie wollte ihm nicht in diese beunruhigende Welt folgen...

Er bäumte sich auf, heftige Zuckungen erschütterten seinen Körper. Und dann sank er auf sie herab. Flüssige Hitze brannte in ihr.

Nach einer Weile streckte er sich neben ihr aus, einen Arm besitzergreifend über ihre Brüste gelegt. Es war vorbei. Er hatte sich genommen, was er wollte, und alle ihre Geheimnisse enthüllt.

Fluchend stieß sie seinen Arm weg, rückte zur Bettkante und kehrte ihm den Rücken. Zu ihrer Bestürzung quollen ihr Tränen aus den Augen.

Jamie packte sie an der Schulter und zog sie wieder zu sich hinüber.

»Um Himmels willen, laß mich in Ruhe!« fauchte sie.

»Vor der Hochzeit habe ich dir gesagt, du müßtest mit mir in meinem Bett liegen, und du warst einverstanden.«

Jassy schloß die Lider und spürte, wie seine Finger wieder über ihre Brüste strichen. »Bitte!«

»Ich wollte dir nicht weh tun. Das erste Mal ist immer ein bißchen schwierig, aber ich hatte wirklich nicht vor, dir Schmerzen zu bereiten. Verdammt noch mal, es war deine scharfe Zunge, die mich umstimmte. Ein Mann muß sich wehren gegen eine so bösartige Waffe.«

»Das spielt jetzt keine Rolle mehr.«

»Nein, vermutlich nicht.« Er wandte sich von ihr ab, und sie rutschte wieder an den Bettrand. Fröstelnd krümmte sie sich zusammen, aber sie wagte nicht, über Jamie hinwegzugreifen und die Decke vom Boden hochzuziehen. Um sich von ihrem Mißbehagen abzulenken, dachte sie an die Zukunft. Wie schön würde es sein, als Herrin in diesem wunderbaren Haus zu leben, in den exquisit ausgestatteten Räumen, zwischen kostbaren Möbeln, Silber und Kristall. Wenn es nur Jamie nicht gäbe... Sie hatte das beunruhigende Gefühl, nach dieser Nacht würde er immer ein Teil von ihr bleiben. Nie würde sie sich von ihm befreien können. Sie hatte ihre Seele verkauft und würde niemals ihren inneren Frieden wiederfinden.

Schließlich wurde sie von bleierner Müdigkeit überwältigt und schlief ein.

Sobald Jamie erwachte, sehnte er sich danach, Jassy zu berühren. Doch das war gar nicht nötig. Die Kälte der Nacht hatte sie zu ihm herübergetrieben. Schön und nackt lag sie da, den Rücken fest an ihn geschmiegt, in sich zusammengekauert, einen Arm ausgestreckt. Zwischen wirren Locken ragte eine runde Brust hervor. Er bezwang den Impuls, sich aufzurichten und die rosige Spitze zu küssen. Statt dessen betrachtete er Jassys Profil und gestand sich in bitterer Selbstironie seine Niederlage ein.

Er hatte geglaubt, er müßte Jassy nur in den Armen halten, um ihr Herz zu erobern, um das Feuer zu wecken, das in ihr schlummerte. Was für ein Narr war er gewesen... Dieser geldgierigen kleinen Hure auf den Leim zu gehen! Er hatte eine Sinnlichkeit in ihr gesehen, die nicht existierte, die Einlösung eines Versprechens gesucht, das nie gegeben worden war.

Leise seufzte er auf. Nun ließ sich nichts mehr ändern. Er hatte sie geheiratet, die Ratschläge seiner Freunde und sogar des Königs mißachtet und auf seinem Willen beharrt – trotz Jassys wiederholter Beteuerungen, sie würde ihn hassen.

Welch eine unbefriedigende Hochzeitsnacht... Vielleicht wäre alles ganz anders gekommen, hätte Jassy nicht gegen seine Küsse protestiert und darauf verzichtet, Roberts Namen in seinem Bett zu erwähnen. Dann wäre er rücksichtsvoll und zärtlich mit ihr umgegangen. Jetzt fragte er sich, ob er seinen Fehler jemals wiedergutmachen konnte, und als er an die langen Ehejahre dachte, die vor ihm lagen, erschauerte er.

Nein, sagte er sich dann, es war ganz richtig, sie zu heiraten. Er brauchte eine Frau wie Jassy, willensstark und charakterfest. Daß sie ihn nicht liebte, mochte sogar vorteilhaft sein. Sie würde die ganze Kraft ihrer Gefühle benötigen, um das harte Leben in der neuen Welt zu ertragen, um ihm trotz aller Mühsal die ersehnten Kinder zu schenken – viele Kinder. Sie war jung und gesund. Und wenn sie ihre ehelichen Pflichten auch verabscheute – sie würde sich daran gewöhnen und ihm Söhne gebären.

Was hatte ihn eigentlich mit aller Macht dazu getrieben, sie zu heiraten? An ihrer Schönheit allein lag es nicht. Auch Lenore sah reizend aus, und seine Wahl war auf sie gefallen, als er beschlossen hatte, sein Junggesellendasein aufzugeben.

Und dann hatte Jassy ihn völlig verhext, vom ersten Augenblick an. Die Ursache dieses Zaubers konnte er sich nicht erklären, nicht einmal jetzt, nachdem er endlich mit ihr geschlafen hatte. Vielleicht hing es mit ihrem unbeugsamen Geist zusammen, mit der Intensität ihres Hasses, ihrer Energie, den Funken, die ihr Blick zu sprühen schien, wann immer sie in Wut geriet. Und mit dem Feuer in ihrem Innern, an das er nicht herankam...

Sie holte tief Atem, ihre Lippen öffneten sich, weich und verlockend. Bei Gott, er würde dieses Feuer finden und zu einem leidenschaftlichen Brand anfachen.

Vorsichtig berührte er ihr zerzaustes goldenes Haar, strich über ihren Rücken und die runden Hinterbacken. Immer noch schlafend, streckte sie sich. Jamie schlang einen Arm um ihren Körper, preßte die Lippen auf ihren Nacken und umfaßte eine ihrer Brüste. Noch nie hatte er eine so schöne nackte Frau gesehen, mit schmaler Taille, wohlgerundeten Hüften und langen, formvollendeten Beinen. Ein solches Mädchen mußte ganz einfach sinnlich sein, und er gelobte sich erneut, die Flamme der Begierde in ihr zu entzünden. Und sollte es ihm mißlingen, würde er sie wenigstens zähmen. Mochte sie sich auch noch so wütend gegen ihn wehren – irgendwann würde sie einsehen, daß es ihr nichts nützte.

Sie stieß einen leisen Seufzer aus. Und als seine Finger die Spitze ihrer Brust liebkosten, erwachte Jassy. Sie bewegte sich, spürte seine Zärtlichkeiten und wollte von ihm wegrücken.

»Bleib liegen«, befahl er.

»Die Nacht ist vorbei...«

»Bleib ganz still liegen.«

»Es ist taghell...«

»Gerade das gefällt mir.«

Sie fluchte, aber das ignorierte er. Seine Hand wanderte über ihre Hüfte und schob sich zwischen ihre Beine, um einen weichen Innenschenkel zu streicheln. Langsam glitten seine Finger immer höher nach oben. Er küßte ihren Nacken, biß ganz zart in ihre Schulter und strich mit der Zunge über einen Rückenwirbel.

Reglos lag sie da, so wie er es wünschte, und er fragte sich, wie ihre Augen jetzt aussehen mochten. Erfüllt von wildem Haß? Würde sie ihn bekämpfen, oder hatte sie beschlossen, ihm seine ehelichen Rechte zuzugestehen? Mit dem Daumen erforschte er ihre intimste Zone. Sie erschauerte, aber sie wehrte sich nicht. Zu seiner Verblüffung war sie sogar für ihn bereit. Er drang von hinten in sie ein, drückte sie an sich und wurde sofort von heftiger, drängender Leidenschaft ergriffen. In hemmungslosem Tempo befriedigte er seine Lust.

Als es vorüber war, vergoß Jassy keine einzige Träne, und sie protestierte auch nicht. Sie lag auf dem Rücken und starrte zur Zimmerdecke empor, mit leeren Augen. Irritiert zog er am Glockenstrang, und da erwachten ihre Lebensgeister sofort. Sie sprang aus dem Bett, suchte nach ihrem Nachthemd, um ihre Blößen zu verhüllen, und fluchte erbost, als sie sah, daß es völlig zerrissen war.

Jamie half ihr nicht. Gelassen stand er auf, ging zum Schrank und schlüpfte in einen Morgenmantel. Während sie in ihrer Truhe wühlte, klopfte es an der Tür. Sie warf ihrem Mann einen vernichtenden Blick zu.

»Am besten legst du dich wieder hin, und ich gebe dir die Decke«, schlug er grinsend vor, dann rief er: »Herein, Lymon!«

Hastig kehrte sie ins Bett zurück. Er hielt tatsächlich Wort und deckte sie zu. Der Verwalter trat ein, und Jamie wünschte ihm fröhlich einen guten Morgen. Dann bestellte er Milch, Kaffee und Brötchen. »Und eine Sitzbadewanne, mit viel heißem Wasser.«

Lymon schaute kurz zu der Gestalt unter der zerknüllten Decke hinüber. Er versprach, die Aufträge sofort zu erledigen, und entfernte sich.

»Es wird erwartet, daß du morgens in meinem Bett liegst, Jassy«, bemerkte Jamie. »Immerhin bist du meine Frau.«

Sie richtete sich auf, und er sah, wie das goldblonde Haar über ihre Brüste fiel. Sein Blut floß schneller durch die Adern. Nach so kurzer Zeit begehrte er sie schon wieder. Er stürzte sich auf sie, nahm sie mit ungezügelter Leidenschaft, und danach wollte er noch einmal mit ihr schlafen. Woran es lag, wußte er nicht. Aber er würde es herausfinden.

»Darf ich zuerst baden?« fragte sie und strich sich die wirren Locken aus dem Gesicht.

»Gewiß. Aber du kannst deine Ehe nicht wegwaschen.«

»Es ist nicht meine Ehe, die ich wegwaschen will.«

»Oh, natürlich nicht. Du hast dieses Haus, das Personal und die Ländereien geheiratet, und du möchtest dich nur von meiner Berührung reinigen.«

»Das habe ich nicht gesagt.«

»Aber du hast es gedacht. Nun, vielleicht tröstet dich die Gewißheit, daß ich in zwei Wochen abreisen werde.«

Sie nickte. »Ja, du wirst über den Atlantik segeln.«

»Eine gefährliche Fahrt... Wilde Stürme bedrohen die Schiffe, und man weiß nie, wann man den spanischen Piraten begegnet.«

»Ich werde für dich beten.«

Lachend warf er den Kopf in den Nacken. »Ja, sicher wirst du beten – um meinen Untergang. Aber eins solltest du bedenken, Mylady. Wenn du mir keinen Erben schenkst, geht mein gesamtes Vermögen an meinen Vater. Also liegt es in deinem eigenen Interesse, daß ich noch eine Weile am Leben bleibe.«

»Bekomme ich kein Witwengeld?« fragte sie sanft.

»Doch.«

»Das genügt mir vollauf.«

Jamie hob belustigt die Brauen. »Welch tiefe Gefühle du mir entgegenbringst? Ich bin wirklich gerührt.«

Heftig stieß sie hervor: »Du weißt, daß ich nichts

für dich empfinde. Trotzdem hast du mich geheiratet. Soll ich jetzt Liebe heucheln?«

»Nein«, erwiderte er müde. »Wir wollen einander nichts vormachen. Wenn uns schon nichts anderes verbindet, sollten wir wenigstens ehrlich sein.«

»Ich bedeute dir doch auch nichts.«

»Aber ich begehre dich. Und das ist ein edlerer Grund, um eine Ehe zu schließen, als pure Habgier.«

»Ah, die körperliche Lust ist also eine erhabene Empfindung«, spottete sie.

»Jassy, du bist eine Abenteurerin. Vielleicht werden wir uns eines Tages ganz gut verstehen...« Er unterbrach sich, weil es an der Tür pochte. »Herein!«

Der Hausverwalter erschien, um das Frühstück zu servieren, gefolgt von mehreren jungen Lakaien, die eine Sitzbadewanne und einige Eimer voll heißem Wasser ins Zimmer schleppten. Der Haushalt war bestens organisiert, denn während Lymon Kaffee und Milch bereitstellte und die Brötchen anrichtete, brachten die Diener weitere Wasserkübel und füllten die Wanne. Alle verneigten sich vor Jassy, die im Bett saß, die Decke bis ans Kinn gezogen. Verlegen errötete sie und nickte ihnen zu.

Als Jamie wieder mit ihr allein war, goß er Kaffee in zwei Tassen und reichte ihr eine. »Danke«, sagte sie leise.

»Normalerweise frühstücke ich im Speiseraum«, erklärte er, »und viel üppiger. Bei schönem Wetter können wir auf der Terrasse sitzen.«

Jassy nippte ein paarmal an ihrem Kaffee, dann stellte sie die Tasse ab, stand auf und stieg blitzschnell in die Wanne. Sie schrie auf, weil das heiße Wasser auf ihrer Haut brannte, und wäre gleich wieder hinausgesprungen, hätte Jamie sie nicht beobachtet. Tapfer blieb sie sitzen und schlang ihr Haar im Nacken zusammen, damit es nicht naß wurde. Suchend schaute sie sich um, entdeckte aber weder eine Seife noch einen Waschlappen.

Jamie erriet ihre Gedanken und brachte ihr beides. Dann lehnte er sich ans Kaminsims, von wo er eine ungehinderte Aussicht auf Jassy genoß. Sie hob ein langes Bein und begann es einzuseifen. Aber als sie sich an die Gegenwart ihres Mannes erinnerte, tauchte sie es rasch wieder ins Wasser.

»Laß dich von mir nicht stören.«

»Du störst mich aber.«

»Tatsächlich?«

Jamie stellte seine Tasse auf das Kaminsims. Das Wasser reichte genau bis zu Jassys Brustwarzen. Sie sah seinen begehrlichen Blick, als er auf sie zukam, und stöhnte protestierend. Doch er hörte es nicht, hörte nur noch seinen eigenen leidenschaftlichen Herzschlag. Er kniete neben der Wanne nieder, nahm den Lappen und die Seife aus Jassys Händen, verteilte weißen Schaum auf ihren Brüsten.

»Nicht!« wisperte sie, lehnte sich zurück und schluckte. Als seine Finger zwischen ihre Beine glitten, stieß sie einen Schrei aus, wurde aber ignoriert. Sie wollte ihn wegschieben, aber dann erschlaffte ihr Arm. Die Lippen leicht geöffnet, schloß sie die Augen, ihr Kopf bewegte sich hin und her. »Bitte – nicht...«

Er hob sie aus der Wanne und legte sie auf das Bett. Dabei sahen sie beide die Blutflecken auf den Laken, wo Jassy ihre Jungfräulichkeit verloren hatte. Jamie löste den Gürtel seines Morgenmantels, der gleich darauf zu Boden fiel. Sie wollte auf der anderen Seite aus dem Bett springen, aber er hielt sie fest und drehte sie zu sich herum.

»Gerade habe ich alles von dir weggewaschen!« fauchte sie.

»Keineswegs, Mylady. Du hast dich gesäubert und mit angenehmem Seifenduft umgeben, um mir Vergnügen zu bereiten.«

»Oh...« Jassy versuchte sich aufzurichten, doch er packte ihre Schultern und drückte sie ins Kissen zurück. Von wachsender Angst erfaßt, starrte sie ihn an.

»Lieg endlich still!« befahl er. »So widerwärtig kannst du es gar nicht finden. Und es wird auch nicht mehr weh tun. Du müßtest es genauso herbeisehnen wie ich.«

»Nein!«

»Bald wird es dir gefallen, das schwöre ich.«

»Du bist unverschämt!«

»Rühr dich nicht, dann will ich's dir beweisen.« Als er sie losließ, rückte sie zur Seite. »Halt still, Mylady! Es sei denn, du möchtest vor Leidenschaft schreien und schluchzen und dich lustvoll umherwinden.« Ihr wütender Fluch brachte ihn zum Lachen, und er umklammerte ihre Handgelenke. »Ich küsse dich, wann immer und wo immer es mir beliebt, Jasmine«, erklärte er und begann seine Worte in die Tat umzusetzen.

Sie protestierte nicht und leistete keinen Widerstand. Wie aus eigenem Antrieb öffnete sich ihr Mund unter seinem, und sein Kuß verriet wachsendes, verzweifeltes Verlangen. Schließlich löste er seine Lippen von ihren. Mühsam rang sie nach Atem. Mit verschleierten Augen begegnete sie Jamies Blick. Er lächelte ein wenig boshaft, und es drängte ihn, sie sofort zu nehmen. Doch er tat es nicht. Statt dessen beobachtete er ihr Gesicht, während er mit ihren Brüsten spielte. Dann wanderte seine Hand hinab, um sie noch intimer zu liebkosen. Sie wollte die Lider senken, aber er forderte: »Sieh mich an!« Dann richtete er sich auf und schob ihre Schenkel auseinander.

»Nein!« wisperte sie kraftlos. »Nein...«

Er ergriff einen ihrer Füße, küßte die Sohle, seine Zunge glitt zwischen ihre Zehen. Als Jassy die Schenkel zu schließen versuchte, spreizte er sie mit seinen Schultern noch weiter und widmete seine Aufmerksamkeit ihrem goldblonden Dreieck, das er mit sanften Küssen zu erforschen begann. Trotz seiner Bemühungen zeigte sie noch immer keine Gefühle und lag so reglos da, wie er es befohlen hatte.

Nach einer Weile bedeckte er ihren Körper mit seinem. Ihre Augen starrten ins Leere, ihre Finger krallten sich ins Laken. Sie bemüht sich viel zu angestrengt, ihre Leidenschaft zu bezähmen, dachte er und unterdrückte seinen Fluch. Entschlossen drang er in sie ein und glaubte, in warmem Honig zu versinken. Die Hände auf Jassys Schultern gestützt, steigerte er sich in einen wilden Rhythmus hinein. Nur ein einziges Mal schrie sie auf, dann schwieg sie. Er biß die Zähne zusammen und überließ sich seinem Verlangen. Nach einem atemberaubenden Höhepunkt sank er keuchend herab, und sie rutschte rasch unter ihm weg. Wütend hielt er sie fest. »Verdammt, warum mußt du ständig gegen mich kämpfen?«

»Ich bekämpfe dich nicht.«

»Nein, du zerkratzt mir nicht das Gesicht und du schlägst mich nicht mit Fäusten. Aber du wehrst dich gegen alles, was du empfindest. Du gibst dich mir nicht hin, du verweigerst mir die Glut, die ich in dir wecken könnte.« Sie bebte am ganzen Körper, versuchte verzweifelt, sich zu befreien, doch Jamies Arm umschlang sie unerbittlich. »Warum?«

»Weil ich nichts fühle.«

»Lügnerin!«

»Du nimmst dir, was du begehrst. Was willst du sonst noch?«

Abrupt ließ er sie los, stand auf und stieg in das mittlerweile abgekühlte Badewasser. Während er sich verbissen einseifte, blieb Jassy im Bett und wagte nicht, sich zu rühren. Ohne ihr einen Blick zu gönnen, ergriff er ein Handtuch und trocknete sich ab. Er zog eine schlichte dunkle Kniehose, ein weißes Hemd und ein Lederwams an, dann schlüpfte er in seine hohen Reitstiefel. »Tut mir leid, daß ich dich schon am ersten Tag unseres gesegneten Eheglücks allein lassen muß, Jassy. Aber du kannst mir sicher verzeihen. Ich muß mit einem Kaufmann wegen des Reiseproviants für mein Schiff verhandeln.«

Als er sie wieder ansah, hatte sie sich unter der Decke verkrochen. Eine Hure, die mich nur wegen meines Geldes geheiratet hat, dachte er, und die auch gar kein Geheimnis daraus macht. Und für das, was ich ihr biete, bekomme ich ihre Jugend, ihre Gesundheit und ihre Kraft.

Und ihre Schönheit... Die übersah er auch jetzt nicht, trotz seines Zorns. Die Decke ließ nur eine Schulter frei, auf der sich goldene Locken ringelten. In diesem Augenblick wirkte sie fast wie ein Kind – und sehr verwundbar. Beinahe war er versucht, ihr Mut zuzusprechen.

Doch dann seufzte er verächtlich. Sie war so verletzlich wie die Barracudas mit den scharfen Zähnen, die in den warmen Gewässern vor der amerikanischen Südküste lauerten, und hart wie Stein. Niemals kam es ihr in den Sinn, wenigstens ein bißchen Dankbarkeit zu zeigen.

Er ging zum Bett und strich über ihr Haar. »Gräm dich nicht, Mylady. Zwei Wochen sind nicht so schrecklich lange. Danach wirst du mich in frühestens vier Monaten wiedersehen.« Ohne eine Antwort abzuwarten, ging er zur Tür.

»Vier Monate?« wiederholte Jassy erstaunt. »Ich dachte, es dauert drei Monate, den Atlantik zu überqueren – und noch einmal drei Monate, nach England zurückzukehren. Und du wirst sicher eine Weile da drüben bleiben …«

»Viel länger, als ich es anfangs vorhatte.« Er drehte sich zu ihr um. »Deshalb wirst du mir so bald wie möglich folgen.«

Erschrocken schnappte sie nach Luft. »Was?« In ihrer Bestürzung vergaß sie ihre Nacktheit, sprang aus dem Bett und lief zu Jamie, um seine Hand zu ergreifen.

»Aye, Lady«, bestätigte er grinsend. »Am 20. Juli verläßt meine Pinnasse *Sweet Eden* den Londoner Hafen. Du wirst an Bord gehen, mit Dienstboten und allem Gepäck versehen, das du brauchst. Und dann wirst du zu mir segeln, in die Neue Welt.«

»Nein!« schrie sie entsetzt.

Jamie umfaßte ihr Kinn und schaute ihr in die Augen. »Doch, mein Schatz.«

Heftig schüttelte sie den Kopf. »Ich will in England bleiben. Niemals reise ich in diese Wildnis, wo es von Indianern und widerlichen Insekten wimmelt. Außerdem hast du selbst gesagt, wie gefährlich die

Überfahrt ist, spanische Piraten kreuzen auf dem Atlantik. Und wenn das Schiff in einen Sturm gerät...«

»Du wirst zu mir kommen, und zwar dann, wenn ich es befehle, weil du meine Frau bist.«

»Nein...«

»O ja, du wirst kommen. Denn wenn du dich weigerst, würde ich hierher zurückkehren und dich holen. Solltest du mich dazu zwingen, dann gnade dir Gott. Du ahnst nicht, wozu ich in meinem Zorn fähig bin. Der Sturm, der dich heimsuchen würde, wäre viel schlimmer als alles, was dich auf hoher See bedrohen könnte.« Sein Lächeln vertiefte sich. Er ließ ihr Kinn los, eilte aus dem Zimmer und warf krachend die Tür ins Schloß.

## 9

Zehn Tage später gab Lady Cameron ihre erste große Dinnerparty und erbleichte, wann immer das Wort ›Virginia‹ erwähnt wurde.

Robert und Lenore, Henry und Jane, der Herzog von Carlyle und natürlich auch Elizabeth statteten dem jungen Ehepaar ihren ersten Besuch ab. An diesem Abend hätte Jassy triumphieren müssen. Sie, ein uneheliches Kind, das in bitterem Elend gelebt hatte, residierte nun in einem viel großartigeren Haus als ihr adelig geborener Bruder. Der Wein, den sie ihren Gästen kredenzte, wurde in venezianische Kristallgläser gegossen. Sie speisten von holländischem Porzellan, mit englischem Besteck aus Sterlingsilber, in einem Zimmer mit Seidentapeten. Alles, was sie einst erträumt hatte, besaß sie nun. Aber ihr Ehemann verlangte von ihr, diese Pracht zu verlassen und ihm in eine Wildnis voller Barbaren zu folgen.

Allerdings gab es auf dieser Party auch Momente, die sie sehr genoß. Ihr Schwiegervater begrüßte sie warmherzig und versicherte, sie sei eine Zierde für das Haus seines Sohnes. Jane bestätigte das lächelnd, und Henry murmelte, sein Vater habe Jassy eben doch gewisse Wesenszüge vererbt.

Elizabeth hängte sich kichernd bei ihr ein. »O Jassy, erinnerst du dich an den Tag, wo du hier die große Dame gespielt hast? Jetzt ist aus der Komödie Wirklichkeit geworden.«

Leider wird mein Glück nicht lange währen, überlegte Jassy, doch diesen Gedanken behielt sie für sich, um die heitere Stimmung nicht zu verderben. »Möchtest du ein Glas Wein, Elizabeth?«

»O ja, bitte.«

Vor dem Essen gingen sie in den blauen Salon, wo sich das Gespräch um Lenores bevorstehende Hochzeit drehte. Immer wieder spürte Jassy den Blick Robert Maxwells. Einmal ertappte sie ihn, als er sie beobachtete, und er prostete ihr mit seinem Weinglas zu. Sie wurde rot und schaute rasch weg. Aber etwas später unterhielt sie sich mit Robert in einer stillen Ecke und fand eine bittersüße Freude an seiner Gesellschaft. Er ergriff ihre Hände, küßte sie, und in seiner Miene lag unverhohlene Bewunderung. »Noch nie habe ich dich so schön gesehen. Die Ehe scheint dir gut zu bekommen. Oder etwas anderes ... Du strahlst geradezu. Hätte ich dich doch für mich gewonnen, ehe es zu spät war ...«

Ja, das hättest du tun sollen, klagte ihr Herz, aber sie schwieg. Nur zu gut wußte sie, daß ihr Mann sie aufmerksam beobachtete. Er lehnte am Kamin, einen Ellbogen auf das Sims gestützt, und hob sarkastisch sein Cognacglas, als sich ihre Blicke trafen.

Der Honigmond verlief in einer äußerst angespannten Atmosphäre. Tagsüber war Jamie unterwegs, abends ging Jassy allein zu Bett. Wenn sie seine Schritte im Korridor hörte, stellte sie sich schlafend. Nacht für Nacht spottete er über ihr Bemühen, sich ihren ehelichen Pflichten zu entziehen. Welches Hemd sie anhatte, spielte keine Rolle, denn sie trug es nicht sehr lange.

Doch sie leistete keinen Widerstand und zwang sich, ganz still dazuliegen. Allmählich erkannte sie, daß sie sich selbst bekämpfen mußte. Jamie behandelte sie keineswegs grausam, wenn sie auch ahnte, wie skrupellos er Gewalt angewandt hätte, wäre ihm irgend etwas verweigert worden. Mit jedem Mal, wo er sie berührte, weckte er intensivere Gefühle in ihr. Manchmal sehnte sie seine Zärtlichkeiten sogar herbei und verachtete sich selbst wegen dieser Schwäche. Wenn plötzlich unerwartete Gefühle in ihr aufstiegen, biß sie in ihre Unterlippe, um nicht zu schreien, und zwang sich, passiv zu bleiben. Sie wußte, wie aufmerksam Jamie sie stets beobachtete, wie bitter sie ihn enttäuschte. Doch sie mußte ihm widerstehen. Wenigstens einen kleinen Teil ihrer innersten Geheimnisse wollte sie behalten.

So war es bis zu den beiden letzten Nächten gewesen. In der ersten hatte er ihren vorgetäuschten Schlummer hingenommen, reglos neben ihr gelegen und zum Baldachin des Betts hinaufgestarrt. Zu ihrer eigenen Überraschung war sie erst im Morgengrauen eingeschlafen – verblüfft, weil er sie nicht angerührt hatte.

In der vergangenen Nacht hatte er das Bett noch vor ihr aufgesucht, ihr gähnend befohlen, die Kerzen zu löschen, und sie dann nicht mehr beachtet. Wieder war sie sehr lange wach gewesen.

Um die Spannungen noch zu steigern, stritten sie unentwegt über Jassys geplante Reise nach Virginia. Bei jeder Gelegenheit erklärte sie, daß sie England nicht verlassen wollte. Und Jamie entgegnete, sie würde tun, was er von ihr erwartete. Und wenn sie ihn noch lange ärgere, würde er sie bereits am 15. Juni an Bord seiner *Hawk* mitnehmen.

Diese Drohung bedrückte sie auch jetzt, wo Robert fortfuhr, ihr Komplimente zu machen. »Du siehst einfach hinreißend aus, wie eine geborene Lady. Viel vornehmer als wir alle.«

»Oh, vielen Dank.«

»Und du, Jamie?« rief er seinem Freund zu, der näher kam. »Wie gefällt dir die Ehe, nachdem du dein Junggesellenleben endlich aufgegeben hast?«

Jassy spürte den prüfenden Blick ihres Mannes. »Ganz ausgezeichnet...«

Eine weitere Diskussion dieses Themas wurde ihr erspart, weil Lymon erschien und Kapitän Hornbys Ankunft meldete. »Aber er möchte keinesfalls stören, Mylady...«

Sie war ein wenig verwirrt, als Jamie sich zu ihr wandte. »Welch eine angenehme Überraschung! Ein hoch angesehener, charakterfester Mann...« Dabei musterte er sie abwartend. Wollte er ihre gesellschaftliche Gewandtheit auf die Probe stellen? Hatte er Robert unter vier Augen gestanden, wie enttäuscht er von seiner Ehe war? Das bezweifelte sie. Sein Stolz würde ihm niemals erlauben, eine Niederlage zuzugeben.

»Unser Freund Hornby?« fragte Robert. »Ist er wirklich da?«

»Führen Sie ihn doch herein, Lymon«, bat Jassy. Der Verwalter verneigte sich und eilte hinaus.

»Eine gute alte Seele!« meinte Robert.

»Robert, so dürftest du nicht über den armen Mann reden«, schimpfte Lenore, die sich inzwischen hinzugesellt hatte, aber sie lächelte sanft. Vielleicht liebt sie ihn wirklich, dachte Jassy. In letzter Zeit ist sie viel umgänglicher geworden.

»Nun, er ist tatsächlich alt. Das war er schon im Jahre 1608, als Jamie zum erstenmal mit ihm segelte. Jetzt muß er ein Greis sein.«

»Jedenfalls ist er der beste Seefahrer, den ich kenne«, bemerkte Jamie, während Lymon den Besucher in den Salon geleitete.

Ja, er ist ganz eindeutig alt, dachte Jassy. Sein Haar war so weiß wie der schüttere Kinnbart, das Gesicht von tiefen Furchen durchzogen. Aber er hatte lebhafte grüne Augen, und er bewegte sich so behende, als wäre er um Jahrzehnte jünger.

Er entschuldigte sich für die Störung und versicherte, er könne auch später mit Jamie sprechen. Doch Jassy bestand darauf, daß er Platz nahm und ein Glas mit ihnen trank. Der alte Seefahrer wählte einen Whisky, und sie war froh, daß Lymon diesen Wunsch erfüllte. Denn ihre eigenen Hände begannen heftig zu zittern, während Jamie sich zu ihr wandte und erklärte: »Kapitän Hornby befehligt die *Sweet Eden*, die dich zu mir in die Kolonie Virginia bringen wird, meine Liebe.«

»Oh!!« rief Lenore verwundert. »Jassy soll dir folgen?«

»Aye, das soll sie.«

Lächelnd wandte sich Lenore zu ihrer Schwester. »Ich freue mich ja so!«

»Warum?«

»Nun, Robert hat beschlossen, ebenfalls mit mir über den Atlantik zu segeln und an Jamies Seite sein Glück zu versuchen.«

Jassy schüttelte verständnislos den Kopf. »Du bist verrückt, Robert. Was erhoffst du dir in diesem Land voll kriegerischer Heiden?«

»O nein, so schlimm ist es nicht mehr, Mylady«, fiel ihr der Kapitän ins Wort.

»Nein, wirklich nicht«, bestätigte der Herzog von Carlyle, der mit den anderen hinzugetreten war und seinen Sohn liebevoll betrachtete. Er ergriff Jassys Hand und fügte hinzu: »Natürlich gab es schwere Zeiten da drüben. Als Kapitän Smith und seine Begleiter im Jahre 1607 in Amerika landeten, verhielten sich die Indianer sehr feindselig. Manche Leute glaubten, Powhatans Stämme trügen die Schuld an der Vernichtung der Roanoke-Kolonie am Ende des letzten Jahrhunderts. Einem Bericht zufolge sah man seltsam hellhäutige Knaben inmitten der eingeborenen Krieger. Also wurden die Überlebenden jenes Gemetzels vermutlich von den verbündeten Stämmen aufgenommen.«

»Sie hatten allen Grund, die Siedler anzufeinden«, meinte Jamie. »Ehe die Weißen in Jamestown eintrafen, hatten die Indianer schon in der Chesapeake-Bucht französische, spanische und englische Schiffe gesehen. 1524 kam Giovanni da Verrazano an, Gomez ein Jahr später und 1560 Pedro Menendez de Aviles, der den Sohn eines Medizinmanns gefangennahm und versklavte. Nur wenige zeigten friedliche Absichten.«

»Ah, Lord Cameron«, erwiderte Kapitän Hornby. »Sie müßten wissen, daß die Heiden auch nicht gerade friedfertig sind.« Er wandte sich zu Jassy. »Ja, das weiß Ihr Mann nur zu gut, Mylady. Bei seinem ersten Aufenthalt in Amerika wanderte er mit Kapitän John Smith die Halbinsel hinauf, um Powhatan aufzuspüren. Die Hungersnot war ausgebrochen, und sie gingen verzweifelt auf Nahrungssuche. Powhatan wollte die beiden in eine Falle locken, aber seine Tochter Pocahontas warnte sie, und so blieben sie am Leben. Das war kein Ausnahmefall. Die Indianer behandeln ihre Gefangenen sehr grausam, verstümmeln sie, hacken ihre Gliedmaßen ab oder lassen sie bei lebendigem Leib schmoren, um sie dann auszuweiden.«

»Kapitän!« rief Jamie mit scharfer Stimme.

»Ich glaube, ich falle in Ohnmacht«, klagte Lenore.

»Elizabeth hat bereits die Besinnung verloren!« Jassy eilte zu ihrer Schwester, die langsam in sich zusammensank, und hielt sie fest. Jamie kam ihr zu Hilfe und trug die junge Frau zu einem großen Lehnstuhl vor dem Kamin. Besorgt hielt Jane ihr ein Glas Wasser an die Lippen. Nach einer Weile öffnete Elizabeth die Augen und blinzelte verwirrt. »Oh – es tut mir leid, verzeiht mir...«

»Nun, ich muß mich entschuldigen, Mylady«, gab Kapitän Hornby zu. »Bedauerlicherweise bin ich nicht an die Gesellschaft von Damen gewöhnt, und so habe ich etwas zu freimütig gesprochen.«

»Schon gut, Kapitän.« Mit einem schwachen Lächeln sah Elizabeth zu ihren Schwestern auf. »Wenn ihr beide nach Amerika segelt, muß ich mich wohl auch dazu entschließen.«

»Unsinn!« widersprach Jassy energisch. »Du hast hier ein wunderschönes Heim. Darauf darfst du nicht verzichten. Du wirst nicht allein sein, du hast immer noch Jane und Henry. Außerdem kehren wir so schnell wie möglich zurück.«

Die anderen schwiegen, obwohl sie wußten, warum Jamie sie nach Virginia holen wollte – weil er einen sehr langen Aufenthalt in der Kolonie plante.

»Ich will aber mit dir kommen.« Elizabeth drückte beschwörend Jassys Hand.

»Du bist ein sehr tapferes Mädchen«, lobte Jamie, »und wir nehmen dich gern zu uns.«

Sie strahlte vor Glück, und Jassy warf ihrem Mann einen raschen Blick zu. Von ihrem Überlebenskampf völlig in Anspruch genommen, hatte sie die Nachrichten aus der Neuen Welt kaum beachtet. Aber in Master Johns Taverne war oft über die Jamestown-Kolonie geredet worden. Auch von der Hungersnot hatte sie gehört. Mehr als neunhundert Siedler waren nach Jamestown gereist – und nach Indianerüberfällen, Krankheit und Unterernährung nur etwa sechzig am Leben geblieben. Sie verstand nicht, daß ein Mann in Jamie Camerons Position für ein so närrisches Unterfangen sein Leben riskierte. Und jetzt verlangte er das auch von ihr. Allein schon dafür haßte sie ihn aus tiefster Seele.

»Nicht nur wegen der Indianer waren das schlimme Zeiten«, bemerkte Hornby. »Während der Hungersnot ernährten sich sogar die Weißen, gottesfürchtige Engländer, von ihren toten Landsleuten.«

»Kapitän!« mahnte Robert. »Die Damen!«

»Da die Damen nach Virginia reisen werden, sollten sie vielleicht über diese Dinge Bescheid wissen«, meinte Jane seufzend. »Fühlst du dich jetzt besser, Elizabeth?«

»O ja, danke.«

»In jenem Jahr verspeisten sie auch Indianer«, fuhr Hornby fröhlich fort. »Ein Weißer verlor den Verstand, tötete seine Frau, pökelte und aß sie.«

»Genug, Kapitän!« warnte Jamie.

»Und wir bezeichnen die Indianer als Wilde!« Henry runzelte die Stirn. »Ich bin froh, daß mich niemand zwingen kann, euch in die Kolonie zu begleiten«, fuhr er fort und tätschelte liebevoll den runden Bauch seiner Frau. »Mein Sohn soll hier geboren werden, so wie es sich für einen guten Engländer gehört.«

»Leider gibt es nicht nur gute Engländer«, entgegnete Jamie. »Wir alle kennen ein Instrument namens ›Tochter des Grafen von Exeter‹, ein hübsches englisches Marterwerkzeug, nach seinem Erfinder getauft.« Er lächelte Jassy an. »Ich meine die Folterbank, meine Liebe, die nette, kultivierte englische Folterbank. Damit verkrüppeln und verstümmeln und zerlegen wir die Leute noch langsamer und brutaler als die Wilden.«

»Auch Powhatan war ein gnadenloser Krieger«, wandte Hornby ein.

»Er ist tot.«

»Das stimmt. Und als sich seine Brüder Opitchapan und Opechancanough die Herrschaft im Powhatan-Bündnis teilten, sah es so aus, als wäre der Frieden gesichert. Aber ich weiß nicht recht... Opitchapan ist tot, und jetzt herrscht Opechancanough allein. Und ich wette, er ist genauso tückisch und grausam wie Powhatan.

»Ein Glück, daß ich mein Kind nicht in Amerika gebären muß!« rief Jane und erschauerte.

Jassys Magen drehte sich um. Wenn sie schwanger wurde... Es erschien ihr unvorstellbar, ein Kind in dieser Wildnis, in der ihr Mann leben wollte, zur Welt zu bringen. Dabei würde sie genauso sterben wie ihr Baby. »Welch ein gräßliches Land das sein muß...«

»O nein, Mylady, keineswegs!« protestierte Kapitän Hornby. »Natürlich gab es anfangs einige Probleme in den Siedlerkreisen. Zu viele versuchten sich als Anführer hervorzutun. Edward Wingfield, wegen seines katholischen Glaubens unbeliebt, Kapitän Newport und John Smith. Lord de la Warr schaffte es gerade noch rechtzeitig, die Kolonie zu retten, als die Überlebenden 1609 nach England zurückkehren wollten. Danach wurden zahlreiche Urkunden ausgestellt...« Zögernd blickte er auf Jamie. »Und die Company traf nicht immer die richtigen Entscheidungen. Der König konnte die Situation kaum beurteilen, weil er stets hier in England ist und niemals drüben. Als sich die Lotterie auflöste, fiel eine der wichtigsten Einkommensquellen weg, aber nun gedeiht der Tabak, und die Siedler verdienen selbst ihr Geld.« Zu Jassy gewandt, fuhr er fort: »Aber Sie betrifft das alles nicht, Mylady. Carlyle Hundred gehört nicht zu Jamestown.«

»So ist es«, bestätigte Jamie. »Dieses Stück Land befindet sich in meinem persönlichen Besitz, und deshalb gelten die Gesetze von Jamestown dort nicht. Ich halte mich an das englische Recht. Die Bewohner von Carlyle Hundred sind Selbstversorger. Mittlerweile leben da schon sehr viele Leute – fünf Zimmermänner, drei vermögende Gentlemen, fünfzehn Farmer, zehn Landarbeiter, zwei Maurer, zwei Schneider, zwei Schmiede und drei Steinmetze, alle mit ihren Familien und Dienstboten. Bevor sie hinübersegelten, sprach ich mit jedem einzelnen, und ich bin sicher, daß wir alle zu Wohlstand gelangen werden.«

Am liebsten hätte Jassy ihn angeschrien, er sei ein Narr. Aber das konnte sie im Kreis ihrer Verwandten nicht tun, weil sie, außer Elizabeth, immer noch alle darauf warteten, daß sie irgendwann aus der Rolle fallen würde. Und diese Genugtuung gönnte sie ihnen nicht. Sie setzte ein strahlendes Lächeln auf. »Ich glaube, das Dinner ist jetzt fertig. Wollen wir ins Speisezimmer gehen?«

Während die anderen den Salon verließen, blieb Jamie zurück. Jassy wandte sich zu ihm. »Nun, habe ich deinen Ansprüchen genügt?«

»Natürlich, das weißt du doch.«

»In Zukunft werden meine Manieren ohnehin keinen Unterschied mehr machen. Das uneheliche Kind einer Schauspielerin kann wohl genauso gut mit Indianern umgehen wie eine Lady.«

»Sicher wirst du alle Situationen in deinem Leben großartig meistern, mein Schatz.« Er nahm ihren Arm und führte sie durch die Halle zur Doppeltür des Speiseraums. »Heute strahlst du geradezu.«

»So?«

»Weil Robert hier ist?«

»Glaub doch, was du willst.«

»Und du magst denken, was du willst. Aber ich habe beschlossen, die Frau mit den strahlenden Augen heute nacht wiederzufinden – wenn wir allein sind.«

»Es wird dieselbe Frau sein, die du jetzt an deiner Seite siehst.«

»Hoffentlich werden deine Augen etwas heller

leuchten, wenn ich dich in den Armen halte – in meinem Bett.«

»Was für eine unpassende Konversation! Wir haben Gäste!«

»Du trägst die Nase schon wieder zu hoch. Aber das werde ich dir ganz sicher abgewöhnen.« Er gab ihr einen heftigen Stoß, so daß sie beinahe taumelte, als sie das Speisezimmer betrat. Aber niemand bemerkte es, weil Lenore gerade kichernd fragte, wie die amerikanischen Siedler gekleidet seien.

»Oh, recht zivilisiert«, versicherte Kapitän Hornby. »Die Arbeiter tragen Hosen und Wämser aus handgesponnenem Leinen oder Segeltuch, und am Sonntag ziehen sie, genauso wie hier, ihre besten Sachen an, während die feinen Damen in Taft und Seide prangen. Keine Bange, niemand hat vergessen, daß das eine gottesfürchtige englische Gemeinde ist. Natürlich muß man gewisse Zugeständnisse an die Wildnis machen. Aber ich glaube, Sie werden mit dem Lebensstil in der Kolonie zufrieden sein.«

»Das klingt doch ermutigend, nicht wahr, Jassy?« fragte Lenore.

Jassy schenkte ihr ein halbherziges Lächeln und fragte sich, wie ihre Schwester so frohgemut in die Zukunft blicken konnte. Stets hatte Lenore im Luxus gelebt. Von den Sorgen des kleinen Mannes in England wußte sie nichts – und von seinen Problemen in Übersee noch viel weniger. Sie hatte keine Ahnung, wie viele Menschen täglich verhungerten, daß Leute gehängt werden konnten, weil sie in ihrem verzweifelten Überlebenskampf einen Brotlaib gestohlen hatten. Mühsal, Not und harte Arbeit kannte sie nicht. Und was immer Kapitän Hornby behauptete –

Virginia mußte ein erbärmliches Land sein, das stand für Jassy fest. Sie nahm ihren Platz am Kopfende der Tafel ein, und Jamie rückte ihr den Stuhl zurecht. Als er sich ebenfalls gesetzt hatte, wurde das Dinner serviert – Flundern und junge Aale, gebratene Fasane mit neuen Kartoffeln und frisches Sommergemüse, alles in allem eine erlesene Mahlzeit.

Tränen brannten in Jassys Augen. Allein der Preis für dieses Essen hätte ihrer Mutter das Leben retten und ihr selbst zwei kräfteraubende Monate in Master Johns Küche ersparen können.

Sie sah, daß Josh, einer der Küchenjungen, die alle die Cameron-Livree trugen, mit der dampfenden Fischplatte neben ihr stand, und nahm sich lächelnd eine Portion. Aber sie konnte nichts essen. Sie starrte auf ihre schöne Tafel, wo Kristall, Silber und edles Porzellan im Licht des kostbaren Lüsters glänzten. Angeregt unterhielt sich der Herzog von Carlyle mit Kapitän Hornby. Elizabeth lachte über eine Bemerkung ihres Bruders, und Jane lächelte nachdenklich, während Robert etwas in Lenores Ohr flüsterte. Seine Braut strahlte vor Glück.

Als Jassy dem Blick ihres Mannes begegnete, hob er die Brauen. Offenbar wußte er, daß sie das junge Paar beobachtet hatte. Er prostete ihr zu, und sie senkte rasch die Lider.

Später tanzten sie in der großen Halle. Eine Kapelle spielte in der Musikantengalerie. Sogar die hochschwangere Jane nahm an diesem Vergnügen teil, obwohl sie zuvor erklärt hatte, das schicke sich nicht für sie. Jamie hatte erwidert, im Familienkreis müsse man es mit solchen Dingen nicht so genau nehmen, und der gute Kapitän Hornby würde sicher ein Auge zudrücken.

Der Herzog von Carlyle tanzte mit seiner Tochter, Henry mit Lenore. Elizabeth wandte sich zu Jamie, der sie zur Tanzfläche geleitete, und so blieben nur Jassy und Robert übrig.

Während sie sich im Kreis drehten, scherzte Robert, der ihre Bedenken kannte, über die Unannehmlichkeiten einer langen Seereise und brachte sie sogar zum Lachen. Fröhlich erklärte er, sie würden ständig Zitronenschalen kauen, um sich gegen den Skorbut zu wappnen. »Und wir hängen uns kleine Duftkissen um den Hals. Damit schützen wir uns vor dem Mundgeruch der Leute, die keine Zitronenschalen kauen.«

Er wirbelte sie umher, und sie brach wieder in helles Gelächter aus, das aber sofort verstummte, als er sie in die Arme ihres Mannes schwenkte.

Jamies düsterer Blick schien sie zu durchbohren. »Nun, warum ist der Glanz in deinen Augen plötzlich erloschen, Mylady?«

»Ich weiß nicht, was du meinst.«

»Das weißt du ganz genau.«

»Wir sind unhöflich. Kapitän Hornby steht ganz allein in einer Ecke.«

»Spiel nicht schon wieder die formvollendete Gastgeberin! Ich will wissen, warum deine Augen nicht mehr leuchten.«

»Für dich? Niemals!« fauchte sie und war froh, als der Herzog von Carlyle näher kam und einen Tanz mit ihr beanspruchte. Jamie überließ sie seinem Vater nur notgedrungen und beobachtete sie auch weiterhin.

Für den Rest des Abends ging sie ihrem Mann aus dem Weg. Kapitän Hornby blieb noch eine Weile, nachdem die anderen Gäste gegangen waren, weil er mit Lord Cameron einige geschäftliche Dinge besprechen mußte. Dadurch wurde Jassy eine willkommene Galgenfrist gewährt. Jamie hatte seinen Entschluß, sie zu peinigen, sicher nicht vergessen.

Sie stand in der Halle und schaute den beiden Männern nach, die in der Bibliothek verschwanden. Wenig später hörte sie, wie Jamie dem Kapitän Anweisungen bezüglich der Schiffsfracht für die Kolonie gab: vier weitere Kanonen, fünfundzwanzig Musketen, tausend Fuß Zündschnur, Pulverfässer, Ladestöcke, Geschosse, fünfundzwanzig Halbrüstungen mit Brust- und Rückenpanzern und Helmen. Außerdem sollte Hornby fünf Mutterschafe, fünf Hereford-Kühe, zwanzig Hühner und einen Hahn mitbringen.

»Die Waffen sind nötig«, meinte der Kapitän, »und die Musketen werden Ihnen auf der Jagd gute Dienste leisten. Aber im Kampf gegen die Pamunkee nutzen sie nicht viel. Dafür brauchen Sie Schwerter und Messer. Nicht einmal mit Piken kann man einem Pamunkee beikommen, der lauernd im hohen Gras liegt.«

»Das ist wahr«, gab Jamie zu, und Jassy hörte Glas klirren. Offenbar gossen sich die Männer Getränke ein.

»Sie kennen diese Menschen besser als sonst jemand, Mylord«, meinte Hornby.

»Ja, ich kenne sie, und wir müßten in Frieden miteinander leben können. Powhatan hat eine viel größere Macht ausgeübt als jetzt sein Bruder Opechancanough. Das Bündnis der Stämme beginnt zu zerbröckeln. Viele Indianer treiben Handel mit den Weißen. Und doch...«

»Ja?«

»Manchmal können sie einem wirklich Angst einjagen. Als junger Bursche war ich oft mit Kapitän Smith unterwegs, weil Vater entschieden hatte, ein drittgeborener Sohn sollte die Welt kennenlernen und sich irgendwo ein Heim suchen, wo es ihm gefällt. Damals war ich in einigen Indianerdörfern. Ich schaute zu, wie sie sich auf ihre Marterrituale vorbereiteten. In ihrer Mitte gibt es großartige Köchinnen, und diese Frauen sind für die festlichen Mahlzeiten zuständig. Die Männer bemalen ihre Körper und warten ungeduldig auf das große Ereignis. Die Gefangenen werden zerstückelt, ausgeweidet oder erschlagen. Pocahantas hat Smith davor bewahrt. Sie war noch ein Kind, aber der Liebling des großen Häuptlings Powhatan. Nur Gott mag wissen, wie viele Nachkommen er zeugte, denn er hatte zahllose Ehefrauen. Das Mädchen warf sich über Smith, so daß man ihn nicht schlagen konnte.«

»Trotz all dieser Greuel scheinen Sie die Indianer zu schätzen, Lord Cameron.«

»Nennen Sie mich Jamie, wenn wir allein sind. Ja, ich respektiere die Indianer. Sie besitzen ein ausgeprägtes Ehrgefühl, und viele sind friedfertig. Man darf eben nicht vergessen, daß sie einem anderen Kulturkreis entstammen als wir. Ihr wichtigster Gott heiß Okeus, das ist ein finsterer Dämon, dem sie sogar ihre leiblichen Kinder opfern.«

»Nun, Carlyle Hundred wird bestens gegen etwaige Angriffe gerüstet sein«, versprach der alte Mann. »Brauchen Sie sonst noch was an Bord der *Sweet Eden*?«

Jamie schien zu zögern. »Aye, Kapitän. Kaufen Sie in London ein anständiges Bett mit einer guten Daunenmatratze.«

»Mit Seidenvorhängen?«

»Für die Kolonie?« Jamie lachte, dann machte er wieder eine kleine Pause. »Ja, mit Seidenvorhängen. Frauen lieben solche Dinge, nicht wahr?«

»Ihre Ladyschaft wird sicher begeistert sein.«

»Meinen Sie?« Jassy hörte einen bitteren Unterton aus den Worten ihres Mannes heraus.

»Mit Ihrer Frau haben Sie eine gute Wahl getroffen. Sie ist schön, und sie wird Ihnen in der Neuen Welt zur Ehre gereichen. Mit ihrer Vitalität wird sie alle Schwierigkeiten dieses besonderen Lebensstils meistern.«

»Das dachte ich anfangs auch.«

»Will sie Ihnen nicht folgen?«

»Nein, aber es bleibt ihr nichts anderes übrig.«

»Und wenn sie sich weigert?«

»Falls sie nicht freiwillig an Bord der Pinasse geht, wenden Sie Gewalt an, Kapitän. Wie Sie das machen, ist mir egal. Sie können die Lady auch in einen Segeltuchbeutel packen. Vielleicht werde ich sie später nach England zurückschicken.« Plötzlich klang Jamies Stimme sehr müde. »Mit der Zeit wird sich herausstellen, ob das Leben ohne sie erträglicher ist.«

Wie erstarrt stand Jassy in der Halle. Das Blut war ihr brennend in die Wangen gestiegen. Erst als Hornby sich von Jamie verabschiedete und die Bibliothek verließ, kam wieder Leben in sie. Rasch wich sie zur Wand zurück, um nicht beim Lauschen ertappt zu werden. Der Kapitän bemerkte sie nicht. Lymon wünschte ihm eine gute Nacht und öffnete die Haustür.

Sie hörte Jamies Glas klirren. Offenbar stellte er es auf den Schreibtisch. Nun würde er bald ins Schlafzimmer hinaufgehen – zu seiner Frau, um zu vollenden, was er während der Party begonnen hatte.

Bedrückt eilte sie die Treppe hinauf. Vielleicht würde es ihr eines Tages gelingen, ihm vorzugaukeln, daß sie schlief, tief und fest schlief, und daß es unmöglich wäre, sie zu wecken...

Sie bemühte sich vergeblich, die Haken am Rükken ihres Kleides zu öffnen. Sollte sie Molly rufen? Nein, das würde zuviel Zeit kosten. Sie schlüpfte aus den Schuhen und Strümpfen, sank an einen Bettpfosten und versuchte sich zu beruhigen und langsamer zu atmen. Dann tastete sie noch einmal nach den Haken, erreichte sie aber nicht, weil ihre Hände heftig zitterten. Nicht nur aus Angst vor Jamie – auch die Indianergeschichten, die sie an diesem Abend gehört hatte, lagen ihr bleischwer auf der Seele.

Erschrocken fuhr sie herum, als die Tür knarrte. Ihr Mann trat ein und hob erstaunt die Brauen. »Du bist noch auf?«

»Ich kann den Verschluß meines Kleides nicht lösen.«

»Du hättest nach Molly läuten sollen.«

»Ja, vielleicht – das werde ich jetzt tun...«

»Nicht nötig.« Er kam auf sie zu, und sie zuckte zurück.

»Laß nur, ich schaffe das schon.«

»Nein. Halt still.« Er hakte das Kleid auf, dann schlenderte er zum Schreibtisch, füllte ein Glas mit bernsteinfarbener Flüssigkeit und setzte sich. Die Füße auf die Tischplatte gelegt, beobachtete er Jassy, die unbehaglich schluckte. »Mach nur weiter, meine Liebe.«

»Wenn du ein Kavalier wärst, würdest du aus dem Zimmer gehen und warten, bis ich...«

»Aber ich bin kein Kavalier, und du bist meine Frau. Wenn du Hilfe brauchst – ich bin dir gern zu Diensten.«

Was hatte er nur an sich, das sie immer wieder in Wut brachte? Leise fluchte sie, kehrte ihm den Rükken, spürte seinen Blick aber immer noch. Ihre Verlegenheit wuchs. Sie streifte das Kleid von ihren Schultern und warf es achtlos zu Boden. Während sie aus den Unterröcken stieg, sah sie, daß Molly ein Nachthemd bereitgelegt hatte, natürlich eines, das ihrem eigenen Geschmack entsprach – aus pfirsichrosa Seide, mit Satinbändern an den Ärmeln, am Saum und am tiefen Ausschnitt. Es wäre lächerlich gewesen, ein anderes herauszusuchen. Also griff Jassy danach und hielt es vor die Brust, während sie mit der Verschnürung ihres Korsetts kämpfte.

Jamie trat hinter sie, löste die Schnüre, und das Kleidungsstück landete am Boden. »Danke«, murmelte sie, worauf er zum Schreibtisch zurückkehrte. Sie schob das Unterhemd zur Taille hinab und zog sich das Nachthemd über den Kopf. Dann zerrte sie das andere Hemd darunter hervor. Die Strumpfbänder und die Unterhose vergaß sie. Rasch kroch sie ins Bett.

Sie hörte, wie Jamie sein Wams ablegte, wie seine Stiefel zu Boden fielen, und versuchte ihre Ohren zu verschließen. Die Augen fest geschlossen, stellte sie sich schlafend.

Dann hörte sie nichts mehr. Vorsichtig blinzelte sie. Er stand vor ihr und starrte auf sie herab. Lächelnd berührte er die Vertiefung zwischen ihren Brüsten, und beide spürten Jassys rasenden Herzschlag. »Schläfst du schon?« fragte er freundlich. Er hielt sein Glas in der Hand, war barfuß und trug nur noch die Kniehose.

Ohne zu antworten, blieb sie reglos liegen. Seine Stimmung an diesem Abend gefiel ihr überhaupt nicht. Er war furchtbar zynisch, und er hatte zuviel getrunken.

»Wo ist die Frau mit den leuchtenden Augen?« flüsterte er und umfaßte ihr Kinn.

»Ich glaube, du bist beschwipst«, entgegnete sie verächtlich.

»Der Cognac hilft einem Mann, das Leben zu ertragen. Du solltest dir auch einen Schluck genehmigen.«

»Nein.«

»Du weigerst dich also, mit mir zu trinken.«

Wenn er ihr einen Cognac einschenkte, würde er wenigstens für eine kleine Weile weggehen. »Gut, ich trinke mit dir.«

»Wunderbar!« Er wanderte zum Schreibtisch und füllte ein Glas. Jassy nutzte die Gelegenheit, um aus dem Bett zu springen, einem viel zu gefährlichen Aufenthaltsort. Zu spät erkannte sie ihren Fehler – das Nachthemd entblößte mehr von ihrem Körper, als es verhüllte.

Aber Jamie rührte sie nicht an. Er reichte ihr den Schwenker und schaute ihr eindringlich in die Augen. Rasch wandte sie sich ab und sank auf die Fensterbank.

Eine warme Sommerbrise wehte durch das offene Fenster herein und ließ Jassys Haar flattern.

Sie hörte Jamie nicht auf sich zukommen und schrie verwirrt auf, als er einen Arm um ihre Taille schlang. Er hob sie von der Bank hoch und setzte sie auf das Fensterbrett. Wütend biß sie die Zähne zusammen, während er über eine ihrer Waden strich, bis zum Schenkel hinauf und das Strumpfband entdeckte. Langsam streifte er es von ihrem Bein. Dann liebkoste er die warme, weiche Haut ihres Innenschenkels, und Jassy erschrak über die Emotionen, die in ihr erwachten.

»Wo finde ich die Frau mit den strahlenden Augen?« fragte er mit gepreßter Stimme.

Sie schluckte krampfhaft, als er ihr das zweite Strumpfband und die Unterhose auszog. Seine Finger glitten über ihre Hüfte und den Bauch. Atemlos nahm sie einen Schluck Cognac, der wie Feuer in ihrer Kehle brannte. Jamies Finger entzündeten immer heißere Flammen in ihrem Körper. »Hör auf!« wisperte sie, aber er achtete nicht auf ihre Worte.

»Wo ist deine Leidenschaft?« fragte er. »Heute habe ich sie einmal gesehen.«

»Vielleicht besitzt du nicht die Macht, sie zu entfachen.«

»Das bezweifle ich, aber so oder so – heute abend werden wir die Kraft deiner Gefühle erforschen, Mylady.«

»Nein...«

Er nahm ihr das Glas weg, stellte es beiseite und küßte sie, hungrig und fordernd. Mit einer Hand umschloß er eine ihrer Brüste, die andere schob er zwischen ihre Schenkel.

Immer wieder drang seine Zunge in ihren Mund ein. Sie wollte sich losreißen, aber sie konnte es nicht. Seine nackten Arme hielten sie eisern fest. Plötzlich drückte er ihren Rücken auf die Fensterbank hinab. Dunkle Glut erfüllte seine Augen. Ihr Atem stockte, als er ihr dünnes pfirsichfarbenes Nachthemd zerfetzte.

»Das war mein Lieblingshemd!« klagte sie.

»Du kannst dir ein neues kaufen.« Er neigte sich über sie, zog ihr die Arme über den Kopf nach hinten, küßte wieder ihre Lippen, dann wanderte seine Zunge über die Brüste, umkreiste den Nabel. Der Juniwind strich über ihre Haut, kühlte die feuchten Spuren von Jamies Küssen, und sie erschauerte. Aber was sie dabei verspürte, war faszinierend und köstlich.

Jamies Mund glitt wieder nach oben und saugte an einer Brustwarze, erst ganz sanft, dann immer begieriger, begann dann erneut die Reise über den Bauch nach unten. Behutsam biß er in einen Innenschenkel, dann näherte er seine Zunge dem noch intimeren Fleisch zwischen ihren Beinen.

In diesem Augenblick schien ein lodernder Funke die Hitze in ihrem Körper zu entzünden. Zitternd rang sie nach Luft. Was sie jetzt empfand, war so schön und süß, daß sie es unerträglich fand. Sie wand sich umher, bäumte sich auf, aber die betörende Qual ließ nicht nach. Zu ihrer eigenen Verblüffung versuchte sie ihrem Mann nicht zu entrinnen, sondern ihm noch mehr von jener erhitzten Körperzone darzubieten. Die samtig schwarze Nacht jenseits des offenen Fensters, das Sternenlicht und der milde Juniwind – das alles wirkte zusammen, um Jassys Sinnenlust noch zu steigern. Und sie genoß Jamies aufreizende erotische Küsse ebenso wie die Zärtlichkeiten seiner Hände, die sehnsüchtig über ihre Hüften strichen.

Eine brennende Welle drohte in ihrem Innern überzukochen, und sie erreichte einen fremdartigen Gipfel, wo gleißende Ekstase herrschte und machtvolle Erschütterungen durch ihren Unterleib jagten.

Eine Woge folgte auf die andere, und Jassy glaubte, vor Entzücken zu vergehen.

Und dann begegnete sie Jamies triumphierendem Blick. »Oh!« stöhnte sie entsetzt und wollte vor seinen Augen fliehen, doch das ließ er nicht zu. Seine Lippen verschlossen ihr den Mund, während er seine Hose nach unten zerrte. Er richtete sich auf, um sie beiseite zu werfen. Im Sternenschein glich seine sehnige, muskulöse, bronzebraune Gestalt einem Adonis. Er nahm Jassy auf die Arme, lachend genoß er die sichtliche Verlegenheit, die sie jetzt angesichts ihres Verhaltens empfand. »Bitte...«, wisperte sie, ohne zu wissen, worum sie flehte.

Er legte sie auf das Bett, warf sich über sie, und während er wieder die Knospe einer Brust küßte, drang er tief in sie ein. Sie hielt den Atem an, denn die Gefühle, die sie vorhin empfunden hatte, erwachten von neuem – der verzweifelte, unbezähmbare Wunsch, immer mehr von Jamie zu bekommen.

Und er gab es ihr bereitwillig. Die Arme zu beiden Seiten ihrer Schultern auf das Kissen gestützt, das Gesicht in wilder Leidenschaft verzerrt, schaute er ihr in die Augen, doch sie konnte seinem Blick nicht begegnen. Rhythmisch bewegte sie sich mit ihm. Jetzt kannte sie bereits den Gipfel der Freude, wo verzehrende Feuerströme herabstürzten. Als sie dieses Paradies erreichte, lief auch durch Jamies Hüften ein heftiges Zittern. Er warf den Kopf in den Nacken, stieß einen heiseren Schrei aus, dann sank er an ihrer Seite herab.

Schweigend lag sie neben ihm. Obwohl der Nachtwind ihren Körper kühlte, brannten ihre Wangen immer noch. Durfte eine Lady solche Wollust empfinden? Am liebsten hätte sie sich unter dem Kissen vergraben oder anderswo versteckt.

Nur wenige Minuten verstrichen, bevor Jamie sie wieder berührte. Ganz leicht glitten seine Finger über ihre Haut. Dann neigte er sich über sie, und sie haßte das Siegerlächeln in seinen Augen. »Es gibt sie also wirklich, die leidenschaftliche Frau, von der ich geträumt habe«, flüsterte er.

»Nein...« Jassy schloß die Lider und versuchte, sich gegen ihn zu wappnen. Sie hörte sein leises Lachen, spürte seine Lippen an ihrem Hals, auf ihren Brüsten. Diese sanften Zärtlichkeiten genügten, um das Feuer erneut anzufachen. Instinktiv umklammerte sie Jamies Arme. »Nein – nicht mehr...«

»Solange die Flammen lodern, muß ich noch mehr von meiner leidenschaftlichen Frau fordern – ehe ich sie wieder verliere.«

Und sie konnte weder Jamie noch der wundersamen, nie gekannten Sehnsucht, die in ihr aufgeblüht war, irgend etwas verweigern. Immer wieder vereinten sie sich in dieser Nacht.

Jassy merkte es kaum, daß sie die Liebkosungen ihres Mannes erwiderte, ihre Finger sinnlich über seinen Rücken wandern ließ, in seine Schulter biß und jede winzige Wunde mit ihrer Zungenspitze linderte. Um so deutlicher wurde es ihm bewußt. Er schwelgte in Jassys Lust, in ihrem hingebungsvollen Stöhnen, und er bedauerte zutiefst, daß er sie bald verlassen mußte.

Und so nutzte er diese Nacht, um zu gewährleisten, daß sie ihn während der Trennung nicht vergessen würde. Der Morgen graute bereits, als er sie endlich einschlummern ließ. Und dann konnte er sich noch immer nicht von ihr losreißen. Er streichelte die langen blonden Locken, die auf dem Kissen lagen, wie Sonnenstrahlen ausgebreitet, und er bewunderte ihre feingezeichneten Gesichtszüge, die schönen Konturen ihres Körpers.

Sie seufzte und lächelte im Schlaf. Von wem träumte sie? Er hatte die Leidenschaft geweckt, die er von Anfang an in ihrem Blick geahnt hatte. Doch er wäre ein Narr gewesen, hätte er geglaubt, nun würde sich alles zum Guten wenden. Am hellen Tag würde sie ihn genauso verabscheuen wie zuvor – vielleicht mehr denn je, nachdem er sich auf diesem seltsamen erotischen Schlachtfeld als Sieger erwiesen hatte.

Nun, mochte sie mit ihm glücklich sein oder nicht – sie würde ihm in die Neue Welt folgen, denn deshalb hatte er sie geheiratet. Weil er auf Carlyle Hundred eine starke, unerschütterliche Frau brauchte, die alle Dinge des Lebens mit ihm teilte.

Schon jetzt vermißte er sie, schon jetzt sehnte er sich nach ihr. Und ihm blieb nur mehr wenig Zeit...

Er legte sich auf sie, und sie öffnete schläfrig die Augen, protestierte mit schwacher Stimme.

»Nein, Jasmine, keine Widerrede. Ich will dich haben, und ich nehme mir immer, was ich begehre.«

Ihr Atem stockte, und dann wurde sie erneut in ein Paradies entführt. Danach stand Jamie auf, wusch sich und schlüpfte in seine Kleider. Grußlos ging er aus dem Zimmer, und Jassy blieb erschöpft zurück, in die zerwühlte Decke gehüllt. Plötzlich erkannte sie, daß sie restlos kapituliert und ihre letzten Geheimnisse preisgegeben hatte. Schluchzend schleuderte sie das Kissen in eine Ecke, dann vergrub sie ihr Gesicht in den Armen.

# 10

Wenig später hörte sie Hufschläge, Kutschenräder ratterten über das Kopfsteinpflaster unter dem offenen Fenster. Die aufgeregten Stimmen der Dienstboten und ihre hastigen, geschäftigen Schritte verrieten, daß eine bedeutende Persönlichkeit eingetroffen war.

In ein Laken gewickelt, sprang Jassy aus dem Bett und kniete sich auf die Fensterbank. Vier schöne braune Pferde standen vor einem Wagen, der das Wappen von James I. aufwies. Genoß der Lord, den sie geheiratet hatte, so großes Ansehen, daß ihn sogar ein königlicher Bote aufsuchte?

Ein Lakai klappte ein samtbezogenes Trittbrett an der Kutschentür herab, und ein stattlicher Mann mit dichten dunklen Locken stieg aus. Jamie ging ihm entgegen, um ihn zu begrüßen. Der Besucher trug einen grünen Taftanzug mit roten Strümpfen und Bändern am Wams und einen ausladenden Federhut, Jamie nur eine schlichte schwarze Hose, ein weites Leinenhemd und seine hohen Stiefel. Doch die Eleganz des Fremden konnte die aristokratische Ausstrahlung des Hausherrn nicht beeinträchtigen.

Jassy biß auf ihre Unterlippe, als sie sich eingestehen mußte, wie imposant ihr Mann aussah, von der stolzen Kopfhaltung bis zu den langen, schlanken Beinen.

Er hieß den königlichen Gesandten wie einen alten Freund willkommen und nahm ein zusammengerolltes Pergament entgegen. Als spürte er Jassys Blick, sah er zu ihr herauf und lächelte. Es war das gleiche Lächeln, das er ihr bei seinem nächtlichen

Triumph geschenkt hatte, eine herausfordernde sinnliche Einladung.

Dann erlosch das Lächeln, als der vornehme Gast etwas sagte. Jamie achtete nicht mehr auf seine Frau und zog die Stirn in düstere Falten.

Jassy wandte sich vom Fenster ab, eilte zum Waschtisch und machte ihre Morgentoilette. Sie nahm ein frisches Leinenhemd aus dem Schrank, dann hob sie die Unterröcke auf, die sie am Vorabend achtlos zu Boden geworfen hatte, griff nach dem Kleid und strich über die feine Seide, preßte sie reumütig an ihre Brust. Normalerweise ging sie nicht so leichtsinnig mit ihren kostbaren neuen Sachen um – nachdem sie soviel geopfert hatte, um diesen Luxus zu genießen.

Ihre Hände begannen zu zittern. Die letzte Nacht war kein Opfer gewesen, keine Pflichterfüllung, kein Teil des Handels, den sie mit Jamie abgeschlossen hatte. Die Erinnerung an jene ekstatischen Momente trieb ihr die Schamröte ins Gesicht. Und ihre Wangen brannten noch heißer, als eine neue Sehnsucht in ihr erwachte.

Nein, sie wollte nicht mehr daran denken, wollte sich nicht eingestehen, wie glücklich sie gewesen war. Und sie nahm sich vor, ihre Gefühle künftig zu bezähmen. Keine echte Lady würde sich solchen Ausschweifungen hingeben. Als Jamie sie vorhin am Fenster entdeckt hatte, mit zerzausten Locken und nackten Schultern, war er sicher in seiner Überzeugung bestärkt worden, eine Hure geheiratet zu haben.

Hastig begann sie sich anzukleiden, ohne nach Molly zu läuten. Natürlich wurde von der Hausherrin erwartet, daß sie nach unten ging und den Gast begrüßte. Doch sie war eben erst in die Unterröcke geschlüpft, als die Tür aufflog und Jamie ins Zimmer stürmte.

»Was – was ist los?« stammelte Jassy.

Er warf ihr einen irritierten Blick zu, lief zum Schreibtisch und riß eine Schublade auf. »Zum Teufel mit seiner königlichen Majestät!« schimpfte er – eine ungeheuerliche Äußerung, die seiner Frau den Atem raubte.

»Was ...«

»Der König ist inkonsequent. Als er Elizabeths Krone erbte, hatte er vierhunderttausend Pfund Schulden. Fünf Jahre später waren es siebenhunderttausend. Um sich mit Anne zu amüsieren, gab er einen Maskenball nach dem anderen, statt seine Einkünfte für die amerikanische Kolonie zu verwenden. Erst schwört er, Virginia zu unterstützen und die katholischen Spanier zu bekämpfen – dann entschuldigt er sich bei den Spaniern für vermeintliche Übergriffe der englischen Siedler, um die Heiratschancen seiner Kinder in den europäischen Herrscherhäusern zu verbessern. Ich sage dir, er ist furchtbar wankelmütig. Er weiß selber nicht, was er will. Mit seinen wechselhaften Launen stiftet er immer neue Unruhe.«

»Ich dachte, er wäre dein Freund.«

»Er ist der König, Mylady, und deshalb diene ich ihm. Aber er trägt auch die Verantwortung für meine Sehnsucht nach Amerika. Dort liegt zwar ein königliches Dominion, aber es ist weit weg, und dort wird ein Mann mehr nach seinen Fähigkeiten beurteilt als nach seinem Adelstitel.«

»Aber was ist denn geschehen?«

Er schaute sie kurz an. »Vermutlich wird es dich

freuen, das zu hören. Ich wurde vom König beauftragt, einige Briefe von ihm entgegenzunehmen und in die Jamestown-Kolonie zu bringen. Deshalb muß ich früher als vorgesehen abreisen – jetzt gleich.« Inzwischen hatte er die gesuchten Dokumente gefunden. Er schloß das Schubfach, rannte zur Tür und riß sie auf. »Lymon!«

»Wage es bloß nicht, Lymon zu rufen!« protestierte Jassy. »Ich bin noch nicht angezogen, und ich sage dir...«

Jamie kam zu ihr und packte sie am Kinn. »Du wirst mir gar nichts sagen, du große Dame!« Er umschlang ihre Taille, hob sie hoch und schleuderte sie inmitten eines Durcheinanders aus fliegenden Unterröcken aufs Bett.

Zornestränen stiegen ihr in die Augen, und sie verfluchte ihn. Aber da der Hausverwalter eintrat, blieb ihr nichts anderes übrig als sich die Decke bis ans Kinn zu ziehen und zu warten, während Lymon seinem Herrn half, die letzten Sachen zu packen. Ein Großteil der Reisevorbereitungen war schon früher getroffen worden. Mehrere Lakaien eilten ins Zimmer, um schwere Truhen nach unten zu schleppen.

Dann war Jamie wieder mit seiner Frau allein. An den Schreibtisch gelehnt, die Arme vor der Brust verschränkt, wandte er sich zu ihr. »Ich dachte, ich würde etwas mehr Zeit finden, um dir meinen unumstößlichen Entschluß klarzumachen, was deine Reise betrifft. Lymon wird eine Kutsche bereitstellen und dich rechtzeitig nach London bringen lassen, ehe die *Sweet Eden* ausläuft. Wenn du willst, darfst du deine Stute Maria mitnehmen. In Virginia wirst du ein Pferd brauchen. Ich weiß, du bist immer noch gegen diese Fahrt. Trotzdem solltest du an Bord gehen, denn wenn du es nicht tust, wirst du beten, daß deine sterblichen Überreste auf dem Meeresgrund verrotten werden. Das wäre ein erstrebenswerteres Schicksal als jenes, das ich dir im Falle deiner Weigerung zugedacht habe.«

Sie wußte nicht, was sie in wildere Wut brachte – der Inhalt seiner Worte oder der unverschämte, arrogante Klang seiner Stimme. Sie sprang aus dem Bett und stürzte sich mit ausgestreckten Fingernägeln auf Jamie. Offenbar war er nicht auf diesen plötzlichen Angriff gefaßt, denn es gelang ihr, seine Wangen zu zerkratzen. Erst danach umklammerte er ihre Handgelenke und drehte ihr die Arme auf den Rücken.

»Wie kannst du es wagen, so mit mir zu reden!« kreischte sie. »Das ist wirklich der Gipfel der Frechheit – nachdem du mich unentwegt erniedrigt und mißbraucht hast...«

»Mißbraucht, Mylady? Du kennst den Sinn dieses Ausdrucks nicht. Nun, vielleicht mißbrauche ich dich tatsächlich. Ich zwinge dich, dieses elegante Haus zu verlassen, das kostbare Porzellan, das edle Kristall, all die schönen Möbel. Diese Dinge liebst du doch, nicht wahr?«

Erbost starrte sie in das dunkelblaue Feuer seiner Augen und schrie: »Ja! Ja! Ja! Du dachtest, du hättest eine Kneipenhure geheiratet, der es nichts ausmachen würde, in dieser elenden Wildnis zu leben. Aber da irrst du dich – ich werde dein Carlyle Hundred hassen, mit jedem Atemzug, genauso, wie ich dich hasse...«

»Du magst Carlyle Hundred hassen, Jasmine, aber du wirst dich dort einfinden. Und du magst auch mich hassen. Aber du wirst mich ebenso wenig wie die Tatsache vergessen, daß ich über deine Zukunft zu bestimmen habe.«

»Ich habe dich schon jetzt vergessen!« fauchte sie.

Jamie drängte sie zum Bett und stieß sie darauf. »Dann werde ich deine Erinnerung auffrischen.«

»Nein...«

Verzweifelt hob sie die Fäuste, aber da lag er schon auf ihr. Ein brutaler Kuß verschloß ihr die Lippen – ein Kuß, der sie bestrafen sollte und sie trotzdem mit schwindelerregender Leidenschaft erfüllte. Sie riß ihren Mund von seinem los, um keuchend nach Atem zu ringen. Aber er schlang die Finger in ihr Haar, hielt ihren Kopf fest und küßte sie wieder.

Als er sich aufrichtete, glänzten Tränen in ihren Augen. »Du kannst mich nicht herumkommandieren und alles mit mir machen, was dir beliebt...«

»Doch, Mylady, das kann ich, und wenn ich mit dir fertig bin, wirst du nie wieder zu behaupten wagen, du hättest mich vergessen.«

»Bastard!«

»Nein, ich bin kein Bastard – ich habe einen geheiratet, wie du dich vielleicht entsinnst – ein tückisches kleines Biest, das auf mein Geld versessen war. Aber in der Neuen Welt wird man nichts von deiner Herkunft ahnen und dich für eine echte große Dame halten. Dort kannst du die Huldigungen der heidnischen Barbaren entgegennehmen und...«

»Oh, ich verabscheue dich! Und ich hasse es, wenn du auf mir liegst...«

»So? Letzte Nacht habe ich einen ganz anderen Eindruck gewonnen.«

»Du warst es doch, der mich als hervorragende Schauspielerin bezeichnet hat. Verschwinde endlich!«

»Nein, zuerst will ich sehen, ob ich dich noch einmal zu einer so grandiosen schauspielerischen Leistung anregen kann.«

»Nein!«

Jassy wollte nach ihm schlagen, aber er umklammerte mit einer Hand ihre Unterarme, mit der anderen zerrte er ihre Unterröcke nach oben und öffnete seine Hose. Nie zuvor hatte er sie so sehr angewidert. Aber als er sie rücksichtslos nahm, entfesselte er wildere Flammen in ihr denn je. Ihr Widerstand erlahmte sofort, obwohl er ihre Handgelenke losließ. Sie erschauerte, als er sie voller Glut küßte, und grub die Finger in seine Schultern, sehnte sich nach seinen Händen auf ihren Brüsten und bewegte ihren Unterleib wie im Fieber. Um ihn noch tiefer in sich zu spüren, schlang sie ihre Beine um seine Hüften und hob sich ihm entgegen.

Jamie richtete sich auf, schaute in ihre verschleierten Augen. Da zog sie schluchzend seinen Kopf zu sich hinab, um ihre Lippen auf seine zu pressen, und er schmeckte das Salz ihrer Tränen. Er küßte sie, bis er seinen Höhepunkt erreichte, dann bäumte er sich stöhnend auf. Gleichzeitig fand Jassy Erfüllung. Flüssiges Sonnenlicht schien durch ihre Adern zu strömen, und sie glaubte, in einen strahlenden Himmel emporgetragen zu werden.

Es dauerte lange, bis sie auf die Erde zurücksank, in ein Gewirr aus Laken und Unterröcken. Jamie lag immer noch auf ihr. Nach einer kleinen Weile stand er wortlos auf und schloß seine Hose. Erschöpft und halb benommen lag Jassy da. Er schaute sie an, aber sie erwiderte seinen Blick nicht. Statt dessen starrte sie zum Baldachin hinauf, der sich über dem Bett wölbte.

Sie hörte einen halb unterdrückten Fluch und ein Rascheln, als er sein Wams anzog, dann fiel die Tür hinter ihm ins Schloß.

Jassy blieb noch lange liegen. Das Geräusch von Hufschlägen und polternden Rädern drang durch das Fenster herein und verklang in der Ferne. Trotz des warmen Junitages erschauerte sie. Er ist abgereist, dachte sie dumpf, und ich werde ihn erst in vielen Monaten wiedersehen. Ich könnte fliehen... Nein, das wollte sie nicht. Es gefiel ihr, Lady Cameron zu heißen – gleichgültig, was sie erdulden mußte, um diesen Titel zu tragen. Aber sie würde niemals an Bord dieses Schiffes, der *Sweet Eden* gehen. Mochte ihr Mann toben und schimpfen, vorerst würde er auf einem anderen Kontinent sein. Und sie weigerte sich, ihm dorthin zu folgen.

Und wenn Kapitän Hornby die Order befolgte, die er erhalten hatte, und sie mit Gewalt auf das Schiff bringen ließ? Bedrückt erkannte sie, daß Lord Camerons Macht auch über einen Ozean hinweg reichte.

Drei Tage später feierten Lenore und Robert Hochzeit. Während der Zeremonie fühlte sich Jassy elend, aber sie setzte dem jungen Paar zuliebe eine heitere Miene auf.

In dieser Nacht blieb sie lange wach, wälzte sich unruhig umher. Und im Morgengrauen merkte sie entsetzt, daß sie ihren Mann vermißte – die Kraft seiner Arme, die verwirrenden Gefühle, die er in ihr erregt hatte.

Am nächsten Tag wurde sie ins Haus ihres Bruders gerufen. Jane lag in den Wehen. Vierzehn Stunden später kam ein hübsches kleines Mädchen auf die Welt. Erschöpft, aber glücklich kehrte Jassy nach Hause zurück.

Das Glück schwand schon nach einer Woche dahin, als ihr eines Morgens übel wurde. Verzweifelt schaute sie sich in ihrem schönen Schlafzimmer um. Sollte ihr Baby in der Wildnis geboren werden, in einem Land voller Barbaren? Sie haßte Jamie mit der ganzen Kraft ihres gequälten Herzens – und genauso leidenschaftlich sehnte sie sich nach ihm.

## 11

Die Überfahrt war eine der schlimmsten, die Jamie je erlebt hatte. Heftige Stürme suchten den Atlantik heim und dauerten an, bis sich das Flaggschiff der Flotte, die aus vier Pinassen bestand, der amerikanischen Küste näherte und von starken Strömungen nach Norden abgetrieben wurde. Er stand mit Kapitän Raskin im Bug seiner *Hawk*, sein Fernglas auf das Land gerichtet. Dichte graue Regenschleier zogen über dem Meer dahin.

»Das ist auch den Separatisten zugestoßen, den Pilgervätern, die London im letzten Spätsommer verlassen haben«, bemerkte Raskin düster. »Sie wollten sich im Süden niederlassen, in dem Land, das auf der Karte als Nord-Virginia bezeichnet wird. Aber die Strömungen trieben sie nach Norden, zu dem Ort, den John Smith auf seiner Karte unter dem Namen Plymouth eingetragen hatte. Und dort blieben sie.«

Jamie warf dem Kapitän einen kurzen Blick zu. Unter normalen Umständen hätte ihn ein kleiner

Umweg, ein Besuch in der puritanischen Gemeinde nicht gestört. Es interessierte ihn, wie es den Männern und Frauen in der Plymouth-Kolonie jetzt ergehen mochte, nachdem sie ihren ersten grausamen Winter überstanden und das Überleben gelernt hatten. Soviel er wußte, waren viele gestorben. Er hoffte, daß es den restlichen Familien gutging.

In der Jamestown-Kolonie und den nahe gelegenen Hundreds hatten zahlreiche Siedler den Tod gefunden. Trotzdem hatte Jamestown bisher überlebt, ebenso das Plantagengebiet an der Halbinsel des James River. Anscheinend war es dieser Region vom Schicksal bestimmt worden, allen Gefahren zu trotzen.

Die Pilgerväter hatten die Flucht vor religiösen Verfolgungen ergriffen, die Bewohner von Jamestown waren aus kommerziellen Gründen nach Amerika gezogen. Jamie hatte das Abenteuer gesucht. Außerdem teilte er die Meinung seines Vaters, ein junger Mann in seiner Situation müßte sich in der Welt umsehen und dann sein künftiges Heim wählen. Schon vor der Hungersnot im Jahre 1609 hatte er Virginia zum erstenmal gesehen und sofort die Anziehungskraft dieses Landes gespürt.

In der Chesapeake-Bucht gab es viele natürliche Häfen. Der Boden war fruchtbar, das hatten bereits die Indianer bewiesen. Dichte Wälder luden zur Jagd ein, und er hatte nie zuvor ein schöneres Fleckchen Erde gesehen. Vor allem die Einsamkeit dieses Landes faszinierte ihn, die ungezähmte Wildnis.

Im Jahre 1613, mit einundzwanzig, hatte er das Erbe seiner Mutter übernommen und durch kluge Investitionen in den Kreisen fleißiger Londoner Kaufleute bald verdreifacht, um das Geld dann in

Schiffe zu stecken. Seine kleine Flotte war vorsichtig in der Karibik gekreuzt, den Spaniern ausgewichen, die einen Anspruch auf die gesamte Neue Welt angemeldet hatten, bis zur Bermuda-Kolonie gesegelt und dann nach England zurückgekehrt.

Jetzt brauchte er keinen kommerziellen Gewinn mehr. Für den Rest seines Lebens hatte er ausgesorgt und sich ein schönes Haus in England gebaut. Warum es ihn so sehr reizte, hier in Virginia ein Heim zu gründen, wußte er nicht genau. Beinahe kam es ihm so vor, als wäre dieses Land eine hübsche Geliebte, die lachend mit ihm flirtete und ihn verführte und letzten Endes ihren Willen durchsetzte. Und Virginia war auch genauso unberechenbar wie eine Frau. Um die Küste zu erreichen, mußte man gefährliche Untiefen überwinden. Wenn man dann an Land gegangen war, wurde man von Hungersnöten, Hurrikanen und Indianerpfeilen bedroht. Aber nach Jamie Camerons Meinung lohnte es sich, all diesen Unbilden die Stirn zu bieten, in diesem Land einen neuen Lebensraum zu schaffen. Von diesem Gedanken war er genauso besessen wie von Jasmine...

»Segeln wir näher an die Küste heran, dann werfen wir den Anker für die Nacht.« Er gab dem Kapitän das Fernglas. »Ich möchte nicht weiter nach Norden getrieben werden, sonst würde ich einen Monat verlieren. Zum Beginn des Herbstes erwarte ich meine Frau. Bis dahin muß alles vorbereitet sein.«

»Aye, aye, Mylord«, antwortete Raskin und erteilte der Besatzung seine Befehle.

Jamie blieb an Deck, während die Segel eingerollt wurden, um dem wilden Wind keine Angriffsflächen mehr zu bieten. Wie die Seeleute trug er eine weitgeschnittene Hose und ein schlichtes Lederwams, wenn seine Sachen auch aus feinerem Material bestanden. Oft übernahm er das Ruder seines Schiffes, wenn heftige Stürme tobten oder eine Kursänderung erforderlich wurde. Er fuhr gern über das Meer, und er liebte die entfesselten Elemente. Eine seiner Geliebten hatte einmal behauptet, er sei sehr heißblütig und wisse alles zu schätzen, was seine Kräfte herausfordere. Nun fragte er sich, ob das stimmen mochte.

Er beobachtete, wie das Großsegel eingeholt wurde, dann ging er nach achtern zu seiner Kabine, die über dem Wasserspiegel lag, mit Fenstern an der Steuerbord- und der Backbordseite. Kostbare Damastvorhänge, ein Schreibtisch aus Kirschbaumholz, eine breite Koje, ein Schrank und samtbezogene Polstersessel bildeten die elegante Einrichtung. Alle Möbel waren an den Bodenplanken festgenagelt, um den launischen Wellen standzuhalten.

Bedauerlicherweise bewohnte er diese Kabine allein.

Er nahm eine Whiskyflasche aus einer Schreibtischschublade, trank einen Schluck, sank dann auf die Koje und schloß die Augen. Ich hätte sie zwingen sollen, mich zu begleiten, dachte er. Warum habe ich es nicht getan?

Um in Virginia eine Familie zu gründen, hatte er geheiratet. Er wollte sehen, wie seine Söhne den Wald rodeten, wie ein schönes Ziegelgebäude in der Wildnis entstand. Und in hundert Jahren sollten seine Enkel zu den Begründern des Wohlstands zählen, der Virginia beglücken würde.

Er setzte noch einmal die Whiskyflasche an die Lippen und zuckte zusammen, als die brennende

Flüssigkeit durch seine Kehle rann. Ja, er hätte Jassy zwingen sollen, mit ihm zu kommen. Vielleicht würde sie sich leichter mit dem mangelnden Komfort in der neuen Gemeinde abfinden, wenn sie sich zusammen mit ihm an das Leben an Bord gewöhnt hätte, und glauben, sie könnte das Haus in Carlyle Hundred genauso prächtig einrichten wie diese Kabine. Und womöglich wäre seine Begeisterung für die Neue Welt auf sie übergegangen.

Von Anfang an hatte er an das Versprechen in ihren Augen geglaubt. Und kurz vor der Trennung war es ihm endlich gelungen, das Feuer ihrer Leidenschaft zu wecken. Nie hatte er bezweifelt, daß er dies schaffen würde. Deshalb hatte er sie geheiratet. Und weil er sie liebte, wie er sich nun voller Bitterkeit eingestand.

Vermutlich war es falsch gewesen, ihr so vieles aufzuzwingen. Auf sanftere Weise hätte er ihr Herz eher gewinnen können. Beschämt erinnerte er sich an das letzte Beisammensein. In seinem Zorn über Jassys Verhalten hatte er alle zärtlichen Gefühle vergessen und sie mit roher Gewalt genommen. Der Anblick ihrer hingestreckten Gestalt im wilden Durcheinander aus zerknüllten Laken und Unterröcken würde ihn noch lange verfolgen. Nie zuvor war sie ihm verletzlicher erschienen, wehrlos und zerbrechlich, mit wirren blonden Locken und großen verschleierten Augen...

Nun, immerhin hatte er Gefühle in ihr entfacht. Er war es schon müde gewesen, eine Erwiderung seiner Leidenschaft zu suchen, und zu der Überzeugung gelangt, er hätte sich in ihr getäuscht und tatsächlich ein raffiniertes kleines Biest ohne Herzenswärme, ohne Seele geheiratet und sie beide zu einem Leben voller Haß und Unglück verdammt.

Und dann war sie in jener letzten Nacht aufgeblüht, um mit gleicher Glut auf seine Begierde zu antworten. Wenn sie ihn auch nach wie vor verabscheute – nun wußte er, daß in ihren Adern ein ebenso heißes Blut floß wie in seinen. Er dachte an die jungen Damen, die Töchter von Herzögen und Grafen, die ihm betörende Blicke zugeworfen hatten, an die übereifrigen Mütter, die so versessen darauf gewesen waren, ihre Mädchen mit dem Drittgeborenen des Herzogs von Carlyle zu vermählen. Er kannte viele Frauen. So manche hatte seine Sinne gereizt – und keine einzige den Weg zu seinem Herzen gefunden, bis Jassy in sein Leben getreten war, der kleine Bastard, seine Ehegattin, die bei jeder Gelegenheit seinen Zorn herausforderte. Welch eine schmerzliche Ironie, ausgerechnet diese kleine Teufelin zu lieben... Er, der stolze Lord Cameron, wurde von einer einstigen Küchenmagd bezwungen.

Nun, das Schicksal hatte sie für alle Zeiten aneinandergebunden. Vielleicht würde er niemals Liebe in ihr wecken. Aber er wollte verdammt sein, wenn sie sich weiterhin nach einem anderen sehnte. Sollte sie bis zu ihrem Lebensende den Tag verfluchen, wo sie ihm begegnet war – sie würde seine Frau bleiben, in jeder Hinsicht. Vielleicht müßte er sich an Robert Maxwell ein Beispiel nehmen, sie zum Lachen bringen und ihr höfliche Komplimente machen. Immerhin würde sie mit seinem Freund drei Monate an Bord der *Sweet Eden* verbringen. Er mochte Robert, kannte aber auch dessen Fehler. Einmal hatte Jamie den hochverschuldeten jungen Mann vor dem Newgate-Gefängnis gerettet. Robert besaß zwar jede Menge Charme, jedoch kein Verantwortungsbewußtsein. Die Neue Welt war seine letzte Chance, sich eine respektable Existenz aufzubauen. Sein Vater wollte nichts mehr mit dem leichtfertigen Burschen zu tun haben, aber Jamie hatte dem Freund die Treue gehalten und ihm ein Stück Land in Virginia versprochen.

Bedrückt erinnerte er sich an den Augenblick, wo er Jassy und Robert in inniger Umarmung ertappt hatte. Natürlich würde sie ihren Mann niemals betrügen. Nicht einmal sie würde so weit gehen. Trotzdem beunruhigte ihn der Gedanke an die Seereise, die das Ehepaar Maxwell mit Jassy unternehmen würde. Die Pinasse war nicht groß. Andererseits mußte sich Robert um seine Gemahlin kümmern, und Elizabeth würde Jassy Gesellschaft leisten.

Eine häßliche Vision erschien vor Jamies geistigem Auge – seine Frau, die rittlings auf den Hüften seines besten Freundes saß, mit runden, wippenden Brüsten, fröhlich lachend. Doch dann bezähmte sein Verstand den Zorn, den dieses Fantasiebild ausgelöst hatte. Nein, Robert schuldete ihm Dank. Mochte er Jassy auch begehren, er würde sie nicht anrühren. Doch die Eifersucht ließ ihn nicht los. Er hatte zwar Leidenschaft in Jassy geweckt, aber noch nie ihr Gelächter, wie es Robert schon so oft geglückt war.

Vielleicht sollte er sie umwerben, mit sanfter Zärtlichkeit. Sie fand ihn aufbrausend, arrogant und grausam. Wenn er in Zukunft einen anderen Eindruck auf sie machte, würde sie irgendwann auch für ihn lachen.

Es klopfte an der Kabinentür. »Ja?« rief er.

Kapitän Raskin trat ein, die Lippen unter dem

dichten Schnurrbart zu einem breiten Grinsen verzogen. »Der Wind hat sich zu unseren Gunsten gedreht, Mylord.«

Jamie sprang auf, steckte den Korken in die Whiskyflasche und verstaute sie in der Schreibtischschublade, dann folgte er dem Kapitän auf Deck hinaus. Tatsächlich, jetzt wehte der Wind aus Nordosten und würde das Schiff ans Ziel bringen. Nach Hause.

Aye, Carlyle Hundred war Jamies Zuhause.

Drei Wochen später erreichte er den natürlichen Hafen, der zu seinem Land gehörte. Vom Schiffsdeck aus blickte er zur Küste, und sein Herz schlug schneller, vor Stolz und Freude. Bei seiner Abreise von Carlyle Hundred im letzten Herbst waren seine Pläne gezeichnet gewesen, und er hatte den Leuten präzise Anweisungen gegeben, aber nur die Mauer, die Palisade und ein paar kleine Häuser für die Arbeiter und Farmer zurückgelassen.

Jetzt sah er viel mehr Gebäude. Die vier Kanonen, die er im Frühling hierhergeschickt hatte, waren auf der hölzernen Palisade montiert, drei landeinwärts gerichtet, eine auf das Meer. Wenn er auch bezweifelte, daß die Spanier zu diesem späten Zeitpunkt noch angreifen würden, so hielt er es doch für besser, gerüstet zu sein. Die Felder zur Rechten und zur Linken waren gerodet, an der Küste grasten Rinder, Schafe und Ziegen. Hinter den Weiden wuchsen Tabak, Mais und Getreide. Inmitten der Palisade erhob sich sein eigenes Haus.

Zuvor war es nur ein hastig errichtetes Bauwerk aus Holz und mit Lehm beworfenem Flechtwerk gewesen. Inzwischen hatte es sich um einen Oberstock und zwei Seitentrakte vergrößert.

»Das Haus ist mächtig gewachsen, Mylord«, meinte Kapitän Raskin.

»Ja, in der Tat. Gehen Sie vor Anker, Kapitän, und dann lassen Sie die Fracht löschen. Geben Sie den Leuten doppelte Rationen. Endlich sind wir wieder daheim, und ich kann es kaum erwarten, meinen Grund und Boden zu betreten.«

Zwanzig Minuten später lag die Pinasse im Dock. Im warmen Sonnenschein sprang Jamie auf den Holzkai, wo ihn Sir William Tybalt begrüßte, Kommandant der zehn Soldaten von Carlyle Hundred und in Lord Camerons Abwesenheit Gouverneur der kleinen Gemeinde. Sie waren alte Freunde, hatten als junge Burschen gemeinsam die Indianer und gelegentlich die Spanier auf hoher See bekämpft. William saß auf einem braunen Wallach und führte ein Pferd für Jamie am Zügel. Sie ritten auf die Palisade zu.

»Nun, wie steht's,« fragte Jamie.

»Ganz ausgezeichnet«, versicherte William mit einem breiten Grinsen. Er war dreißig Jahre alt, mit dunkelbraunen Augen und blondem Haar. Die Kolonie faszinierte ihn ebenso wie Jamie. Das Leben in der Jamestown-Gemeinde, wo sich die Machtbefugnisse ständig änderten, interessierte ihn nicht, und er zog Carlyle Hundred bei weitem vor. »Wir arbeiten fleißig, und ich denke, wir haben genug Getreide für den Winter. Der junge Tom Lane hat sich zu einem Meisterjäger entwickelt und erlegt mühelos zahlreiche wilde Truthähne. Der Tabak und das Gemüse gedeihen prächtig. Beeil dich jetzt! Die Männer haben eine Parade vorbereitet, und Vater Stevens erwartet dich schon ungeduldig. Heute abend gibt's dann eine nette Überraschung.«

Das Palisadentor stand offen, weil keine Gefahr drohte, geschäftig gingen die Leute ein und aus. Die Arbeiterfrauen schleppten Wassereimer oder Wäschekörbe. Sichtlich erfreut begrüßten sie Jamie und blieben stehen, um ehrerbietig zu knicksen. Vor seinem Haus standen die Soldaten in Reih und Glied, mit Brust- und Rückenpanzern und Eisenhelmen, die Piken in der Hand, um zu exerzieren. William ritt ans Ende der Reihe und erteilte seine Befehle, worauf sich die Männer zu verschiedenen Formationen gruppierten. Jamie applaudierte, und der Kommandant entließ die Soldaten. Als Seine Lordschaft erklärte, am Nachmittag wolle er eines der großen Schweine, die er mitgebracht hatte, schlachten und am Spieß braten lassen, brachen sie in lauten Jubel aus.

»Zuvor mußt du einiges erledigen«, warnte William. »Ein paar Rechtsfragen erfordern dein Urteil.«

»Das kann warten, bis ich das Haus gesehen habe.« Jamie schwang sich aus dem Sattel, lief die Eingangsstufen hinauf und öffnete die Tür.

Der Bretterboden war fertig, eine geschwungene Treppe führte zur Galerie hinauf. Am Ende der langgestreckten Halle stand ein schöner, blankpolierter Eßtisch, mit einer Blumenschüssel geschmückt. Jamie eilte in den Oberstock. Ein Torbogen teilte den Raum. Auf der einen Seite lag eine klumpige Matratze auf einem Holzgestell. Hier würde später das in London bestellte Bett stehen. Im zweiten Zimmer bedeckten Regale für seine Bücher drei Wände, in die vierte war ein steinerner Kamin eingelassen, neben einem wuchtigen Schreibtisch. Auf der anderen Seite des Flurs befanden sich zwei weitere Schlafzimmer.

Ins Erdgeschoß zurückgekehrt, besichtigte Jamie die Dienstbotenquartiere. Ein Raum links von der Halle enthielt ein Podest und mehrere Stuhlreihen. Er konnte als Ball- und Gerichtssaal benutzt werden.

Natürlich ließ sich das Haus nicht mit Jamies grandioser Residenz in England vergleichen, aber er war zufrieden. Jede neue Schiffsfracht würde den Komfort verbessern.

William erwartete ihn am Eingang. »Die Seemänner sind an Land gekommen und stiften bereits Verwirrung unter den unverheirateten Dienstmädchen. Alle freuen sich auf das Festmahl. Aber wie ich schon sagte – vorher gibt's einiges zu tun.«

Nachdem Jamie den Geistlichen besucht, ein paar Streitfälle geschlichtet und William ihm das neue Hauspersonal vorgestellt hatte, setzten sie sich an den Eßtisch.

Lächelnd nahm Jamie seinen Federhut ab. »Ich glaube, jetzt haben wir uns einen Schluck Rum verdient.«

»Da sage ich nicht nein«, erwiderte William.

Jamie rief nach Mrs. Lawton, der Haushälterin, die ihnen eine Flasche und zwei kleine Gläser brachte und sich dann diskret zurückzog. Sie prosteten sich zu, und William berichtete, was sich während der Abwesenheit seines Freundes ereignet hatte. Mehrere Kinder waren auf die Welt gekommen, zwei gleich nach der Geburt gestorben und auf dem Gemeindefriedhof begraben worden. Ein paar Männer aus Jamestown und den Hundreds hatten Opechancanough besucht und den Eindruck gewonnen, die Indianer wären froh über den Frieden, der jetzt herrschte.

»Ich weiß nicht recht...« Jamie runzelte die Stirn.

Opechancanough ist ein kriegerischer Mann, genau wie Powhatan. Meine Frau wird bald eintreffen, und ich möchte ihr goldenes Haar nicht an einem Indianermantel sehen.«

»Ah, hat dich endlich eine von den Londoner Schönheiten eingefangen?«

»Sie stammt nicht aus London«, entgegnete Jamie. Was würde William sagen, wenn er erfuhr, daß Lady Cameron ein Bastard war, eine ehemalige Küchenmagd, die als Hure und Diebin das Schlafzimmer ihres späteren Ehemanns betreten hatte? »Bald wird sie die Reise antreten, zusammen mit Robert Maxwell und ihren Schwestern.«

»Du holst deine Lady aus deinem Marmor- und Steinhaus in diese Holz- und Lehmhütte?«

»So ist es«, bestätigte Jamie schlicht und stand auf. »Komm, William, ich rieche schon den Spießbraten, und ich bin halb verhungert.«

Inmitten der Einfriedung versammelten sich die Leute um die Feuerstelle und lieferten ihre Beiträge zum Festmahl ab – Indianermais, Brot und Erbsen in Buttersauce. Adelige mischten sich unter das Volk, und obwohl Jamie und William sehr respektvoll behandelt wurden, herrschte hier eine Kameraderie, die in England nicht möglich gewesen wäre.

Jamie saß mit gekreuzten Beinen auf einer der geflochtenen Matten. Der Rum floß in Strömen. Geiger, Trompeter und Trommler musizierten, und bald tanzten fröhliche Paare über grasbewachsenen Boden. Kichernde Mädchen zogen Jamie auf die Beine. Galant verneigte er sich und tanzte mit einer nach der anderen im silbernen Mondlicht. Während die anderen noch weiterfeierten, kehrte er erschöpft in sein Haus zurück.

Er zog sich aus, und als er auf sein Bett sank, hörte er leises Gelächter. Verwirrt tastete er über die Matratze und berührte nackte Haut. »Was ist denn das?« Er sprang auf, suchte und fand eine Kerze, die er am Kaminfeuer entzündete.

Eine junge Frau lag in seinem Bett, so nackt wie er. Auf einen Ellbogen gestützt, sah sie ihn mit großen grünen Augen an. An diesem Abend hatte er mit ihr getanzt, wie er sich erinnerte. Sie hieß Hope, eine etwa siebzehnjährige Pamunkee-Indianerin, die in der Gemeinde aufgenommen worden war, weil die grünen Augen ihre Abstammung von einem Weißen aus der zerstörten Roanoke-Siedlung verrieten. Jamie widerstand der Versuchung nicht, ihren schönen kupferfarbenen Körper mit den vollen Brüsten und großen braunen Knospen zu betrachten. Vom kohlschwarzen Haar bis zu den staubigen Füßen wirkte sie sinnlich und faszinierend.

»Was machst du hier?« fragte er.

»Ich möchte Ihnen dienen.«

Jamie zögerte. Eine solche Einladung hatte er noch nie abgelehnt, und sein Körper sehnte sich nach Liebe. Es wäre eine nette Abwechslung, mit einer Frau zu schlafen, gegen die er nicht kämpfen mußte, insbesondere, wenn sie so exotisch aussah wie dieses Geschöpf aus zwei Welten.

Er kniete neben ihr nieder und ergriff ihre Hände. Wehmütig lächelte er, denn irgend etwas in seinem Herzen verbot ihm, das Angebot anzunehmen. Sie war nicht Jassy. In ihren Augen brannte kein kristallblaues Feuer, die vollen Lippen lockten ihn nicht, und seine Finger reizte es nicht, die runden Brüste zu streicheln. »Ich bin verheiratet.«

Hope runzelte die Stirn. Offenbar war sie nicht an

Männer gewöhnt, die wegen ihres Ehestands auf ein Abenteuer verzichteten. Vielleicht bin ich ein Narr, dachte er. Wenn ich auch nur einen Funken Verstand hätte, würde ich mir diese kleine Indianerin nehmen und meine Frau wenigstens für ein paar Stunden vergessen.

»Verheiratet?« wiederholte Hope.

»Ich habe eine Frau.«

»Wo ist sie?«

»Bald wird sie über das Meer zu mir fahren.«

»Aber jetzt ist sie nicht hier.«

»Nein. Trotzdem bin ich mit ihr verheiratet.«

Hope lächelte. »Sir Tybalt sagte, ich soll Sie überraschen.«

Also hatte William das Mädchen ins Haus geschickt. »Eine sehr schöne Überraschung.«

Ihr Blick wanderte zu seinen Hüften und schien einen gewissen Körperteil zu liebkosen. Triumphierend lächelte sie. »Ich gefalle Ihnen. Also werde ich dableiben.«

Jamie lachte, hob sie vom Bett und stellte sie auf die Beine. »Du bist wirklich süß, Hope, aber ich muß auf meine Frau warten.

»Sie sind bereit für Hope.«

Sie wollte zwischen seine Beine greifen, aber er hielt ihr Handgelenk fest. »Nein. Du wirst meine Frau in wenigen Monaten kennenlernen.«

»Ist sie so schön?«

»Wunderschön.«

»Und Sie – lieben sie sehr?«

»Sie – ist meine Frau. Zieh dich jetzt an. Ich habe einen langen Tag hinter mir und möchte schlafen.« Nach einer kleinen Pause fragte er: »Hope, du verstehst doch die Powhatan-Sprache?«

Sie nickte. Die Sprache des Powhatan-Stammbündnisses war von der Algonquin-Familie abgeleitet, den Indianern, denen viele Forscher in nördlichen Regionen begegnet waren, als sie einen Weg nach Nordwesten gesucht hatten. Jamie kannte einige Wörter, zog es aber vor, einen Dolmetscher mitzunehmen, wenn er ins Powhatan-Gebiet reiste.

»Wenn du mir helfen willst, kannst du mich zu Opechancanough begleiten, Hope.«

»Wann?«

»Vielleicht in einer Woche. Zuvor habe ich hier noch einiges zu erledigen. Ich muß auf meinem Schiff Briefe und Dokumente des Königs nach Jamestown bringen. Von dort werden wir landeinwärts reiten.«

»Oh, ich freue mich auf die Schiffsfahrt, und ich werde gut für Sie sorgen.«

»Das ist nicht nötig.« Er hob ihr schlichtes handgewebtes Kleid vom Boden auf, und sie zog es unbefangen über ihren Kopf.

»Trotzdem werde ich Ihnen dienen.«

»Danke, aber ich bin verheiratet.«

»Sie können mehr als eine Frau brauchen, Mylord.«

Jamie lachte. »Vielleicht – ich bin mir nicht sicher. Jedenfalls sollst du für mich arbeiten.«

Endlich ließ sie ihn allein. Er legte sich auf das Bett, und ihr Bild verfolgte ihn. Verdammt, er hätte sie hierbehalten, das Licht löschen und sich einreden sollen, sie sei seine Frau. Doch das wäre unmöglich gewesen. Viel zu gut wußte er, wie sich Jassys weiches Haar und ihre Brüste anfühlten. Er kannte ihren Duft, die aufregenden Bewegungen ihrer Hüften unter seinen. Eindringlich hatte er ihr versichert, sie würde ihn nicht vergessen. Dachte sie genauso oft an ihn wie er an sie?

Endlich fielen ihm die Augen zu, und er schlief ein.

Eine Woche später ging er mit Kapitän Raskin und der Besatzung wieder an Bord seines Schiffes. Außerdem nahm er fünf Soldaten, Vater Steven, den jungen anglikanischen Priester, und Hope mit. Bei gutem Wind segelten sie nach Jamestown Island und kamen am Nachmittag an. Die Stadt war ebenfalls um mehrere Häuserreihen gewachsen. Die *Hawk* war bereits gesichtet worden, und der königliche Gouverneur stand am Kai, um Jamie zu begrüßen und sich nach den letzten Neuigkeiten aus London zu erkundigen, dann lud er ihn zum Essen ein.

Während der Mahlzeit dachte Jamie an die vergangenen Jahre, an die zahlreichen Fehler der London Company of Virginia, an die mangelnde Verwaltung. Trotzdem nahm die Kolonie einen gewaltigen Aufschwung. Vor 1619 hatten hier nur wenige weiße Frauen gelebt. Jetzt gab es sehr viele, auch junge Töchter. Jamie schätzte die weiße Bevölkerung in Jameston und den Hundreds auf dreitausend. Im Haus des Gouverneurs speiste er mit edlem Silberbesteck von kostbarem Porzellan. Delfter Kacheln schmückten das Kaminsims. Er beschloß, welche zu bestellen. Sicher würden sie Jassy gefallen.

Jassy... Würde er das Bild ihrer blauen Augen und blonden Haare jemals aus seiner Fantasie verdrängen können?

Er wurde zum Bleiben gedrängt, brach aber noch am selben Nachmittag auf. Wie man ihm erklärt hatte, hielt sich Opechancanough in Rasawrack auf, einer der indianischen Hauptstädte. Er kaufte mehrere Pferde, und der Reisetrupp verließ Jamestown.

Nachts schliefen sie in der Wildnis. Jamie lauschte dem Geschrei der Eulen und anderer Tiere, blickte in ein schwarzes Spinnennetz aus Zweigen zum Himmel empor und verspürte einen seltsamen inneren Frieden. Neue Geräusche klangen auf, aber es wiederstrebte ihm, seine schlafenden Begleiter zu alarmieren. Obwohl sich verstohlene Schritte näherten, rechnete er nicht mit einem Angriff. Hope kam sicher nicht zu ihm. Sie hatte Vater Steven oft genug über das schickliche Verhalten junger Damen predigen hören.

Am Morgen entdeckte er Fußspuren und wußte, daß die Indianer den weißen Trupp beobachteten und ihm erlaubten, weiterzureiten. Hatte der Häuptling die Kundschafter ausgesandt? Die Pamunkees, Paspahehs, Kecoughtans, Nansemonds und Chesapeakes gehörten dem Powhatan-Bündnis an, und in der Nachbarschaft lebten die Chickahominies, Potomacs und Monacans. Jamie wußte nicht, wer ihm und seinen Gefährten folgte, spürte aber, daß keine Gefahr drohte. Trotzdem rückte er vor dem Aufbruch das Schwert an seinem Gürtel und das Messer in der Scheide des Stiefelschafts zurecht. Musketen und Piken brachten beim Waldkampf keinen Nutzen. Beim Zielen mußte man die Musketen auf eine feste Unterlage stützen, und es dauerte ziemlich lange, diese Waffen zu laden. Gute Schützen vermochten zwar vier Schüsse pro Minute abzufeuern, doch das half nichts, wenn sie von Indianern attakkiert wurden, die plötzlich aus den Schatten zwischen den Bäumen sprangen. Dagegen war man mit Schwertern und Messern besser gerüstet.

Nach drei Tagen erreichten sie Rasawrack. Krieger kamen ihnen entgegen, in voller Bemalung, führten einen Tanz auf und schrien, ließen die Reisegruppe aber ungeschoren. John Smith hatte Jamie dringend geraten, den Indianern niemals Waffen zu geben. Sie baten ihn darum, doch als er das Ansinnen ablehnte, bedrängten sie ihn nicht weiter.

Er wurde ins Haus des Häuptlings geführt, ein langgestrecktes laubenartiges Gebilde aus jungen Bäumen, deren Äste zusammengebunden waren und ein bogenförmiges Dach bildeten. Die anderen Häuser sahen so ähnlich aus, aber Opechancanough bewohnte das größte.

Der Häuptling schien sich über den Besuch zu freuen und erinnerte Jamie an die erste Begegnung, bei der sein weißer Gast noch ein ganz junger Bursche gewesen war.

Was Jamie nicht verstand, übersetzte Hope. Er versicherte, er sei froh über Opechancanoughs Herrschaft. Der Indianer lächelte listig, und Jamie begann Probleme zu fürchten.

Mindestens zehn Jahre älter als er, war der Häuptling ein hochgewachsener, kräftiger Mann mit edlen Gesichtszügen. Er hatte schwarze Augen, eine lange Nase und stark ausgeprägte Wangenknochen. Als er die Besucher zum Essen einlud, erklärte Jamie sich einverstanden – vorausgesetzt, die Mahlzeit würde nicht aus Gefangenen bestehen, die zuvor am Marterpfahl gestanden hätten. Opechancanough erwiderte lachend, nichts dergleichen sei geplant. Man begehe das Fest der Schöpfung.

Vor dem Haus loderten mehrere Lagerfeuer. Einige Männer, nur mit Lendenschurzen bekleidet, tanzten um hohe Pfosten herum. Vater Steven schaute sich unbehaglich um, und Jamie flüsterte ihm grinsend zu, die Szenerie unterscheide sich kaum von europäischen Maifeiern.

»Die Powhatan wurden von einem riesigen Hasen erschaffen«, berichtete Opechancanough. »Jahrelang hielt er uns gefangen, während Greisinnen mit ihm um uns kämpften. Schließlich erlaubte er uns, im Wald zu wohnen.«

Indianerinnen trugen Schüsseln mit Hasenschmorfleisch auf. Man aß mit den Fingern und tunkte die Sauce mit Fladenbrot auf. Später gesellten sich nackte, blaubemalte Frauen, mit Blättern um die Hüften, zu den Tänzern. In sinnlichem Überschwang sangen sie und bewegten sich immer aufreizender. Den Soldaten gefiel das großartig, während der Priester so aussah, als würde er jeden Augenblick einen Schlaganfall erleiden. Selbstvergessen wiegte sich Hope im Rhythmus der Musik hin und her.

Sie blieben noch zwei Tage bei den Powhatans. Vater Steven bemühte sich, den Indianern von Christus zu erzählen, worauf sie über ihre Götter Okeus und Ahone sprachen. Wehmütig unterhielten sich der Häuptling und Jamie über Pocahontas. Jamie erwähnte, John Rolfe sei jetzt wieder in Virginia und würde eine gesicherte Zukunft für den Sohn der Prinzessin aufbauen. Und Opechancanough schilderte Powhatans Begräbnis, bei dem die Trauernden prächtige federbesetzte Mäntel und volle Kriegsbemalung getragen hatten.

Beim Abschied schenkte Jamie ihm viele bunte Glasperlen, zwei Messer mit Elfenbeingriffen und ein blaues Leinenhemd mit eingewebten Goldfäden. Der Häuptling freute sich sichtlich über diese Gaben und bestand darauf, daß Jamie mit zahlreichen Säkken voller Trockenfrüchte und Getreide heimkehrte.

Es war ein erfolgreiches Treffen gewesen. Der englische Lord und Opechancanough hatten einander Freundschaft geschworen. Und Jamie war sicher, daß der Häuptling ihn respektierte. Aber irgend etwas im schlauen Blick des Indianers hatte ihn gestört.

Die Rückreise dauerte länger, weil sie die Strecke zwischen Jamestown und Carlyle Hundred nicht mit dem Schiff zurücklegen konnten. Inzwischen hatte die *Hawk* die Fahrt nach England angetreten. Als sie den Wald verließen, sah Jamie verblüfft ein Schiff in seinem Hafen liegen – die *Sweet Eden*. Es war erst der 5. Oktober, und er hatte die Pinasse frühestens in zwei Wochen erwartet. Er galoppierte über die Felder zum Kai. Sein Mund wurde trocken, sein Herz schlug wie rasend. Endlich würde er Jassy wiedersehen.

Zum Glück war er elegant gekleidet, in ein Seidenhemd, ein Lederwams, eine Kniehose und seine hohen Stiefel. Die Indianer kannten die englische Mode und wußten es zu schätzen, wenn man sich ihnen zu Ehren gut anzog. Er war sogar glatt rasiert, denn Hope hatte ihn nach der Powhatan-Methode mit einer scharfkantigen Muschel von den Bartstoppeln befreit. Auch seine Sauberkeit ließ nichts zu wünschen übrig, weil er täglich in einem Fluß gebadet hatte. Trotzdem war ein anderes Wiedersehen geplant gewesen. Er hatte sich vergewissern wollen, daß Ordnung im Haus herrschte. Und er hätte noch etwas Zeit gebraucht, um nachzudenken – und zu träumen. Aber Jassys Bild war oft genug vor seinem geistigen Auge aufgetaucht, so wie er sie zuletzt erblickt hatte – erschöpft, mit zerzaustem Haar, sehr schön. Und verletzlich.

Sir William stand am Kai, um Lady Cameron willkommen zu heißen. Die ersten Passagiere gingen bereits von Bord, und Jamie sah sie. Der goldene Glanz ihres Haars war unverkennbar. Über einem hellblauen Kleid trug sie einen dunklen Samtumhang. Sie hatte William bereits entdeckt, aber nicht den Reiter, der heransprengte.

Freundlich lächelte sie William an, aber als sie die Palisade mit den Kanonen und die schlichten Lehmhäuser betrachtete, runzelte sie bestürzt die Stirn.

»Jamie!« Es war Elizabeth, die diesen Freudenruf ausstieß. Er zügelte sein Pferd und sprang aus dem Sattel. Grinsend drehte sich William zu ihm um.

Und dann schienen alle anderen nicht mehr zu existieren. Nach monatelanger Trennung stand seine Frau vor ihm. Sie lächelte nicht, kein Glanz lag in ihren Augen. Sie war so blaß und dünn, daß er sich Sorgen machte. Ihre Haut wirkte fast durchscheinend, und sie kam ihm schöner vor denn je, wie eine Kristallgöttin. Am liebsten hätte er sie gepackt und geschüttelt, um sie von ihrem hohen Roß herunterzuholen, und geschrien, sie solle endlich aufhören, ihn zu hassen. Noch sehnlicher wünschte er sich, sie würde in seine Arme sinken und Freudentränen vergießen. Doch auch das würde nicht geschehen.
»Willkommen in Carlyle Hundred, Mylady.« Er beugte sich hinab, um sie zu küssen, aber sie drehte rasch den Kopf zur Seite, und seine Lippen streiften nur ihre Wange.

»Jamie!« Sein Blick blieb kühl auf Jassy gerichtet, als seine Schwägerin zu ihm trat und ihn umarmte.

»Elizabeth...« Er erwiderte ihren Kuß, dann begrüßte er Robert und Lenore, die scherzhaft mit ihm schimpfte, weil er ihre Hochzeit versäumt hatte.

Er machte die Neuankömmlinge mit William bekannt, dann ging er zu Kapitän Hornby und beglückwünschte ihn zu der schnellen Überfahrt.

»Wir hatten guten Wind«, erklärte der alte Mann.

»Es war eine gräßliche Reise«, sagte Jassy leise. Ein seltsamer Schmerz lag in ihren Augen.

Jamie griff nach ihrer Hand. »Du reitest mit mir, Jassy, und die anderen folgen uns im Wagen. Dann sind wir vor ihnen in unserem Haus, und du kannst sie als Gastgeberin willkommen heißen.«

»Nein...«, begann sie, aber er duldete keinen Widerspruch. Sein Vorsatz, in Zukunft sanfter mit ihr umzugehen, war vergessen. Weil sie nicht mit ihm Schritt halten konnte, nahm er sie auf die Arme. In grimmigem Schweigen trug er sie zu seinem Pferd, hob sie in den Sattel und stieg hinter ihr auf.

Als sie wieder hinunterklettern wollte, hielt er sie eisern fest. »Ich habe alles für dich getan, was ich konnte, deine Freunde engagiert, dir Kleider und Juwelen geschenkt. Auch hier in der Wildnis wirst du genug Dienstboten haben. Trotzdem versuchst du bei jeder Gelegenheit, mich zu demütigen. Ich warne dich – so etwas darfst du mir nie wieder zumuten.«

»Wenn du wirklich etwas für mich tun willst, gib mich frei!«

»Was?«

Unglücklich senkte sie den Kopf. »Ich hasse dieses Land, und ich kann hier nicht mit dir leben.«

Er schluckte seine bittere Enttäuschung hinunter und lenkte das Pferd zur Palisade. »Du bist meine Frau, und das wirst du auch bleiben, Jasmine.«

# 12

Der Wind wehte in Jassys Gesicht, während die Pferdehufe unter ihr donnerten. Jubelrufe drangen zu ihr, und hinter sich spürte sie Jamies harte, kraftvolle Brust und verdrängte die unerwünschten heißen Gefühle, die in ihr aufstiegen.

Nun, sie wollte nicht in diesem sonderbaren Land leben. Aber sie wollte auch nicht zurücksegeln. Die Seereise war vom ersten Augenblick an gräßlich verlaufen. Wenige Tage nach der Abfahrt hatte Joan Tannen, die Gattin eines Landarbeiters, ein totes Baby mit blauem Gesicht geboren. Wilde Stürme erschütterten die *Sweet Eden*, strömender Regen prasselte auf das Deck. Jassy widmete ihre Zeit den vielen kranken Kindern an Bord, aber sie konnte Joan nicht retten. Zwei Wochen später folgte die arme Frau ihrem Söhnchen in den Tod. Sie war verblutet. Kurz vor ihrem letzten Atemzug hatte sie Jassy gebeten, ihrem Mann, John Tannen, zu sagen, wie sehr sie ihn liebe.

Und wie wird es mir ergehen, wenn ich in dieser Wildnis mein Kind gebären muß, fragte sie sich nun. Werde ich es überleben?

Trotz ihrer beklemmenden Gedanken spürte sie die Körperwärme ihres Mannes und erkannte erschrocken, wie sehr sie ihn vermißt, wie ungeduldig sie sich nach seinen intimen Liebkosungen gesehnt hatte. An Bord des elenden Schiffs hatte sie nachts oft wach gelegen und sich vorgestellt, es würde ihr besser gehen, wenn Jamie bei ihr wäre, sie in den Armen hielte und tröstete.

Aber er hatte sie nie umarmt, um sie zärtlich zu trösten, und würde das wahrscheinlich auch nie tun. Am Kai hatte sie kalten Zorn in seinem Blick gelesen, und den spürte sie jetzt auch in den angespannten Muskeln seiner Arme, die sie umschlossen und die Zügel hielten.

Sie folgten einem Weg, der zwischen strohgedeckten Häusern zum größten Gebäude führte. Jamie zügelte das Pferd, schwang sich aus dem Sattel und hob Jassy herunter. Die Haustür öffnete sich, eine rundliche Frau stand lächelnd auf der Schwelle und verneigte sich tief.

»Meine Liebe, das ist Amy Lawton, die Haushälterin«, erklärte Jamie. »Sicher wartet sie schon begierig auf deine Anweisungen.«

»O ja, Mylady!« bestätigte Mrs. Lawton, und Jassy reichte ihr die Hand.

»Ich bin so froh, daß Sie da sind, Amy, denn ich weiß nichts über das Leben hier und brauche dringend Ihren Rat.«

Amy errötete vor Freude. Hinter ihr erklang ein Kichern, und Jassy wurde mit zwei jungen Dienstmädchen bekannt gemacht, Charity und Patience. Als nächstes trat ein Junge vor, der nervös seine Mütze in den Händen hin und her drehte – Simm Tyler, der Reitknecht. Jassy lächelte ihn an und bat ihn, gut für ihre kleine Stute Maria zu sorgen. Dem armen Tier hatte die Seereise ebenso mißfallen wie seiner Herrin. Der sommersprossige Bursche mit den viel zu großen Ohren versprach, sich gewissenhaft um Maria zu kümmern.

Der letzte Dienstbote, der Jassy begrüßte, war der Koch Jonathan Hayes, ein dünner Mann mit eingefallenen Wangen und freundlichen Augen, den sie auf Anhieb liebenswert fand.

Die Seeleute, die das Gepäck ins Haus trugen,

verbeugten sich ehrerbietig vor ihr. Sie mochte alle diese Menschen – aber sie haßte Virginia. Niemals würde sie sich in diesem bedrohlichen Land heimisch fühlen!

Jamie legte einen Arm um ihre Schultern. »Jetzt solltest du Jonathan und den Dienstmädchen erlauben, zu ihren Pflichten zurückzukehren. Bald werden unsere Gäste eintreffen. Zweifellos sind sie nach der langen Reise ebenso müde wie du.«

»Natürlich«, murmelte sie. Er wollte ihr den Umhang abnehmen, aber sie zog ihn enger um die Schultern. »Ich friere...«

»Dann werden wir Feuer machen«, erwiderte er und ging zum Brennholz, das sich in einer Ecke stapelte.

»Ich schenke Ihnen heißen Met mit Zimt ein, Mylady«, erbot sich Amy. »Der wird Sie sicher wärmen.« Sie führte Jassy zu einem Sessel am Kamin und schickte Charity Hume in die Küche, mit dem Auftrag, den Met zu holen. Wenig später wurde Jassy ein Keramikbecher in die Hand gedrückt, und die Haushälterin verkündete voller Stolz, er sei im Brennofen von Carlyle Hundred entstanden.

Jassy nippte an dem Getränk, das ihr sehr gut schmeckte. Sie sah Jamie am Kamin stehen, einen Ellbogen auf das Sims gestützt. Wie so oft verriet sein Blick nichts von seinen Gedanken.

Sie hörte den Wagen vorfahren. Hastig strich Amy ihre Röcke glatt und lief zur Tür. Robert trat mit Lenore und Elizabeth ein, gefolgt von Tamsyn, Molly und Kathryn. Zuletzt kamen Kapitän Hornby und Sir William Tybalt in die Halle.

»Oh, was für ein merkwürdiges Haus!« rief Lenore.

Jamie lächelte sie nachsichtig an, und Jassy fragte sich, wie seine Reaktion wohl ausgefallen wäre, wenn sie eine solche Bemerkung gemacht hätte.

»Wir sind sehr stolz darauf«, erwiderte er.

»Wir haben leider nur eine kleine Hütte, Liebling«, seufzte Robert, »und selbst dafür müssen wir dankbar sein.«

Entschlossen schüttelte Jamie den Kopf. »Unsinn! Vorerst werdet ihr hier wohnen, als unsere Gäste. Ich war mir nicht sicher, ob ihr tatsächlich kommen würdet. Deshalb ist euer Haus noch nicht fertig. Aber die Zimmermänner werden sich sofort an die Arbeit machen. Nun wollen wir erst einmal etwas trinken. Amy, Patience – Whisky für die Herren, Met für die Damen.«

»Hoffentlich auch für mich, Mylord«, meldete sich Molly zu Wort, und er lachte.

»Ja, auch für Sie, Molly. Und für Kathryn und Tamsyn. Heute habt ihr keine andere Pflichten, als euch in eurem neuen Heim einzuleben.«

Jassy beobachtete ihn verstohlen. Wie nett er die Dienstboten behandelte und auch seine Freunde... Nur seine Frau nicht.

»Oh, ich finde dieses Land einfach himmlisch!« jubelte Elizabeth zur allgemeinen Überraschung und setzte sich neben Jassy. »Hast du die Farben der Bäume gesehen? Der Herbst steht vor der Tür, und die Blätter leuchten goldgelb. In ein paar Wochen können wir wahrscheinlich ein herrliches Rot und Orange bewundern. Wie ein Paradies.«

»In einem Paradies gibt es auch Schlangen«, warf Jassy ein.

Kapitän Hornby lachte heiser, dann entstand neue Unruhe, weil die Einzelteile eines großen Vierpfostenbetts ins Haus getragen wurden. Erstaunt beobachtete Jassy, daß die Seeleute ihrem Mann nicht nur Respekt, sondern auch Zuneigung zeigten und offenbar keine größere Freude kannten, als ihm zu dienen. Manche warfen ihr vielsagende Blicke zu und grinsten einander an, wirkten aber so nett, daß sie ihnen nicht böse sein konnte.

Hatte Jamie diese Blicke bemerkt? Sie schaute ihn an und stellte fest, daß er sie aufmerksam musterte. In seinen Augen las sie keine Begierde, aber dafür tiefere Gefühle, und ihr wurde wieder bewußt, wie bitter sie ihn bei der Begrüßung enttäuscht hatte.

Sie warf den Kopf in den Nacken. Zum Teufel mit ihm! Sie verabscheute die Neue Welt und sehnte sich nach England. Und dann brannten plötzlich Tränen in ihren Augen, weil sie den absurden Wunsch empfand, Jamie würde sie voller Stolz, Hochachtung – und Zärtlichkeit anschauen.

»Wir werden jetzt sehen, daß unsere Gäste komfortabel untergebracht werden, Jasmine«, entschied er. »Und danach treffen wir uns alle zum Essen.«

Kapitän Hornby erklärte, er würde auf sein Schiff zurückkehren. Auch Sir William entschuldigte sich mit dringenden Geschäften. Die Seemänner hatten inzwischen die gesamte Fracht ins Haus getragen und verabschiedeten sich. Amy zeigte Kathryn, Molly und Tamsyn die Dienstbotenquartiere, Charity führte Lenore, Elizabeth und Robert die schön geschnitzte Treppe zu den Schlafzimmern hinauf, und Jassy folgte Patience zu der Suite, die sie mit ihrem Mann bewohnen würde.

Endlich allein, starrte sie auf den Schreibtisch und die Bücherregale. Jamie hatte viele seiner prächtigen Lederbände in die Kolonie mitgenommen. Auf dem Kaminsims standen kupferne Kerzenleuchter. Hinter einem Wandschirm entdeckte sie einen Waschtisch, in einer Ecke einen großen Lehnstuhl. Ihre Truhen hatte man am Fußende des Betts abgestellt, neben dem sich ein hübscher Toilettentisch befand.

Das Bett war noch breiter und luxuriöser als jenes in Jamies englischem Landhaus. Vier Pfosten stützten einen üppigen Baldachin. Zögernd berührte Jassy die Gobelindecke. Die Matratze darunter schien sehr weich zu sein. Wie sie wußte, war das Bett in London bestellt worden, und die Seeleute hatten die Einzelteile erstaunlich schnell zusammengesetzt, um für Lady Camerons Bequemlichkeit zu sorgen.

»Ein ähnliches Bett hat James I. an Powhatan gesandt. Das Geschenk eines Königs für einen König. Hoffentlich gefällt es dir.«

Erschrocken fuhr sie herum. Jamie war lautlos eingetreten und lehnte nun am Türrahmen. Seine dunklen Augen verbargen noch immer, was in ihm vorging.

»Es ist – schön.«

»Findest du?« Die Arme vor der Brust verschränkt, kam er auf sie zu, aber er faßte sie nicht an. Nach der langen Trennung hätten sie sich fremd sein müssen. Aber ihr war seltsam zumute – so als hätte ihr Körper in all den Monaten nur für den Augenblick gelebt, wo Jamie ihn wieder berühren würde. »Es ist das schönste Bett in dieser Kolonie, Mylady«, fügte er hinzu. »Und dieses Haus übertrifft die Gouverneursresidenz in Jamestown. Aber einer ehemaligen Küchenmagd aus dem Gasthof an der Kreuzung ist es natürlich nicht würdig.«

Jassy zuckte zusammen, als hätte er sie geschlagen. »Wenn du enttäuscht von mir bist, Mylord, so ist das deine Schuld. Ich wollte dich nicht heiraten, und wie ich mehrfach betonte, war es nicht mein Wunsch hierherzukommen.«

»Warum bist da dann da?« Jetzt stand er dicht vor ihr. Er legte die Hände auf ihre Schultern, schmerzhaft gruben sich seine Finger in ihr Fleisch. Leise schrie sie auf und versuchte erfolglos, sich zu befreien. »Warum?«

»Weil du es befohlen hast.«

»Du hättest dich weigern können.«

»Dann wärst du nach England zurückgekehrt, um mich zu holen.«

»Das hätte einige Monate gedauert, und vielleicht wäre ich in der Zwischenzeit zu der Überzeugung gelangt, daß sich die Mühe deinetwegen nicht lohnt. Also, warum bist du gekommen?«

Sein Blick war eisiges Feuer, sein Griff unnachgiebig wie Stahl. Sie drehte den Kopf zur Seite und biß in seine Hand. Verblüfft schnappte er nach Luft, dann schleuderte er Jassy auf das Bett, warf sich über sie und packte wieder ihre Schultern.

»Laß mich los!« fauchte sie. »Ich schreie!«

»Nur zu.«

»Wir haben Gäste im Haus.«

»Die werden sich fragen, ob du vor Lust oder vor Schmerzen schreist.« Sekundenlang glaubte sie, er würde sie mit jener wilden Leidenschaft küssen, die sie in seinen Augen las. Sie spürte die Hitze seines Körpers. Das Blut rauschte in ihren Ohren, und ihr schwindelte. Sie waren Feinde, und deshalb fand sie die Gefühle beschämend, die sie erfüllten. Aber sie begehrte ihn verzweifelt und hätte sogar seinen

Zorn willkommen geheißen, wenn er sich in hemmungslosem Verlangen entladen würde. Sie sehnte sich nach seinen Händen auf ihrer nackten Haut, nach seinen Lippen auf ihren, nach den verzehrenden Flammen in seinem Innern.

»Warum bist du hier, Jasmine?«

»Laß mich los!«

Unsanft schüttelte er sie. »Antworte!«

»Nein! Nein! Ich habe geantwortet! Ich möchte, daß du mich losläßt!« Tränen schimmerten in ihren blauvioletten Augen. »Ich will nach Hause.«

»Dein wahres Zuhause ist die Gosse, Mylady.«

»Eine englische Gosse, und die ziehe ich diesem barbarischen Land vor.«

»Oh, verdammt!« Zu ihrer Überraschung sprang er auf und verließ das Zimmer.

Fröstelnd lag sie auf dem schönen neuen Bett, das königlichen Ansprüchen genügt hätte. Sie zog den dunkelblauen Umhang enger um sich und begann zu weinen. Von ihrer Schwangerschaft hatte sie Jamie noch gar nichts erzählt. Niemand wußte es, denn sie wollte nicht, daß dieses Baby existierte, daß es in einer primitiven Wildnis geboren wurde.

Und sie wollte nicht allein sein, so schrecklich allein. Wenn auch ihre Schwestern und Molly und Kathryn und Tamsyn in ihrer Nähe waren – von Jamie schienen sie Welten zu trennen, und sie fühlte sich einsam, verletzt und verängstigt. Jetzt, wo sie nicht einmal mehr Leidenschaft mit ihrem Mann verband, lag ein trostloses Leben vor ihr, voll bitterem Haß.

Sie ballte die Hände, denn sie sehnte sich immer noch nach Jamie, wollte die Finger über sein markantes Gesicht wandern lassen, über seine Schultern, wollte ihn nackt umhergehen sehen, selbstsicher und geschmeidig, und sie wollte in seinen Armen liegen. Würde er zurückkommen? Nein, er kümmerte sich nicht mehr um sie. Unglücklich schloß sie die Augen und nach einer Weile schlief sie ein, von Müdigkeit überwältigt.

Irgendwann kehrte Jamie zu ihr zurück. Er rüttelte sie an den Schultern und als er ihren Namen rief, drang seine Stimme wie aus weiter Ferne zu ihr. Verschlafen blinzelte sie und versuchte zu lächeln, um ihm zu zeigen, daß sie sich über seine Anwesenheit freute. Aber er wandte sich ab und befahl: »Steh auf! Bald wird das Dinner serviert, und wir erwarten einige Gäste. Zieh ein hübsches Kleid an. Wir wollen der Familie und unseren Freunden beweisen, daß man auch in der Wildnis einen eleganten Lebensstil pflegen kann.« Er öffnete ihre Truhen und begann verschiedene Kleider auf das Bett zu werfen.

Jassy rührte sich nicht. Sie war so müde. Ungeduldig ergriff er ihre Hände und zerrte sie aus dem Bett. Dabei fiel ihr Umhang zu Boden, und sie tastete instinktiv nach ihrem Bauch. Noch sah man nichts von ihrer Schwangerschaft. Nur sie selbst merkte, wie ihr Taillenumfang wuchs, wie ihre Brüste anschwollen. Und vielleicht Molly. Aber die schwieg. Jamie durfte es nicht erfahren, nicht unter diesen bedrückenden Umständen. Wenn er wenigstens Leidenschaft für sie empfunden hätte, wäre alles anders. Aber so ... Sie kehrte ihm den Rücken. »Laß mich in Ruhe.«

»Ich sagte ...«

»Jawohl, Mylord, ich werde gehorchen. Ja, Mylord, nein, Mylord, was immer du wünschen magst. Du hast mich aus der Gosse in ein heidnisches Land geholt, und dafür muß ich dir ewig dankbar sein und alle deine Befehle befolgen.«

»Ich schicke Molly zu dir...«

»Nein. Du hast vorhin erklärt, die Dienstboten hätten heute keine Pflichten zu erfüllen. Ich komme allein zurecht.« Sie drehte sich zu Jamie um, sah den Puls in seinem Hals pochen. Am liebsten wäre sie in Tränen ausgebrochen. Noch nie war er ihr attraktiver erschienen. Das weiße Hemd bildete einen faszinierenden Kontrast zu seinem gebräunten Gesicht, die Kniehose aus königsblauem Satin betonte die schmalen Hüften, das schwarze Wams die breiten Schultern.

»Ich gebe dir fünf Minuten Zeit, Mylady.« Mit diesen Worten ging er aus dem Zimmer.

In fünf Minuten schaffte sie es nicht, aber in zehn. Elizabeth saß mit Jamie am Kamin und hörte ihm interessiert zu. Als Jassy erschien, stand er auf und begrüßte sie höflich.

»Gerade hat mir Jamie von einem schönen Fluß hier in der Nähe erzählt«, teilte Elizabeth ihr mit. »Dort schwimmen die Indianerinnen nackt, und viele weiße Frauen folgen diesem Beispiel, weil das Wasser so herrlich klar und kühl ist.«

»Auf diese Weise versuchen die Indianerinnen Ehemänner einzufangen«, ergänzte er, und sie lachte.

»Tatsächlich? Sie wollen die Männer umgarnen? Also gibt es gar keine so großen Unterschiede zwischen diesem Volk und uns.«

»Nein, die gibt es nicht«, bestätigte er und schaute Elizabeth in zärtlicher Bewunderung an.

Lenore und Robert gesellten sich hinzu, und Jamie beauftragte Amy, vor dem Dinner Getränke zu servieren. Die Haushälterin schenkte französischen Wein ein, der sich bei der Fracht der *Sweet Eden* befunden hatte. Als sie am Tisch Platz nahmen, entschuldigte sich Lenore für die Verspätung und warf ihrem Mann einen verliebten Blick zu. »Es war so wunderbar...« Plötzlich merkte sie, was sie da sagte, und errötete. »Es war wunderbar, endlich wieder festen Boden unter den Füßen zu spüren.«

Alle bis auf Jassy brachen in Gelächter aus, und Lenore starrte sie mit unschuldigen Augen an. »Hast du das nicht auch genossen?«

Jassy schaute auf ihren Teller. Die Anspielung war nur zu deutlich gewesen. Alle vermuteten, Jamie hätte es nach der langen Trennung nicht erwarten können, mit ihr zu schlafen. Natürlich würde sie verschweigen, daß ihr Mann sie nicht begehrte. Sie spürte seinen Blick, aber sie erwiderte ihn nicht. »Ja, die Schiffsreise war sehr ermüdend.«

»Mylady?« Jonathan stand neben ihr, jetzt in der hübschen Cameron-Livree, und hob den Deckel von einer großen Silberterrine. Ein köstlicher Duft machte ihr den Mund wäßrig. »Rehragout, Mylady.«

»Das sieht sehr gut aus, Jonathan, danke. Bitte, bedienen Sie zuerst Lady Maxwell.«

Er legte den Herrschaften das Fleisch vor, dann trug Amy Kartoffelbrei und grüne Bohnen auf. Die Mädchen servierten Brot und wilden Truthahn. Es war eine erlesene Mahlzeit, und die Neuankömmlinge konnten kaum glauben, daß hier jemals eine Hungersnot geherrscht hatte. Sir William Tybalt traf erst kurz vor dem Ende des Dinners ein und brachte als Entschuldigungsgrund vor, eines der kleinen Kinder habe sich im Wald verirrt.

Jamie runzelte die Stirn. »Warum hast du mich nicht rufen lassen?«

»Du hast deine Frau erst heute wiedergesehen – nach so langer Zeit.«

»Ich kenne die Wälder sehr gut. In Zukunft mußt du mich sofort holen, wenn so was passiert.«

»Das kleine Mädchen wurde wohlbehalten aufgefunden.«

Robert wandte sich zu Jamie. »Du scheinst in dieser Kolonie eine große Verantwortung zu tragen.«

»Allerdings. Und es gibt eine Menge zu tun. Die Wälder müssen gerodet, die Felder gepflügt und die nötigen Häuser gebaut werden. Die Schiffe laufen unsere Häfen nur sporadisch an, und wenn wir überleben wollen, sollten wir so unabhängig wie nur möglich werden. Viele Dinge kann ich kaufen, aber wenn ein Schiff in einen Sturm gerät und versinkt, ist das Geld verloren, das ich für die Fracht bezahlt habe. Hier müssen alle mit anpacken. Ich gehe mit den Männern auf die Jagd, ich zersäge Baumstämme und ich glaube, auch dir wird die Arbeit gefallen, Robert.«

»Nun, wir werden sehen.« Robert lächelte Jassy an. »Auch du wirst in diesem Land lohnende Aufgaben finden, meine Liebe. An Bord der *Sweet Eden* warst du ein Engel.«

»Ja, nächtelang hat sie unter Deck die Kranken betreut«, fügte Lenore hinzu, »sogar das gewöhnliche Volk. Ein Wunder, daß sie sich nicht angesteckt hat...«

»Also wirklich, Lenore...«, protestierte Jassy.

»In Zukunft mußt du vorsichtiger sein und darfst

dich nicht mit Krethi und Plethi abgeben. Sonst könntest du uns alle infizieren.«

»Die Frau, die verblutet ist, war nicht krank«, entgegnete Jassy leise. »Sie starb nach der Geburt ihres Kindes.« Jetzt begegnete sie Jamies Blick und fand, daß er sie nicht mehr ganz so verächtlich anstarrte wie zuvor.

Jonathan trat zu seinem Herrn, räusperte sich, und als er Jamies Aufmerksamkeit auf sich gezogen hatte, flüsterte er ihm etwas zu.

Jamie nickte und stand auf. »Bringen Sie sie herein.« Zur Tischgesellschaft gewandt, fuhr er fort: »Entschuldigt mich, ich bin gleich wieder da.«

Nachdem er sich entfernt hatte, richtete Elizabeth das Wort an William und fragte nach seinem Tagesablauf. Höflich antwortete er und versprach, ihnen allen beizubringen, wie man mit einer Luntenschloßmuskete umging.

Jassy hörte nur mit halbem Ohr zu. Schließlich siegte ihre Neugier, und sie eilte zur Haustür, wo Jamie mit einem Soldaten im Halbpanzer und einer Frau redete. Die Fremde hatte lange, glatte schwarze Haare, eine honigbraune Haut und grüne Augen. Unter ihrem schlichten handgewebten Kleid trug sie kein Korsett, und die Brüste zeichneten sich deutlich unter dem dünnen Stoff ab, in geradezu unanständiger Weise.

»Ich lasse dem Häuptling danken«, sagte Jamie. »Sicher wird meine Frau sein Geschenk zu schätzen wissen...« Er unterbrach sich, als er merkte, daß Jassy neben ihm stand. »Jasmine, das sind Lyle Talbot von unserer Patrouille und Hope. Lyle, Hope – meine Frau, Lady Jasmine Cameron.

Lyle kniete vor ihr nieder, um seine Ehrerbietung

und Dienstbereitschaft zu bezeugen, und Hope knickste kaum merklich. »Mylady ... Ich werde Ihre Botschaft weiterleiten, Mylord.«

»Danke.«

Sie lächelte. »Ich habe Sie doch gut rasiert?«

»Was?« Instinktiv tastete Jamie nach seiner Wange. Hopes Bemühungen mit der Austernschale hatte er längst vergessen. »O ja, vielen Dank.«

Seine Frau versteifte sich, und Lyle scheuchte Hope rasch zur Tür hinaus. Jetzt nutzte Jassy die Gelegenheit, um Jamie verächtlich anzustarren.

»Jassy ...«, begann er.

»Das Essen wird kalt.« Würdevoll wandte sie sich ab. Sie hoffte inständig, er würde nicht sehen, wie heftig sie zitterte. Daß er sich mit anderen Frauen einlassen könnte, war ihr nie in den Sinn gekommen. Der schmerzliche Zorn, der sie jetzt erfüllte, beunruhigte sie zutiefst. Zog er diese Heidin ihr vor! Nie mehr würde sie ihm erlauben, sie anzurühren.

Sie wußte nicht, welcher Teufel sie ritt, als sie wieder am Tisch saß. Jedenfalls tat sie ihr Bestes, um William und Robert mit ihrem Charme zu betören. Sie bestürmte Wiliam mit Fragen, die bereitwillig beantwortet wurden. Dann ergriff sie die Hand ihres Schwagers. »An Bord der *Sweet Eden* war Robert so ein lieber, treuer Freund. Ich glaube, ohne ihn hätte ich diese gräßliche Reise nicht überlebt.«

Da Lenore wußte, daß er sich auf dem Schiff hauptsächlich um sie gekümmert hatte, nahm sie die Lobesworte ihrer Schwester nicht ernst. Aber Jamie war über den Verlauf der Fahrt nicht informiert, und er erinnerte sich nur zu gut, wie heiß sein Freund Jasmine früher begehrt hatte. Boshaft beobachtete Jassy, wie ein Muskel im Kinn ihres Mannes zuckte.

Nach dem Essen tranken sie am Kamin Whisky und Glühwein. Die Herren rauchten Pfeifen. Elizabeth und Lenore entschuldigten sich bald und erklärten, sie seien völlig erschöpft. Aber Jassy blieb unten und lauschte begierig, während Sir William ihr die Funktionsweise einer Luntenschloßmuskete erklärte.

»Solltest du nicht auch nach oben gehen, Jasmine?« schlug Jamie irritiert vor.

»O nein, ich fühle mich überhaupt nicht müde«, erwiderte sie mit einem unschuldigen Lächeln, »und ich bin eifrig bestrebt, den Herausforderungen der Neuen Welt zu begegnen.«

Sein Blick jagte ihr solche Angst ein, daß sie nicht mehr wagte, mit William zu flirten. Wenige Minuten später floh sie in ihr Schlafzimmer. Sie beschloß, sich möglichst schnell auszuziehen, in ihr Nachthemd zu schlüpfen und unter die Decke zu kriechen. Sollte Jamie gewisse Wünsche zu erkennen geben, würde sie ihn zu seiner indianischen Hure schicken. Ihr Plan wurde vereitelt, denn Jamie folgte ihr und verriegelte die Tür hinter sich, während sie ihre Schultern aus dem Kleid zu zwängen versuchte. Das bereitete ihr einige Mühe, und er trat näher, um es über ihren Kopf zu ziehen.

Haarnadeln lösten sich aus ihren Locken und fielen zu Boden. Er warf das Kleid beiseite, starrte auf Jassys nackte Schultern, die runden Hügel ihrer Brüste über dem Korsett. Das schöne blonde Haar umgab ihr Gesicht in weichen Wellen, und sie war ihm nie zuvor begehrenswerter erschienen. »Komm zu mir«, flüsterte er heiser.

»Hast du den Verstand verloren!« zischte sie. »Du wirst mich nie mehr anfassen, du Wüstling!«

»Verdammt!« stieß er hervor und riß sie in die Arme.

Mit beiden Fäusten trommelte sie gegen seine Brust, aber er hielt sie eisern fest. Leidenschaftlich küßte er sie, schlang die Finger in ihre Locken, und sein Mund glitt zum heftig pochenden Puls an ihrem Hals, zu einer Schulter. Atemlos versuchte sie ihn von sich zu schieben. »Wage es bloß nicht...«

Wütend schaute er ihr in die Augen. »Was, Mylady? Vor William hast du heute abend die Kokotte gespielt – und in deinem ehelichen Schlafzimmer führst du dich wie eine Nonne auf?«

»Ich war nur höflich zu Sir Tybalt.«

»Ah, die große Dame! Und Robert Maxwell?«

»Er ist mein guter Freund, und was er mir gegeben hat, will ich ihm auch geben.«

»Hier, in diesem Raum, wirst du meine Frau spielen.« Trotz ihrer verbissenen Gegenwehr wurde sie auf das Bett geworfen, und in derselben Sekunde lag Jamie auch schon über ihr.

»Ich schreie!«

»Tu dir keinen Zwang an.«

»Geh zu deiner indianischen Hure!«

»Was?«

»Diese indianische Hure soll dein Verlangen befriedigen!«

»Bist du eifersüchtig, Liebste?« Er richtete sich auf und hob die Brauen. Mit einer Hand umklammerte er ihre beiden Unterarme, ihre Beine hielt er mit einem kraftvollen Schenkel fest.

»Keineswegs, Mylord. Aber ich fühle mich gedemütigt.«

Mit seiner freien Hand strich er über ihre Wange, und sie zuckte vor der Berührung zurück. Seine Finger glitten zu ihrem Korsett hinab. Geschickt knotete er die Verschnürung auf, streichelte ihre Brüste und formte eine rosige Warze zu einer harten Spitze, die er mit seinen heißen Lippen umschloß.

»Ich hasse dich!« würgte sie hervor. Hatte ihm der kupferfarbene Körper der Indianerin auch solches Vergnügen bereitet? »Ich hasse dich!« fauchte sie, in hellem Zorn über das Feuer, das er in ihrem Körper weckte. »Hör auf! Ich hasse dich!«

Jamie sah wieder hoch, und während er ihre Handgelenke unbarmherzig festhielt, riß er ihr die Unterröcke und das Hemd vom Leib. Fluchend wand sie sich umher, als sie nur noch ihre Strumpfbänder und Strümpfe trug.

Seine Hand glitt über ihren Bauch, dann hielt er den Atem an und suchte Jassys Blick.

Er wußte es.

»Du bist schwanger«, sagte er ohne Umschweife.

»Das ist wohl kaum meine Schuld.«

Wie Stahlbänder umschlossen seine Finger ihre Handgelenke. »Von wem ist das Kind?« fragte er in täuschend freundlichem Ton.

Es dauerte einige Sekunden, bis sie die Anklage begriff. Dann verlieh ihr wilde, übermächtige Wut die Kraft, sich endlich loszureißen. Schreiend schlug sie mit beiden Fäusten auf seine Brust und versuchte nach ihm zu treten.

»Jassy!«

Sie hörte ihn nicht, erhob sich auf die Knie, und als Jamie sich ebenfalls aufrichtete, gab sie ihm einen so heftigen Stoß, daß er das Gleichgewicht verlor. Jassy sprang aus dem Bett und wollte davonlaufen, aber er war schneller, packte sie an den Haaren und zog sie auf die Gobelindecke zurück. Im nächsten Moment lag er wieder über ihr.

»Nein!« kreischte sie. »Du kannst nicht mit mir reden und mich so behandeln – und dann glauben, ich würde mit dir...«

»Jassy, sei still...«

»Geh doch zu deiner Indianerhure!«

»Ich habe sie nie angerührt.«

»Aber sie leistet dir doch so gute Dienste.«

»Heute morgen hat sie mich rasiert, das war alles.«

»Du widerwärtiger Schurke! Es ist dein Baby, aber das spielt keine Rolle für mich. Es interessiert mich nicht, wer der Vater ist, und ich will es nicht haben. Ich möchte nach Hause! Ich will nicht hier sterben...«

»Du wirst nicht sterben.«

Tränen rannen über ihre Wangen. »Warum nicht? Das Baby auf der *Sweet Eden* ist ja auch gestorben. Es war ganz blau, als es zur Welt kam. Es wurde in eine Decke gewickelt und über Bord geworfen. Die Fische haben es sicher längst gefressen. Und dann starb auch Joan. Sie verblutete, und wir konnten nichts für sie tun.«

»Jassy, du wirst nicht sterben. Du bist eine gesunde junge Frau.«

»Ich will dieses Kind nicht!«

»Aber ich.«

Mit großen Augen starrte sie ihn an. »Warum hast du mich geheiratet?«

»Was?«

Sie lachte bitter. »Ich bedeute dir nichts. Du brauchst nur eine Frau, die stark genug ist, um hier in dieser Wildnis eine Geburt zu überleben, und...«

»Hör auf, Jassy.«

»Nein...«

Da verschloß er ihr die Lippen mit einem Kuß. Es war ein verzehrender und trotzdem sehr zärtlicher Kuß. Aufreizend bewegte sich seine Zunge in ihrem Mund, und Jassy kam ihr mit ihrer eigenen entgegen. Er streichelte ihren Körper, so sanft wie nie zuvor, und sie sehnte sich danach, seine Hand wieder auf ihrer Brust zu spüren. Er knabberte an ihrem Ohrläppchen, dann zog seine Zungenspitze eine heiße Spur über ihren Hals, und als er an einer Brustwarze zu saugen begann, hob sie ihm den Oberkörper entgegen. Leise schrie sie, als seine Finger das Zentrum ihrer Weiblichkeit fanden.

Nach einer Weile stand er auf, um sich ungeduldig auszuziehen, und sie beobachtete ihn mit halbgeschlossenen Augen. Wenig später lag er wieder auf ihr, nahm ihre Hand und zog sie nach unten. »Faß mich an.«

»Nein...«

»Faß mich an.«

»Ja...«

Triumphierend lächelte er, während sie ihn intim liebkoste. Ihre Lippen fanden sich, Jamies Finger erwiderten die erotischen Zärtlichkeiten, bis Jassy zu vergehen glaubte. Während er seinen Mund an ihren Hals preßte, bedeckte sie seine Schulter mit Küssen. Als er endlich in sie eindrang und sich tief in ihr versenkte, schluchzte sie in süßer Qual, paßte sich dem Rhythmus seiner Bewegungen an, und auf dem Gipfel des Entzückens stieß sie einen wilden Schrei aus.

Danach drückte sie verlegen das Gesicht an Jamies Brust und versuchte all die wollüstigen Dinge zu vergessen, die sie getan hatte. Schweigend hielt er sie in den Armen, das Kinn auf ihre Stirn gelegt.

Das Kaminfeuer war herab gebrannt, es wurde kühl im Zimmer. Jamie glitt von Jassys Körper herab und schlüpfte mit ihr unter die Decke. Zärtlich zog er sie wieder an sich. »Du wirst nicht sterben. Hab keine Angst. Ich werde bei dir sein, wenn du meinen Sohn zur Welt bringst.«

»Ich...«

»Ja?«

»Ich will nach Hause.«

Sie spürte, wie er sich versteifte. »Du bist hier zu Hause.«

»Du läßt mich nicht gehen?« wisperte sie.

»Nein.«

Jassy erschauerte und wußte nicht, ob seine Antwort sie betrübte oder beglückte.

Er schlang seine Finger in ihre. »Du bist meine Frau, in guten und in schlechten Tagen, und ich werde dir nicht erlauben, davonzulaufen.«

»Du hast angedeutet, ich hätte mit Robert geschlafen.«

»Das würdest du niemals tun.«

»Und warum nicht?«

»Weil du weißt, daß ich ihn umbringen würde.«

Krampfhaft schluckte sie und wünschte, er hätte gesagt, sie würde ihn, sich selbst und ihre Schwester niemals entehren. Aber Jamie hatte noch nie sonderlich viel von ihren Beweggründen gehalten.

»Und die Indianerin?« fragte sie tonlos.

»Hope ist meine Dolmetscherin, sonst nichts.«

»Schwörst du mir das?«

»Ich bin es nicht gewöhnt, daß man an meinen Worten zweifelt, aber diesmal will ich eine Ausnahme machen. Also gut, ich schwöre dir, daß Hope nichts weiter ist als meine Dolmetscherin. Wir glauben, sie stammt von einer weißen Geisel aus Roanoke, der zerstörten Kolonie, ab. Und ich versichere dir – ich habe sie nie angerührt. Genügt dir das?«

»Ja«, erwiderte sie zufrieden und fügte zögernd hinzu: »Danke.«

»Gern geschehen. Noch etwas, Mylady...«

»Ja?«

»Ich werde dir beibringen, wie man eine Muskete abfeuert. Darum brauchst du keinen anderen Mann zu bitten.«

»Nein, Mylord.«

»Um gar nichts.«

»Um gar nichts«, bestätigte sie und schmiegte sich an Jamie. Inzwischen waren ihre Ängste restlos verflogen. Die Augen fielen ihr zu, und wenig später schlief sie ein.

## 13

Ein Klaps auf das nackte Hinterteil weckte sie. Empört fuhr sie hoch und sah, daß ihr Mann bereits angezogen war. Die Asche im Kamin war erloschen, Eiseskälte erfüllte das Zimmer. Trotzdem riß Jamie ihr gnadenlos die Decke weg. »Steh auf, wir haben viel zu tun.«

Der Tag war eben erst angebrochen, nur ein schwacher rosiger Schein drang durchs Fenster herein. Feindselig schaute sie zu Jamie auf, griff nach der Decke und wickelte sich wieder hinein. So früh war sie schon lange nicht mehr aus den Federn gekrochen – nicht mehr, seit sie bei Master John den Küchenboden geschrubbt hatte.

»Komm schon!« Jamie nahm ihr die Decke erneut weg. Protestierend schrie sie auf, erhob sich auf die Knie, und er nahm sie lachend in die Arme.

Die Männer sind einfach unmöglich, dachte sie. Ich habe mich ihm unterworfen, bin auf alle seine Wünsche eingegangen, und er benimmt sich wie ein widerlicher Tyrann. »Jamie, ich friere so!« klagte sie.

»Zieh dich rasch an, dann wirst du dich besser fühlen. Such irgendwas Warmes heraus. Anscheinend müssen wir uns in diesem Herbst gegen einen frühen Kälteeinbruch wappnen.«

»Großartig!« Sie befreite sich aus seinen Armen, sank wieder auf das Bett und schlüpfte unter die Decke.

Grinsend legte er sich zu ihr. »Wenn ich dich nicht aus den Federn kriege, muß ich eben zu dir kommen.«

Jassy seufzte, stand an der anderen Seite des Betts auf und schlang die Decke um ihren nackten Körper. Er beobachtete sie, auf einen Ellbogen gestützt. Erst jetzt bemerkte sie, daß er vollständig angekleidet war und sogar seine Stiefel trug. »Warst du schon draußen?«

»Aye, Madam. Am frühen Morgen kann man am besten jagen, wenn die Waldbewohner allmählich erwachen.«

»Du hättest mich schlafen lassen können…«

»Nein, Liebste. Allerdings hätte ich dir gern noch

etwas Ruhe gegönnt – zur Belohnung für diese wunderbare Nacht.«

Sie wurde rot und biß sich auf die Unterlippe. Reumütig wünschte sie, daß sie ihre Leidenschaft nicht so deutlich gezeigt hätte. Das würde Jamie sicher veranlassen, gewisse Spekulationen bezüglich ihrer Herkunft anzustellen. »Nun, wenn man hier zu einer bestimmten Zeit aufstehen muß...«

»Unser Tag beginnt sehr früh. Im Herbst arbeiten die Farmer schon im Morgengrauen auf den Feldern, weil es abends frühzeitig dunkel wird. Wir frühstücken schon, ehe der Tag anbricht und... Oh, verdammt!« Plötzlich sprang er aus dem Bett, eilte zu Jassy und nahm sie in die Arme. »Zum Teufel mit unserem Tagesprogramm, ich muß dich einfach küssen.«

Bereitwillig öffnete sie die Lippen und stöhnte leise, als sein Mund über ihren Hals glitt. Dann schob sie ihn energisch von sich. »Nein, Jamie! Die Leute werden uns schon erwarten, ich ziehe mich an und...«

Erschrocken verstummte sie, als er ihr die Decke wegzog und ihren nackten Körper der kühlen Morgenluft aussetzte. »Laß sie warten...« Ihre Zähne begannen zu klappern, und sie bekam eine Gänsehaut. Ihre blonden Locken fielen über ihre Brüste, die infolge der Schwangerschaft auf faszinierende Weise gewachsen waren.

»Jamie...«

Er lachte, drückte sie wieder an sich und küßte sie. Ihre Finger gruben sich in seine Schultern.

»Ich friere...«

»Nein, Lady, du bist brennheiß.«

Und sie mußte ihm recht geben. Sie fand es gefährlich und sündhaft und sehr aufregend, im Licht der ersten Sonnenstrahlen Jamies sinnliche Zärtlichkeiten zu genießen. In der Kälte des Schlafzimmers erschauerte sie immer noch, aber wo die Hände und Lippen ihres Mannes sie berührten, schien sie in Flammen zu stehen.

Er sank auf die Knie, begann sie intim zu küssen, und sie warf lustvoll den Kopf in den Nacken, schlang die Finger in sein dichtes dunkles Haar. Bald konnte sie nicht mehr klar denken, nur noch fühlen, was Jamie in ihr entfesselte. Und sie fröstelte kein bißchen mehr. Feuerströme breiteten sich in ihren Gliedern aus, atemlos flüsterte sie seinen Namen, und als wilde Ekstase ihren Unterleib erschütterte, hörte sie Jamie triumphierend lachen.

Jassy glaubte in Ohnmacht zu fallen, aber er hielt sie fest und hob sie hoch, ließ sie auf das Bett gleiten und öffnete seine Hose. Stürmisch drang er in sie ein, schaute ihr tief in die Augen, bis sie den Kopf schluchzend zur Seite drehte, um seinem wissenden Blick auszuweichen, ihm nicht mehr zu zeigen, was sie empfand.

Als sein Verlangen gestillt war, blieb er auf ihr liegen, den Kopf unterhalb ihrer Brüste. Sie war versucht, über sein Haar zu streichen, aber sie beherrschte sich, in plötzlicher Angst vor den tiefen Gefühlen, die er in ihr weckte. Soviel dürfte sie ihm nicht geben. Und die Erkenntnis, daß sie ihm nichts vorenthalten konnte, während er so wenig von sich selbst offenbarte, erschreckte sie.

Seine Hand glitt über ihren Bauch, und sie versteifte sich unwillkürlich. Der Gedanke an ihr Kind verstärkte ihre Furcht.

»Was hast du?«

»Nichts«, log sie.

Seufzend richtete er sich auf. »Ich wünschte, ich könnte bis zu deinem Herzen vordringen.«

»Du hast mir doch ohnehin schon alles genommen – sogar das, was ich vor dir verschließen wollte...«

»Das ist es ja, meine Liebe. Du versuchst, so vieles vor mir zu verschließen.«

»Und weil ich die Tochter einer Hure bin, gelingt es mir nicht«, flüsterte sie bitter.

Beschwörend umfaßte er ihre Schultern. »Jassy, du bist meine Frau, meine schöne, leidenschaftliche Frau. Nur das zählt.«

»Weil wir in dieser Wildnis sind...«

»Weil ich sage, daß es so ist.«

Verlegen preßte sie die Lippen zusammen. Sie spürte, daß er es ernst meinte, daß er sie nicht verhöhnte. Er stand auf, schloß seine Hose, dann setzte er sich auf den Bettrand und strich über Jassys Bauch. »Du machst mir Angst«, sagte er leise.

Verwundert starrte sie ihn an. Gab es tatsächlich irgend etwas, das Jamie Cameron Angst einjagen konnte? »Warum?«

»Weil du das Baby nicht willst und zu unüberlegten, gefährlichen Maßnahmen fähig wärst. Stört es dich so sehr, daß es mein Kind ist?«

Zunächst verstand sie die Frage nicht, und es dauerte eine Weile, bis sie antwortete. Sie hoffte, daß sie nicht zu lange gezögert hatte. »Nein, ich...«

»Schon gut, mehr will ich nicht wissen. Aber du wirst mir jetzt ganz genau zuhören. Wenn du Mittel und Wege suchst, um die Schwangerschaft abzubrechen, setzt du dein Leben aufs Spiel.«

»Hätte ich solche Absichten, wäre es schon längst geschehen.«

Diese Erklärung schien Jamie zu beruhigen. »Joan Tannen hätte auch daheim in England sterben können.«

»Aber sie starb an Bord des Schiffes, auf der Reise in dieses heidnische Land...« Plötzlich hielt Jassy inne. »Ich muß mit John Tannen reden.«

»Er hat bereits erfahren, was seiner Frau und seinem Kind zugestoßen ist.«

Sie schüttelte den Kopf. Mit diesem armen Mann mußte sie unbedingt persönlich sprechen. Niemand außer ihr wußte, wie sehr Joan ihn geliebt hatte. Sicher verdiente er es, das zu hören. »Ich muß ihn sehen.«

»Jassy...«

»Bitte!«

Verwirrt schaute er sie an, dann zuckte er die Achseln. »Nach dem Frühstück zeige ich dir, wie man mit einer Muskete schießt. Um vier essen wir. Zwischendurch kannst du zu Tannen gehen – falls du so fest entschlossen bist.«

»Ja, das bin ich. Bitte...«

Jamie nickte, erhob sich und zog Jassy auf die Beine. »Und jetzt zieh dich endlich an. Wir haben uns ohnehin schon verspätet.«

Fröstelnd rannte sie hinter den Wandschirm zum Waschtisch und goß Wasser in die Schüssel.

Es klopfte an der Tür, und Jamie öffnete sie. Dann hörte Jassy seine tiefe Stimme. »Guten Morgen, Molly. Haben Sie in Ihrem neuen Bett gut geschlafen?«

»Aye, Mylord, ganz ausgezeichnet.«

»Sind wir schon sehr spät dran?«

»Nun ja, Amy macht sich Sorgen...«

»Dazu besteht kein Grund. Ich werde gleich mit ihr reden. Übrigens sind Sie genau zur rechten Zeit gekommen. Ihre Herrin braucht Sie.«

Die Tür fiel hinter Jamie ins Schloß, raschelnde Röcke näherten sich dem Wandschirm. »Miß Jassy?«

»Aye!«

»Was brauchen Sie denn?«

»Alles!« rief Jassy und trocknete sich hastig ab.

Wenig später hing ein Unterhemd über dem Paravent, und Jassy schlüpfte hinein. Als sie die Waschecke verließ, grinste Molly anzüglich. »Sie sind wohl ziemlich spät eingeschlafen, was?«

»Molly!« tadelte Jassy und stieg in ihre Unterröcke.

Das Mädchen lachte herzhaft und umarmte sie. »Ich freue mich ja so über Ihr Glück, meine Liebe! Und ich wußte von Anfang an, daß Lord Cameron der Richtige für Sie ist. Der hat wirklich Mumm in den Knochen, im Gegensatz zu diesem Blonden...«

»Robert Maxwell?«

»Aye«, bestätigte Molly, half ihrer Herrin ins Korsett und begann es zuzuschnüren.

»Robert ist ein wundervoller Mann.«

»Und Sie waren in ihn verliebt, was? Glauben Sie mir, was ich jetzt sage, denn ich verstehe was von den Männern – Sie haben den besseren bekommen.«

Jassy ließ sich ein blaues Wollkleid über den Kopf ziehen. »Sie müssen verrückt sein, Molly! Wo Robert doch so freundlich ist...«

»Also bedeutet er Ihnen immer noch was?«

»O ja.« Sie mochte Robert, aber sie liebte ihn

nicht. Es wäre ihr unmöglich gewesen, ihn zu lieben, denn sie konnte nicht vergessen, was sie empfand, wenn sie in Jamies Armen lag. Ob sie ihn haßte oder nicht – irgendwie hatte er Besitz von ihr ergriffen. Und sie neidete Lenore den Ehemann nicht mehr, weil sie genug mit ihrem eigenen zu tun hatte.

In der Halle waren schon alle am Eßtisch versammelt – Lenore und Elizabeth, Jamie und Robert. Die Männer standen auf, als Jassy herunterkam und sich für die Verspätung entschuldigte. Robert Maxwell musterte sie vielsagend, und sie errötete, was dem Hausherrn nicht entging. Sie beobachtete, wie sich seine Augen verdüsterten, und warf trotzig den Kopf in den Nacken. Da sie nichts verbrochen hatte, wollte sie nicht ständig auf seine mißtrauische Veranlagung Rücksicht nehmen.

Sie setzte sich und lobte Amy, die ein ausgezeichnetes Frühstück vorbereitet hatte – Räucherfisch, Brot, Käse und frische Milch. Nach der Mahlzeit erklärte Jamie: »Nun gebe ich Jassy Schießunterricht. Morgen kannst du daran teilnehmen, Elizabeth.«

»Ich glaube nicht, daß ich jemals einen Schuß abfeuern könnte«, erwiderte das Mädchen.

»Die Entscheidung liegt bei dir.«

Jassy verstand die Gefühle ihrer Schwester. »Ich weiß auch nicht, ob ich das schaffe, Jamie.«

»Komm jetzt.« Er griff nach seiner Muskete, die neben dem Kamin an der Wand lehnte. Aus einem Bündel, das dabei lag, nahm er ein Stück Lunte und entzündete es am Feuer. Dann führte er Jassy vor das Haus, wo Amy ihm ein ledernes Pulversäckchen, einen Beutel mit Kugeln und einen Stock mit gegabeltem Ende reichte. Er dankte ihr, und Jassy sagte der Haushälterin mit einem gezwungenen Lächeln, sie würden bald zurückkommen.

Während sie zwischen den Hütten in der Palisade dahingingen, trafen sie Arbeiter und Hausfrauen, die ihre täglichen Pflichten erfüllten. Respektvoll begrüßten sie Jamie und verneigten sich vor seiner schönen Gemahlin.

»Der große Herr und Meister, was?« flüsterte Jassy.

»Aye, meine Liebe. Das solltest du nie vergessen.«

»Wie könnte ich?«

»Es mißfällt mir, wie deine Augen strahlen, wenn du mit anderen Männern sprichst.«

»Das bildest du dir nur ein.«

»Keineswegs.«

»Ich weiß, daß ich mich niemals mit Robert Maxwell einlassen darf. Sonst würdest du ihn umbringen – und mich wahrscheinlich auch.«

»Dich nicht, Liebste. Ich würde warten, bis du meinen Sohn geboren hast, dich dann grün und blau schlagen und in ein Verlies werfen, damit du Muße findest, deine Sünden zu bereuen.«

Sollte das ein Scherz sein? Jassy musterte ihn verstohlen. Sie kannte ihn auf intime Weise, aber die Tiefen seines Herzens und seiner Seele vermochte sie nicht zu ergründen.

Sie passierten das Palisadentor. Inzwischen war die Sonne aufgegangen, erwärmte die kühle Herbstluft und beleuchtete das bunte Herbstlaub. In schimmerndem Blau strömte der Fluß dahin. In der Ferne sah Jassy einige Männer auf den Feldern arbeiten. Offenbar wurde die Ernte eingebracht.

»Tabak«, erklärte Jamie, der die Richtung ihres Blicks bemerkt hatte. »Damit verdienen wir unser Geld.«

Sie lächelte und ignorierte seine Worte. »Du würdest nicht wagen, mich zu schlagen.«

»Stell mich lieber nicht auf die Probe!« warnte er grinsend.

»Es ist nicht meine Schuld, wenn du Dinge siehst, die nicht wirklich sind.«

Abrupt blieb er stehen. »Und was sehe ich, Mylady? Was ist wirklich da?«

»Ich – weiß nicht, was du meinst«, erwiderte sie unbehaglich und wünschte, sie hätte ihn nicht herausgefordert.

»Doch, du weißt es. Du liebst mich nicht, das steht fest. Soll ich vielleicht glauben, deine Gefühle für unseren charmanten Freund wären erloschen?«

Fasziniert starrte sie auf den Puls, der in seinem Hals pochte. »Du liebst mich auch nicht.«

»Aber ich begehre nur dich und keine andere Frau. Beantworte meine Frage!«

In plötzlicher Angst vor seinem unberechenbaren Temperament senkte sie den Kopf. »Ich – liebe keinen Mann, nur das Geld. Erinnerst du dich?«

Seine Kinnmuskeln spannten sich an. Aber er sagte nichts mehr, ergriff ihre Hand, und sie gingen weiter, bis sie eine kleine Lichtung mit einer hölzernen Zaunreihe erreichten.

Jamie hob den Stock mit dem gegabelten Ende hoch. »Das ist ein Rüsthaken. Eine Muskete läßt sich wegen ihres Gewichts nicht so leicht abfeuern. Deshalb stützt man sie auf den Rüsthaken.« Er steckte den Stock in den Grasboden, dann zeigte er auf die glimmende Lunte, die an der Muskete hing.

»Die Zündschnur muß stets lang genug sein. Sonst wird ein Jäger angesichts eines Rehs oder ein Kundschafter bei der Begegnung mit einem kriegerischen Indianer feststellen, daß seine Waffe wirkungslos ist.«

»Ich dachte, die Indianer wären heutzutage friedlich.«

»Das habe ich nicht behauptet.«

»Aber du magst sie doch.«

»Ich respektiere ihr Recht auf ihre eigene Lebensart. Aber ich habe nie gesagt, daß der Umgang mit den Indianern keine Vorsicht erfordert. Und jetzt paß auf. Diese Kammer ist für das Pulver bestimmt.« Er schüttete ein gewisses Quantum aus dem Ledersäckchen in die Öffnung. »Gib acht, daß du dem glühenden Luntenende nicht zu nahe kommst, sonst verbrennst du dir die Finger. Schließ die Kammer. Jetzt schiebst du die Kugel mit der Füllung in den Lauf und rammst alles mit dem Ladestock fest. Nun kannst du zielen.«

»Inzwischen hat mir dein kriegerischer Indianer sicher die Kehle aufgeschlitzt.«

»Mit der Zeit wirst du lernen, diese Vorbereitungen innerhalb weniger Sekunden zu treffen.« Jamie stützte die Muskete auf den Rüsthaken. »Ziel tief und erschrick nicht über den Rückstoß.« Er gab einen Schuß ab und traf ins Schwarze einer Zielscheibe, die an einem weit entfernten Baum hing. Dann lud er die Waffe nach und demonstrierte, wie schnell man das machen konnte.

Sobald die Muskete wieder in der Gabel des Stocks lag, zielte Jassy – um Jamies Rat zu befolgen, etwas tiefer, als es ihr richtig erschien. Die Lunte entzündete das Pulver, das die Kugel abfeuerte. Es krachte ohrenbetäubend, und der Rückstoß hätte Jassy zu Boden geworfen, wäre sie nicht von ihrem Mann festgehalten worden.

»Du wirst dich dran gewöhnen«, meinte er. »So, jetzt mußt du die Muskete allein laden.«

Sie war völlig erschöpft, als er endlich entschied, sie habe eine Ruhepause verdient. Es bereitete ihr große Mühe, die schwere Muskete zu handhaben. Wann immer sie vergaß, die Pulverkammer zu schließen oder die lange Lunte zu dicht über ihrem Rock hing, schimpfte Jamie lauthals. Erbost schrie sie zurück und verdoppelte ihre Anstrengungen. Schweiß brach ihr aus und rann zwischen ihren Brüsten hinab. Aber sie schwor sich, sie würde eines Tages noch viel besser schießen als ihr Mann. Schließlich gelang es ihr, innerhalb einer Minute zu laden und zu feuern, und der Rückstoß brachte sie nicht mehr aus dem Gleichgewicht.

Triumphierend reichte sie Jamie die Waffe. »Bist du jetzt zufrieden, Mylord?«

»Ja, aber ich habe gewußt, daß du dich recht geschickt anstellen würdest.«

»Deshalb hast du mich ja auch geheiratet.«

Er warf ihr einen durchdringenden Blick zu. »Du weißt, warum ich dich geheiratet habe. Ich begleite dich jetzt zu John Tannen.«

Schweigend kehrten sie in die Palisade zurück. Jamie führte seine Frau zu einer kleinen Lehmhütte mit Strohdach und Schornstein. Ehe er anklopfen konnte, schwang die Tür auf, und ein bärtiger, blonder junger Mann stand vor ihnen. Tiefer Schmerz lag in seinen Augen, aber er lächelte erstaunt. »Lord Cameron! Wie nett, daß Sie mich besuchen!«

»Mr. Tannen, das ist meine Frau, Lady Cameron. Sie hat Ihnen etwas zu sagen.«

Verlegen nahm John Tannen seine Mütze vom Kopf und drehte sie hin und her, dann bat er die Besucher in seine Hütte. »Verzeihen Sie das Durcheinander, Mylord – Mylady. Ich habe meine Joan erwartet, und ich verstehe nicht viel vom Haushalt. Mein älterer Junge und Joans kleine Schwester leben bei mir, und wir schaffen's einfach nicht, Ordnung zu halten.«

Überall lagen Kleidungsstücke, auf dem kleinen Tisch stapelten sich Töpfe, Pfannen und Geschirr. Ein schmutziges kleines Mädchen starrte Jassy mit rotgeweinten braunen Augen an, ein etwa zehnjähriger Junge saß am Tisch und sah von der Hose auf, die er gerade mit Hilfe eines Fingerhuts aus Messing zu flicken versuchte.

Jassy wandte sich zu John Tannen. »Ich wollte Ihnen sagen, daß ich bei Ihrer Frau saß – bis zum Ende. Sie bat mich, Ihnen auszurichten, sie habe Sie sehr geliebt.«

Er kniete nieder, ergriff ihre Hand und beugte sich darüber. »Mylady, ich habe bereits gehört, wie gut Sie meine Joan betreut haben, und dafür bin ich Ihnen ewig dankbar.«

Verlegen errötete sie. »Bitte, stehen Sie auf, Mr. Tannen. Ich habe nur getan, was selbstverständlich war.« Er nickte, aber anscheinend hatte er nicht zugehört. Mit leeren Augen starrte er vor sich hin und umklammerte immer noch ihre Hände. Hilflos wandte sie sich zu Jamie, der nur die Achseln zuckte. Damit wollte er offenbar andeuten, er würde es ihr überlassen, die Situation zu meistern.

»Stehen Sie auf, Mr. Tannen«, wiederholte sie.

»Ihr Kummer ist begreiflich, aber – diese Hütte ist wirklich ein Schweinestall. Joan wäre bitter enttäuscht von Ihnen.« Mit sanfter Gewalt entzog sie ihm ihre Hand und schaute wieder zu Jamie hinüber. Aber von ihm war keine Unterstützung zu erwarten. Entschlossen hob sie das Kinn. Wenn sie jetzt ihren Plan durchführte, würde sie ihn wieder einmal darauf hinweisen, daß er tief unter seinem Stand geheiratet hatte. Aber das war ihr gleichgültig. Da er sich weigerte, irgend etwas zu unternehmen, würde sie tun, was sie für richtig hielt. Lächelnd ging sie zum Tisch. »Wie heißt du, mein Junge?«

»Edmund, Mylady.« Er sprang eifrig auf, und sie sah, daß er für seine armselige Kleidung viel zu schnell gewachsen war. »Bring mir einen Eimer Wasser und erhitz es auf dem Herd. Habt ihr heute schon etwas gegessen? Lord Cameron wird euch ein Rehragout schicken. Und Molly muß herkommen. Dann werden wir hier für Ordnung sorgen.«

»Das dürfen Sie nicht, Mylady!« John Tannen erhob sich hastig und schaute Jamie entsetzt an. »Mylord, bitte, erklären Sie Ihrer Frau, daß ich ein gewöhnlicher Arbeiter bin. Sie kann doch nicht... Oh, bitte, helfen Sie mir...«

Auch Jassy blickte abwartend zu ihrem Mann hinüber. Wenn er ihr befahl, ihr Vorhaben aufzugeben, würde sie sich widersetzen. Dieser Mann brauchte dringend Hilfe. Im Dienste seines Herrn Lord Cameron hatte John Tannen seine Frau verloren. Und dafür war Jamie ihm etwas schuldig.

Er musterte sie mit seinen unergründlichen Augen. »Ich fürchte, Ihre Ladyschaft läßt sich nicht von ihrem Entschluß abbringen, John. Außerdem können Sie nicht leugnen, daß hier aufgeräumt werden muß. Ich werde die Zofe mit dem Rehragout herschicken. Edmund, du begleitest Lady Cameron nach dem Dinner heim.« Ehe er die Hütte verließ, sah er Jassy noch einmal an. Sie las nicht die erwartete Verachtung in seinen Augen, sondern Freude und Stolz, und ihr wurde warm ums Herz. »Edmund, wie heißt deine Schwester?«

»Sie ist die Schwester meiner Ma, Mylady, nicht meine, und ihr Name ist Margaret.«

»So, meine Kleine...« Sie hob Margaret vom Boden hoch und setzte sie auf den Tisch, goß warmes Wasser in eine Schüssel, suchte und fand einen Lappen. Behutsam wusch sie das Kindergesicht. »Ah, unter all dem Schmutz kommt tatsächlich ein kleines Mädchen zum Vorschein! Und was für ein hübsches! So, jetzt wollen wir uns an die Arbeit machen.«

Wenig später erschien Molly mit dem Rehragout. Angesichts des sträflich vernachlässigten Haushalts überhäufte sie den armen John Tannen mit Vorwürfen und ließ seine Entschuldigung, er habe während der Erntezeit eine Menge zu tun, nicht gelten. Jassy wärmte das Ragout auf. Mit Margarets Hilfe holte sie etwas frisches Gemüse aus dem Garten, hackte es klein und gab es in den Topf.

Inzwischen hatte Molly saubergemacht, unterstützt von Edmund und einem widerstrebenden John Tannen. Als er sich dann zum Essen an den Tisch setzte, starrte er sie empört an. »Frauen wie Sie können jeden Mann in einen eingefleischten Junggesellen verwandeln.«

Energisch schlug sie ihm mit dem Schöpflöffel auf die Finger. »Rühren Sie bloß das Brot nicht an! Erst waschen Sie sich die dreckigen Hände, sonst kriegen Sie nichts zu essen.«

Fluchend stand er auf, dann entschuldigte er sich bei Jassy. »Ich glaube, diese Person könnte sogar den Teufel in die Flucht schlagen, Mylady.«

»Zweifellos«, bestätigte Jassy lachend. »Aber in diesem Fall hat sie recht. Man darf nur mit sauberen Händen essen.«

Nach der Mahlzeit ging er mit seinem Sohn wieder zur Feldarbeit. Jassy badete Margaret und zog ihr saubere Sachen an. Die Kleine besaß nur zwei Kleider, und Jassy versprach, ihr eines zu nähen. »Dafür verwende ich einen meiner alten Röcke. Möchtest du das?«

»O ja, Mylady.«

Später spülten Jassy und Molly noch das Geschirr und wuschen einen Teil der Schmutzwäsche.

Als John Tannen mit seinem Sohn zurückkam, gab Jassy dem kleinen Mädchen einen Kuß auf die Wange. »Edmund wird Molly und mich jetzt nach Hause bringen, aber morgen kommen wir wieder – einverstanden?«

Margaret nickte schüchtern, und John versuchte zu protestieren, aber Molly schnitt ihm das Wort ab. »Hier gibt's noch eine ganze Menge zu tun. Morgen machen wir weiter. Und bringen Sie inzwischen nicht alles wieder durcheinander, Mr. Tannen.«

Da mußte Jassy laut auflachen. So gut hatte sie sich schon lange nicht mehr amüsiert. Und es beglückte sie, ein gutes Werk vollbracht zu haben.

Jamie erwartete sie in der Halle. Er saß am Tisch, trank ein Glas Wein, und sie nahmen bei ihm Platz. Amy brachte ihnen etwas zu essen, und sie unterhielten sich über den vergangenen Tag.

Als Molly sich über John Tannens Schlamperei beschwerte, erklärte Jamie, dafür sei der Mann ein tüchtiger Arbeiter. Er griff nach dem Tonkrug und schenkte Jassy und Molly Wein ein. »Bald wird er seine eigenen Felder bestellen und mit der Zeit einen gewissen Wohlstand erreichen. Es tut mir wirklich leid, daß er seine Frau und das Baby verloren hat.«

»Nun, wenigstens wird er in ein bis zwei Tagen wieder in einem ordentlichen Haushalt leben.« Molly leerte ihr Glas. Erst jetzt schien ihr bewußt zu werden, daß sie zwischen der Hausherrin und dem Hausherrn saß. Hastig stand sie auf. »Gute Nacht, Mylord. Gute Nacht, Jas – eh, Mylady.«

Das Ehepaar erwiderte den Gruß, und als Jassy mit Jamie allein war, drehte sie nervös ihr Weinglas hin und her. Irgendwie wollte sie ihre Dankbarkeit zeigen, weil er heute bewiesen hatte, daß er ihr vertraute und ihre Entscheidungen respektierte.

»Vielleicht habe ich mich heute nicht richtig verhalten«, begann sie zögernd. »Ich meine – ich hätte nicht in Mr. Tannens Hütte arbeiten dürfen. Eine Lady tut so was nicht...«

»Im Gegenteil, meine Liebe.« Lächelnd griff er nach ihrer Hand. »Ich finde, du hast dich wie eine echte Lady benommen.«

»Danke, daß du das sagst...«

»Gehen wir jetzt nach oben. Es ist schon spät, und morgen müssen wir wieder zeitig aus den Federn.«

In dieser Nacht wollte sie seine Leidenschaft so hingebungsvoll erwidern wie noch nie. Aber er setzte sich an seinen Schreibtisch, um einige Papiere durchzusehen, und sobald ihr Kopf das Kissen berührte, schlummerte sie erschöpft ein. Es war ein langer, anstrengender Tag gewesen. Irgendwann wurde sie für ein paar Sekunden wach, als Jamie sich zu ihr legte und sie in die Arme nahm. Lächelnd schlief sie weiter. Am Morgen wurde sie von seinen Händen geweckt, die ihre Brüste umfaßten. Sie wollte sich zu ihm drehen, aber er flüsterte ihr ins Ohr: »Bleib ganz still liegen...«

Dann hielt sie entzückt den Atem an, als er von hinten in sie eindrang. Sie war noch ganz verschlafen, und der Liebesakt erschien ihr wie ein Traum. Aber die Gefühle, die in ihr entfacht wurden, waren sehr real.

Nachdem beide Erfüllung gefunden hatten, küßte Jamie die Wange seiner Frau und erinnerte sie daran, daß das Frühstück in diesem Haus sehr zeitig serviert wurde.

Die ersten Wochen, die Jassy in Carlyle Hundred verbrachte, verliefen ziemlich gleichförmig. Mittlerweile blitzte Mr. Tannens Hütte vor Sauberkeit, aber sie ging immer noch sehr oft mit Molly hin, da sie die kleine Margaret liebgewonnen hatte. Auch in ihrem eigenen Haushalt gab es viel zu tun. Da sich die Bewohner der Kolonie nicht auf regelmäßigen Nachschub aus England verlassen durften, konnte keine Lady die Hände in den Schoß legen. Und so lernte Jassy, wie man Nahrungsmittel für den Winter trocknete, Fleisch räucherte oder pökelte, Kerzen und Seife herstellte und Brot backte.

Etwa einen Monat nach ihrer Ankunft im Hafen beschloß Jamie, für kurze Zeit ins Landesinnere zu reiten, weil Opechancanough ihn um ein Treffen gebeten hatte. Der Gedanke, sich von ihrem Mann trennen zu müssen, berührte Jassy zu ihrer eigenen Überraschung sehr schmerzlich, und sie versuchte, ihm die Reise auszureden. Bisher kannte sie, abgesehen von Hope, keine Indianer, und sie bezweifelte, daß man das Mädchen als typisches Mitglied der Powhatan-Konföderation betrachten konnte. Ein paar Vollblutindianer hatte sie nur aus der Ferne beobachtet, wenn sie an der Palisade vorbeigeritten oder -gegangen waren. Und einmal hatte sie Jamie mit gräßlich tätowierten Männern sprechen sehen. Daß er sich jetzt wieder in den unheimlichen Wald wagen wollte, gefiel ihr ganz und gar nicht.

»Bedeute ich dir denn soviel?« neckte er sie. Er lag bereits im Bett, während sie vor dem Toilettentisch saß und ihr Haar bürstete.

Statt auf die Frage zu antworten, bemerkte sie: »Ich finde es sehr leichtsinnig von dir, diese Wilden zu besuchen.«

»Unserer Siedlung zuliebe muß ich die Einladung annehmen.«

»Jemand anderer könnte hinreiten. Ich habe gehört, welche Gefahren den weißen Männern in diesen Indianerdörfern drohen.«

»Wenn ich getötet werde, wirst du davon profitieren, Mylady. Denk doch an das Vermögen, das dir in die Hände fallen wird – nachdem du meinen Erben unter dem Herzen trägst. Du kannst nach England zurückkehren und tun, was dir beliebt...«

»Hör auf!« fauchte sie. »Die Indianer haben unzählige weiße Männer getötet – auf grausame Weise.«

»Also liegt dir wirklich was an mir?« fragte Jamie leise.

Sie schaute ihn nicht an und konzentrierte sich auf ihre langen blonden Locken. »Es wäre mir unangenehm, wenn ich mir vorstelle, wie du verstümmelt und blutüberströmt irgendwo im Gebüsch liegst – oder wie du in kochendem Wasser schmorst.«

»Nun, dann werde ich die Indianer eben bitten, mich möglichst schnell zu ermorden.«

Als sie die Haarbürste nach ihm warf, stand er lachend auf und zog sie vom Stuhl hoch, um sie an seinen bronzebraunen nackten Körper zu pressen. Dann trug er sie zum Bett und sank mit ihr darauf. »Ich glaube, ein bißchen was machst du dir doch aus mir. Ein kleines bißchen... Küß mich, laß mich deinen Duft einatmen, damit ich schöne Erinnerungen in den Kampf mitnehmen kann.«

»Es wird doch keinen Kampf geben...«, begann sie, und was sie sonst noch sagen wollte, wurde von einem leidenschaftlichen Kuß erstickt. Jamie zog ihr das Nachthemd aus, seine Lippen wanderten über ihren ganzen Körper und immer wieder versprach er, in kalten, einsamen Nächten an ihre weichen Brüste, die goldenen Haare und den Geschmack ihrer Lippen zu denken. Seine Worte erregten sie ebenso wie seine Zärtlichkeiten.

Es wurde eine lange, stürmische Liebesnacht. Wann immer Jassy glaubte, nun wäre sie endgültig befriedigt, brauchte Jamie sie nur anzurühren, und schon erwachte ihre Lust von neuem.

Am Morgen gelang es ihr kaum, die Augen zu

öffnen. Jamie verließ für einige Zeit das Schlafzimmer, und als er zurückkehrte, küßte er seine Frau. »In einer Stunde breche ich auf. Du mußt nach unten kommen.«

Gähnend stand sie auf. Der Novembermorgen war kalt und dunkel, das Kaminfeuer erloschen. Rasch wusch sie sich hinter dem Paravent, schlüpfte in ihre Unterwäsche und eines ihrer warmen Wollkleider.

Am Treppenabsatz traf sie Robert Maxwell. Lächelnd strich er über sein frischrasiertes Kinn. »Guten Morgen, Jassy. Schon so zeitig auf den Beinen?«

Sie nickte. »Jamie reist bald ab.«

»Lenore schläft noch. Ich sollte sie wecken.«

»Das ist nicht nötig.«

»Allmählich muß sie sich an den anderen Tagesablauf in der Kolonie gewöhnen, so wie wir alle.«

»Im Gegensatz zu mir mußt du nicht hierbleiben. Du kannst jederzeit nach Hause segeln.«

»Ich habe kein Zuhause mehr.« Voller Zuneigung berührte er ihre Wange. »Ah, Jassy, du bist die Beste von uns allen – weißt du das? Du wurdest zwar illegitim geboren, aber du hast so viele adelige Wesenszüge geerbt – und dazu die schönsten Vorzüge eines bürgerlichen Mädchens. Du wirst überleben, und deine innere Kraft wird uns als leuchtendes Beispiel dienen. So wie damals auf dem Schiff wirst du jede Situation meistern, tapfer und unbeugsam. Lenore bewundert dich genauso wie ich.«

»O Robert...« Seine freundlichen Worte wirkten wie Balsam auf die quälende Angst in ihrem Herzen. Sie stellte sich auf die Zehenspitzen und küßte ihn – ohne Leidenschaft, mit schwesterlicher Liebe.

»Guten Morgen, Jassy – Robert.«

Verwirrt drehte sie sich um und sah Jamie am Fuß der Treppe stehen. Ein seltsames Lächeln verzog seine Lippen.

»Guten Morgen, Jamie!« rief Robert. »Wie ich höre, willst du bald aufbrechen. »Was soll ich nur ohne deinen tatkräftigen Rat anfangen?« Er bot Jassy den Arm, und sie hängte sich bei ihm ein. Da sie sich keiner Schuld bewußt war, ignorierte sie die Verachtung in den Augen ihres Mannes.

Als sie unten in der Halle ankamen, entgegnete Jamie trocken: »Sicher wirst du dich auch in meiner Abwesenheit zurechtfinden, Robert. Kümmere dich um dein Haus, es ist bald fertig. Ich glaube, die Leute haben großartige Arbeit geleistet. So, jetzt wollen wir frühstücken. Danach mache ich mich auf den Weg.«

Amy rührte in einem Kessel, der über dem Kaminfeuer hing, und erwiderte Jassys Lächeln. »Das ist ein schottischer Haferbrei, Mylady. Genau das richtige nahrhafte Frühstück bei diesem kalten feuchten Wetter.«

»Es riecht köstlich.«

»Natürlich gibt es auch Wildfleisch. Seine Lordschaft ist ein tüchtiger Jäger, und es mangelt uns nie an Rehbraten und Wildgeflügel. Brot und Milch habe ich ebenfalls bereitgestellt.«

Sie setzten sich an den Tisch, und Jassy kostete den Haferbrei. »Oh, das schmeckt wunderbar!«

Voller Stolz erklärte Amy, der Brei sei ihr Werk. »Dafür hat Jonathan die wilden Truthähne gerupft, Lord Camerons Jagdbeute von heute morgen.«

Verwundert schaute Jassy ihren Mann an, der ihr grinsend zunickte. »Ja, meine Liebe, hier beginnen die Tage sehr früh.«

»Du warst heute schon auf der Jagd, Jamie?« fragte Robert ungläubig.

»Aye.«

»Am Tag deiner Abreise? Wenn man bedenkt, daß du daheim in England bis zum Mittag schlafen könntest...«

»Ich ziehe den Lebensstil von Carlyle Hundred vor. Du vermutlich nicht, Jassy?«

In letzter Zeit hatten sie sich so gut verstanden. War das alles nur Illusion gewesen? Warum mißtraute er ihr? Nur weil sie Robert einen harmlosen Kuß gegeben hatte? »Ein solches Leben, wie du es in England geführt hast, bin ich nicht gewöhnt«, antwortete sie kühl. »Ich stamme aus der Gosse, woran du mich ja auch oft genug erinnerst.«

Die Haushälterin, die gerade eine Platte mit Truthahnkeulen auf den Tisch stellte, zuckte erschrokken zusammen, und Jamie lächelte sie sardonisch an. »Die Lady hat mich nur meines Geldes wegen geheiratet, Amy. Und sie war tief enttäuscht, als sie erfuhr, daß sie nicht auf meinem luxuriösen englischen Landsitz leben würde, sondern hier, in der primitiven Wildnis.«

Amy wurde feuerrot, und Jassy hätte ihren Mann am liebsten unter dem Tisch gegen das Schienbein getreten. Während Robert unbehaglich lachte, sprang sie auf. »Wie kannst du es wagen, Jamie Cameron...«

»Setz dich, Mylady, du hast noch nicht ausreichend gefrühstückt«, fiel er ihr ins Wort. »Amy, Sie sorgen in meiner Abwesenheit doch gut für Lady Camerons leibliches Wohl? Sie muß tüchtig essen. Gerade jetzt braucht sie ihre ganze Kraft. Im Februar wird unser Kind auf die Welt kommen – auch wenn sie ihren Zustand geschickt unter diesen weiten Röcken verbirgt.«

Verwirrt schnappte die Haushälterin nach Luft. »Mylady, ich wußte nicht...«

»Du erwartest ein Baby, Jassy?« flüsterte Robert verblüfft.

»Ja«, bestätigte sie, ohne ihren wütenden Blick von Jamie abzuwenden.

»Auf dem Schiff hast du kein Wort davon gesagt«, warf Robert ihr vor.

»Dazu bestand kein Grund.«

»Oh, doch! Wären wir informiert gewesen, hätten wir besser auf dich acht gegeben.«

»Warum?« Sie lächelte wehmütig. »Auf Joan Tannen wurde auch nicht sonderlich geachtet. Sie mußte in der schlechten stickigen Luft des Frachtraums ihr Baby gebären – das ebenso starb wie sie selbst. Und niemand dachte sich was dabei. Sie war ja nur eine ganz einfache Magd. Und ich bin auch nichts Besseres.«

Sie wandte sich zum Gehen, aber Jamie hielt sie am Arm fest. »Du bist meine Frau, und deshalb wirst du gut auf dich aufpassen.«

Tränen stiegen ihr in die Augen, als ihr bewußt wurde, daß er viel eher Grund hatte, auf sich aufzupassen. Warum mußten sie ausgerechnet an diesem Morgen streiten, bevor er zu den Indianern reiten würde? »Das werde ich tun, Mylord«, versprach sie. »Und darf ich dich bitten, ebenfalls vorsichtig zu sein?«

Plötzlich lächelte er und zog sie auf seinen Schoß. »Gib mir einen Abschiedskuß...« Leidenschaftlich preßte er seine Lippen auf ihre, bis sie sich keuchend losriß.

»Leb wohl, Jamie – und komm wohlbehalten wieder!« Tränenblind floh sie zur Treppe.

## 14

Am 10. Dezember sah Jassy zum erstenmal einen Indianerkrieger. Seit Jamies Abreise waren fast zwei Wochen vergangen.

Unter Sir William Tybalts Anleitung übte sie unermüdlich, die Muskete abzufeuern, die sie von ihrem Mann bekommen hatte. Elizabeth beobachtete sie, erschauerte bei jedem Krach und meinte, die heftigen Rückstöße der schweren Waffe würden dem ungeborenen Kind schaden.

»Es ist aber sehr wichtig, daß man sich verteidigen kann...« Jassy verstummte, als sie den roten Krieger auf dem scheckigen Pony entdeckte.

Etwa fünfzig Meter entfernt, verfolgte er das Geschehen auf der kleinen Lichtung, die als Schießplatz diente. Hinter ihm tauchte noch ein halbes Dutzend anderer Indianer auf, aber Jassys Interesse galt nur der stolzen Gestalt auf dem Pferd.

»Das ist Powan.« Sir William stellte sich zwischen die beiden Frauen und die Rothäute.

Fasziniert spähte Jassy an ihm vorbei. Obwohl er auf seinem Pony saß, konnte sie feststellen, daß er überdurchschnittlich groß sein mußte. Seine langen Beine, die in einer Wildlederhose steckten, reichten fast bis zum Boden. Mahagonifarbene Augen leuchteten in einem bronzebraunen Gesicht mit hohen Wangenknochen, einer langen Nase und kantigem Kinn. An seinen breiten Schultern hing ein Umhang aus blauen und weißen Federn. Trotz der winterlichen Kälte trug er kein Hemd darunter, und Jassy sah tätowierte primitive Jagdszenen auf seinen Armen. Seinen mit Federn geschmückten Speer hielt er wie ein Szepter hoch, nicht wie eine Waffe.

Obwohl Jassy mit Elizabeth und Sir William allein war, empfand sie eher Neugier als Angst. Und sie glaubte auch nicht, daß sie in ernsthafter Gefahr schwebte. Die weißen Feld- und Bauarbeiter waren in der Nähe, und Powan hatte nur wenige Begleiter bei sich. Natürlich wußte sie nicht viel über die Indianer, aber ein Instinkt sagte ihr, daß er in freundlicher Absicht gekommen war.

»Powan!« Sir William hob eine Hand, um den Besucher zu begrüßen. Der Indianer stieg vom Pferd und kam näher. Er war tatsächlich so groß, wie Jassy vermutet hatte – so groß wie Jamie und ebenso kräftig, und er bewegte sich auch mit der gleichen Selbstsicherheit und geschmeidigen Anmut.

»Guten Tag, William Tybalt«, sagte er, und Jassy staunte über sein gutes Englisch. Er musterte sie ungeniert von Kopf bis Fuß, und das Blut schoß ihr in die Wangen. Was mochte er denken? Inzwischen ließ sich ihre Schwangerschaft nicht mehr verbergen. Trotzdem schien er sie ebenso interessant zu finden wie sie ihn.

»Ich freue mich, Sie zu sehen, Powan«, erwiderte William. »Das ist Lady Cameron, Jamies Frau.«

Die mahagonibraunen Augen verengten sich. »Jamies Frau?«

»Ja.«

»Guten Tag, Jamies Frau«, sagte der Indianer.

»Guten Tag, Powan.« Impulsiv trat sie vor und schüttelte ihm die Hand.

Halb erfreut, halb belustigt, musterte er sie, dann wandte er sich lachend zu William. »Eine schöne Frau für meinen Freund Jamie. Und wie ich sehe, trägt sie schwer an seiner Saat. Das ist gut.«

Jassy zog das junge Mädchen nach vorn, das sich ängstlich hinter ihrem Rücken verkrochen hatte. »Das ist Lady Elizabeth, meine Schwester.«

Der Indianer betrachtete Elizabeth, die kein Wort hervorbrachte, mit einer gewissen Verachtung, dann spuckte er auf den Boden und murmelte etwas in seiner Stammessprache. Er hob eine Hand, und einer seiner Männer kam mit einer beschädigten Muskete angelaufen. Der Feuermechanismus hatte sich vom Holzlauf gelöst. »Wo ist Jamie?« fragte Powan. »Ich möchte das reparieren lassen.«

»Opechancanough hat ihn eingeladen«, erklärte William. »Ich gebe Ihnen einstweilen einen Ersatz.« Er wollte nach der Muskete greifen, auf die Jassy sich stützte. Aber sie kam ihm zuvor, hob die schwere Waffe lächelnd hoch und überreichte sie Powan.

»Eine starke Frau«, meinte der Indianer grinsend. »Gut für Jamie. Sie wird fleißig auf den Feldern arbeiten und ihm viele Kinder schenken.« Danach hatte er nichts mehr zu sagen. Er schulterte die Muskete, hob den Speer, um sich zu verabschieden, und stieg auf sein Pony. Von seinen Leuten gefolgt, verschwand er im Wald.

Elizabeth atmete erleichtert auf und schwankte. Ehe sie zusammenbrechen konnte, fing William sie auf und hob sie hoch. »O Gott, wenn er uns getötet hätte...«, hauchte sie.

»Das würde er niemals tun, Mylady«, versicherte William. »Wir leben jetzt in Frieden mit den Indianern.«

»Gehen wir ins Haus und trinken wir warmen Met«, schlug Jassy vor. Daß sie selbst am ganzen Körper bebte, wollte sie vor ihrer Schwester verbergen. Ob ihre Nerven vor Angst oder prickelnder Erregung flatterten, wußte sie nicht.

William trug Elizabeth zur Palisade, und vor dem Tor bat sie ihn, sie auf die Füße zu stellen. »Machen Sie kein Aufhebens um mich, jetzt kann ich wieder gehen.«

In der Halle des Hauses angekommen, ließen sie sich von Amy den Met servieren. Elizabeth nippte an ihrem Glas und lächelte Jassy mit zitternden Lippen an. »Oh, dieser Powan war einfach schrecklich!«

»Unsinn! Er hat nichts getan, was dir Angst machen müßte.«

»Er ist ein Freund«, beteuerte William. »In den Wintermonaten 1608 und 1609 war Jamie mit Kapitän John Smith hier. Beinahe wären die Weißen von Powhatan hereingelegt worden, und es kam zu erbitterten Kämpfen, die auf beiden Seiten viele Opfer forderten. Am Flußufer lief Powan ein paar erbosten Jamestown-Siedlern in die Arme. Sie wollten ihn aufhängen, obwohl er noch blutjung war. Jamie erklärte ihnen, die Untertanen des englischen Königs dürften keine Kinder ermorden, und da ließen sie Powan laufen. Seither sind die beiden befreundet. Powan ist jetzt der Häuptling seines Stammes und besitzt eine gewisse Autorität, wenn Opechancanough auch die oberste Macht in seiner Konföderation ausübt.«

»Das sind doch lauter Wilde«, meinte Elizabeth und erschauerte wieder.

»Mag sein«, gab Sir William zu, »aber sie sind nun mal ein Teil dieses Landes.« Lächelnd wandte er sich zu Jassy. »Sie haben sich wacker gehalten, Lady Cameron. Jamie wäre stolz auf Sie gewesen.«

Mit einer tiefen Verbeugung verabschiedete er sich. Jassy beobachtete nachdenklich, wie er das Haus verließ. Was würde Jamie zu den anerkennenden Worten seines indianischen Freundes sagen? Sie war eine starke Frau, die fleißig auf den Feldern arbeiten und ihm viele Kinder schenken würde... Nun, deshalb hatte er sie ja auch geheiratet.

Nachdem sie an diesem Abend zu Bett gegangen war, strich sie über das Laken an ihrer Seite, über die Stelle, wo Jamie gelegen hatte. Trotz des Streits am Morgen seiner Abreise vermißte sie ihn schmerzlich. Jede Nacht träumte sie, er würde sie in seinen Armen halten – auch diesmal.

Aber es war ein anderer Traum als sonst. Ein Umhang aus weißen Federn verhüllte seinen nackten, bronzebraunen Körper, sein Gesicht zeigte indianische Züge. Brutal schob er ihre Beine auseinander, um in sie einzudringen. Sie wollte schreien, aber kein Laut kam über ihre Lippen, und sie glaubte in einem Meer aus weißen Federn zu ertrinken...

Die Federn verschwanden in einem Nebel, und sie ging zu einem Bett. Sie wollte die Decke nicht hochheben, aber sie mußte es tun. Schreiend wich sie zurück und starrte auf drei Leichen. Neben dem teilweise von Würmern zerfressenen Körper ihrer Mutter lag Jamie in seinem weißen Federnumhang, eine Axt ragte aus seiner Brust. Und an seiner anderen Seite drückte Jassy den skalpierten Kopf ihres Babys an sich.

Schluchzend erwachte sie, sprang aus dem Bett, und da merkte sie, daß sie nicht allein war. Lenore und Elizabeth standen in der Tür, und Robert eilte zu Jassy.

»Es – es war ein Traum«, stammelte sie, und er umarmte sie tröstend.

»Jetzt ist alles wieder gut.«

»Daran ist dieser Indianer schuld«, meinte Elizabeth. »Seit sie aus Somerfield Hall auszog, hatte sie keine Alpträume mehr. Es kann nur mit diesem Indianer zusammenhängen.«

»Oh, diese Heiden werden uns alle umbringen!« jammerte Lenore und rang die Hände. Amy, die inzwischen ebenfalls aufgetaucht war, legte ihr besänftigend einen Arm um die Schultern.

»Sei nicht albern, Lenore!« Jassy befreite sich aus Roberts Armen und wischte sich die Tränen von den Wangen. »Niemand wird uns umbringen. Powan ist Jamies Freund. Außerdem wird Carlyle Hundred gut bewacht. Tut mir leid, daß ich euch gestört habe. Geht wieder schlafen.«

Robert küßte ihre Stirn, und als sie wieder allein war, sank sie erschöpft auf das Bett. Sehnsüchtig dachte sie an Jamie. Die tiefen, leidenschaftlichen Gefühle, die sie ihm entgegenbrachte, beunruhigten sie in wachsendem Maße. Trotzdem beschloß sie, ihm eine gute Frau zu sein, wenn er zurückkam. In jeder Beziehung.

Am nächsten Tag fuhr eines von Jamies Schiffen den Fluß herauf, die *Lady Destiny*. Roger Stewart, ihr Kapitän, suchte Jassy auf und übergab ihr Geschenke aus England, die ihr Mann bestellt hatte. Erfreut lächelte sie, während sie mit ihren Schwestern eine Truhe nach der anderen öffnete. Ein warmer Wollumhang mit Hermelinbesatz und mehrere Muffs kamen zum Vorschein, Seide, Samt, Taft und Brokat, vergoldete Kelche, Keramikkrüge und -vasen aus Italien und Spanien. Die schönste Gabe war ein Halsband aus goldenem Filigran, an dem ein gleißender, von Diamantsplittern umgebener Saphir hing.

Wie gut Jamie zu mir ist, dachte sie und nahm sich vor, nie mehr über die ›Wildnis‹ zu klagen, in der sie jetzt wohnte. Statt dessen würde sie dieses Land liebenlernen. Vielleicht war das gar nicht so schwierig. In der Gemeinde herrschte kein Mangel. Mittlerweile gab es zwei Brennöfen, wo begabte Töpfer arbeiteten. Ein Weber und ein Schmied waren aus England eingetroffen. Mr. und Mrs. Donegal hatten einen Laden eröffnet, in dem die Handwerker ihre Erzeugnise feilboten.

Inzwischen hatte John Tannen seinen Kummer einigermaßen überwunden. Molly kümmerte sich immer noch um seinen Haushalt und war öfter bei ihm zu finden als bei Jassy.

Tamsyn hatte dem Alkohol fast zur Gänze abgeschworen. Sauber gekleidet und glatt rasiert, wirkte er jetzt viel jünger. An vielen Nachmittagen genoß Jassy seine Gesellschaft. Sie besuchte ihn im Stall hinter dem Haus, wo er die Pferde versorgte, und hörte interessiert zu, wenn er von seiner Studienzeit in Oxford erzählte. Als sie ihm ihre Angst vor der Niederkunft gestand, die immer näher rückte, besänftigte er sie. Er versicherte, er sei einmal ein guter Arzt gewesen und würde lieber sterben, als zuzulassen, daß ihr bei der Geburt etwas zustieß.

Das Leben in der Kolonie war längst nicht so beschwerlich, wie sie sich das vorgestellt hatte, und wies sogar gewisse Vorzüge auf. Tamsyn hatte seine alten Kräfte wiedererlangt, und Molly würde vielleicht einen Mann heiraten, dem eine erfolgreiche Zukunft bevorstand. Die kleine Margaret sah jetzt viel fröhlicher und gesünder aus. Und all diese Wunder hatte Jassy bewirkt, mit der Hilfe ihres großzügigen Mannes, wie sie zugeben mußte – eines Mannes, der sie jetzt in erotischen Träumen verfolgte.

Zum erstenmal erkannte sie, daß sie vielleicht mehr schaffen würde, als nur zu überleben. Sie könnte sogar glücklich werden.

Jamie und seine Begleiter, darunter Vater Stevens, kamen in den frühen Morgenstunden des 17. Dezember nach Hause.

Die ersten Schneeflocken dieses Winters schwebten vom Himmel herab, der Tag versprach sehr kalt, aber schön zu werden.

Müde und verwirrt saß Jamie im Sattel. Opechancanoughs Verhalten war merkwürdig gewesen. Er hatte ihn eingeladen – oder eher zu sich bestellt –, um zu versichern, er möge ihn, und ihm dann vorgeschlagen, er solle heimkehren, nicht nach Carlyle Hundred, sondern nach England.

Allein mit nur zehn Männern inmitten einiger hundert Pamunkees, hatte er dem Häuptling versprochen, er würde darüber nachdenken, aber auch seiner Verwunderung Ausdruck gegeben. Während er eine Pfeife mit Opechancanough teilte, fragte er:

»Wenn ich dieses Land verlasse – was nützt es Ihrem Volk? Die Engländer sind hierhergekommen, um zu bleiben.«

»Das Gebiet gehört den Powhatans. Mein Bruder hat hart gekämpft, um Ordnung unter den Stämmen zu schaffen, und die soll weiterbestehen.«

Beladen mit Geschenken – Trockenfleisch, Mais und Getreide – hatte Jamie das Indianerdorf verlassen. Und Opechancanough schien sich sehr über die Gabe der Weißen zu freuen, zahlreiche alte, mit der Tudor-Rose geschmückte Knöpfe.

Der Verlauf der Zusammenkunft beunruhigte Jamie trotzdem. In den nächsten Monaten würde er aufpassen müssen. Erleichtert atmete er auf, als er mit seinen Männern aus dem Wald kam und über die Felder ritt. Die Palisade von Carlyle Hundred erhob sich unversehrt, die Kanonen zeigten in die nächtlichen Schatten des Westens.

Am Eingang seines Hauses übergab er sein Pferd dem alten Tamsyn und fragte: »Wie geht es meiner Frau?«

»Sehr gut, Mylord. Sie blüht sichtlich auf.«

Lächelnd eilte Jamie nach drinnen und zog seine Reithandschuhe aus. In der Halle blieb er stehen und dachte an den Streit vor seiner Abreise. Jetzt wußte er, daß er sich geirrt und Jassy zu Unrecht gepeinigt hatte. Robert Maxwell mochte seine Fehler haben, war aber ein treuer Freund und würde ihn niemals betrügen.

Und Jassy... Sie hatte ihn nie belogen und ihm niemals Grund zu der Annahme gegeben, sie könnte ihn hintergehen.

Mein verdammtes Temperament ist schuld an jener unerfreulichen Szene, sagte er sich, und meine wilde Eifersucht. Die stieg immer in ihm auf, wenn er beobachtete, wie seine Frau ihr strahlendes Lächeln einem anderen schenkte. So widerwillig er sich das auch eingestand – er liebte sie, und diese Gefühle mußte er ihr verheimlichen. Deshalb verbarg er mit Wutanfällen, wie es in seinem Herzen aussah. Jassy schien keines zu besitzen, und so verschanzte er sein eigenes hinter einem harten Panzer. Weder sein Herz noch die drängende Begierde in seinen Lenden durften ihm den Verstand umnebeln. Trotz seiner mutwilligen Gemahlin war er der Herr im Haus, und wenn sie ihn auch niemals lieben lernte, würde sie ihm wenigstens gehorchen.

Würde sie jemals die Barrieren niederreißen, die sie zwischen sich selbst und ihrem Mann errichtet hatte?

Amy Lawton lief ihm mit einer Kerze entgegen, ein Nachthäubchen auf dem grauen, zu Zöpfen geflochtenen Haar. »Lord Cameron! Willkommen zu Hause!« Verblüfft musterte sie ihn. Er trug einen Wildlederanzug, ein Geschenk des Häuptlings, und keine Kopfbedeckung. Beinahe erschien er ihr wie ein Wilder.

»Danke, Amy, ich bin froh, daß ich wieder da bin.« Er sprach leise, denn es war noch sehr früh am Morgen. Vor Sehnsucht nach seinem Heim war er die Nacht durchgeritten. Nein, vor Sehnsucht nach Jassy. Er wollte endlich wissen, ob sie ihm noch böse war, ob sie ihm den albernen Zwist verziehen hatte. Und er mußte sich vergewissern, daß es dem ungeborenen Baby gut ging.

»Nun, ist hier alles in Ordnung, Amy?«

»Ja, Mylord, nur…«

»Was ist denn?«

»Lady Cameron hatte böse Träume. Eines Nachts erwachte ich, als ich sie schreien hörte, und rannte sofort zu ihr. Aber ich wurde nicht gebraucht, ihr Schwager kümmerte sich um sie. Die arme Lady! Sie schaute ganz verzweifelt drein und tat mir so leid.«

»So?« Gegen seinen Willen wurde er von heißem Zorn erfaßt. Robert! Immer wieder Robert! Im Jamies Schlafzimmer hatte er dessen Frau besänftigt. Was war dort sonst noch geschehen?

»Soll ich Ihnen etwas bringen, Mylord?« fragte Amy.

»Nein, danke, ich sehe jetzt nach meiner Frau.«

»Oh, ich glaube, sie schläft friedlich. Ehe sie zu Bett ging, nahm sie ein heißes Bad und trank warme Milch. Übrigens, sie hat sich sehr über die Geschenke gefreut, die mit der *Lady Destiny* gekommen sind.«

»Tatsächlich?« Zweifellos, die kostbaren Geschenke beglückten Jassy. Wegen seines Reichtums hatte sie ihn ja auch geheiratet. Die Lady war käuflich... Er ging zur Treppe. »Bitte, sagen Sie Sir William, ich möchte später mit ihm sprechen, Amy. Ich will auch Kapitän Stewart sehen. Vermutlich beabsichtigt er, möglichst bald nach Süden zu segeln – ehe der Winter mit aller Macht über uns hereinbricht.«

»Jawohl, Mylord.«

Jamie lief die Treppe hinauf. Vor der Schlafzimmertür zögerte er. Sein Herz schlug viel zu schnell. Sie ist meine Frau und verpflichtet, mir zu gehorchen, sagte er sich. Also brauche ich nicht zu zittern wie ein alberner Schuljunge, der seiner Angebeteten zum erstenmal gegenübertritt.

Er stieß die Tür auf und trat ein. Im Schlaf sah Jassy so unschuldig aus wie ein Kind. Als er sich über sie beugte, roch er den zarten Rosenduft ihrer französischen Seife. Sie trug ein züchtiges weißes Nachthemd, langärmelig, mit Bändern und Spitzenborten verziert. Die Decke reichte ihr nur bis zur Taille, und das Hemd war von einer Schulter geglitten und entblößte ihre elfenbeinhelle Haut. Wie Sonnenstrahlen lagen die blonden Haare auf dem Kissen ausgebreitet, der Mund, von dem er so oft geträumt hatte, war leicht geöffnet.

Jamie berührte ihre nackte Schulter, dann biß er die Zähne zusammen, zog rasch die Hand zurück und wandte sich ab. Er setzte sich an den Schreibtisch, holte die Rumflasche aus dem untersten Schubfach und nahm einen großen Schluck, obwohl es unvernünftig war, sein Gehirn am frühen Morgen mit Alkohol zu benebeln. Nach einer Weile bewegte sich Jassy, streckte die Arme aus, ein Lächeln umspielte ihre Lippen. O ja, sie ist glücklich, dachte er sardonisch. Sie glaubt, ich wäre immer noch fort, meine Geschenke stapeln sich im Schrank, und auf der anderen Seite des Flurs schläft Robert, bereit, beim ersten Angstschrei an ihre Seite zu eilen...

Nun, das würde sich bald ändern. Jamie beschloß, den Bau des Hauses zu beschleunigen, das die Maxwells beziehen sollten. Er wollte nicht mehr Tag für Tag den Impuls bekämpfen, seinem Freund die hübsche Nase blutig zu schlagen.

Plötzlich öffnete Jassy die Augen und starrte ihn an. Sie setzte sich auf, und zu seiner Bestürzung befürchtete er, sie würde schreien. »Ist mein Anblick so schrecklich?« fragte er mit rauher Stimme.

»Jamie!«

»Ja, meine Liebe, ich bin wohlbehalten zurückgekehrt.«

»Oh...« Sie preßte eine Hand auf ihr Herz, und das Hemd öffnete sich noch weiter. Verlockend hoben und senkten sich ihre Brüste.

Mühsam zwang er sich, am Schreibtisch sitzen zu bleiben. »Wen hast du denn erwartet?«

Lächelnd zeigte sie auf seine Wildlederkleidung. »Es ist nur... Dein Anzug hat mich beunruhigt.«

»Wirklich?« Er schaute an sich hinab. »Wolltest du Robert rufen?«

Sofort erlosch ihr Lächeln. »Ich weiß nicht, wovon du redest.«

Jamie wünschte, er hätte das nicht gesagt, aber jetzt ließen sich die Worte nicht mehr zurücknehmen. Er seufzte leise und beobachtete Jassy mit schmalen Augen. »Wie ich höre, wurden deine nächtlichen Ängste von Robert verscheucht.«

Sie gab keine Antwort. Würdevoll wie eine Königin saß sie da und hüllte sich in verächtliches Schweigen. Schließlich stand sie auf und hielt das Nachthemd vor der Brust zusammen. Jetzt sah er, welch eine Veränderung in seiner Abwesenheit mit ihr vorgegangen war, und schrie leise auf. Verwirrt wandte sie sich zu ihm. Er sprang hoch, und sie wich zur Wand zurück, die Hände schützend vor ihren gewölbten Bauch gelegt. Ungeduldig eilte er zu ihr. »Glaubst du, ich würde dir etwas antun?«

»Das hast du mir mehrmals angedroht«, erinnerte sie ihn.

»Nur für den Fall, daß du mich hintergehst. Das hast du doch nicht getan?« Er kniete vor ihr nieder und berührte fasziniert ihren runden Leib, dann stand er wieder auf und zog ihr das Hemd über den Kopf.

»Nein!« protestierte sie.

»Ich habe mich so nach deinem Anblick gesehnt«, flüsterte er und nahm sie in die Arme.

Beschämt senkte sie den Kopf. »Der ist nicht besonders erfreulich.«

Jamie hob ihr Kinn und sah Tränen in ihren blauen Augen. Sein Atem stockte. Was mochte Wahrheit an dieser Frau sein – was Lug und Trug?

»Gib mir mein Hemd zurück«, flehte sie.

»Nein.«

»Bitte! Ich bin so dick...«

Er hatte Zorn und Gegenwehr erwartet – aber nicht das. Lächelnd entgegnete er: »Für mich bist du so schön wie eh und je.« Die Finger in ihr Haar geschlungen, küßte er sie und bezähmte das Feuer, das in ihm aufflammte. Er hatte beschlossen, sie sanft zu behandeln, und so kniete er wieder nieder, streichelte die Wölbung ihres Bauchs, in dem sein Kind wuchs, und preßte die Wange auf das warme Fleisch.

»Jamie...« Sie wollte seinen Kopf wegschieben, doch dann gab sie ihre Bemühungen auf. Als er zu ihr aufsah, hatte sie den Kopf in den Nacken geworfen und rang nach Atem. Sofort erhob er sich, nahm sie auf die Arme und trug sie zum Bett. Behutsam legte er sie hin, zog seine Stiefel, die Hose und das Lederwams aus. Fieberheißes Verlangen erfüllte ihn, doch er liebte sie so zärtlich und vorsichtig wie nie zuvor. Trotzdem empfand er danach eine Befriedigung, die alles übertraf, was er je genossen hatte.

Auf einen Ellbogen gestützt, ließ er seine Finger wieder über Jassys Bauch gleiten, dann hielt er verwirrt inne, denn er spürte plötzlich eine Bewegung. Verlegen errötete sie, und er lachte laut auf vor Freude. »Das Baby?«

Sie nickte wortlos.

Ein winziger Fuß trat gegen seine Handfläche. »Oh, wie kräftig es ist!«

»Offenbar mißfällst du ihm heute morgen ebenso wie seiner Mutter.«

»Hast du mich denn nicht vermißt?« fragte er herausfordernd.

Jassy senkte die Wimpern. »Warum sollte ich, Mylord? Ich hatte doch Robert...«

Seine Kinnmuskeln spannten sich an. »In diese Wunde solltest du lieber kein Salz streuen.«

Da schaute sie ihn an. Und in diesem Moment erschien sie ihm so schön, daß er verzweifelt hoffte, sie würde ihm ihre Liebe gestehen und schwören, sie sei immer treu gewesen. Doch das tat sie nicht. In bewundernswerter Würde erwiderte sie: »Ich habe nichts weiter verbrochen, als eine beglückende Freundschaft mit dem Mann meiner Schwester und deinem lieben Gefährten zu pflegen – zumindest war er das früher. Also darf es dich nicht erstaunen, wenn ich deinen lächerlichen Verdächtigungen mit einer gewissen Ironie begegne.«

Er neigte sich zu ihr. »Nun? Hast du mich vermißt?«

Jassy zögerte, dann klammerte sie sich in einer plötzlichen Gefühlsaufwallung an ihn. »O ja! Ich spürte die Kälte des Winters und sehnte mich nach der Glut, die du in mir zu wecken weißt...«

Verblüfft hielt er den Atem an. Ein solches Geständnis hatte er nicht erwartet. Er streckte sich langsam neben ihr aus und beobachtete, wie sie nervös schluckte.

»Und du, Jamie? Habe ich dir gefehlt?«

»Mehr, als ich es in Worte fassen kann. Nacht für Nacht quälte mich der heiße Wunsch, dich endlich wieder in die Arme zu nehmen.«

Lächelnd schmiegte sie sich an ihn. Er zog die Decke über sie beide, und wenige Minuten später schlief er ein.

Erst am Nachmittag erwachte er. Molly räumte im Zimmer auf, seine Frau ließ sich nirgends blicken. Ärgerlich musterte er die fröhliche Miene der Zofe. Der Rum, den er im Morgengrauen getrunken hatte, bereitete ihm heftige Kopfschmerzen. »Wo ist Jassy?«

»Sie hat zu tun, Mylord«, antwortete Molly mit unschuldigem Augenaufschlag. »Nicht jeder kann in dieser Kolonie den hellichten Tag verschlafen und dem Müßiggang frönen. Nicht einmal die feinen Leute dürfen hierzulande ihre Zeit vergeuden.«

»Molly, wo ist meine Frau?«

»Nun ja, sie schaut gerade nach dem Fleisch in der Räucherkammer. Powan und seine Männer waren neulich hier. Jassy hatte ein Satinhemd für ihn genäht, aus einem der Stoffballen, die mit der *Lady Destiny* angekommen waren. Darüber freute er sich sehr, und als Gegengeschenk brachte er viele Hasen und Kürbisbrote mit.«

Jamie setzte sich kerzengerade im Bett auf, dann fiel ihm ein, daß er nackt war, und er zog die Decke bis zu seiner Taille hoch. »Powan war hier?«

»Ja, der Häuptling besucht uns sehr oft. Auch Lord Newbury kam aus Jamestown herüber, und alle scheinen sich gut zu verstehen. Und die Indianer helfen den Siedlern auf den Feldern. Ist das nicht wundervoll?«

»Ja, wundervoll«, murmelte er. Powan war sein alter Freund. Aber er hatte nicht damit gerechnet, daß der Indianer um diese Jahreszeit bis in den Süden der Halbinsel vordringen würde. Und ein Hemd für Powan – von Jassy genäht? Das war noch unglaublicher. Nie hätte sich Jamie träumen lassen, sie würde jemals das Wort an einen roten Krieger richten, geschweige denn, ihn beschenken. Über diese Angelegenheit mußte er mehr erfahren.

Was alles passieren kann, wenn ein Mann für ein paar Wochen sein Haus verläßt..., dachte er seufzend. »Molly, ist während meiner Abwesenheit sonst noch was vorgefallen, das ich wissen sollte?« fragte er und verschränkte die Arme vor der Brust.

»Nein, Mylord.«

»Wußten Sie, daß Jassy Alpträume hat?«

Rasch senkte sie den Blick. »Wir alle werden hin und wieder von bösen Träumen heimgesucht.« Nach einer kleinen Pause erkundigte sie sich: »Sonst noch was, Mylord?«

Jamie runzelte die Stirn. »Ja, Mistreß Molly. Verschwinden Sie, damit ich mich anziehen kann.«

Sie zuckte zusammen, ergriff die Flucht, und er stieg aus dem Bett. Nachdem er seine neuen ledernen Indianersachen zusammengefaltet hatte, nahm er frische Unterwäsche und englische Kleidung aus dem Schrank. In einer Satinhose, einem Seidenhemd und einem Wams aus Wollstoff begann er seine Tagesgeschäfte.

Zunächst traf er sich mit Sir William, der grinsend von Powans erster Begegnung mit Jassy erzählte.

»Er meinte, sie sei eine gute Frau für dich. Sie würde fleißig auf den Feldern arbeiten und dir viele Kinder schenken.«

»Darüber war sie sicher entzückt«, murmelte Jamie.

»Jedenfalls hat sie sich großartig gehalten.«

»Das bezweifle ich nicht.« Nun schilderte Jamie seinen Besuch bei Opechancanough. »Ich mache mir Sorgen, wenn ich auch nicht sagen kann, warum. Auf alle Fälle müssen wir vorsichtig sein«, fügte er warnend hinzu, und William nickte.

Danach sprach Jamie mit Kapitän Stewart und erteilte ihm die Segelerlaubnis. Die Tabakfracht für England wurde auf die *Lady Destiny* verladen. Stewart stand mit Jamie am Kai, schaute zu und genoß eine Pfeife mit gutem Virginia-Tabak. Im Frühjahr würde er mit neuem Nachschub aus dem Mutterland in die Neue Welt zurückkehren.

Am späten Nachmittag zeigte Elizabeth ihrem Schwager Jamie voller Stolz, wie gut sie mittlerweile mit einer Muskete umgehen konnte. »Das hat Jassy mir beigebracht.«

Jamies Irritation wuchs, wenn er auch nicht wußte, wieso.

An der Dinnertafel erschien Jassy nicht. Lenore erklärte, ihre Schwester sei noch beschäftigt. Die Tischgesellschaft zerrte an seinen Nerven. So sehr er seine Schwägerinnen und Robert auch mochte – sie müßten endlich in ihrem eigenen Heim wohnen, und er wollte dafür sorgen, daß sie es möglichst schnell bezogen.

Immer noch müde vom nächtlichen Ritt, stieg er gleich nach der Mahlzeit die Treppe hinauf. Dabei überlegte er verärgert, wo seine Frau stecken mochte.

Das fand er wenige Sekunden später heraus. Sie saß am Fußende des Betts neben ihrem neuen Hermelinumhang, die Beine angezogen, in einem durchsichtigen Hausgewand, und bürstete ihr Haar mit langsamen, sinnlichen Bewegungen.

»Warum bist du nicht zum Essen gekommen?« fragte er.

Anmutig streckte sie sich, und ihre vollen Brüste zeichneten sich deutlich unter dem dünnen Stoff ab. »Die Gerüche von der Räucherkammer hatten sich in meinem Haar festgesetzt. Deshalb mußte ich es waschen und vor dem Kaminfeuer trocknen lassen.« Der Flammenschein flackerte über ihren Körper und betonte die üppigen Rundungen unter dem provozierenden Kleid. Ihre Haut schimmerte ebenso golden wie die duftigen Locken.

Jamie biß die Zähne zusammen und beobachtete sie mißtrauisch. Gähnend streckte sie sich wieder – anmutig und unerträglich aufreizend. Er ging zu ihr und nahm ihr die Bürste aus der Hand. »Was soll dieses Theater?«

Unsicher blinzelte sie. »Heute morgen kam ich gar nicht dazu, dir für die schönen Geschenke zu danken…«

Er trat fluchend zurück. »Du bist wirklich eine Hure, was? Jetzt willst du wohl dafür bezahlen!«

Bitterer Schmerz trat in ihre Augen, verschwand aber sofort wieder, und er glaubte, er hätte sich diesen Blick nur eingebildet. Außer sich vor Wut, hob sie die Fäuste, um nach ihm zu schlagen. Aber er hielt ihre Handgelenke rechtzeitig fest.

Mit aller Kraft riß sie sich los, sprang auf und

hüllte sich in den Pelzumhang, dann schaute sie Jamie vernichtend an. »Ich glaube, ich bin dir nichts mehr schuldig, Mylord!« Abrupt kehrte sie ihm den Rücken und verließ das Zimmer.

Von allen Menschen, die Jassy im Augenblick nicht sehen wollte, stand die Halbindianerin Hope als erste auf der Liste.

Aber als sie in die Halle hinunterkam, saß die schöne, kupferbraune junge Frau am Tisch und verspeiste mit den Fingern eine Portion Rehragout. Sie hob den Kopf, bemerkte Lady Camerons Erregung und lächelte.

»Was machen Sie hier?« fragte Jassy.

Langsam leckte Hope ihre Fingerspitzen ab. »Ich esse zu Abend. Heute morgen kam ich mit Lord Jamie von unserer langen Reise zurück, und jetzt sitze ich in seiner Halle.« Vielsagend schaute sie zur Treppe. »Und was machen Sie hier, Lady?«

Jassy kämpfte mit der Versuchung, das Mädchen zu ohrfeigen. »Das ist mein Haus. Ich gehöre hierher.«

»Sie gehören in sein Bett. Das ist *sein* Haus.«

Dem konnte Jassy nicht widersprechen. Plötzlich fühlte sie sich so schwach, daß sie auf einen Stuhl sank. Ja, sie müßte bei ihrem Mann sein. Und sie hätte nicht so albern sein dürfen. Sie eignete sich einfach nicht zur Verführerin. Trotz all ihrer Bemühungen hatte Jamie nur eine Hure in ihr gesehen. Dafür haßte sie ihn wieder. Und jetzt erzählte ihr dieses heidnische kleine Biest, was ihre Pflicht wäre!

Hope begann zu kichern. »Offenbar gefallen Sie ihm nicht mehr. Sie sollten sich etwas mehr bemühen, Lady. Einen solchen Mann muß man zärtlich umschmeicheln...«

»Sie sind unverschämt, Hope!« stieß Jassy zwischen zusammengepreßten Zähnen hervor. »Meine Ehe mit Lord Cameron geht Sie überhaupt nichts an.«

»Lord Cameron geht mich vielleicht schon was an.« Hope beugte sich vor, und ihre großen, von keinerlei Korsettstangen eingeengten Brüste wippten herausfordernd. »Wenn Sie sich nicht um Lord Jamie kümmern, werde ich's tun, Lady. Er ist der großartigste Mann, den ich kenne...« Sie hob die Hände und deutete, wie Jassy sofort erkannte, die Länge von Jamies maskulinstem Körperteil an.

»Wie können Sie es wagen!« Vor Wut sah Jassy rot. Sie stand auf, packte das Mädchen am Arm und zerrte es vom Stuhl hoch und schob es zur Tür. »Raus mit Ihnen! Und kommen Sie nie wieder!«

Im selben Augenblick hörten sie Schritte auf der Treppe. Jamie stieg herab – barfuß, das Haar zerzaust, nur mit seiner Hose bekleidet. Als Hope ihn entdeckte, jammerte sie laut auf, rannte zu ihm und warf sich an seine Brust.

»Was in Gottes Namen...« Er starrte Jassy an, die in stummem Zorn dastand.

»Sie hat mich geschlagen!« schluchzte Hope. »Und sie wollte mich in den Schnee hinausjagen!«

»Ist das...«

Jassy ließ ihn nicht ausreden. Sie eilte auf ihn zu, verabreichte ihm eine schallende Ohrfeige und wandte sich dann zur Tür. »Nein, es ist nicht wahr. Und ich werde sie auch nicht in den Schnee hinausjagen. Ich gehe!«

Erst als sie aus dem Haus trat und die bittere

Kälte spürte, merkte sie, daß sie keine Schuhe trug. Und nach zwanzig Schritten wurde ihr noch etwas bewußt. Es gab keinen Zufluchtsort, und selbst wenn sie einen hätte, könnte sie ihn barfüßig nicht erreichen. Doch diese Überlegungen spielten keine Rolle. Jamie war hinter ihr und schleuderte sie in den Schnee. Empört schnappte sie nach Luft und spuckte die weißen Flocken aus, die ihr in den Mund gedrungen waren.

»Mylady, wenn wir wieder im Haus und aufgetaut sind, drehe ich dir den Hals um!« drohte er.

»Mir! Den Hals! Du verdammter, lügnerischer Schurke...«

»Wie, bitte? Ach, was soll's...« Unsanft nahm er sie auf die Arme und trug sie in die Halle zurück.

Hope war inzwischen verschwunden. Auf der Treppe fluchte Jamie erbost und warf ihr wortreich vor, sie habe nicht nur das Leben eines unschuldigen ungeborenen Kindes leichtfertig gefährdet, sondern auch ihr eigenes. Im Schlafzimmer drückte er sie in den Sessel vor dem Kamin und wärmte seine Hände über den Flammen. »Ich sollte dich verprügeln!« fauchte er mit klappernden Zähnen.

»Verprügeln? Mich?« Jassy sprang auf. »Du wagst es, so etwas zu sagen? Nachdem du meine harmlose Freundschaft mit Robert angeprangert und mir ins Gesicht gelogen hast?«

»Wovon redest du?«

Der Pelzumhang war von ihren Schultern gerutscht, und sie warf ihn ungeduldig beiseite. »Wovon ich rede? Von einem gewissen Teil deiner Anatomie, der dein Herz und deinen winzigen Verstand beherrscht!« Dabei hob sie die Hände, so wie Hope es vorhin getan hatte, um eine ziemlich genau bemessene Länge anzuzeigen.

»Was?«

Sie versuchte ihn wieder zu schlagen, aber er war schneller und riß sie in die Arme. »Laß mich los!« zischte sie.

Plötzlich lachte er. »Du bist eifersüchtig.«

»Nie wieder wirst du mich anrühren! Meine ehelichen Pflichten sind mir egal...«

»Jassy, ich habe nie mit Hope geschlafen.«

»Sie hat dich nackt gesehen! Das weiß ich!«

Er hob sie hoch, legte sie auf das Bett und streckte sich neben ihr aus. Eisern hielt er sie fest, als sie aufstehen wollte. »Ja, sie hat mich gesehen. Aber ich habe dich nicht mit ihr betrogen. Ich bin bereit, das zu beschwören, auf Vater Stevens Bibel. Eines Nachts kam sie in dieses Zimmer, in der Absicht, mich zu verführen, doch das gelang ihr nicht.«

Argwöhnisch schaute sie ihn an. Auf einen Ellbogen gestützt, öffnete er das dünne Hauskleid über ihren Brüsten und begann an einer Knospe zu saugen, die sich sofort versteifte. »Warum nicht?« wisperte Jassy.

»Weil ich nur an dich dachte...« Sein Mund umschloß die Spitze ihrer anderen Brust, und Jassy bäumte sich stöhnend auf. Er zerrte ihren Rock nach oben, seine Hand glitt zwischen ihre Schenkel. »Wenn du mich liebst, brauche ich keine andere Frau.« Fest nahm er sie in die Arme und drehte sich mit ihr herum, so daß sie auf ihm lag, dann zerrte er ihr das Kleid über den Kopf, öffnete rasch seine Hose und drang in sie ein. Anmutig begann sie sich zu bewegen, und er beobachtete, wie die Leidenschaft ihr schönes Gesicht erhitzte.

Später lagen sie zufrieden und erschöpft nebeneinander. Jamie richtete sich auf und küßte Jassys Stirn. »Wirklich, ich habe Hope nie angefaßt, das schwöre ich dir.«

Ihre Augen waren geschlossen, und er glaubte schon, sie wäre eingeschlafen. Doch da antwortete sie: »Und ich schwöre, daß ich nur Freundschaft für Robert empfinde. Er ist mein Schwager, mehr nicht.«

»Waffenstillstand?«

»Waffenstillstand«, bestätigte sie leise.

## 15

Während das Weihnachtsfest näher rückte, wurde es immer kälter. Jamie brach jeden Morgen auf, um zu jagen, und kehrte erst am späten Nachmittag heim. Wie Jassy längst gemerkt hatte, herrschten in der Kolonie keine Standesunterschiede. Alle Siedler mußten zusammenhalten, um zu überleben. Ihr Mann teilte die Vorräte aus England mit den anderen, und als seine Frau trug auch sie eine große Verantwortung und konnte sich's nicht leisten, die feine, untätige Lady zu spielen. Sie mußte fast genauso hart arbeiten wie die Hausangestellten, damit sie alle den Winter heil überstehen konnten. Gesellschaftliche Pflichten brauchte sie kaum zu erfüllen, und ihre einzige damenhafte Beschäftigung bestand darin, hin und wieder einen Brief an Jane und Henry zu schreiben, der dann mit dem nächsten Schiff nach England befördert wurde. Manchmal trauerte sie dem grandiosen englischen Haus nach, in dem sie die ersten Tage ihrer Ehe verbracht hatte. Aber diesen Gedanken vergaß sie jedesmal sehr schnell, wenn neue Aufgaben auf sie warteten. Die Tage waren kurz, die Nächte kalt und lang. Während die Männer zur Jagd gingen und Brennholz sammelten, half Jassy den Frauen, warme Kleidungsstücke zu nähen, Fleisch zu räuchern oder zu pökeln, Seife und Kerzen herzustellen oder zu waschen.

Immer öfter erschienen die Indianer vor der Palisade, um mit den Weißen Handel zu treiben. Sie faszinierten Jassy, machten ihr aber immer noch ein wenig Angst, und sie kam ihnen nicht zu nahe. Powan ließ sich nie mehr blicken. Jamie kannte viele Krieger, sprach sie mit ihren Namen an, wenn er sie begrüßte, und mittlerweile beherrschte er ihre Sprache gut genug, um sich mit ihnen zu verständigen. Er ermutigte seine Frau, ebenfalls Bekanntschaft mit ihnen zu schließen. Gleichzeitig ermahnte er sie aber zur Vorsicht.

»Warum warnst du mich ständig vor den Indianern?« fragte sie eines Abends, während sie in ein langes blaues Nachthemd schlüpfte. »Du scheinst sie doch zu mögen. Aber was du von diesen Menschen erzählst, wirkt nur abschreckend auf mich.«

Er sah vom Schreibtisch hoch, wo er gerade Eintragungen in seinem Kalender vornahm. »Das lag nicht in meiner Absicht. Ich wünsche, daß meine Frau den Indianern höflich begegnet.«

»Das tue ich.«

»Nicht unbedingt. Du versteifst dich und paßt auf, daß sie dir nicht zu nahe kommen.«

»Tut mir leid, wenn ich dich enttäusche«, erwiderte sie kühl. »Natürlich hast du erwartet, ich würde mich hier mit den Wilden und Farmern besser verstehen als mit deinen vornehmen Freunden in England.«

»Ich glaube, du findest dich in jeder Umgebung großartig zurecht.«

Jassy hob das Kinn. »Dann bist du also mit mir zufrieden?«

»Du brauchst nicht nach Komplimenten zu angeln. Wenn man bedenkt, mit welch abgrundtiefem Haß du hierhergekommen bist, hältst du dich wirklich gut. Ich glaube, in deinem Abscheu vor Virginia hast du sogar bereut, daß du mich geheiratet hast – trotz aller finanzieller Vorteile, die sich daraus für dich ergaben.« Nachdenklich beobachtete er sie. »Nun, hast du es bereut?«

Ihr Mund wurde trocken, und sie senkte den Blick. »Ich – ich habe nichts bereut. Wäre ich nicht deine Frau, würde ich immer noch als bessere Dienstmagd im Haus meines Bruders leben.«

»Du bist nicht dumm. Sicher hättest du auch ohne meinen Antrag Mittel und Wege gefunden, um deine Position zu verbessern.« Jassy ignorierte seine Worte, ging zum Bett und glättete die Laken. »Und du, Jamie? Hast du unsere Hochzeit bereut?«

Es dauerte lange, bis er antwortete. Als sie sich zu ihm wandte, sah er sie viel zu eindringlich an. Sie wurde rot und wünschte, sie hätte die Frage nicht gestellt. »Meine Leidenschaft für dich ist nicht erloschen, Mylady.«

»Das bedeutet keineswegs, daß du die Heirat nicht bereust.«

»Die bereue ich nicht.« Offenbar war das Thema damit für ihn erledigt. Er beugte sich über seine Papiere und begann wieder über die Indianer zu sprechen. »Vergiß nicht, Jassy – den Powhatans mußt du mit allergrößter Vorsicht begegnen. Ihre Religion unterscheidet sich ganz erheblich von unserer. Nach ihrem Glauben stammen sie nicht von Adam und Eva ab, sondern von einem riesigen Hasen. Ihren bösen Gott fürchten sie mehr, als sie den guten lieben, und opfern ihm sogar ihre leiblichen Kinder. Und was ihre Feinde betrifft, kennen sie keine Gnade.«

»Sind wir ihre Feinde?«

Er legte seinen Federkiel beiseite, stand auf und ging zum Kamin, um in die Flammen zu starren. »Wäre Opechancanoughs Bruder Opitchapan noch am Leben – würde ich mich sicherer fühlen. Er war ein friedfertiger Mann, während Powhatan seine Macht gewaltsam erlangt hatte. In dieser Hinsicht ist Opechancanough ihm ähnlich. Er hat zwar Freundschaft mit uns geschlossen, aber er akzeptiert uns nicht.«

Unwillkürlich erschauerte sie. »Warum sind wir dann hier?«

Jamie starrte sie verärgert an. »Weil wir uns dazu entschlossen haben.« Er kam auf sie zu, umfaßte ihr Kinn und zwang sie, seinen Blick zu erwidern. »Und du wirst vorsichtig sein, wie ich es dir befohlen habe – verstanden?«

Obwohl sie nicht genau wußte, was er meinte, nickte sie, im Bann seiner dunklen, fordernden Augen. Und als er sie dann umarmte, vergaß sie die Indianer. Nein, niemals würde sie bereuen, daß sie seine Frau geworden war, denn ohne ihn hätte sie nie die Leidenschaft kennengelernt, die Nacht für Nacht zwischen ihnen aufloderte.

Aber als sie dann später neben ihm lag und seinen gleichmäßigen Atemzügen lauschte, dachte sie unbehaglich an die Zukunft. Mit jedem Tag faszinierte er sie mehr. Würde sein Verlangen nach ihr irgendwann verebben? Dann wäre sie verloren, denn sie hätte nicht einmal mehr die Kraft des Hasses, die sie aufrechterhalten würde.

Ich bin seine Frau, dachte sie, und ich werde sein Kind gebären. Aber genügt das? Zum erstenmal wünschte sie sich Jamies Liebe.

Am 20. Dezember zogen Lenore und Robert in ihr neues Haus. Die ganze Siedlung hatte an der Fertigstellung des Gebäudes mitgearbeitet, auch Robert und Jamie.

Alle freuten sich, als das Werk vollendet war, denn das Haus sah beinahe so prächtig aus wie Lord Camerons Domizil. Lenores Begeisterung verwirrte Jassy ein wenig, denn im allgemeinen nahm ihre Schwester den Adelsstand sehr wichtig, und ihre neue Bleibe ließ sich nicht mit der Umgebung vergleichen, in der sie aufgewachsen war.

»Somerfield Hall ist das Heim unseres Bruders, Jassy«, erklärte Lenore. »Das hier ist mein eigenes.«

Die drei Schwestern stichelten eifrig an Wandbehängen, die als Kälteschutz dienten. »Ein Zeitvertreib, der sich für Ladys schickt«, betonte Lenore. Sie hatte Jassys Bemühungen um Joan Tannens armselige kleine Familie nie verstanden, aber ihre Bedenken waren ignoriert worden.

Trotzdem erkannte Jassy jetzt, daß sie Lenore vermissen würde. Am Abend, an dem die Maxwells übersiedelten, umarmten sich die beiden

Schwestern. Robert küßte Jassy lächelnd. »Paß gut auf dich auf, kleine Schwägerin.«

»Wir werden nicht allzu weit voneinander entfernt sein.«

»Nur einen Steinwurf.«

»Dies ist eine sehr kleine Gemeinde«, bemerkte Jamie trocken. »Ich nehme an, wir werden uns so häufig sehen wie bisher – wir schlafen nur getrennt.« Er zog seine Frau von Robert weg, zurück an seine eigene Seite. Offenbar ärgerte er sich – was ihn nicht daran hinderte, Lenore einen innigen Abschiedskuß zu geben.

Er hatte beschlossen, die Maxwells in ihr neues Zuhause zu begleiten. Aber als Jassy nach Molly rief, um sich ihren Umhang bringen zu lassen und mitzukommen, schüttelte er entschieden den Kopf. »Es ist schon dunkel und eiskalt. In deinem Zustand solltest du jetzt nicht ins Freie gehen. Morgen kannst du die beiden mit Elizabeth besuchen.«

Jassy hatte sich darauf gefreut, das fertige Haus zu besichtigen. Außerdem würde dort sicher eine kleine Einweihungsfeier stattfinden, während sie allein in ihrem Bett lag. »Ich sehe wirklich nicht ein, warum ich...«

»Der Schneematsch ist gefroren«, unterbrach er sie. »Du könntest ausrutschen und stürzen. Willst du das Leben meines Kindes so leichtfertig aufs Spiel setzen?«

»Morgen sehen wir uns ja alle wieder«, mischte sich Robert fröhlich ein. »Nun, mich wirst du vielleicht nicht antreffen, Jassy, weil ich mit Jamie einen Jagdausflug unternehme. Aber die Damen werden einander Gesellschaft leisten.«

»Geh jetzt ins Bett«, befahl Jamie seiner Frau.

Wortlos eilte sie zur Treppe, gefolgt von ihrer Zofe. Im Schlafzimmer beklagte sie sich bitter über Jamie, während Molly ein Nachthemd aus dem Schrank nahm und ihr beim Auskleiden half. »Wie schlecht er mich behandelt!«

Doch Molly nahm den Kummer ihrer Herrin nicht ernst. »Hochschwangere Frauen sind nun mal sehr empfindlich, zumindest wird das behauptet. Hoffentlich muß ich das nicht schon bald am eigenen Leib erleben«, fügte sie hinzu und streifte Jassy das Nachthemd über den Kopf. »Legen Sie sich jetzt hin.«

Gehorsam schlüpfte Jassy unter die Decke. »Wie meinen Sie das?«

»John Tannen meint, wir sollten heiraten.« Erfolglos versuchte Molly, ihre Freude zu verbergen. »Er will Vater Steven bitten, uns einen Tag vor Weihnachten zu trauen.«

»Schon so bald?« rief Jassy verblüfft.

»Zu früh ist's bestimmt nicht. Ich werde ja auch nicht jünger. Bis vor kurzem dachte ich noch, ich wäre so alt und verbraucht, daß mich kein Mann haben wollte. Ich wahr ehrlich zu John, er weiß Bescheid über meine Vergangenheit, und er stört sich nicht daran. Er meint, es komme nur drauf an, was uns beide verbindet. Ich sei ein wahres Energiebündel, und er könne gar nicht anders, als mich zu lieben. Außerdem hat er beobachtet, wie ich mit seiner kleinen Schwägerin und seinem Sohn umgehe, und er findet, die Kinder könnten gar keine bessere Mutter kriegen. Und er selber wisse nicht, wo er eine nettere Braut auftreiben sollte.«

»Oh, wie wunderbar! Ich freue mich so für Sie!«

»Mein Glück habe ich Ihnen zu verdanken, Jassy.«

»Es ist doch nicht mein Verdienst, daß Sie so lieb und gut sind.«

»Aber Sie haben mir ein neues Leben geschenkt. Sie und Lord Cameron.« Molly setzte sich auf den Bettrand und ergriff die Hände ihrer Herrin.

Impulsiv richtete Jassy sich auf und küßte ihre Wange. »Ich wünsche Ihnen nur das Allerbeste.«

»Vielen Dank, Jassy. Ich brauche Ihren Segen – und auch die Einwilligung Seiner Lordschaft.«

»Die wird er Ihnen gern geben.« Jassy bezweifelte nicht, daß Jamie diese Heirat gutheißen würde. Das Wohl der Siedler lag ihm sehr am Herzen.

Beide Frauen zuckten zusammen, als sie die Schritte des Hausherrn auf der Treppe hörten. Molly sagte Jassy hastig gute Nacht, hielt ihm die Tür auf und entfernte sich dann.

Jamie nahm seinen dicken, mit Schneeflocken bedeckten Umhang ab und legte ihn beiseite. Dann befreite er sich rasch von seiner restlichen Kleidung. Er löschte die Kerzen, schlüpfte unter die Bettdecke und verwirrte Jassy mit einem verzehrenden Kuß. Zunächst leistete sie Widerstand, dann überließ sie sich den süßen Gefühlen, die er in ihr entfachte. Nach einer Weile hob er den Kopf, ein teuflisches Lächeln um die Lippen.

»Was hast du denn?« flüsterte sie.

»Ich bin froh, daß wir endlich allein im Haus sind.« Ungeduldig streifte er das Nachthemd über ihren Kopf nach oben. »Zumindest fast...«

»Wie unhöflich von dir! Immerhin ist Robert dein Freund.«

»Und dein Freund, Mylady.« Er umfaßte eine ihrer Brüste und preßte seinen nackten Körper an ihren. »Denkst du noch sehr oft an ihn? Bedauerst du es, daß du auf jenem Maifest in meinen Armen gelandet bist und nicht in seinen?«

»Was willst du eigentlich von mir?« stieß sie hervor. »Ich trage dein Kind unter dem Herzen, und du quälst mich immer noch mit deinen Verdächtigungen. Was willst du?«

Ein rätselhaftes Licht schimmerte in seinen indigoblauen Augen. »Deine Seele. Die gehört mir nämlich nicht.«

»Kein Mann sollte alles von einer Frau besitzen.« Denn dann wäre sie ihm auf Gnade und Ungnade ausgeliefert, fügte sie in Gedanken hinzu.

»Und die Frau? Sollte sie ganz und gar von ihrem Mann Besitz ergreifen?«

»Jamie, du sprichst in Rätseln. Du nimmst dir doch ohnehin alles, was du haben willst.«

»Alles, was ich haben will...« Er küßte sie wieder voller Leidenschaft und begann sein Verlangen zu stillen. Obwohl er sie wegen ihres Zustandes sehr behutsam liebte, entführte er sie mit sinnlicher Glut in ein Reich, wo nur Lust und Ekstase regierten. Jassy hatte geglaubt, das Glück in Jamies Armen könnte nicht mehr gesteigert werden. Aber in jeder Nacht schwebte sie in höhere Regionen eines erotischen Paradieses empor.

Danach schmiegte sie sich erschöpft an ihn und spürte, wie er ihren vorgewölbten Bauch streichelte. Sie erwartete, nun würde er ironisch bemerken, sie sei eben doch sein Eigentum, ob es ihr gefalle oder nicht. Statt dessen meinte er: »Liebste, heute nacht hätte ich auf mein Vergnügen verzichten sollen. Spürst du's? Das Baby strampelt, um gegen die Grobheit seines Vaters zu protestieren. Habe ich dir weh getan?«

Jassy war froh über das nächtliche Dunkel, weil es ihr Erröten verbarg. »Nein.«

Er küßte ihre Stirn. »Jetzt wirst du ein paar Monate lang Ruhe vor mir haben.« Seine Fingerspitzen wanderten über ihre vollen Brüste. »Erleichtert dich das? Oder wirst du die Freuden des Ehelebens vermissen – ein kleines bißchen?«

»Jamie, bitte...«

Abrupt rückte er an die andere Seite des Betts. »Schlaf jetzt.«

»Jamie...«

»Schlaf.«

Bedrückt beobachtete sie, wie er aufstand und vor das Kaminfeuer trat. Der Flammenschein tanzte auf seinen muskulösen Schultern. Reglos stand er da. Sie wollte nach ihm rufen, aber sie hielt sich zurück. In ihrer Verzweiflung hätte sie zuviel von ihrem Herzen preisgegeben, und das wagte sie nicht. Müde schloß sie die Augen.

Am nächsten Morgen wirkte die Atmosphäre im Haus verändert. Die Maxwells hatten Kathryn in ihr neues Heim mitgenommen, auch Charity, die allerdings nur so lange dort bleiben sollte, bis ein anderes Dienstmädchen gefunden war. Elizabeth hatte erklärt, sie wolle weiterhin bei den Camerons wohnen – falls es Jamie nicht störe. Er erhob keine Einwände, denn es kam ihm nur darauf an, daß Robert ausgezogen war.

Jassy und Elizabeth besuchten Lenore, die ihre Schwestern voller Stolz durch ihr Haus führte, als würde sie in einem Palast residieren. Zuletzt zeigte sie ihnen eine kleine Kammer im Oberstock. »Für das Baby.«

»O Lenore – du auch?« rief Elizabeth erfreut. »Wann ist es soweit?«

»Ich bin noch nicht schwanger«, gestand Lenore kichernd. »Allerdings – nach der letzten Nacht... Robert zeigte sich sehr entschlossen.« Sie warf Jassy einen selbstgefälligen, verschwörerischen Blick zu. »Oh, die Männer! Meistens ist er sehr höflich und rücksichtsvoll. Aber in der vergangenen Nacht erklärte er energisch, nun müßten wir endlich Kinder in die Welt setzen. Er führte dich als leuchtendes Beispiel an, Jassy, und meinte, du würdest dich in der Neuen Welt trotz deines Zustands großartig zurechtfinden. Und er betonte auch, wie schnell du nach der Hochzeit guter Hoffnung gewesen seist. Nun ja – Jamie muß im Bett ein wahrer Dämon sein...«

Entsetzt schnappte Elizabeth nach Luft. »Lenore!«

»Spiel nicht die kleine Kirchenmaus!« rief ihre ältere Schwester lachend. »Eigentlich wollte ich Jamie heiraten, und manchmal frage ich mich, ob es nicht ein Fehler war, Robert zu nehmen.« Jassy war feuerrot geworden, aber Lenore ließ nicht locker. »Für dich ist das Eheleben keine bloße Pflichterfüllung, was? Es muß aufregend und dekadent sein und...«

»Lenore!« tadelte Elizabeth. »Du bringst Jassy in Verlegenheit.«

Plötzlich lächelte Jassy. »Ich bin recht zufrieden, Lenore.«

»*Ich* bin zufrieden«, erwiderte Lenore und lächelte gutmütig. »Für dich ist es sicher viel mehr.«

Insgeheim gab Jassy ihr recht, aber in den nächsten Tagen schien sich die Kluft zwischen ihr und Jamie zu verbreitern. Wenn sie morgens erwachte, hatte er das Haus längst verlassen. Tagsüber sah sie ihn kaum, und wenn sie abends zu Bett gegangen war, saß er bis in die Nacht hinein an seinem Schreibtisch.

Wie er erwartet hatte, sahen sie die Maxwells immer noch sehr oft. Drei Tage nach der Übersiedlung kamen Robert und Lenore zum Dinner. Inzwischen hatte Jassy von Molly erfahren, Vater Steven sei mit der Trauung einverstanden, und nun gab sie die Neuigkeit im Familienkreis bekannt.

Jamie hob nachdenklich die Brauen. In England hätte diese Hochzeit gegen die moralischen Gesetze verstoßen, denn die Leiche der armen Joan war erst vor sechs Monaten ins Meer geworfen worden. Aber in Carlyle Hundred galten die Regeln der Vernunft. John Tannen brauchte dringend eine Frau.

»Ist Vater Steven einverstanden?« fragte Jamie.

»Ja...« Jassy zögerte. »Er möchte, daß wir nach der Zeremonie einen Empfang für das Brautpaar geben, hier im Haus.«

Zunächst herrschte betretenes Schweigen, dann erklärte Lenore kategorisch, dieser Vorschlag würde den gesellschaftlichen Gepflogenheiten Englands eindeutig widersprechen.

»Wir sind nicht mehr in England«, wandte Jassy ein. »Auch ich würde dort nicht zur Gesellschaft gehören. Und außerdem...« Selbstbewußt hob sie das Kinn. »Du vergißt, daß Molly nicht nur meine Dienerin, sondern auch meine Freundin ist, Lenore. Sie stammt aus denselben Kreisen wie ich, und als ich Hilfe brauchte, stand sie mir bei. Deshalb will ich jetzt alles für sie tun, was in meiner Macht steht.«

Beschwörend neigte sich Lenore zu Jamie hinüber. »Kannst du nicht einschreiten? Sicher, das Leben hier ist anders – aber...«

Er zuckte die Achseln. »Jassy ist die Hausherrin. Sie muß tun, was sie richtig findet.«

Und so gab Jassy nach Mollys Hochzeit ihre erste große Party in Carlyle Hundred, zu der die besser gestellten Siedler ebenso erschienen wie die Farmer, Arbeiter und Dienstboten. Fröhlich tanzte sie mit Sir William, mit dem Reitknecht und Robert, dem sie sehr bald von Jamie entrissen wurde. Sie wappnete sich gegen eine bissige Bemerkung über ihre Gefühle für seinen Freund. Aber er sagte nur: »Du solltest dich jetzt ausruhen. In England würde eine hochschwangere Lady nicht so eifrig das Tanzbein schwingen.« Zögernd fuhr er fort: »Du könntest dem Baby schaden – und dir selbst.«

Pflichtschuldig verließ sie die Tanzfläche, versorgte die Gäste mit warmem Met und Ale. Am Ende des Festes wurde sie von Molly liebevoll umarmt und geküßt. »Bis an mein Lebensende werde ich Ihnen dienen, Mylady, und das mit Freuden.«

Jassy war ihrem Mann dankbar, weil er ihr erlaubt hatte, die Party zu veranstalten. Aber es widerstrebte ihr, ihm in irgendeiner Weise entgegenzukommen. Ihr einziger Versuch, ihn zu verführen, war kläglich mißlungen. Außerdem hatte er angekündigt, er würde in der nächsten Zeit nicht mit ihr schlafen. Wenn sie es auch nicht zugab – sie vermißte seine Leidenschaft. Natürlich wollte auch sie das Baby nicht gefährden. Und so stieg sie schweigend ins Bett und beobachtete, wie er sich auskleidete.

Sogar im Winter schlief er nackt, und sie liebte es, unter der Decke seinen warmen Körper zu spüren – obwohl er den Wunsch nach noch größerer Intimität weckte.

Über den Schreibtisch gebeugt, machte er sich noch ein paar Notizen, dann trat er vor den Kamin und stützte einen Ellbogen auf das Sims. Als er Jassys Blick begegnete, lächelte er nachdenklich.

»Hat dich die Party sehr gestört?« fragte sie.

»Überhaupt nicht. Für dich war dieses Fest sicher ein Riesenspaß.«

»Da ich, im Gegensatz zu dir, aus der Gosse stamme, bin ich nicht so anspruchsvoll...« Angesichts seiner gerunzelten Stirn bereute sie ihre Worte sofort. Sie wollte sich entschuldigen, wußte aber nicht, wie.

»In der Neuen Welt spielt die Herkunft eines Menschen keine Rolle«, erwiderte er. »Um Erfolg zu haben, muß man nicht von Adel sein.«

Bestürzt sah sie, wie er nach seinem wollenen Umhang griff, der über einem Stuhl hing, und ihn um seine Schultern legte. Früher wäre sie froh gewesen, hätte er sie im Bett allein gelassen. Jetzt fragte sie sich bestürzt, ob sie bereits so unförmig war, daß sie ihn abstieß. Und wohin mochte er gehen?

»Jamie...«

»Schlaf jetzt. Ich bin gleich wieder da. Plötzlich fühle ich mich so rastlos. Ich möchte nur nachschauen, ob das Palisadentor verschlossen und der Wachtposten wach ist.«

Als die Tür hinter ihm zugefallen war, kämpfte Jassy mit den Tränen. Sie wußte nicht, was sie empfand – nur daß es sehr stürmische Gefühle waren.

Bestimmt würde sie nicht einschlafen können. Aber ihre Müdigkeit siegte, und sie versank in einem unruhigen Schlummer. Irgendwann spürte sie, wie Jamie sich zu ihr legte, und da fand sie endlich ihren inneren Frieden.

Am Heiligen Abend hielt Vater Steven eine Messe ab, und alle Bewohner von Carlyle Hundred drängten sich in der kleinen Kapelle. Sie sangen englische Weihnachtslieder, und trotz der Kälte und aller Mühsal feierten alle Siedler ein fröhliches Fest.

Elizabeth wirkte besonders übermütig. Neuerdings verbrachte sie einen Großteil ihrer Zeit in Sir William Tybalts Gesellschaft, was in Jassy gewisse Hoffnungen für die Zukunft ihrer Schwester weckte. Sie hätte das Mädchen sehr gern glücklich verheiratet gesehen.

Nach dem Gottesdienst tauschten die Familienmitglieder in der Halle kleine Geschenke aus. Jassy überreichte ihren Schwestern Muffe, für Jamie und Robert hatte sie Lederwämser genäht. Ihr Mann bekam außerdem noch ein Hemd aus dem feinsten aller Seidenstoffe, die mit der *Lady Destiny* eingetroffen waren. Gespannt beobachtete sie seine Miene, als er dieses Geschenk begutachtete. Vorsichtig strich er darüber. »Du hast die besten Spitzenborten für die Manschetten und den Kragen verwendet. Und die kostbarste Seide. Ich dachte, du würdest dir ein Kleid daraus machen lassen.«

Jassy zuckte die Schultern und griff nach Jamies Geschenk, einem goldenen Medaillon, das zwischen ihren Brüsten hing. »Gefällt dir das Hemd?«

»Sehr gut. Wer hat es genäht?«

»Ich.«

»Ich habe dich nie daran arbeiten sehen.«

»Es sollte ja auch eine Überraschung sein. Deshalb befaßte ich mich nur damit, wenn du nicht im Haus warst. Freust du dich über das Hemd?«

»O ja. Allein schon der Gedanke, daß du diese edle Seide nicht für dich selbst behalten hast... Wenn du nicht aufpaßt, beginne ich womöglich zu glauben, du hättest mich nicht nur wegen meines Geldes geheiratet. Ich dachte, du wolltest für deine eigene Person immer nur das Beste haben.«

Das Blut stieg ihr in die Wangen. Sie wußte, daß er sie nur neckte, und weil Weihnachten war, störte sie das nicht. »Ich wollte nie das Beste haben, zumindest nicht in materieller Hinsicht. Es ging mir allerdings darum, nicht zu verhungern. Das gebe ich zu. Und – ich wollte...«

»Ja?«

»Ach, das ist nicht so wichtig.« Rasch wandte sie sich ab und wollte zu den anderen gehen, aber er hielt sie am Arm fest.

»Sag es mir! Was wolltest du?«

»Jamie, es ist heiliger Abend, und wir haben Gäste...«

»Und Gott möge sie segnen. Antworte mir! Was wolltest du?«

Sie hob den Kopf und hielt seinem prüfenden Blick stand. »Ich wollte leben – und nicht auf die gleiche Weise sterben wie meine Mutter. Würdest du mich jetzt bitte loslassen?«

Seine Hand glitt von ihrem Arm herab, und sie eilte zum Kamin, wo Tamsyn auf einer Flöte eine fröhliche Melodie spielte. Lenore und Robert tanzten, während Kathryn, Patience und Charity Hume und Mrs. Lawton lachend applaudierten.

Schließlich sank Lenore atemlos in einen Sessel. »Ach, wenn wir doch nur in England wären...«

»Du hast also Heimweh?« fragte Elizabeth.

»Manchmal«, gestand Lenore. »Gerade heute abend würde ich London gern wiedersehen – London mit den belebten, festlich geschmückten Straßen und den Kirchen, wo die Glocken läuten... Wie schön wäre es, wenn ich mit allen den fröhlichen Menschen durch die Stadt wandern könnte... Wenn ich kein Fleisch mehr räuchern und mich nicht mehr drum sorgen müßte, ob wir genug Kerzen und Brennholz für den Winter haben... Schaut euch meine Hände an! Die sind schon fast so häßlich wie die von Jassy. Wenn man sich das vorstellt – die Tochter des Herzogs von Somerfield läßt sich dazu herab, Kerzen und Seife zu erzeugen!«

Alle lachten, und Jassy zuckte verwirrt zusammen, als Jamie neben sie trat, ihre Hand ergriff und hochhob. Plötzlich war es still in der Halle geworden, sogar Tamsyn hatte zu musizieren aufgehört. »Das ist keine häßliche Hand, Lenore. Als ich sie zum erstenmal berührte, war sie rauh und schwielig von den Diensten, die sie anderen hatte leisten müssen. Und im Dienst meines Traums ist sie rauh und schwielig geblieben. Ich liebe diese Hand. Sie zeigt viel Kraft und kann doch so zärtlich sein. Sag mir, Jassy, hast auch du Heimweh? Verabscheust du Carlyle Hundred immer noch?«

Sie verstand den seltsamen Unterton in seiner Stimme nicht und hätte ihm ihre Hand gern entrissen, aber das widerstrebte ihr in Gegenwart der anderen. »Ich bin hier, weil es dein Wunsch ist.«

»Aber du würdest London vorziehen?«

»Wo du hingehst, muß auch ich hingehen. Und du hast dich für die Neue Welt entschieden.«

»So einfach ist das?«

Jassy nickte. »Dafür hast du gesorgt.« Ohne zu wissen, warum, zitterte sie am ganzen Körper. Unauffällig zog sie an ihrer Hand, und er ließ sie endlich los. Sie entschuldigte sich mit der Erklärung, sie sei müde, und floh nach oben, ins Schlafzimmer.

Da Molly mit ihrer neuen Familie Weihnachten feierte, stand sie ihrer Herrin an diesem Abend nicht zur Verfügung. Und so zog sich Jassy allein aus und kroch erschauernd ins Bett. Sie betrachtete das Medaillon, das an ihrem Hals hing, den eingravierten Namen ›Cameron‹. Daß sie so hieß, war ihr noch nie richtig bewußt geworden. Plötzlich bedeutete es ihr sehr viel. Das Medaillon in der Hand, schloß sie die Augen und schlief bald ein.

Aber es war kein friedlicher Schlummer. Ausgerechnet in der Weihnachtsnacht kehrten ihre Alpträume zurück, und sie erwachte schreiend.

»Jassy!« Sie war nicht mehr allein, Jamie lag neben ihr und hielt sie in den Armen. »Jetzt ist es vorbei. Es war nur ein böser Traum. Nichts kann dir geschehen.«

Verwirrt schaute sie sich um. Tatsächlich – sie hatte nur geträumt. Weder Gespenster noch Leichen spukten im Schlafzimmer. »Tut mir leid, daß ich dich geweckt habe«, flüsterte sie.

»Und daß ich hier bin – nicht Robert Maxwell?« fragte er mit scharfer Stimme.

Jassy blickte in seine Augen, las aber nicht den erwarteten Zorn darin. »Ich bedaure nur, daß ich dich gestört habe – sonst nichts.«

»Hier kann dir nichts zustoßen, bei mir bist du sicher.« Er strich ihr das Haar aus der Stirn. »Fühlst du dich jetzt besser?«

Sie nickte. Ihr Herz pochte immer noch heftig, aber die Schläge begannen sich zu verlangsamen. Die kleinen Flammen im Kamin tauchten den Raum in sanftes Licht, und sie hatte die Schattenwelt ihres grausigen Nachtmahrs endgültig verlassen. Jamie stand auf, erschauerte in der winterlichen Kälte und schürte das ersterbende Feuer. Dann schlüpfte er wieder unter die Decke und zog Jassy an sich. Sie legte ihre Wange auf seine nackte Brust, ihre Finger strichen durch das dichte dunkle Kraushaar.

»Wovon hast du geträumt?« fragte er und starrte zum Bettbaldachin hinauf.

Konnte sie darüber sprechen? Er mußte ihr Zaudern gespürt haben, denn er umfaßte ihr Kinn, hob ihren Kopf hoch und schaute in ihre Augen. »Hier lauern dir keine Dämonen auf, Jassy. Erzähl mir, was dich quält, vielleicht wirst du dann davon befreit.«

Sie rieb das Gesicht an seiner warmen Brust und wisperte: »Es fängt immer mit meiner Mutter an.«

»Ist sie krank?«

»Sie liegt im Sterben, in Master Johns Dachkammer. Ein Laken ist über sie gebreitet. Ich weiß schon vorher, was ich darunter finden werde. Trotzdem muß ich es wegziehen. Und da sehe ich Mama. Sie ist bereits tot – schon seit langer Zeit. Ich starre in ihre leeren Augenhöhlen, Würmer nagen an ihr... Und während ich sie anschaue...«

»Ja, mein Liebes?«

»Ihr Gesicht nimmt meine Züge an, und ich habe Angst...«

»Wovor?«

»Ich – will nicht so sterben wie sie«, flüsterte sie an seiner Schulter.

Jamie schwieg eine Weile, dann fragte er: »Sie starb doch in der Nacht, wo wir uns kennenlernten?«

»Ja.«

»Und du wolltest Medizin für sie kaufen – oder einen Arzt bezahlen? Deshalb kamst du zu mir?«

»Ja... Du mußt verstehen, daß ich mich zu Robert hingezogen fühlte. Wäre er an jenem Tag nicht so freundlich gewesen, läge sie jetzt nicht einmal in einem Sarg.«

Sekundenlang preßte er die Lippen zusammen. »Und damit ist der Traum beendet?«

Jassy erschauerte. »Manchmal ist er – anders.«

»Und heute nacht?«

»Ich starrte Mutter an, und plötzlich sah ich mich selbst auf dem Totenbett liegen.«

»War ich auch da?«

Bedrückt erinnerte sie sich an den Traum. Sie lag da, ihr bläulich verfärbtes, totgeborenes Baby im Arm. Jamie trat ans Bett, um auf sie herabzustarren. Und Hope schmiegte sich an ihn...

»Ja, du warst da.«

»Und was tat ich?«

»Du sahst mich an, ernst und traurig.«

»Warum?«

»Weil – unser Baby neben mir lag. Es war auch tot.«

»Jassy! Jassy!« Er drückte sie fest an sich, dann nahm er ihre Hand und legte sie auf ihren runden Bauch. »Spürst du, wie es sich bewegt? Da, jetzt strampelt es! Unser Kind ist gesund und stark, und das bist du auch. Ihr werdet beide am Leben bleiben. Ich lasse nicht zu, daß euch ein Unglück widerfährt. Vertrau mir. Bei der Niederkunft werde ich an deiner Seite sein. Und ich will dafür sorgen, daß du nie wieder hungern mußt – daß es dir an nichts mangelt.«

Sie preßte das Gesicht an seinen Hals. Nie hatte sie ein so wunderbares Gefühl der Sicherheit gekannt. Plötzlich fühlte sie sich sehr müde. Jetzt, wo sie ihre Träume nicht mehr fürchtete, wollte sie weiterschlafen.

»War sonst noch was?« fragte Jamie.

»Was meinst du, Mylord?« Zufrieden gähnte sie.

»Ging der Traum weiter?«

»Oh... Ja, Hope stand neben dir, als du auf mein Bett herabschautest.«

Er lachte. »Also bist du immer noch eifersüchtig.«

»Keineswegs!«

»Doch, das bist du.«

»Nun ja – es wäre nicht verwunderlich, wenn du dich bei Hope schadlos halten würdest – nachdem dir im Ehebett nichts geboten wird...«

»Es dauert ja nicht mehr lange. Ende Februar oder Anfang März kommt das Baby auf die Welt, und bis dahin werde ich's schon noch aushalten.« Der Gedanke an die bevorstehende Geburt jagte ihr Angst ein, und sie begann wieder zu zittern. Besänftigend strich er über ihr Haar. »Ich werde bei dir sein«, versprach er noch einmal. Nichts Böses kann dir geschehen.«

Jassy glaubte ihm. Sie schenkte ihm ein Lächeln, schloß die Augen, und wenig später schlief sie ein. Nachdenklich betrachtete er ihr Gesicht. Sie wird mit jedem Tag schöner, dachte er, und ich gerate immer mehr in ihren Bann... Manchmal fühlte er sich wie ein liebeskranker Schuljunge, wenn er beobachtete, wie sie lachte oder die Stirn runzelte, um sich auf eine ihrer zahlreichen häuslichen Pflichten zu konzentrieren.

Nein, keine Sekunde lang bereute er, daß er sie geheiratet hatte. Sie war genau die richtige Gefährtin für sein Leben in der Neuen Welt – tapfer und stark und tatkräftig genug, um sich allen Herausforderungen dieses wunderbaren Landes zu stellen. Und er hatte auch die von Anfang an erahnte Leidenschaft in ihr geweckt.

Doch er konnte sie nicht zwingen, ihn zu lieben.

Sie war seine Frau, und sie würde bald sein Kind gebären. Also mußte er nicht befürchten, daß er sie verlieren würde. Es sei denn, er ließ sie gehen. Er konnte keine so tiefe Liebe empfinden und dieses Geheimnis bis an sein Lebensende für sich bewahren. Aber er konnte ihr auch nicht sein Herz zu Füßen legen und seine Seele offenbaren. Jassy hatte sich nach einem Mann wie Robert gesehnt – nach einem Mann, der ihr schmeichelte, mit ihr lachte und scherzte und sich stets umgänglich zeigte.

Jamies Augen verengten sich. Nur um Jassy zu amüsieren, wollte er nicht den Narren spielen. Entweder liebte sie ihn so, wie er war, oder er würde sie freigeben.

Verzweiflung schnürte ihm die Kehle zu. Bald werde ich es wissen, dachte er. Wenn das Baby geboren ist, muß ich mir Klarheit über ihre Gefühle verschaffen.

# 16

Das Kind kam früher als erwartet zur Welt. Der Arzt aus Jamestown hatte versprochen, am 25. Februar in Carlyle Hundred einzutreffen, aber die Wehen setzten bereits am Morgen des 15. ein. Sie war bei Jonathan in der Küche, als sie plötzlich von heftigen Krämpfen erfaßt wurde. Weil sie gerade in einem Eintopf rührte, glaubte sie zunächst, sie hätte nur zu lange am Herd gestanden. Die letzten Wochen waren eine Qual gewesen. Sie fand einfach keine bequeme Körperhaltung mehr, wußte nicht, wie sie sitzen, liegen oder stehen sollte. Jeder Schritt fiel ihr schwer, und ihre Angst vor der Niederkunft wuchs.

Sie richtete sich auf, stemmte die Hände in die Hüften, und nach einer Weile ließ der Schmerz nach. Jonathan Hayes musterte sie besorgt. »Wir können die Gewürze später überprüfen, Mylady...«

Lächelnd schüttelte sie den Kopf. »Wir wissen nicht, wann das nächste Schiff unseren Hafen anläuft, und ich glaube, das Salz geht zur Neige. Fangen wir an. Den Eintopf kann ich jetzt sich selbst überlassen.«

Sie setzten sich an den Küchentisch, und Jonathan begann, die Nelkensäckchen zu wiegen. Während er die Gewichte der verschiedenen getrockneten Kräuter und Gewürze angab, notierte Jassie die Zahlen im Haushaltsbuch. Plötzlich hörte sie die Stimme des Kochs nicht mehr. Neue Krämpfe erschütterten ihren Unterleib. Keuchend sprang sie auf und kniff die Augen zusammen.

»Mylady...«

»Alles in Ordnung.« Sie sank kraftlos auf den

Stuhl zurück, dann schaute sie Jonathan an. »Nein – gar nichts ist in Ordnung.«

»Ich hole Hilfe!« Er riß seinen Umhang vom Wandhaken und lief durch die Hintertür in den Hof hinaus. Der Schmerz verebbte, und Jassy fürchtete schon, sie hätte den armen Koch grundlos alarmiert. Sie wollte aufstehen, doch da spürte sie plötzlich einen Schwall aus warmer Flüssigkeit zwischen ihren Beinen, der ihre Unterröcke tränkte. Als die Krämpfe wieder einsetzten, schlimmer denn je, hielt sie sich verzweifelt an der Tischkante fest.

Die Tür flog auf, ein eisiger Windstoß folgte Tamsyn in die Küche. Aufgeregt eilte er zu ihr.

»Es ist noch zu früh!« protestierte sie.

»Einem Baby, das aus dem Mutterleib herausdrängt, kann man nicht erklären, daß es zu früh ist«, erwiderte er grinsend. »So, und jetzt seien Sie ein braves Mädchen und legen sich ins Bett.«

»Und dann?«

»Dann warten Sie. Kommen Sie, ich helfe Ihnen.« Er zog sie vom Stuhl hoch und legte einen Arm um ihre Schultern.

Die Tür schwang wieder auf, und Jamie stürmte in die Küche. Nachdem er einen kurzen Blick auf seine Frau geworfen hatte, zog er die Handschuhe aus, ließ sie fallen und stieß Tamsyn beiseite. »Gehen Sie aus dem Weg, Mann!« schrie er und nahm Jassy auf die Arme.

»Nein!« rief sie und sah Tamsyn flehend an. »Bitte, Jamie, er hat in Oxford studiert...« Zitternd umklammerte sie den Hals ihres Mannes. Sie fror in ihren feuchten Unterröcken und fügte unbehaglich hinzu: »Ich mache dich ganz naß.«

Das interessierte ihn nicht. Er starrte Tamsyn an.

Der alte Knabe, den er aus dem Gasthaus an der Kreuzung geholt hatte, war völlig verändert – glatt rasiert und sauber gekleidet, stets bescheiden, und er trank niemals etwas Stärkeres als Ale. Jamie zögerte nur kurz. Was das einstige Studium des Alten betraf, konnte er nicht sicher sein, aber er vertraute seinem Instinkt. Und der sagte ihm, daß Tamsyn absolut verläßlich war. »Also gut, kommen Sie mit!«

»Danke«, wisperte Jassy an seinem Hemd.

Hastig trug er sie aus der Küche, an den Dienstbotenquartieren vorbei und in die Halle, wo er Amy Lawton traf. »Laufen Sie zum Tannen-Haus und holen Sie Molly! Wo ist Elizabeth?«

»Hier!« rief das Mädchen von der Treppe herab.

»Das Baby kommt«, erklärte er kurz angebunden und stieg mit Jassy die Stufen hinauf.

Im Schlafzimmer setzte er sie auf das Bett und begann sie auszuziehen. Verlegen starrte sie auf ihre nassen Röcke hinab. »Du solltest nicht hier sein...«

Unbeirrt kleidete er sie weiter aus, während Elizabeth ein Nachthemd aus dem Schrank nahm. Gemeinsam streiften sie es über Jassys Kopf. Im nächsten Augenblick wurde die werdende Mutter von einer neuen Wehe erfaßt und krümmte sich zusammen.

Jamie ergriff ihre Hände und drückte sie. »Du mußt ganz ruhig atmen. Liebes... Ja, so ist es gut...«

Als der Schmerz abgeklungen war, ließ sie sich unter die Bettdecke helfen. Jamie drehte sich zu Tamsyn um, der in der Tür stehengeblieben war. »Und was jetzt?«

»Wir müssen warten, Mylord.«

»Das ist alles?«

»Mehr kann man nicht tun.« Jassy griff nach der Hand ihres Mannes. »Es ist zu früh...«

»Nur um knapp zwei Wochen«, erwiderte er aufmunternd und wünschte, er wüßte über den Vorgang der Geburt besser Bescheid. In all den Jahren hatte er so vieles gelernt. Er konnte segeln, die Wildnis durchstreifen, zu Wasser und zu Land überleben. Aber er fragte sich vergeblich, wie er die Kummerfalten auf Jassys Stirn glätten sollte. Und das Baby? Würde es kräftig genug für die kalten Tage sein, wenn es zu früh auf die Welt kam?«

»Zwei Wochen«, wiederholte Tamsyn nachdenklich. »Wenn mich meine alten Augen nicht trügen, müßte dieses Kindchen schon in der Hochzeitsnacht gezeugt worden sein, Mylord. Und weil's die Eltern so eilig hatten, will's jetzt auch nicht länger warten. Nun, sicher wird alles gutgehen.« Er wandte sich zu Elizabeth. »Mylady, wenn Molly kommt, sagen Sie ihr bitte, sie soll für heißes Wasser sorgen und genug saubere Tücher bringen, damit wir seine kleine Lordschaft und Jass – Lady Cameron abwaschen können, wenn's soweit ist.«

Elizabeth rannte aus dem Zimmer, und Jamie fragte: »Soll ich auch irgendwas tun?«

»Am besten gehen Sie hinunter, rauchen eine Pfeife und trinken ein Glas Whisky, Mylord. Es wird noch eine Weile dauern.«

Entschieden schüttelte Jamie den Kopf. »Ich habe meiner Frau versprochen, bei ihr zu bleiben.«

Tamsyn lächelte. »Dann setzen Sie sich zu ihr, Mylord. Halten Sie ihre Hand, kühlen Sie ihre Stirn, stehen Sie ihr bei.«

Und Jamie befolgte diesen Rat.

Anfangs schien es Tamsyn zu stören, Jassy in Gegenwart des Hausherrn anzufassen, dann fand er sich mit der Situation ab. Wie Jamie wußte, spürte der alte Mann, welch ernsthafte Zweifel an seinen ärztlichen Fähigkeiten gehegt wurden.

Schließlich straffte Tamsyn die Schultern, untersuchte die werdende Mutter gründlich und tat sein Bestes, um sie während der Wehen zu unterstützen. Immer wieder umklammerte sie die Hand ihres Mannes so fest, daß alles Blut aus seinen Fingern wich, aber er verzog keine Miene.

»Wir machen gute Fortschritte«, meinte Tamsyn fröhlich. »Und das Baby befindet sich genau in der richtigen Lage.«

Erleichtert seufzte Jassy auf. Jamie betrachtete ihr verzerrtes Gesicht und erkannte, woran sie dachte – an die arme Joan Tannen, an das Baby, das an Bord der *Sweet Eden* tot auf die Welt gekommen war. Er legte eine Hand auf ihren Bauch und fühlte die heftigen Krämpfe. »Die Abstände zwischen den Wehen werden immer kürzer!« jammerte sie angstvoll.

Elizabeth und Molly brachten heißes Wasser und saubere Tücher. Fürsorglich wischte Jamie die schweißnasse Stirn seiner Frau ab und sprach zwischen den Wehen beruhigend auf sie ein. Sie folgten immer schneller aufeinander, immer schmerzhafter. Fest umschloß er ihre Hand und wünschte, er könnte ihr die Qualen abnehmen, ihr etwas von seiner Kraft geben.

Einmal stieß sie einen gellenden Schrei aus, und er starrte Tamsyn vorwurfsvoll an. »Tun Sie doch etwas!«

»Was soll ich tun, Mylord?«

»Läßt sich der Vorgang nicht beschleunigen? Lange kann sie das nicht mehr aushalten.«

Tamsyn und die beiden Frauen, die neben ihm standen, wechselten kurze Blicke, dann trat Elizabeth vor und legte eine Hand auf Jamies Schulter. »Es hat ja erst vor kurzem angefangen. Manchmal dauert es viele Stunden, bis ein Baby geboren wird. Das liegt nun mal in der Natur der Dinge. Davon verstehst du nichts.«

»Aber du schon, was?«

»Ich war dabei, als deine Schwester von deiner kleinen Nichte entbunden wurde, also verstehe ich zumindest ein bißchen was davon.« Gottergeben nickte er. Noch nie hatte sie ihn so demütig resignieren sehen, und sie empfand heißes Mitleid. »Mach dir keine Sorgen, Jamie. Alles verläuft normal.«

Wieder schrie Jassy auf, und ihr Mann beugte sich rasch über sie. »Sei ganz ruhig...«

»Oh, ich halte es nicht mehr aus!«

»Doch, du wirst es durchstehen. Atme ganz tief!«

»Ich kann nicht...«

»Ich befehle es dir, Liebes. Atme gleichmäßig, klammere dich an meine Hand und laß endlich meinen Sohn heraus!«

»Ich soll endlich deinen Sohn herauslassen!« Heiße Wut blitzte in ihren Augen, und er mußte lachen.

»Ja, Mylady, du trödelst. Beeil dich ein bißchen!«

Sie warf ihm vor, er sei ein gefühlloser Schurke, und bei der nächsten Wehe fluchte sie wie ein Hafenarbeiter, grub ihre Fingernägel in seine Hand, aber sie schrie nicht mehr.

Tamsyn stellte fest, daß die Niederkunft nicht mehr lange dauern würde. Noch vor dem Abend würde der neue Erdenbürger geboren sein. Er blickte in Lord Camerons aschfahles Gesicht und erklärte besänftigend: »Bald haben wir's geschafft.« Zu Jassy gewandt fuhr er fort: »Sie konnten niemals auf irgendwas warten, Mädchen. Geduld haben Sie nie gelernt, und Sie halten auch nichts von halben Sachen. Einen einfachen Kaufmann wollten Sie nicht. Da haben Sie lieber einen feinen Lord geheiratet – natürlich in aller Eile. Und dieses Baby scheint nach seiner Mutter zu geraten, es kann's auch nicht mehr erwarten. Also helfen Sie ihm, Jassy, meine Liebe. Pressen Sie! Ganz fest!«

Sie bäumte sich auf, dann sank sie erschöpft in die Kissen zurück. »Ich kann nicht...«

Jamie packte sie entschlossen an den Schultern. »Du mußt auf Tamsyn hören!«

»Oh...« Sie versuchte sich loszureißen, aber es gelang ihr nicht, und ihr Körper zwang sie, mit aller Kraft zu pressen.

»Ich sehe ein dunkles Köpfchen!« jubelte Molly.

»Noch einmal!« drängte Tamsyn.

»Nein!«

»Jassy, ich will jetzt meinen Sohn haben!«

»Und wenn's eine Tochter wird?« stöhnte sie.

»Du muß pressen!« stieß Jamie zwischen zusammengebissenen Zähnen hervor.

Und da verließ das Baby den Mutterleib. Nie zuvor hatte sie eine so ungeheure Erleichterung verspürt. Mit einem gewaltigen Ruck quoll das neue Leben aus ihr heraus, und der Schmerz verflog. Dann hörte sie ein schrilles Gebrüll, ohrenbetäubend und sehr energisch.

»Ein Sohn!« rief Tamsyn lachend.« »Und was für ein quicklebendiges Bürschen!«

»Oh...«, hauchte sie. Ein Sohn. Genau, wie Jamie es befohlen hatte.

Tamsyn legte das Baby in Mollys Hände. Rasch wickelte sie es in die vorgewärmten Tücher und begann das winzige Gesicht zu säubern. Jamie küßte Jassys Lippen und strich ihr über die Wangen. Sie war ein wenig benommen, glaubte aber tiefe Zärtlichkeit in seinen Augen zu lesen. Dann stand er auf. Im Kerzenschein entblößte er seinen Sohn, der auf dem Tisch lag, und begutachtete ihn. Lächelnd kehrte er zu seiner Frau zurück. »Er ist vollkommen, Liebling. Zehn Finger, zehn Zehen, ein eigensinniges Kinn, schwarzes Haar. Zumindest sieht es schwarz aus. Es ist ganz naß.«

Der junge Cameron heulte, und Jassy sah eine winzige Faust aus den Tüchern herausragen. Ein seltsames Gefühl erfüllte ihre Brust. »Kann ich ihn anschauen?« wisperte sie und versuchte sich aufzurichten, aber dafür war sie zu schwach.

»Einmal müssen Sie noch pressen, Jassy«, erklärte Tamsyn, und sie starrte ihn verwirrt an. »Ein letztes Mal – die Nachgeburt...«

Jetzt fiel es ihr nicht mehr so schwer. Sie wollte es hinter sich bringen, endlich ihr Kind im Arm halten, also preßte sie mit aller Kraft. Wieder wurde sie von wunderbarer Erleichterung erfaßt und schloß erschöpft die Augen.

Als sie die Lider hob, stand Jamie neben ihr. Vorsichtig legte er das Baby auf ihre Brust. Innige Liebe erfüllte ihr Herz. Ihr Sohn war so klein – und doch so perfekt. Sein gellendes Gebrüll klang wie Himmelsmusik in ihren Ohren. Seine Augen schimmerten dunkelblau, aber die Farbe konnte sich später noch ändern. Der kleine Körper erschien ihr kräftig genug. Offenbar hatte es dem Kleinen nicht geschadet, daß er zwei Wochen zu früh geboren worden war.

Sie begann zu zittern. Der Alptraum hatte sich nicht verwirklicht, ihr Sohn lebte und war gesund. »O Jamie...« Sie fürchtete, in Tränen auszubrechen. »Es ist – so süß...«

»Er ist großartig«, wurde sie von ihrem Mann verbessert. Mit einer Fingerspitze berührte er das Gesichtchen seines Sohnes.

Molly trat ans Bett. »Jetzt sollte er gestillt werden. Viel wird er noch nicht trinken, aber er muß Milch in die Mutterbrust saugen...« Plötzlich zögerte sie. »Das heißt – wenn Sie ihn selbst nähren werden, Jassy. Viele Ladys lehnen das ab, nicht wahr, Lord Cameron?«

Gab es wirklich Mütter, die ihre Kinder nicht stillen mochten? Jassy verstand das nicht. Sie sehnte sich nach dieser engen Verbundenheit mit ihrem Sohn, wollte ihre Mutterschaft – ein Gefühl, das ihr noch fremd war – voll und ganz auskosten. Verzweifelt hoffte sie, Jamie würde ihr das nicht verweigern. Vielleicht beschlossen manche Ehemänner, Ammen einzustellen, damit ihre Frauen den Babys nicht zuviel Zeit widmeten. »In Carlyle Hundred wird es nicht gerade von Ammen wimmeln«, meinte sie leise.

»Sicher läßt sich jemand finden...«, begann Molly.

»Meine Frau wird den Jungen selbst stillen«, entschied Jamie.

Dankbar lächelte sie ihn an. Offenbar war er von dem Baby ebenso fasziniert wie sie selbst. Mit bebenden, ungeschickten Fingern öffnete sie ihr

Nachthemd und schob eine Brustwarze in den winzigen Mund. Sofort begann das Kind gierig zu saugen, und ein warmes Glücksgefühl breitete sich in ihrem ganzen Körper aus.

Das Baby schmatzte genüßlich, und Molly lachte. »Wie hungrig es nach Ihrer Brust ist, Jassy!«

»Wie der Vater«, murmelte Jassy. Dann wurde ihr bewußt, was sie gesagt hatte, und sie errötete vor Verlegenheit. Aber da brach auch Jamie in Gelächter aus. Elizabeth und Tamsyn stimmten ein.

Es war einer der schönsten Momente ihres Lebens. Einige Minuten lang hielt sie das Baby noch an der Brust, dann hob Jamie es hoch und überreichte es Elizabeth, die es wieder in die Tücher wickelte. »Molly wird dich jetzt waschen und das Bett in Ordnung bringen, Jassy. Danach mußt du schlafen.«

Die Augen fielen ihr bereits zu. Im Halbschlaf spürte sie, wie sie mit einem feuchten Lappen abgerieben wurde, dann hob Jamie ihren Körper ein wenig an, so daß Molly die Bettwäsche wechseln konnte.

Endlich sank sie in einen tiefen Schlummer, unbehelligt von Alpträumen.

Mitten in der Nacht wurde sie von lautem Geschrei geweckt. Jamie saß neben ihr und hielt das zornrote Baby auf dem Schoß. »Dein Sohn hat Hunger«, erklärte er, und sie nahm den Kleinen lächelnd an die Brust.

»Hoffentlich mache ich's richtig.«

»Ganz bestimmt«, erwiderte Jamie. »Jedenfalls hat unser Junge nichts an dir auszusetzen. Er kann gar nicht genug von dir kriegen, das siehst du doch. Morgen lassen wir ihn taufen. Wie sollen wir ihn nennen?«

»Schon morgen?« Panik stieg in ihr auf. »Jamie – ist alles mit ihm in Ordnung? Muß ich nicht befürchten...«

»Er ist kerngesund, das hat Tamsyn mir versichert. Aber es wäre sinnlos, mit der Taufe zu warten. Er braucht einen Namen.«

»Fast jeder Vater möchte seinem Sohn den eigenen Namen geben.«

»Er ist auch dein Sohn, Mylady. Außerdem gewann ich den Eindruck, daß du mir die Vaterschaft ziemlich übelnahmst.«

Dem konnte sie nicht widersprechen. Es war ja auch viel einfacher, ein Kind zu zeugen, als eins auf die Welt zu bringen. »Er soll James heißen.«

»Nach dem König?«

»Nein, nach seinem Vater. Immerhin ist er der Erstgeborene.«

»Soll das die Ankündigung einer ganzen Kinderschar sein?«

»Keineswegs!« fauchte sie, und er lachte belustigt.

»Gut, dann taufen wir ihn James Daniel Cameron, und damit es nicht zu Verwechslungen kommt, rufen wir ihn Daniel.«

»James Daniel Cameron... Das gefällt mir.« Zärtlich küßte sie das flaumige Köpfchen. »Ich liebe dich, James Daniel.«

Das Baby schloß die Augen, und sie sah zu Jamie auf, der ihr zulächelte. »Es ist üblich, daß ein Lord seiner Lady bei solchen Anlässen etwas schenkt. Wären wir noch in England, würde ich dir Perlen verehren, aber hier habe ich keine...«

»Es ist wirklich nicht nötig...«

»Dafür habe ich etwas anderes«, unterbrach er sie und zog ein dünnes Lederband aus der Tasche, an dem ein ungewöhnliches Amulett hing. Auf eine rosa Muschel waren in primitiven Linien eine Männer- und eine Frauenhand eingeritzt, und darüber schien eine Sonne – wie ein Gott, der die beiden verbundenen Hände wohlwollend betrachtete.

Jassy nahm das Schmuckstück entgegen. Bewundernd drehte sie es hin und her. »Wie schön...«

»Ein kleines Mädchen hat mir diesen Schmuck geschenkt.«

»Ein kleines Mädchen?«

»Als ich zum erstenmal in die Neue Welt kam, lernte ich Pocahontas kennen. Sie hatte John Smith gerettet, obwohl sie erst elf Jahre alt war. Ich fand es erstaunlich, wie sehr die weißen Siedler sie faszinierten, wie großzügig sie ihnen begegnete. Damals war ich selber noch keine Zwanzig. Sie dankte mir, weil ich die Weißen daran gehindert hatte, Powan zu töten. Bei unserem zweiten Zusammentreffen bewahrte sie mich vor den kampflustigen Powhatans und überreichte mir dieses Amulett. Ich hielt es stets in Ehren, und ich hoffe, es wird dir etwas bedeuten – wenn es auch nur ein Symbol für die Perlen ist, die ich dir eines Tages schenken werde.« Er schaute ihr nicht in die Augen. Behutsam nahm er das schlafende Baby aus ihren Armen.

»Jamie...«

»Ja?«

»Das Amulett ist wundervoll, und ich werde es wie meinen größten Schatz hüten, das schwöre ich.«

Lächelnd beobachtete er, wie sie das Lederband

um ihren Hals schlang. »Molly ist hiergeblieben. Jetzt wird sie dir was zu essen bringen, und danach mußt du wieder schlafen.«

»Bald stehe ich auf.«

»O nein, Mylady. In den nächsten Tagen darfst du dein Bett immer nur für zwei Stunden verlassen. Das hat Tamsyn gesagt, und ich werde dafür sorgen, daß du dich an seine Anweisungen hältst.«

Die Tür fiel ins Schloß, und Jassy zog sich die Decke bis ans Kinn. Nie hätte sie gedacht, daß es möglich wäre, so glücklich zu sein.

In der folgenden Woche befaßte sie sich fast ausschließlich mit Daniel. Stundenlang konnte sie ihn betrachten und sein Gesichtchen mit den Zügen seines Vaters vergleichen. Er sah Jamie bemerkenswert ähnlich und schien ihm auch im Wesen zu gleichen, denn manchmal starrte er still und ernst vor sich hin, um dann plötzlich wie der Nordwind zu heulen. Eigensinnig behauptete sie, er würde bereits lächeln, obwohl Molly erklärte, dafür sei er noch zu klein. »Er verzieht nur den Mund, weil er Luft im Bäuchlein hat.«

Aber Jassy glaubte ihr nicht. Ihr Sohn war nicht so wie andere Babys, sondern etwas ganz Besonderes. Wenn sie ihn in den Armen hielt, fühlte sie sich wunschlos glücklich. Er stellte eine wunderbare Ergänzung ihres Ichs dar – etwas, das ihrem bisherigen Leben gefehlt hatte.

Nur ein einziger Kummer bedrückte sie in diesen Tagen – sie sah Jamie immer seltener. Er schlief nicht mehr bei ihr im Zimmer. Statt dessen hatte er eine Liege für Molly hereinbringen lassen, die Jassy fürsorglich betreute. Am Morgen nach der Entbindung waren ein paar Arbeiter erschienen, um Ihrer Ladyschaft eine hübsch geschnitzte, an einer Seite mit dem Cameron-Wappen geschmückte Wiege zu schenken. Erfreut bedankte sie sich, und John Tannen, der Anführer der kleinen Gruppe, hielt eine kurze Rede. »Wenn unsere kleine Gabe Ihnen gefällt, sind wir sehr froh, Mylady. Wir alle hatten ein bißchen Angst vor Ihrer Ankunft, denn wir dachten, Lord Camerons Lady wäre vielleicht eine kaltherzige Herrin, die nichts mit unsereins zu tun haben will. Aber Sie sind zu uns gekommen wie ein barmherziger Engel, und das können wir Ihnen nie vergelten – Molly und ich und die anderen. Und ich weiß auch, daß meine Joan und unser Kindchen von Ihrer sanften Hand zum Schöpfer zurückgeleitet wurden. Alles Gute für Sie, Mylady, und für Ihren lieben kleinen Sohn.«

»Oh, ich danke Ihnen und Ihren Freunden, John. Die Wiege werden wir immer behalten und stets daran denken, daß dieses Geschenk von Herzen gekommen ist.« Sie konnte Jamie, der schweigend in einer Zimmerecke stand, nicht anschauen. Denn sie befürchtete, von Rührung überwältigt in Tränen auszubrechen, wenn sie seinem Blick begegnete. Nur mit dem größten Widerwillen war sie in diese Kolonie gekommen – und noch nirgends hatte sie sich so heimisch gefühlt wie hier. Sie hatte Jamie geheiratet, um vor Hunger und Armut zu fliehen, und natürlich gewußt, daß er ihr viel mehr bieten konnte – ein Leben in Luxus. In Carlyle Hundred gab es kaum Luxus, doch das spielte längst keine Rolle mehr. Jetzt kam es nur noch auf Daniel an, auf das Wohl ihrer Familie, ihrer guten Freunde und Diener. Und auf ihren Mann.

»Wärmt euch unten in der Halle mit Ale auf«, lud er die Besucher ein. »Draußen bläst ein eisiger Wind.« Höflich verabschiedeten sie sich von Jassy, und er führte sie hinaus. Ehe er das Zimmer verließ, schaute er seine Frau an, und wie so oft konnte sie nicht ergründen, was er dachte.

Eine Woche nach Daniels Geburt kehrte Molly zu ihrer eigenen Familie zurück. Jassy vermißte sie, aber sie hatte immer noch Elizabeth, Mrs. Lawton, Patience und Charity. Nur Jamie nicht. Er schlief in dem Raum, den Lenore und Robert früher bewohnt hatten. Als er eines Morgens hereinkam, um eine Hose aus dem Schrank zu nehmen, erklärte er ein wenig verlegen, er habe sich gegenüber einquartiert, weil er sie nicht stören wolle. Sie brauche ihren Schlaf, ebenso wie Daniel.

Jassy war gekränkt, aber sie erhob keine Einwände. Vielleicht wollte er selber unbehelligt schlafen, um für den harten Überlebenskampf in den Wintermonaten Kräfte zu sammeln.

Manchmal hörte sie ihn mitten in der Nacht umhergehen. Verzweifelt hoffte sie, sein Interesse an ihr wäre nicht erloschen. Natürlich wußte sie, daß sie die ehelichen Beziehungen vorerst noch nicht wiederaufnehmen konnten. Aber sie hatten auch vor Daniels Geburt leidenschaftslos beisammengelegen, und es war wundervoll gewesen, Jamies Arme zu spüren, seinen Herzschlag. Tamsyn hatte erklärt, sie müsse noch einen vollen Monat warten, ehe sie ihre Ehepflichten wieder erfüllen könnte, und auch dann sehr vorsichtig sein. Hatte er mit Jamie ebenfalls darüber gesprochen? Oder reizte sie ihren Mann ganz einfach nicht mehr?

Die Nächte, wo er in seinem Zimmer umherwanderte, beunruhigten sie. Und die Nächte, wo sie ihn nicht hörte, bekümmerten sie noch mehr. Dann wußte sie nicht, wo er war – und bei wem.

Als der Schnee schmolz, erschienen mehrere Indianer, um Geschenke von Opechancanough abzuliefern. Der große Häuptling schickte dem Baby ein Amulett, ähnlich wie jenes, das Jamie von Prinzessin Pocahontas erhalten hatte. Jassy nahm ihren Talisman niemals ab. Daniels Glücksbringer befestigte sie an seiner Wiege. Warum sie das tat, wußte sie nicht. Wenn sie den Glauben an ihren eigenen Gott auch manchmal verloren hatte, so konnte sie doch nichts für die sonderbaren, anspruchsvollen Dämonen der Agonquins empfinden. Aber sie spürte irgendwie, daß dieses Amulett ihren Sohn beschützen würde. Der christliche Gott faßte erst allmählich Fuß in der Wildnis. Die heidnischen Götter herrschten hier schon viel, viel länger.

Um Vater Steven zu besänftigen, bat sie John Tannen, ein Kreuz zu schnitzen, das sie am Fußende der Wiege anbrachte. Der heftige Protest des jungen Priesters gegen das Amulett amüsierte Jamie. »Keine Bange, Vater«, beschwichtigte er ihn. »Diese harmlose kleine Muschel wird Daniel sicher nicht daran hindern, den Glaubensregeln der englischen Kirche zu folgen.«

Resignierend breitete Vater Steven die Arme aus, und Jassy warf ihrem Mann einen dankbaren Blick zu, den er aber nicht zu bemerken schien. Offenbar war er mit seinen Gedanken bereits woanders, bei irgendwelchen dringenden Geschäften.

Als Daniel zwei Wochen alt war, taute der letzte Schnee. Jonathan meinte, in diesem Winter würde es nicht mehr schneien. Und da er schon sehr lange in der Kolonie lebte, verließ sich Jassy auf sein Urteil.

Der Februar ging in den März über.

Tamsyn arbeitete nicht mehr in Jamies Stall. Wie Jassy verwundert erfuhr, hatte er ein kleines Haus bezogen. Die gesamten medizinischen Vorräte waren ihm anvertraut worden, der Kreis seiner Patienten wuchs zusehends. »Das habe ich Ihrem Mann zu verdanken«, erzählte er Jassy. »Nach Daniels Geburt forderte er mich auf, ihm in die Halle zu folgen. Ich dachte, er wolle mir den Kopf abreißen, weil ich Ihre Schmerzen nicht lindern konnte. Statt dessen erkundigte er sich nach meinem Studium in Oxford und war richtig böse, weil ich mich dem Alkohol ergeben und meine ärztliche Karriere ruiniert hatte. Ich versicherte, ich hätte mein Laster überwunden. Und er meinte, in dieser Neuen Welt könnte er sich's nicht leisten, meine Kenntnisse zu vergeuden. Er stellte mir das Häuschen zur Verfügung und schickte die Leute zu mir. Anfangs kamen sie nur zögernd. Aber dann kurierte ich Mrs. Danver von ihren Magenkrämpfen und richtete Timothy Hales gebrochenen Arm ein, und seither haben sie etwas mehr Vertrauen zu mir.«

Jassy freute sich über die glückliche Wende, die Tamsyns Leben genommen hatte, und am Abend dankte sie Jamie dafür. Ungeduldig erwiderte er: »Ich habe nichts weiter getan, als dem Mann empfohlen, seine Kenntnisse zu nutzen, die wir dringend benötigen.« Abrupt kehrte er ihr den Rücken, und sie wagte nichts mehr zu sagen.

Der März brachte Stürme und Regen mit sich, aber am 15., als Daniel genau einen Monat alt war, schien der Frühling auf seine Rechte zu pochen. Warm schien die Sonne vom wolkenlosen Himmel herab. Die Feldarbeiter begannen die Saat vorzubereiten. Immer wieder klang fröhliches Gelächter auf, und alle schienen sich über das Ende des Winters zu freuen.

Alle außer Jamie.

Manchmal glaubte Jassy, er würde sie hassen. Dann wieder sah es so aus, als wäre sie ihm völlig gleichgültig. Er ging ihr aus dem Weg, sprach in schroffem Ton mit ihr und verbrachte den Großteil seiner Tage außer Haus.

Hin und wieder ertappte sie ihn allerdings dabei, wie er sie mit ernsten Augen betrachtete und auf irgend etwas zu warten schien. Wenn sie ihn in solchen Momenten fragte, was mit ihm los sei, erwiderte er kurz angebunden: »Nichts.« Und dann entfernte er sich hastig.

Verwirrt, gekränkt und in wachsender Angst beobachtete sie ihn. Er liebte Daniel, daran gab es keinen Zweifel. Jeden Abend ließ er sich das Kind bringen, und Jassy übergab es Amy, Charity oder Patience. Danach sah sie es erst wieder, wenn es vor Hunger schrie und gestillt werden mußte.

Am 15. März beschloß sie, ihren Mann ins Ehebett zurückzuholen. Die Sehnsucht nach ihm war unerträglich geworden. Nachdem sie Daniel am Morgen gestillt hatte, badete sie und wusch ihr Haar. Dann zog sie sich mit besonderer Sorgfalt an. Spitzenrüschen betonten den Busenansatz im tiefen Ausschnitt ihres fliederfarbenen Kleides. Wie goldene Kaskaden fielen die langen Locken auf ihren

Rücken. Sie kniff in ihre Wangen, bis sie einen rosigen Schimmer zeigten. Dann ging sie nach unten in das große Arbeitszimmer neben der Halle, wo Jamie und Sir William gerade das Flußgebiet kartographierten. Federkiele und Pergamentrollen übersäten den großen Tisch.

William blickte auf, als Jassy eintrat, und verneigte sich mit einem bewundernden Lächeln. Aber Jamies Miene verriet unverhohlenen Ärger über die Störung.

»Guten Tag, Sir William«, sagte sie, dann wandte sie sich zu ihrem Mann. »Wie ich sehe, seid ihr beide beschäftigt.«

»Wir haben nie so viel zu tun, daß uns Ihre Gesellschaft kein Vergnügen wäre, Mylady«, bemerkte William galant.

»Was willst du?« fragte Jamie kurz angebunden.

Sogar William starrte ihn verdutzt an. Dann hielt er es anscheinend für ratsam, das Weite zu suchen. Hastig entschuldigte er sich, mit der Begründung, er habe vergessen, nach dem Wachtposten zu schauen. »Ich bin gleich wieder da, Jamie.«

Jassy war allein mit ihrem Mann. Es dauerte eine Weile, bis er das drückende Schweigen brach. »Nun, was ist so wichtig, daß es dich veranlaßt, unsere Arbeit zu unterbrechen und eine Szene zu machen...?«

»Ich? Eine Szene?«

»...und William durcheinanderzubringen?«

»Er wirkte nicht sonderlich verstört.«

»Natürlich, du liebst es, seine Bewunderung zu erregen und ihn zu Komplimenten herauszufordern...«

»Die ich von dir nur selten zu hören bekomme.«

»Ich bin es nicht gewöhnt, um die Frauen herumzuscharwenzeln. Also, was willst du?«

»Anscheinend bist du es auch nicht gewöhnt, die einfachsten Gebote der Höflichkeit zu befolgen, mein grandioser Lord. Was ich von dir will? Nichts außer jenem höchsten Gut, das ich schon so lange ersehne – meine Freiheit!« Wütend wandte sie sich zur Tür, und deshalb sah sie den Schmerz nicht, den ihre Worte in seinen Augen weckten. Doch er hatte sich sofort wieder in der Gewalt und hielt ihren Arm fest. »Willst du das wirklich?«

»Was?« fauchte sie.

»Deine Freiheit?«

Jassy zögerte. Plötzlich wurde ihr Mund trocken. Am liebsten hätte sie sich weinend in seine Arme geworfen und erklärt, es wäre die reine Hölle, getrennt von ihm zu leben. Ein Wort aus seinem Mund – ein Lächeln – eine zärtliche Geste, und sie hätte ihre Gefühle eingestanden.

Doch er starrte sie nur ausdruckslos an. Welch eine Ironie... Sie hatte ihn verabscheut und jetzt, wo sie ihn innig liebte und leidenschaftlich begehrte, schien er sie zu hassen.

»Ich habe dich etwas gefragt, Jassy.«

»Nun, ich...«, begann sie, doch da flog die Tür auf, und William kehrte zurück.

»Jamie, die *Lady Destiny* läuft den Hafen an! Endlich! Nun steht es eindeutig fest, daß der Frühling gekommen ist.« Offenbar bemerkte er die Spannung nicht, die in der Luft lag.

»Dann wollen wir das Schiff begrüßen.« Jamie ließ den Arm seiner Frau los und eilte mit William aus dem Zimmer. Schweren Herzens starrte sie ihm nach.

Die Pinasse lieferte nicht nur Schußwaffen, Munition und Schwerter in Carlyle Hundred ab, sondern auch hübsche Kleider für Daniel. Mehrere neue Siedler gingen von Bord – Sir Allen Wethington und Cedric Aherne, dazu ein Kartograph, ein Schmied, Zimmermänner, Arbeiter und Handwerker, außerdem einige Familien von Männern, die sich bereits eine Existenz in der Neuen Welt aufgebaut hatten.

Sir Allen und Sir Cedric wurden in einem Haus innerhalb der Palisade einquartiert, das nur mit dem Allernötigsten ausgestattet war. Deshalb dinierten sie am Abend ihrer Ankunft bei den Camerons. Jassy erfüllte ihre Pflichten als Gastgeberin mit fieberhaftem Eifer. Nachdem ihr Gemahl sich nichts mehr aus ihr machte, wollte sie ihm beweisen, daß andere Herren ihre Reize durchaus zu schätzen wußten.

Auch Lenore und Robert erschienen zum Dinner. Es gab wilde Truthähne, erst an diesem Morgen von Indianern erlegt, Fleischpasteten und Maisbrot. Die *Lady Destiny* hatte einen üppigen Vorrat an Kaffee mitgebracht – ein Getränk, das in Italien immer beliebter wurde, dazu zierliche kleine Porzellantassen.

Nach der Mahlzeit zündeten sich die Männer Pfeifen an. Jamie war begierig, die jüngsten Neuigkeiten aus England zu erfahren, und alles lachte, während Sir Allen die langweilige Hofhaltung des guten Königs James und seiner Anne von Dänemark beschrieb.

Cedric, Allen und Jamie kannten sich schon lange. Während ihrer Jugend in London hatten sie öfter die Hauslehrer geteilt, und alle drei waren im gleichen Alter. Der blonde, blauäugige, fröhliche Allen erinnerte Jassy an Robert. Cedric, ein attraktiver Rothaariger mit Schnurr- und Vollbart, war ein wenig zu rundlich um die Mitte, doch das glichen seine breiten Schultern und muskulösen Schenkel aus. Beide überhäuften Jassy mit charmanten Komplimenten, und sie tat ihr Bestes, um das Temperament ihres Mannes zu provozieren. Dabei ging sie sehr diskret vor. Hier und da ein kleines Lächeln für Cedric, dann eine Berührung von Allens Arm, die etwas zu lange dauerte... Sonst nichts. Sie gab Jamie keinen Grund, über die Manieren der Tavernenhure zu klagen, die er geheiratet hatte. Und trotzdem eroberte sie die Herzen der Neuankömmlinge im Sturm.

»Wir wußten bereits, daß du davongelaufen bist und dich vermählt hast, Jamie«, bemerkte Allen, »noch dazu mit der schönsten Lady von ganz England. Wo hast du sie denn gefunden? War sie in irgendeinem einsamen Turm auf dem Land eingesperrt? Sind wir ihr deshalb nie begegnet?«

Jamie stand am Kamin, einen Ellbogen auf dem Sims. Ehe er antwortete, warf er Jassy einen kurzen Blick zu. »Wir trafen uns unterwegs, auf der Straße. Sie reiste gerade zu ihrem Familiensitz, der in der Nähe meines Hauses liegt, und ich begleitete sie dorthin.«

Sie senkte den Blick – ziemlich verblüfft, weil er trotz seiner gegenwärtigen Stimmung darauf verzichtete, sie in Mißkredit zu bringen und zu sagen: ›Sie war Küchenmagd in einem Gasthof und kam in mein Zimmer, um ihre Dienste als Hure anzubieten...‹ Offenbar legte er trotz allem Wert darauf, den Schein zu wahren. Sie stand auf, schenkte Robert Maxwell ein gewinnendes Lächeln und füllte sein Weinglas nach.

Charity lief die Stufen herab, flüsterte ihr etwas ins Ohr, und Jassy blickte in die Runde. »Nun muß ich mich entschuldigen. Mein Sohn ist erst einen Monat alt. Um diese Zeit wacht er immer auf und verlangt nach seiner Mutter.«

Die Herren erhoben sich, und Allen meinte: »Jamie, du hättest eine Hilfe für deine Frau engagieren sollen. Dann könnten wir ihre Gesellschaft heute abend etwas länger genießen.«

»Die Mutterschaft ist ein ganz besonderes Talent meiner Lady«, entgegnete Jamie. »Niemals würde sie ihr Kind jemand anderem überlassen. Gute Nacht, meine Liebe.«

Es sah so als, als wäre die Mutterschaft mein *einziges* Talent, dachte sie. Jamie schien es nicht im mindesten zu stören, daß sie sich von der Party entfernte. Sie wollte erklären, sie würde gleich zurückkommen. Doch da hörte sie Daniel schreien und eilte beschämt zur Treppe. Allerdings konnte sie, ehe sie hinaufstieg, der Versuchung nicht widerstehen. Sie drehte sich um und versicherte den Gästen, am nächsten Morgen würde sie sich sehr über einen weiteren Besuch freuen. Triumphierend begegnete sie James finsterem Blick, dann sah sie die verwirrten Mienen seiner Freunde. Vermutlich fragten sie sich, was in dieser Ehe nicht stimmte.

Zwanzig Minuten später betrat Jamie das Schlafzimmer. Sie lag mit Daniel im Bett. Das Baby saugte an ihrer Brust und preßte die winzigen Fäuste darauf. Jassy hatte sich nicht ausgezogen und nur das Mieder ihres Kleids und das Korsett geöffnet.

Als Jamie die Tür aufriß, versuchte sie hastig ihre

Blößen zu bedecken. »Du könntest wenigstens anklopfen.«

»Hast du vergessen, daß ich die Gebote der Höflichkeit nicht kenne? Außerdem ist das mein Schlafgemach. Also sehe ich keinen Grund, anzuklopfen.«

Ihr Herz schlug wie rasend. »Du schläfst jetzt auf der anderen Seite des Flurs.«

»Trotzdem komme ich hier herein, wann immer es mir beliebt.«

Daniel, in seiner Mahlzeit gestört, begann zu brüllen, und sein Vater warf irritiert die Tür zu.

»Wenn du mir etwas zu sagen hast, dann tu es bitte«, forderte Jassy ihn auf, »damit ich mich wieder der Mutterschaft widmen kann, meinem besonderen Talent. Übrigens – betrachtest du dies als mein einziges Talent, Mylord?«

»Du besitzt viele Gaben, Jassy. Fahr doch fort, das Baby zu stillen. Vorerst werde ich nicht gehen.«

Sie biß sich auf die Unterlippe, senkte den Kopf und gab Daniel wieder die Brust. Jamie wollte also hierbleiben. Er war wütend, aber sie hatte ihn endlich in dieses Zimmer zurückgeholt.

Ein peinliches Schweigen entstand, und als sie es nicht mehr ertrug, bemerkte sie: »Welch eine interessante Antwort du deinen Freunden auf die Frage gegeben hast, wo wir uns begegnet sind...«

»Was hätte ich denn sagen sollen? ›Ich habe eine Tavernendirne geheiratet. Merkt ihr das nicht an der schamlosen Art, wie sie mit euch kokettiert?‹«

»Ich habe nichts dergleichen getan«, zischte sie.

Er kam zum Bett, berührte Daniels Wange und strich dann über Jassys Brust. Sofort jagten Feuerströme durch ihren Körper. Mochte er mit ihr streiten, mochte er sie brutal und rücksichtslos nehmen – wenn sie nur wieder in seinen Armen liegen konnte...

Doch er zog seine Hand sofort zurück. »Nimm dich in acht. Wenn du dich tatsächlich nach deiner Freiheit sehnst, darfst du mit der *Lady Destiny* nach England zurücksegeln. Aber solange du hier bist – nimm dich in acht.«

»Was?« hauchte sie.

»Ich erlaubte dir, mich zu verlassen. Daniel bleibt natürlich hier. Er ist mein Sohn und Erbe.«

Empört starrte sie ihn an. »Niemals werde ich mich von ihm trennen! Er ist auch *mein* Sohn! In mir ist er gewachsen, und er braucht mich. Ich muß ihn nähren...«

»Ich kann jederzeit eine Amme einstellen.«

»Nein...«

»Gute Nacht, meine Liebe.«

»Jamie...«

»Wir sprechen morgen darüber. Wenn du so besorgt um Daniel bist, solltest du ihm jetzt deine ungeteilte Aufmerksamkeit widmen. Laß ihn in Ruhe trinken, sonst fängt er wieder zu weinen an. Gute Nacht.«

Leise schloß er die Tür hinter sich, und Jassy preßte eine Hand auf ihren Mund, um den Schrei zu unterdrücken, der in ihrer Kehle aufstieg. Daniel schien ihren Kummer zu spüren, denn er löste die Lippen von ihrer Brust und begann zu heulen. »Still, mein Liebling«, flüsterte sie und nahm das Kind fest in die Arme. »Ich bin ja bei dir, und ich werde dich niemals verlassen. Oh, ich liebe dich so sehr...«

Nein, Jamie konnte sie nicht zwingen, von hier

fortzugehen. Sie war seine Frau. Und er besaß nicht die Macht, ihr Daniel wegzunehmen. Das Geschrei des Babys verstummte, gierig saugte es wieder an ihrer Brust. Tränen rollten über ihre Wangen, aber sie versiegten schon nach wenigen Minuten. Sie würde hierbleiben, um ihren Mann kämpfen und ihn zurückgewinnen.

Hatte er nicht gesagt, sie könnte alle Situationen meistern?

## 17

Am nächsten Morgen erfuhr sie, daß Jamie abgereist war. Um Regierungsangelegenheiten zu regeln, mußte er zwei Tage in Jamestown verbringen. Dort hatte sich eine gesetzgebende Körperschaft gebildet, der er angehörte, wenn er sein Land auch nicht von der für Jamestown verantwortlichen Company, sondern direkt vom König erhalten hatte. In der Virginia-Kolonie herrschten ähnliche Gesetze wie in England. Auch hier wurde ein Mord mit dem Tod bestraft, ebenso der Diebstahl eines Pferdes, eines Esels oder einer Kuh, aller Tiere, die für das Überleben eines Menschen wichtig waren. In Carlyle Hundred geschahen nur wenige solcher Verbrechen, obwohl viele Leute hergekommen waren, um den englischen Gefängnissen zu entrinnen.

Eifrig bereitete sich die Gemeinde auf Ostern vor, und am 19. März, drei Tage vor dem Fest, kehrte Jamie zurück. Jassy begrüßte ihn höflich – aber bei weitem nicht so herzlich wie Robert und die anderen Gäste. Während er sie beobachtete, näherte sich sein Temperament trotz aller guten Vorsätze dem Siedepunkt.

Beim Dinner spielte sie die perfekte Gastgeberin, lachte und flirtete. Bei den Vorbereitungen für diesen Abend hatte sie sich besondere Mühe gegeben und sogar Musiker engagiert. Jamie tanzte nicht mit ihr. Aber da sie kein Kind mehr unter dem Herzen trug, konnte er ihr nicht verbieten, anderen Männern auf die Tanzfläche zu folgen. Er starrte sie an, während sie in den Armen eines seiner Freunde umherwirbelte. Wie dumm von mir, daß ich sie geheiratet habe, sagte er sich bitter. Sie ist eine Hure, das war sie schon immer. Und deshalb werde ich sie freigeben... Wütend stürzte er aus der Halle.

Am Ostermorgen stand er zeitig auf und schaute in ihr Zimmer. Daniel schlief friedlich in seiner Wiege, aber Jassy war nirgends zu sehen. Besorgt verließ er das Haus, sattelte sein Pferd, ohne einen Stallknecht zu rufen, und stieg auf.

Er fand Jassy außerhalb der Palisade in Sir Cedrics Gesellschaft. Fröhlich lachte sie und gab in süßer Unschuld vor, nicht zu wissen, wie man mit Feuerwaffen umging. Über einem hellen Leinenkleid, mit Rüschen und Spitzen verziert, trug sie einen königsblauen Samtumhang.

In diesem Moment erschien sie Jamie schöner denn je. Ihre Augen leuchteten, ihr Gelächter klang wie eine Frühlingsmelodie, und ihr Körper, wieder rank und schlank, bewegte sich so anmutig, als wäre sie eine Waldnymphe. Sie hob ihre Muskete und lächelte Cedric charmant an. Offenbar bat sie ihn, ihr zu zeigen, wie man die Waffe halten mußte.

Ein paar Indianer tauchten aus dem westlichen

Wald auf. Jamie hob eine Hand zum Gruß, ansonsten beachtete er sie nicht, weil er nur Augen für seine Frau hatte. Die Powhatans wußten, daß die weißen Siedler ein christliches Fest feierten. Wahrscheinlich wollten sie Nahrungsmittel und Geschenke bringen und die Rituale verfolgen. Die meisten hatten Freunde in Carlyle Hundred, also brauchte er sich nicht persönlich um sie zu kümmern. Außerdem hatte er ganz andere Sorgen.

Heißer Zorn drohte ihn zu überwältigen. Er hatte getan, was er konnte, Jassy geheiratet, ihr seine Liebe geschenkt und die Freiheit angeboten... Offenbar wollte sie dieses Angebot annehmen. Schon jetzt führte sie sich so auf, als wäre sie frei. Nein, noch schlimmer – wie eine Kokotte. Zielstrebig betörte sie alle Männer, die ihr über den Weg liefen.

Erbost lenkte er sein Pferd zu dem fröhlichen Paar und verfolgte, wie Cedric seiner Frau half, die Muskete auf den Rüsthaken zu legen, der im Boden steckte. Sie feuerte und lachte erfreut, als die Kugel ins Schwarze traf.

»Mylady, Sie sind ein Naturtalent«, lobte Cedric.

»Meinen Sie wirklich?« Kleidsam errötete sie, Grübchen zeigten sich in ihren Wangen. Ihr Haar, mit einem Band aus der Stirn gehalten, fing die goldenen Strahlen der aufgehenden Sonne ein. Ihr Anblick weckte ein heftiges Verlangen in Jamie. So viel Zeit war seit der letzten Liebesnacht vergangen. Und die Folgen der Niederkunft hatte Jassy längst überstanden.

Er ritt noch näher. »Ein perfekter Schuß, mein Liebling! Cedric, du Ärmster, sie hat dich zum Narren gehalten. Jassy ist tatsächlich ein Naturtalent, und zwar schon seit Monaten. Manchmal finde ich ihre Zielsicherheit geradezu beängstigend.«

Jassy fuhr zu ihrem Mann herum, und Cedric, der die angespannte Atmosphäre sofort spürte, lachte nervös. »O Lady Cameron? Also hatten Sie bereits Schießunterricht!«

»Ja«, gab sie mit einem bezaubernden Lächeln zu und warf einen feindseligen Blick auf Jamie. »Aber der wurde mir nicht so rücksichtsvoll erteilt wie heute morgen. Sie sind ein exzellenter Schütze, Sir Cedric, und ein wunderbarer Lehrer.«

»Aber jetzt ist die Lektion vorbei«, warf Jamie ein.

»Ich dachte, wir hätten eben erst angefangen«, erwiderte Jassy.

»Trotzdem werdet ihr jetzt Schluß machen.« Jamie schwang sich vom Pferd und ging auf seine Frau zu. »Wir werden jetzt ausreiten, Mylady.«

»Aber ich will nicht...«

»Es ist mir egal, was du willst.« Er hob sie hoch, trug sie zu seinem Hengst und verfrachtete sie unsanft in den Sattel. Während sie um ihr Gleichgewicht kämpfte, lösten sich die Nadeln aus ihrem Haar, der Wind wehte ihr die blonden Locken ins Gesicht.

»Jamie, du...«

»Würdest du uns jetzt bitte entschuldigen, Cedric?« unterbrach Jamie seinen Freund höflich und stieg hinter Jassy aufs Pferd, drückte die Fersen in die Flanken des Tieres und geloppierte nach Südwesten, in den Wald. Er atmete den Duft von Jassys flatterndem Haar ein, spürte ihre weichen Hüften zwischen den Schenkeln. Der Wind schien zu toben, die Erde unter den Hufschlägen zu brennen, und sein Zorn schürte die Begierde noch, die seine Frau in ihm entfacht hatte.

Endlich drosselte er die halsbrecherische Geschwindigkeit des Ritts. Zwischen den Kiefern sah Jassy einen Bach, der lebhaft dahinplätscherte, mit schaumgekrönten Wellen. Ringsum zwitscherten die Vögel melodiöse Lieder.

Jamie nahm die Schönheit der Natur kaum wahr. Er zügelte den Hengst, sprang aus dem Sattel und befahl: »Steig ab, Jassy!«

»Du bist der schlimmste Flegel, den ich kenne!«

»Steig ab!«

»Zwing mich doch dazu!«

»Das habe ich auch vor, verdammt noch mal!« Er zerrte sie aus dem Sattel, und sie landete taumelnd auf ihren Füßen.

Den Kopf in den Nacken gelegt, starrte sie ihn herausfordernd an. »Was bildest du dir eigentlich ein?«

Er schlang einen Arm um ihre Taille, und sie fielen beide auf ein weiches Bett aus Kiefernnadeln. Erbost wehrte sie sich. »Mylord, du...«

»Ja, Mylady, ich. Wenn ich auch keinen rücksichtsvollen Schießunterricht erteile wie Cedric und keine so schmeichelhaften Phrasen zu dreschen weiß wie Robert, so bin ich doch dein Ehemann. Und ich habe sehr viel für dich getan. Ich gab dir sogar die Erlaubnis, mit der *Lady Destiny* nach England zurückzukehren. Doch du konntest nicht einmal warten, bis du an Bord gehen würdest. Schon vorher mußtest du mit anderen Männern herumpoussieren, vor meinen Augen.«

»Ich habe mit niemandem herumpoussiert.«

»Du schwingst die Hüften, lächelst verführerisch und versprühst deinen Charme. Wie eine Hure...«

Sie versuchte ihn zu schlagen, sein Gesicht zu zerkratzen, doch er hielt sie eisern fest. »Du Schuft...«

Ein heißer Kuß verschloß ihr die Lippen, die trotz ihres erbitterten Widerstands süß wie Wein schmeckten. Immer tiefer drang Jamies Zunge in ihren Mund ein.

Es war lange her, seit er sie zuletzt geküßt hatte, und die Erinnerungen, die jetzt erwachten, steigerten sein Verlangen. Endlich gelang es ihr, den Kopf zur Seite zu drehen. »Du Narr! Du willst doch nicht hier, auf dem Waldboden...«

»Nein, Lady, heute wirst du mir nichts verweigern. Morgen darfst du tun, was dir beliebt. Jetzt nehme ich mir, was ich will, und ich kenne keine Gnade. Du hast dein Mütchen zu oft gekühlt.« Wieder küßte er sie, schlang seine Finger in ihre und grub ihre Hände zu beiden Seiten ihrer Schultern in die Kiefernnadeln. Ausgiebig erkundete seine Zunge ihren Mund, und allmählich erlahmte ihre Gegenwehr.

Als sie den Kuß zu erwidern begann, ließ er ihre Hände los, öffnete ihren blauen Umhang, das Mieder ihres Kleids, die Schnüre des Korsetts, die Bänder des Unterhemds. Er war am Ende seiner Geduld angelangt. Die langen Tage der Enthaltsamkeit, die Nächte voller Sehnsucht forderten nun ihren Tribut. Stöhnend preßte er das Gesicht zwischen ihre Brüste und fühlte, wie sie erschauerte. Dann kostete er eine der rosigen Spitzen, schob ihre Röcke hoch und löste den Verschluß seiner Hose.

Unverwandt schaute sie zu ihm auf, als wollte sie

ihn anspornen, doch er war sich nicht sicher, was sie empfand. Im grünen Halbdunkel des Waldes leuchteten ihre Augen wie Saphire. Er entfernte die letzten Hindernisse ihrer Unterwäsche. Kraftvoll wollte er in sie eindringen, doch in letzter Sekunde erinnerte er sich, daß die Geburt seines Sohnes noch nicht allzu lange zurücklag, und so ging er sanft mit ihr um. Erst als der erwartete Protest ausblieb, beschleunigte er den Rhymthmus. Ein Damm schien in Jassys Körper zu bersten. Sie bäumte sich auf, hob ihm die Hüften entgegen, und da vergaß er alles andere, außer der Kraft seiner Begierde.

Der wilde Sturm in seinen Lenden brach sich Bahn, er schrie auf, dann sank er an Jassys Seite zu Boden, erlöst von der quälenden Lust, von seinem Zorn – und plötzlich tief beschämt. Er hatte seine Frau unter freiem Himmel vergewaltigt, im Schatten der Kiefern. Sie schwieg, tat nichts, um ihre Kleider in Ordnung zu bringen, lag so reglos neben ihm, daß es ihn ängstigte. »Jassy!«

Da wandte sie ihm das Gesicht zu. Tränen glänzten in ihren Augen. Er verfluchte sich selbst, streifte ihre Röcke nach unten und stand auf, verzweifelt bestrebt, von ihr wegzukommen. »Verdammt«, flüsterte er mit bebender Stimme und kehrte ihr den Rücken, um die verletzte Unschuld in ihrer Miene nicht mehr sehen zu müssen. Hastig schloß er die Hose. Er wollte erklären, sie habe ihn zum Äußersten getrieben. Kein Mann könne es tagelang mit ansehen, wie seine Frau mit anderen kokettierte, und seine Beherrschung wahren. So vieles wollte er ihr sagen. Daß sie sein Herz besiegt hatte, daß er sie liebte. Doch solche Worte hätten hohl geklungen, nach allem, was soeben geschehen war.

Er half ihr nicht auf die Beine, weil er glaubte, dazu wäre sie noch nicht bereit. »Ich lasse dir das Pferd hier. Wenn die *Lady Destiny* ausläuft, kannst du Daniel nach England mitnehmen.«

»Jamie...«, begann sie.

»Ich zwinge dich nicht, hierzubleiben.« Er zögerte kurz. »Tut mir leid, daß ich mich so schlecht benommen habe.« Und dann verschwand er im Wald.

Jassy blieb noch lange liegen, spürte die sanften Stiche der Kiefernnadeln im Rücken, die Wärme der Sonnenstrahlen auf den Wangen, lauschte dem Plätschern des Bachs. Sie berührte ihr Gesicht, fühlte lautlos vergossene Tränen. Warum hatte sie so kläglich versagt?

Dumpf erinnerte sie sich, daß er ihr Daniel überlassen wollte. Nicht einmal sein Kind war ihm noch wichtig. Er kannte nur noch einen einzigen Wunsch – seine Frau so schnell wie möglich loszuwerden.

Sie schloß die Augen, legte einen Unterarm darüber. Warum haßte er sie, wenn sie ihn doch so sehr liebte? Diese Liebe erschien ihr schlimmer als die Qual des Hungers, schlimmer als die Angst vor der Armut, schmerzlicher als alles, was sie je erlitten hatte.

Nein, sie würde nicht abreisen. Sie mußte mit ihm reden, ihn zwingen, ihr zuzuhören. Wenn sie beteuerte, wie sehr ihr Virginia ans Herz gewachsen sei, der grüne Wald, der Fluß, das Leben in Carlyle Hundred – wenn sie das glaubhaft versicherte, mußte er ihr doch erlauben, hierzubleiben, selbst wenn er sie nicht liebte.

Langsam erhob sie sich, ordnete ihre Kleidung und zupfte die Kiefernnadeln aus ihrem Haar, dann stieg sie auf Jamies Pferd und ritt zur Palisade zurück, die in hellem Sonnenlicht vor ihr lag. Nein, das war nicht London, nicht einmal das Dorf rings um den Gasthof an der Kreuzung. Nirgends erhoben sich grandiose Gebäude im gotischen oder Renaissance-Stil. Und trotzdem erschien ihr Carlyle Hundred viel schöner, weil es fleißige, hoffnungsvolle Menschen der Wildnis entrissen hatten, weil es aus Blut und Schweiß und Zukunftsträumen gewachsen war.

Das Palisadentor stand offen, um am heiligen Ostertag Gäste willkommen zu heißen. Ein junger Farmer hackte an der Außenmauer Brennholz, ein Pamunkee-Indianer stapelte die Scheite aufeinander. Plötzlich entriß er dem Weißen die Axt und hieb ihm die scharfe Schneide in den Schädel.

Entsetzt hielt Jassy den Atem an, zügelte das Pferd, traute ihren Augen nicht. Der Farmer fiel auf die Knie, beide Hände an den Kopf gepreßt, dann sank sein Oberkörper zu Boden. Seelenruhig stieg der Indianer über ihn hinweg, zog ihm die Axt aus der Wunde und blickte zum Tor.

Eiskaltes Grauen drohte Jassy zu lähmen, bis in die Tiefe ihres Herzens.

»Nein!« Endlich erwachten ihre Lebensgeister. Schreiend versetzte sie ihr Pferd in pfeilschnellen Galopp. Nicht nur der Mord an sich bestürzte sie, sondern vor allem die Art und Weise, wie er geschehen war. Freundschaftlich hatte der Pamunkee mit den Farmern zusammengearbeitet, mit ihnen gelacht, um dann eine Waffe zu ergreifen und den armen Mann niederzumetzeln, und schließlich zum Tor geschaut. Wie viele Indianer befanden sich innerhalb der Palisade? Friedfertig hatten sie sich am

Morgen eingefunden. War das Verbrechen nur ein einzelner Zwischenfall? Oder rüsteten alle Rothäute zum Krieg?

Als Jassy auf das Tor zuritt, drehte sich der Mörder um, die blutige Axt in der Hand, und starrte sie an. »Hilfe!« schrie sie und versuchte, nicht auf den toten Farmer zu blicken. »Hilfe! Schlagen Sie Alarm!« rief sie verzweifelt und hoffte, irgend jemand würde sie hören. Irgendwo innerhalb der Palisade erklangen aufgeregte Stimmen. Lauernd starrten sich Jassy und der Indianer an. Sie rammte die Fersen in die Pferdeflanke, das nervöse Tier bäumte sich auf, dann sprengte es an dem Pamunkee vorbei. Einer der Soldaten trat aus dem Schilderhäuschen am Tor, mit Helm und Halbrüstung. Die Augen weit aufgerissen, die Hände in den Bauch gekrallt, taumelte er Jassy entgegen, und sie sah einen Messergriff zwischen seinen Fingern hervorragen. Mit seiner eigenen Waffe war er angegriffen worden. Ein anderer Wachtposten rannte aus dem Häuschen. »Alarm!« kreischte sie.

Zu spät – zwei Indianer stürzten sich auf den Mann, der sie verbissen bekämpfte. Jassy schaute zu den Stufen, die zur Alarmglocke und zur westwärts gerichteten Kanone führten. Das Geschütz würde den Siedlern nichts nützen, weil der Feind bereits zu nahe herangekommen war. Aber sie mußte die Glocke läuten, ins Haus eilen, wo Daniel schlief, wo Elizabeth, Amy Lawton und die Dienstmädchen in höchster Gefahr schwebten, und dann die Maxwells warnen.

Jetzt stürmte ein Mann aus dem Schilderhäuschen, der sich hastig ein Kettenhemd übergestreift hatte, und sie erkannte ihn. »Robert!«

Zunächst hörte er sie nicht. Erschrocken starrte er auf den Toten hinab, in dessen Bauch das Messer steckte.

»Robert!« rief sie noch einmal und lenkte das Pferd zu ihm. Er sah noch immer nicht auf. Da sprang sie aus dem Sattel, packte seinen Arm. »Wir müssen Alarm schlagen, damit sich die Leute auf den Kampf vorbereiten können, und dann ins Haus laufen. Robert...«

Mit aller Kraft schlug sie ihn ins Gesicht. Da schaute er sie endlich an. »O Jassy...« Offenbar stand er kurz vor dem Zusammenbruch.

»Reiß dich zusammen!« fuhr sie ihn an und versetzte ihm einen heftigen Stoß. »Warne die Leute in meinem Haus, dann lauf zu deinem eigenen. Ich läute inzwischen die Glocke.«

Endlich setzte er sich in Bewegung, warf einen Blick auf den Wachtposten, der sich immer noch gegen die beiden Indianer wehrte. Sekundenlang fragte sich Jassy, ob sie dem Mann beistehen sollte. Doch dann würde sie womöglich den Tod finden, und niemand würde Alarm schlagen. Sie rannte zu den Stufen, hinauf zum Glockenturm.

Vor der Tür stand ein Indianer, mit nacker Brust, die muskulösen Arme tätowiert. Er trug nur einen Lendenschurz, weiße Federn und einen Halsschmuck aus geflochtenen Lederbändern. Hinter ihm lag ein toter Soldat, den Schädel mit einer Kanonenkugel eingeschlagen.

Also war jener Mord kein vereinzelter Zwischenfall, dachte Jassy empört. Die Indianer waren in der Absicht hierhergekommen, die Weißen zu töten – und sie würden jeden umbringen, der ihnen über den Weg lief.

Geschrei ertönte in der Nähe des Palisadentors. Bald würden alle Siedler wissen, wie heimtückisch man sie angegriffen hatte – bald, wenn sie in ihrem Blut lagen.

»Nein!« Mit aller Kraft warf sich Jassy auf den Indianer, und sie stürzten beide zu Boden. Die Attacke war ein Fehler gewesen. Hart und schwer lag der warme braune Körper auf ihr, vergeblich biß und trat sie nach ihrem Gegner. Er war jung, stark und sehnig, und sie hatte nicht die geringste Chance gegen ihn.

Als er ein Knie in ihren Magen drückte, wich alle Luft aus ihren Lungen. Mandelförmige schwarze Augen musterten belustigt ihr Gesicht, und da merkte sie, welchen Spaß er an ihrer schwachen Gegenwehr fand. Er griff nach seinem Fußknöchel, zog ein Messer aus einer Lederscheide, packte eine von Jassys Haarsträhnen und starrte darauf. Wollte er sie skalpieren? Kreischend wand sie sich umher.

Plötzlich hörte sie ein leises, seltsames, unheimliches Geräusch. Blut ergoß sich auf ihr schönes Frühlingskleid. Die Erheiterung im Blick des Kriegers erlosch, ausdruckslos starrte er sie an, dann sah sie den Messergriff, der aus seinem Rücken ragte. Mit zuckenden Fingern versuchte er danach zu tasten, dann sank er erschöpft auf sie herab. Schreiend wälzte sie ihn beiseite und schaute zum Fuß der Treppe, wo Jamie stand, einen Fuß auf der untersten Stufe. Von dort hatte er das Messer heraufgeworfen, um den Indianer zu töten. Welch eine innere Ruhe er ausstrahlte... Niemals würde er in Panik geraten. Allen Lebenslagen begegnete er mit Würde und unerschütterlichem Mut. Sie hatte erkannt, was für ein Mann er war, und ihn liebengelernt – vielleicht zu spät.

Er kam zu ihr und zog sie auf die Beine. »Was, zum Teufel, machst du hier?« herrschte er sie an. »Du solltest längst im Haus sein, bei Daniel.« Wütend bückte er sich, um das Messer aus dem Rücken des Toten zu ziehen, wischte die Klinge an seiner Hose ab und steckte sie in die Scheide im Stiefelschaft.

»Ich – ich wollte Alarm schlagen«, stammelte sie. »Irgend jemand mußte doch...«

Er trat an ihr vorbei, öffnete die Turmtür und riß am Strang. Klirrend begann die Glocke zu läuten. »Gehen wir!« Unsanft zerrte er Jassy die Treppe hinab, vor der drei kaum bekleidete Indianer standen. Vom kühlen Frühlingswind schienen sie nichts zu spüren. Einer trug Kriegsbemalung auf den Wangen. Kampfbereit starrten sie Jamie an, ihre Messer gezückt.

Ohne die drei aus den Augen zu lassen, schob er Jassy hinter seinen Rücken. »Lauf weg! Versteck dich irgendwo!«

»Nein...«

»Jamie!« Schräg hinter ihnen erklang eine Donnerstimme. Sir William Tybalt hatte den Alarm gehört, und Jamie mußte sich nicht mehr allein gegen die Feinde wehren.

»William!« Hastig stieß er Jassy zu seinem Freund. »Bring sie weg.«

»Nein!« protestierte sie. »Er muß an deiner Seite kämpfen!«

»Schaff sie weg, William! Du hast mir Gehorsam geschworen, und jetzt befehle ich dir, meine Frau in Sicherheit zu bringen. Holt Daniel, Elizabeth und die anderen, führt sie alle in die Kirche – das einzige Ziegelgebäude, in den hinteren Bänken findet ihr Musketen, in den vorderen Schwerter.

»Ich kann dich nicht verlassen!« rief Jassy.

»Kommen Sie, Mylady.« William ergriff ihren Arm. Verzweifelt versuchte sie sich mit der anderen Hand an Jamie zu klammern, aber sein Freund zog sie unbeirrt weg.

Tränen strömten über ihre Wangen. Es gab so vieles, was sie ihrem Mann angesichts des Todes sagen wollte. Doch dazu fand sie keine Gelegenheit mehr. »Jamie...«

»Geht endlich!« schrie er. »Verdammt, Jassy, glaubst du, ich kann mich auf den Kampf konzentrieren, wenn du hinter mir stehst. Verschwindet! Holt Daniel und die anderen! William, um aller Heiligen willen...«

Sir William zerrte Jassy davon. Sie unterdrückte ein Schluchzen, folgte ihm blindlings, aber nach wenigen Schritten blieb sie stehen.

»Mylady!« drängte William.

»Bitte, warten Sie!«

»Er weiß, was er tut, Lady Cameron.«

Trotzdem mußte sie es sehen. Der erste Indianer hatte sich bereits auf Jamie geworfen, dessen Messer in der Sonne aufblitzte, ehe es sich in den Bauch seines Gegners bohrte. Leblos brach der Pamunkee zusammen. Jetzt warteten nur mehr zwei Angreifer.

Jassy hörte einen Schrei hinter sich und fuhr herum. Die wackere Frau eines Schmieds, Mary Montgomery, verteidigte sich mit einem Schürhaken gegen einen Indianer, der sie mit ihrem eigenen Brotschneidebrett attackiert hatte. Sir William eilte ihr zu Hilfe, aber sie kam sehr gut allein zurecht. Zielsicher ließ sie den Feuerhaken auf den Kopf des Kriegers herabsausen, der zu Boden sank, ohne einen Laut von sich zu geben.

Voller Genugtuung drehte sie sich zu Jassy um. »Noch ein Heide, der in der Hölle gelandet ist...« Erschrocken unterbrach sie sich, als sie die Blutflecken auf Jassys Kleid sah. »Mylady! Sind Sie verletzt? Kommen Sie in unser Haus! Geoffrey und ich werden Sie beschützen. Sir William, Sie können uns ihre Ladyschaft getrost anvertrauen.«

»Vielen Dank, gute Frau, aber...«

Jassy fiel ihm ins Wort. »Ich kann nicht bei Ihnen bleiben, ich muß zu meinem Kind...« Sie rannte bereits weiter. Männer mit grimmigen Gesichtern stürmten an ihr vorbei, um die Siedlung zu verteidigen.

Überall lagen Leichen, darunter auch weiße Männer. Und Frauen. Aber zum Großteil waren es Pamunkees. Entschlossen stieg Jassy über einen toten älteren Krieger mit offenen Augen hinweg. »Ich muß meinen Sohn retten!« rief sie William zu.

»Sicher ist ihm nichts passiert. Gott steh uns bei, Mylady! Diese hinterlistigen roten Teufel! Hätte Jamie nicht Alarm geschlagen, wären wir jetzt alle tot.«

Sie nickte und eilte weiter durch die Sandstraßen, die zu ihrem Haus führten. William blieb ihr dicht auf den Fersen. Von allen Seiten drang Kampfeslärm heran. Plötzlich sprang ein Indianer von einem Strohdach, nur wenige Meter von Jassy entfernt. Schreiend blieb sie stehen, aber William gab ihr einen Stoß. »Laufen Sie weiter, Mylady!

Gleich sind Sie zu Hause!« Der Pamunkee griff ihn an, und William zog sein Schwert. »Schnell, Mylady!«

Als sie ihren Weg fortsetzte, stieg ihr beißender Rauch in die Nase. Irgendwo brannte ein Haus. Schluchzend und würgend stolperte sie weiter, sah immer mehr Leichen. Endlich erreichte sie ihre Tür und stieß sie auf. »Amy! Elizabeth!« Niemand antwortete. Sie stürmte die Treppe hinauf, ins Schlafzimmer, wo sie Daniel in seiner Wiege zurückgelassen hatte. Auf der Schwelle blieb sie stehen und griff sich an die Kehle.

Ihr Sohn schlief tief und fest. In einer Ecke stand Elizabeth, kreidebleich und zitternd, von einem jungen Indianer mit einem Messer bedroht. Ein anderer Pamunkee beugte sich über die Wiege, warf einen Blick auf Jassy und strich über das kleine Amulett, das Opechancanough dem Baby geschickt hatte. Dann sah es so aus, als wollte er nach Daniel greifen.

»Nein!« schrie sie, rannte ins Zimmer und riß das Kind aus der Wiege, drückte es fest an sich. »Nein, nein, nein!« Eindringlich starrte sie den Indianer an und rief: »Opechancanough! Opechancanough!«

Die Panunkees wechselten einen Blick, und sie zog rasch ihr eigenes Amulett aus dem Ausschnitt ihres Kleides, das Geschenk, das Jamie einmal von Pocahontas erhalten hatte. Beide schienen zu zögern, dann bedeutete ihr der Mann, der vor ihr stand, das Baby in die Wiege zurückzulegen. Daniel erwachte, roch den Duft seiner Mutter und begann zu weinen.

»Nein!« Sie preßte ihn noch enger an sich. Als

der Indianer auf sie zutrat, wich sie an die Wand zurück. »Nein! Opechancanough!«

Obwohl er ihr eine Klinge an den Hals hielt, hob sie herausfordernd das Kinn. Tränen brannten in ihren Augen. Wo mochte Jamie jetzt sein? Lebte er noch? War Robert hierhergelaufen, um die Hausbewohner zu warnen? Sir William – sicher würde er jeden Augenblick erscheinen und sie alle vor dem Tod bewahren.

An der Tür bewegte sich etwas. Hoffnungsvoll schaute sie hinüber. Doch es war nicht der ersehnte Retter. Hope stand dort. Voller Bitterkeit fragte sich Jassy, ob die Halbindianerin von dem Angriff gewußt und mitgeholfen hatte, die weißen Siedler zu ermorden, in deren Mitte sie aufgenommen worden war.

Vorsichtig trat Hope ins Zimmer. Sie war nach europäischer Mode gekleidet, mehrere Unterröcke bauschten ihr Kleid auf. Mit ihren merkwürdigen grünen Augen musterte sie Jassy, dann redete sie die Indianer in der Stammessprache an, kühl und ruhig.

Der Krieger, der Jassy bedrohte, ließ das Messer sinken und antwortete. »Er sagt, das Baby steht unter Opechancanoughs Schutz und darf hierbleiben«, erklärte Hope. »Aber sie müssen ihn begleiten, Lady.«

»Was? Auch ich stehe unter Opechancanoughs Schutz...«

»Aber Sie sind eine Frau. Sie müssen mitgehen. Und Sie auch.« Hope zeigte auf Elizabeth. »Sie sind seine Geiseln, und Sie werden dafür sorgen, daß er die Palisade unbehelligt verlassen kann. Lady, Sie sollten Ihren Sohn hierlassen.« Zögernd fügte sie hinzu: »Manchmal opfern sie sogar ihre eigenen Kinder. Deshalb rate ich Ihnen, seine Anweisungen zu befolgen.«

Jassy schüttelte den Kopf und warf einen kurzen Blick auf Elizabeth, die offenbar unter der Einwirkung eines Schocks stand. »Ich komme nicht mit.«

Als Hope wieder mit dem Indianer sprach, verzogen sich seine Lippen zu einem bösartigen Grinsen. Sie wandte sich zu Jassy. »Wenn Sie nicht gehorchen, schneidet er Ihnen das Herz aus der Brust und läßt Sie dabei zuschauen. Die Entscheidung liegt bei Ihnen.«

Elizabeth schnappte nach Luft und sank an die Wand. Ein Schauer rann über Jassys Rücken, und sie spürte, wie alles Blut aus ihren Wangen wich. Sie schluckte und würgte mühsam hervor: »Sagen Sie ihm, ich komme mit.«

»Die andere Lady auch.« Erstaunt las Jassy echte Besorgnis in Hopes Augen. »Keine Angst, ich lasse nicht zu, daß Ihnen beiden ein Leid geschieht.«

Jassy bezweifelte, daß irgend jemand diesen Indianer von einem Mord abhalten konnte, den er sich vorgenommen hatte. Trotzdem war sie Hope dankbar. »Bitte, legen Sie Daniel in die Wiege.«

Aber Hope schüttelte den Kopf. »Ich trage ihn hinaus. Die Pamunkees könnten das Haus anzünden.« Sie griff nach dem Baby, das lauthals brüllte, zornrot im Gesicht, und die winzigen Fäuste durch die Luft schwenkte.

Tapfer schluckte Jassy ihre Tränen hinunter und eilte zu Elizabeth. »Wir müssen gehen. Bald ist alles wieder gut.«

Ihre Schwester nickte hoffnungsvoll. »Jamie wird uns retten.«

»Ja«, stimmte Jassy zu und fragte sich, ob er dazu noch fähig war. »Komm jetzt. Hope wird uns begleiten.«

Die Halbindianerin verließ das Zimmer, den Kopf über Daniel geneigt, und Jassy folgte ihr. Im Rücken spürte sie die Messerspitze des Indianers. Sie umklammerte den Arm ihrer Schwester und versuchte ihr etwas von ihrer eigenen Kraft zu geben. Elizabeth bebte am ganzen Körper, Tränen rollten über ihre Wangen, aber sie brach nicht zusammen.

Grabesstille herrschte im Haus. Am Fuß der Treppe verlor Jassy beinahe die Fassung. Amy Lawton lag am Boden, das Gesicht nach unten, neben der englischen Gartenschaufel, mit der man sie niedergeschlagen hatte.

Jassy kniete neben ihr nieder, drehte sie herum und suchte nach einem Lebenszeichen. Amys weit aufgerissene Augen spiegelten das Grauen wider, das sie erlitten hatte. Sie atmete nicht mehr.

Der Krieger hinter Jassy stieß einen Warnruf aus und zog sie auf die Beine. Leises Schluchzen drang aus den Dienstbotenquartieren. Der zweite Indianer wollte diese Richtung einschlagen, aber Hope hielt ihn am Arm zurück, sprach flehend auf ihn ein und deutete mit dem Kinn auf das Baby. Schließlich nickte er. Nachdem sie Jassy einen ermutigenden Blick zugeworfen hatte, eilte sie zum Küchentrakt. Wenig später kehrte sie mit Charity Hume zurück, die jetzt den schreienden Daniel an sich preßte. »Lady Cameron, sagen Sie ihr, daß ihr nichts geschehen wird. Sie muß mit dem Baby weglaufen. Bald wird das Haus in Flammen stehen.«

Halb benommen starrte Charity auf die Indianer und wich schwankend zurück. Sie wird Daniel fallen lassen, dachte Jassy angstvoll und herrschte das Mädchen an: »Charity!« Nie zuvor hatte sie in diesem gebieterischen Ton gesprochen, der ihr als Lady Cameron zustand. »Die Indianer werden Sie verschonen, aber wenn Daniel etwas zustößt, kriegen Sie's mit mir zu tun, so wahr mir Gott helfe! Bringen Sie ihn in die Kirche! Schnell!«

Charity starrte sie entgeistert an. Offenbar konnte sie noch nicht glauben, daß sie mit dem Leben davonkommen sollte. Dann riß sie sich zusammen und preßte das Baby noch fester an sich. »Ich werde gut auf Ihren Sohn aufpassen, Mylady...«

Einer der beiden Indianer steckte bereits die Wandteppiche der Halle in Brand, die hungrig Feuer fingen.

»Gehen Sie, Charity!« befahl Jassy, und das Mädchen rannte aus dem Haus.

Nicht nur der Rauch trieb Tränen in Jassys Augen, als das Geschrei ihres Sohnes in der Ferne verhalte. Einer ihrer Feinde packte sie an den Haaren und zerrte sie aus dem Haus.

Die Straßen waren leer, bis auf ein paar verstreute Leichen. Der Indianer zog Jassy nicht zum Tor, sondern zum anderen Ende der Palisade. Hinter sich hörte sie Elizabeth keuchen und schluchzen. Offenbar wurde ihre Schwester vom zweiten Pamunkee im selben Eiltempo mitgerissen.

Jassys Kopfhaut schmerzte unter dem gnadenlosen Griff der starken Hand, die ihr Haar festhielt. Aber wenigstens war sie vorerst nicht skalpiert worden. Sie erreichten die hintere Mauer, wo acht Indianer warteten. Beim Anblick der beiden Gefangenen eilten sie zur Brustwehr hinauf. Auch Jassy wurde hinaufgeschleift. Auf der anderen Seite stand ein Heuwagen. Der Pamunkee gab ihr einen Stoß, und sie landete schreiend in weichem Stroh, gefolgt von Elizabeth. Dann sprangen drei Indianer auf den Karren, der sich holpernd in Bewegung setzte. Sie fuhren zum Waldrand, wo Pferde bereitstanden. Jassy wurde aus dem Wagen gehoben und auf den Rücken eines Ponys geworfen, ein Krieger stieg hinter ihr auf. Sie versuchte in seine Hand zu beißen, und da verabreichte er ihr eine schallende Ohrfeige.

Elizabeths Schluchzen war verstummt. Dafür hörte sie eine Flüsterstimme und sah Hope neben dem Pferd stehen. »Wehren Sie sich nicht, Lady. Das ist Pocanough. Er wird Ihnen weh tun.«

»Meine Schwester...«

»Sie ist in Ohnmacht gefallen. Was Besseres konnte ihr gar nicht passieren.«

Der Indianer hieb die Fersen in die Flanken des Tieres, das in den Wald galoppierte. Kraftlos lehnte Jassy an der nackten Indianerbrust und wünschte verzweifelt, auch sie würde die Besinnung verlieren. Jamie würde sie holen... Bald. Wenn er nicht in seinem Blut lag... Nein, das wollte sie nicht glauben. Er konnte unmöglich tot sein. Das würde sie nicht ertragen. Sie merkte kaum, daß sie weinte, weil der Wind die Tränen auf ihren Wangen sofort trocknete. Würde sie jemals eine Gelegenheit finden, ihrem Mann zu gestehen, wie sehr sie ihn liebte?

Alles ist vorüber, dachte Jamie, alles bis auf die Beerdigungen. Blut tränkte sein Hemd und klebte an seinem Messer. Ringsum lagen die Leichen von Indianern und weißen Siedlern. Wie viele von seinen

Freunden waren gestorben? Zehn, zwanzig oder noch mehr?

Fluchend schaute er zum Frühlingshimmel hinauf. Er hatte gewußt, daß man Opechancanough nicht trauen durfte. Der tückische Häuptling hatte seinen Männern befohlen, Carlyle Hundred immer wieder aufzusuchen und sich mit den Engländern anzufreunden, um sie dann niederzumetzeln.

»Mein Gott, du hast sie alle getötet!« Cedric war zu ihm getreten. Auch Allen gesellte sich hinzu und wischte die Klinge seines Schwertes ab. Jamie war froh, daß ihm seine beiden Freunde während des Blutbads beigestanden hatten. Weniger kampferprobte Männer hätten dem hinterlistigen Angriff der Indianer kaum standhalten können.

Er schaute wieder zu Boden. Wie viele hatte er getötet? Zehn, zwanzig? Er wußte es nicht. Irgendwann während der Schlacht hatte er alle seine menschlichen Gefühle verloren und nur noch blindlings gefochten. Die Feinde hatten sein Heim angegriffen, die Gemeinde, für die er die Verantwortung trug, und seine Frau …

Plötzlich roch er Rauchwolken und zog Cedric zu sich heran. »Da sind noch mehr!«

»Kommt!« rief Allen.

Die Soldaten, die am Leben geblieben waren, die Feldarbeiter und Handwerker, die sich notgedrungen in Kämpfer verwandelt hatten, folgten den drei Männern. Während sie durch die Straßen eilten, krochen andere Überlebende aus ihrem Versteck und beklagten ihre Toten. Mary Montgomery versicherte Jamie, die Indianer hätten die Palisade verlassen. »Nur wenige sind bis zur Mitte unserer Siedlung vorgedrungen, Mylord.«

Das beruhigte ihn ein wenig. Er sehnte sich danach, Jassy in den Armen zu halten, ihr zu berichten, wie viele er sterben sehen, wie viele er getötet hatte. Und er wollte sie in sein Haus zurückführen, sie demütig um Verzeihung bitten und anflehen, es noch einmal mit ihm zu versuchen. Er war sogar bereit, mit ihr nach England zurückzukehren. Sollte er jemals wieder den Wunsch verspüren, nach Virginia zu segeln, würde er von seiner Frau nicht verlangen, ihn zu begleiten. Aber jetzt mußte er sie erst einmal wiedersehen – und seinen Sohn.

»Lord Cameron!« rief ein Mann. »Da ist Sir William!«

»Was?« Jamie eilte zu der reglosen Gestalt am Boden und kniete nieder. Sein Herz krampfte sich zusammen. Da lag sein Freund, unter dem Krieger, dem er die Kehle aufgeschlitzt hatte, ehe er selbst den Tod gefunden hatte. Verzweifelt bekreuzigte sich Jamie. Beten konnte er nicht, aber er wußte, daß der Himmel einen so wackeren Mann wie William gnädig aufnehmen würde. »Meine Frau! O Gott, er wollte meine Frau nach Hause bringen!«

Er rannte weiter und erkannte, woher der Brandgeruch kam. Alle Gebäude in der Straße, wo er wohnte, waren angezündet worden. Fassungslos starrte er in das Flammenmeer. Hinter ihm erteilte jemand den Befehl, das Feuer zu löschen.

Durch Hitze und Rauch lief Jamie zur Kirche. Das Tor öffnete sich, und Vater Steven trat heraus. »Haben wir die schwere Prüfung bestanden, Lord Cameron?«

»Es ist vorbei.« Jamie blickte in die Menge, die zum Ausgang drängte, und entdeckte Robert und Lenore. All diese Menschen hatte Jassy gerettet. Ihr war es zu verdanken, daß er rechtzeitig Alarm geschlagen und die Leute veranlaßt hatte, im Gotteshaus Zuflucht zu suchen. »Wo ist meine Frau?« Er packte den Arm des Priesters, der erbleichte und die Antwort schuldig blieb. Ungeduldig bahnte er sich einen Weg durch die Menge, zu Lenore und Robert. »Wo ist sie?«

Und dann hörte er Daniel weinen und eilte zu ihm. Aber das Baby lag nicht in Jassys, sondern in Charitys Armen.

»Wo ist Jassy?« schrie er. Charity erschauerte und senkte den Kopf. Er nahm ihr das Kind ab und drückte es an sich. »Um Himmels willen, wo ist meine Frau?«

Schluchzend schilderte das Dienstmädchen, was sich ereignet hatte. Zwei Indianer waren in Lord Camerons Haus gekommen, um Kürbisbrot zu bringen, ein Geschenk von Opechancanough. Sie hatten Amy Lawton im Garten angetroffen und waren ihr in die Halle gefolgt. Einer der beiden Pamunkees erschlug sie mit einer Schaufel, der andere streckte Charitys Schwester Patience mit einem Schürhaken nieder. Dann stiegen sie die Treppe hinauf. Charity versteckte sich in ihrer Kammer, bis sie von Hope in die Halle geholt wurde. Und da hatte sie Lady Cameron und Lady Elizabeth gesehen, von den Indianern gefangengenommen.

»Sie gab mir das Baby und befahl mir, es in die Kirche zu bringen. O Mylord, ich hatte solche Angst! Als ich davonrannte, steckten die Pamunkees gerade das Haus in Brand.«

Schluchzend sank Lenore in eine Kirchenbank. »O mein Gott, sie werden alle beide töten! Ich habe gehört, was die Indianer mit ihren Gefangenen machen.«

Reglos stand Jamie da und hielt seinen schreienden Sohn im Arm. Dann übergab er ihn seiner Schwägerin. »Paß auf ihn auf.«

»So gut, als wäre er mein eigenes Fleisch und Blut«, flüsterte Lenore und preßte das Baby an ihre Brust.

Robert beobachtete, wie Jamie eine Muskete und ein Schwert hinter den Kirchenbänken hervorzog. »Was willst du tun?«

»Ich muß meine Frau zurückholen.«

»Warte doch, bis Hilfe aus Jamestown kommt – oder aus dem Bermuda Hundred...«

»Wir wissen nicht, ob man uns beistehen wird.«

Mühsam unterdrückte Robert seine Angst. »Ich komme mit dir.«

Jamie schüttelte den Kopf. »Du bleibst hier. Ihr beide auch, Cedric und Allen. Wir sind zu schwach, um gegen die ganze Powhatan-Konföderation zu kämpfen. Wenn ich Jassy und Elizabeth retten kann, dann nur auf dem Verhandlungsweg – oder ich muß sie unbemerkt befreien. Das wird mir nur gelingen, wenn ich allein zu den Indianern reite.«

Nachdem er sich bewaffnet hatte, verließ er die Kirche. Glücklicherweise waren die Ställe nicht niedergebrannt worden. Sein Haus und all die schönen Dinge, die Jassy so geschätzt hatte, lagen in Schutt und Asche. Er führte seinen nervösen Hengst Windwalker aus der Box, sattelte ihn und stieg auf.

Als er aus dem Stall ritt, lief ihm Allen entgegen und reichte ihm ein sauberes Hemd und ein Lederwams. Hastig zog Jamie sich um und dankte seinem Freund. Andere Leute brachten ihm eine gefüllte

Wasserflasche, getrocknetes Rindfleisch und Brot, von Cedric nahm er einen Bogen und einen Köcher mit Pfeilen entgegen.

Eine große Schar folgte ihm zum Palisadentor. Dort drehte er sich um und schaute in die schmutzigen, blutverschmierten ängstlichen Gesichter. Alle hatten schwere Verluste zu beklagen. Trotzdem versuchten sie ihm Trost zu spenden und wünschten ihm Gottes Segen. Er sah Müdigkeit und Verzweiflung in ihren Augen, aber auch Mut und innere Kraft. Sie würden ihre Toten begraben und dann wiederaufbauen, was die Indianer zerstört hatten, und es gegen alle Unbilden verteidigen.

Er hob eine Hand zum Gruß, dann galoppierte er nach Westen.

## 18

Sie ritten den ganzen Tag und bis in die Nacht hinein. Als die beschwerliche Reise zu Ende ging, war Jassy einer Ohnmacht nahe. Sie konnte nicht stehen, als Pocanough abgestiegen war und sie vom Pferd hob, sank in seine Arme, und er trug sie zu einem seltsamen, langgestreckten Haus mit einem Dach aus zusammengebundenen Ästen. Lachende Indianer eilten neben ihm her, spuckten vor sich hin, aber sie rührten Jassy nicht an.

Ein anderer Krieger brachte Elizabeth in das Haus, und beide Frauen wurden auf den Boden gelegt. Ein großer Indianer starrte auf sie herab, wie die anderen nur mit einem Lendenschurz bekleidet. An seinem Hals hing eine Kette aus Perlen und Muscheln. Dunkles Haar, in der Mitte gescheitelt, fiel auf seine Schultern. Jassy blinzelte verwirrt. »Powan...«

Er nickte. »Camerons Frau«, sagte er und verschwand, dann kehrte er zurück und reichte ihr eine Wasserschüssel. Dankbar richtete sie sich auf und versuchte zu trinken, war aber so schwach, daß er ihren Kopf stützen mußte. Das Wasser schmeckte köstlich. Erschöpft sank sie zu Boden.

Powan entfernte sich und sprach in strengem Ton zu seinen Leuten. Offenbar stritt er mit Pocanough, der Jassy hierher gebracht hatte.

Hope kniete neben ihr nieder. »Der Krieger Pocanough sagt, Sie seien seine Gefangene. Er will entscheiden, ob Sie gefoltert und getötet werden sollen. Wenn er Sie am Leben läßt, müssen Sie seine Sklavin werden.«

Ein Schauer lief durch Jassys Körper. Sie fühlte sich elend, und ihre Brüste schmerzten, weil sie Daniel seit dem Morgen nicht mehr gestillt hatte. In ihrem Kopf dröhnte es, und die Schenkel taten ihr weh vom langen Ritt. Trotzdem wollte sie nicht sterben, schon gar nicht auf die Art, wie die Pamunkees ihre Gefangenen töteten, die auf Opferaltären erschlagen oder zerstückelt oder bei lebendigem Leib ausgeweidet wurden.

»O Gott«, flüsterte sie und setzte sich mit Hopes Hilfe auf. Elizabeth lag neben ihr, leichenblaß, die Augen geschlossen. Jassy tastete nach dem Handgelenk ihrer Schwester und atmete erleichtert auf, als sie einen schwachen Pulsschlag spürte. Die Ohnmacht ersparte Elizabeth wenigstens das Wissen um ihre grauenvolle Lage.

»Powan kommt zurück«, wisperte Hope. »Heute

nacht werden sie Ihnen nichts tun und Sie schlafen lassen.«

Jassy legte sich wieder hin und schloß die Augen. Sie hörte, wie der Pamunkee-Häuptling leise mit Hope sprach. Offenbar erteilte er ihr irgendwelche Befehle, und etwas später breiteten sich Essensgerüche aus. Er hatte dem Mädchen vermutlich aufgetragen, für ihn zu kochen.

Es dauerte lange, bis Jassy einschlief. Irgendwann bewegte sich etwas neben ihr, und sie öffnete die Augen, Powan streckte sich an ihrer Seite aus, und gleich darauf vernahm sie seine regelmäßigen Atemzüge. Wenn sie doch nur ein Messer hätte, um ihm die Kehle zu durchschneiden. Doch das würde ihr nichts nützen. Die anderen Indianer würden sie umbringen. Elizabeth ebenso und vermutlich auch Hope.

Und sie wollte nicht sterben. Sie wollte zu ihrem Mann zurückkehren. Falls er noch lebte...

Noch nie hatte sie sich so verzweifelt nach ihm gesehnt. Sie versuchte zu beten, doch dafür fehlte ihr die Kraft. Schließlich weinte sie sich in den Schlaf.

Der Morgen begann mit kaltem Grauen.

Gellendes Geschrei weckte sie. Erschrocken richtete sie sich auf und schaute in die Gesichter mehrerer Indianerinnen, die auf sie herabstarrten. Sie lachten, zupften an ihrem Haar, spuckten ihr Kleid an. Elizabeth wurde genauso behandelt, und Jassy hörte ihre Schwester schluchzen.

Wütend sprang sie auf und stürzte sich auf die junge Frau, die gerade an ihrem Haar gerissen hatte. Ehe Powan das Haus betrat, gelang es ihr, die Indianerin auf den Boden zu werfen.

Der Häuptling packte Jassy am Arm und zerrte sie von ihrer Gegnerin weg. »Camerons Frau, Sie werden sich anständig benehmen.«

»Sagen Sie lieber diesen Weibern, sie sollen sich benehmen!« fauchte sie, und er grinste.

»Die werden Ihnen nichts tun. Aber das Blut unserer Krieger klebt an Ihnen. Das stört die Frauen. Deshalb wollen sie es wegwaschen.«

»Das ist alles?« flüsterte sie hoffnungsvoll.

»Vorerst«, erwiderte er unheilvoll. Mehr verriet er nicht. Er verließ das Haus, und die Indianerinnen führten die weißen Frauen nach draußen, vorbei an einem kreisrunden, von Pfählen umgebenen Aschenplatz und einem blutigen Felsblock. Jassy wurde blaß. Sie wußte, was dieser Felsen war, ein Opferaltar. Beißender Brandgeruch lag in der Luft. Sie stolperte und wäre hingefallen, hätten die Indianerinnen sie nicht gestützt. Offenbar waren sie nicht die einzigen Gefangenen, die man in der vergangenen Nacht hierhergebracht hatte. Einige mußten bereits auf dem Altar oder in den Flammen gestorben sein.

»O Gott!« stöhnte Elizabeth.

»Schau nicht hin!« flüsterte Jassy.

Sie erreichten einen Bach zwischen dichten Bäumen. Jassy sah ihre Schwester schwanken, riß sich von den Frauen los, die sie festhielten, und eilte zu ihr.

Von Krämpfen geschüttelt, übergab sich Elizabeth. Mitfühlend legte Jassy einen Arm um ihre Schultern und strich ihr das wirre Haar aus der Stirn. »Alles wird wieder gut.«

»Nein! Das werden sie auch mit uns machen.«

»Powan läßt es niemals zu.«

»Der wird sogar das Feuer anzünden, in dem wir ı Tod finden sollen.«

Jamie wird uns retten...«

ıssy wurde von ihrer Schwester weggezerrt. Die ıanerinnen rissen ihnen die Kleider vom Leib stießen sie in den Bach. Das Wasser war eiskalt, Jassy schnappte keuchend nach Luft.

Auch die Indianerinnen zogen sich aus und sprangen in den Bach. Die Kälte schien ihnen nichts auszumachen. Mit Sand und Steinen schrubbten sie die Körper der beiden Gefangenen. Jassy schrie wie am Spieß, als ihre schmerzenden Brüste ebenso unsanft behandelt wurden wie ihr restlicher Körper.

Später lag sie erschöpft neben Elizabeth auf einem Felsen, um in der Sonne zu trocknen. Die Indianerinnen gaben ihnen kurze Lederkleider, aber keine Schuhe. Jassy nahm an, daß man sie barfuß laufen ließ, um Fluchtversuche zu unterbinden. Die meisten Frauen trugen weiche Mokassins.

Sie kehrten in Powans Haus zurück, wo man ihnen Schüsseln mit Fleischstücken in einer dickflüssigen Sauce gab. Jassy betrachtete das Essen mißtrauisch, aber sie war hungrig und so kostete sie es vorsichtig. Es schmeckte erstaunlich gut. Nach der Mahlzeit erschien Hope und erklärte, sie hätten einen Hasen verspeist. Sie könnten unbesorgt alles zu sich nehmen, was man ihnen gab, denn die Pamunkees pflegten ihre Gefangenen nicht zu vergiften. Falls sie getötet werden sollten, würde das im Rahmen eines großen Festes geschehen, weil man ein solches Vergnügen in vollen Zügen genießen wollte.

»Was werden sie mit uns machen?« fragte Jassy.

»Darüber beraten sie gerade. Pocanough sagt, er

will Sie haben. Powan sagt nein. Das habe er zu bestimmen, weil er der Häuptling sei. Er möchte abwarten, ob Ihr Mann das Massaker überlebt hat und herkommen wird, um Sie zu holen.«

»Irgend jemand wird ganz sicher kommen. Vielleicht aus einem anderen Hundred.«

»Vielleicht. Aber nicht nur Carlyle Hundred wurde angegriffen. In Martin's Hundred wurde die Hälfte aller Bewohner getötet. Jamestown wurde verschont, dort waren die Leute gewarnt worden. Lord Cameron konnte viele Menschen retten. Nicht zuletzt, weil Sie ihn veranlaßt hatten, Alarm zu schlagen.«

»Fast die ganze Virginia-Kolonie wurde überfallen?« wisperte Elizabeth entsetzt.

Hope nickte. »Opechancanough hat es befohlen.«

»Warum?« fragte Jassy.

»Wahrscheinlich will er sein Land wiederhaben.«

Impulsiv berührte Jassy die Hand der Halbindianerin. »Danke, daß Sie mit uns gekommen sind, Hope. Das wäre nicht nötig gewesen. Wieso haben Sie es getan?«

Hope senkte beschämt den Kopf. »Weil ich etwas wiedergutmachen wollte. Ich war eifersüchtig auf Sie und versuchte, Ihren Mann für mich zu gewinnen. Deshalb gab ich vor, ihn sehr gut zu kennen – um Sie in Wut zu bringen. Das war falsch von mir. Er liebt Sie sehr.«

»Das glaube ich nicht«, entgegnete Jassy seufzend.

»Doch, er liebt Sie über alles, und wenn es in seiner Macht steht, wird er herkommen. Powan erwartet ihn, und Pocanough will Lord Cameron töten. Aber der Häuptling sagt, der Lord sei immer gerecht gewesen, und deshalb möchte er auch ihm Gerechtigkeit widerfahren lassen. Pocanough soll mit Ihrem Mann kämpfen, und der Sieger wird Sie bekommen, Lady. Wenn beide sterben, gehören Sie Powan. Jetzt besprechen sie gerade, in welcher Form der Kampf stattfinden soll.«

Jassy erschauerte und schaute ihre Schwester an. Aber Elizabeth hatte anscheinend nicht zugehört. Ausdruckslos starrte sie ins Leere.

Am Nachmittag kam eine Indianerin zu den Gefangenen. Sie stellte einen Mörser mit Stößel auf den Boden, legte einen Sack mit Getreidekörnern daneben und bedeutete ihnen, sie müßten arbeiten. Entschieden schüttelte Jassy den Kopf, und Elizabeth folgte ihrem Beispiel. Die junge Frau runzelte ärgerlich die Stirn und holte eine ältere, die mit einem lange Schilfrohr auf Jassy einschlug.

Schreiend legte sich Jassy auf den Bauch, so daß die Hiebe nur ihren Rücken trafen. Und dann spürte sie plötzlich keine mehr. »Hören Sie auf!« kreischte Elizabeth.

Verblüfft drehte sich Jassy um und sah, wie ihre Schwester – ihre sanftmütige, scheue Schwester – auf der alten Indianerin lag und ihr das Schilfrohr entwand. Sie eilte Elizabeth zu Hilfe, und in diesem Augenblick betrat Powan das Haus. Wütend packte er die beiden Gefangenen an den Haaren und zerrte sie von der alten Pamunkee-Frau weg, die sich lauthals beschwerte. Er schickte die Indianerinnen weg, hob das Schilfrohr auf und schwenkte es durch die Luft. »Ihr müßt arbeiten. Hier arbeitet jeder. Wenn ihr euch noch einmal weigert, lasse ich euch blutig schlagen.«

Er verließ das Haus, und sie begannen widerstrebend die Getreidekörner zu mahlen. Jassy lächelte ihre Schwester an. »Du warst wirklich sehr mutig.«

Elizabeth errötete. »Ich konnte doch nicht untätig mitansehen, wie sie dich verprügelte.«

Etwas später erschien Hope und erklärte, hier müsse jeder für das Essen arbeiten, das er bekomme. Jassy und Elizabeth zuckten die Schultern. Wenn sie ihr tägliches Brot verdienen mußten, um zu überleben, würden sie es eben tun – bis Jamie kam. Falls er noch nicht tot war. Und falls er Pocanough besiegte.

Als Powan am Abend ins Haus zurückkehrte, packte er seine Gefangenen an den Haaren und zerrte sie vom Boden hoch. Lächelnd spielte er mit dem Amulett, das an Jassys Hals hing, dann griff er in den Ausschnitt ihres Lederkleids, riß es bis zur Taille auf und entblößte ihre schweren, schmerzenden Brüste. »Sie führen mich in Versuchung, Camerons Frau.«

Gedemütigt biß sie die Zähne zusammen, während seine Finger über die Spitzen ihrer Brüste glitten.

»Ja, Sie reizen mich«, fuhr er fort. »Aber James Cameron ist ein Mann, dem ich die Gelegenheit geben will, seine Frau zurückzuerobern.«

Ihr Atem stockte, als sie sah, wie Elizabeth mit beiden Fäusten auf Powans Rücken einschlug. Die tapfere junge Frau wagte sogar einen indianischen Krieger anzugreifen, um ihre Schwester zu schützen.

»Elizabeth!« rief Jassy warnend, aber es war zu

spät. Powan wandte sich von ihr ab und zog ihre Schwester grinsend an sich.

»Nein«, flüsterte Elizabeth voller Angst.

»Powan, bitte...«, flehte Jassy. »Sie ist Lord Camerons Schwägerin. Sie fürchtet sich so vor Ihnen – und wird Sie hassen...«

»Sie ist nicht Camerons Frau, und eine Gefangene muß den Mann, der sie in seiner Gewalt hat, nicht lieben.«

»Das dürfen Sie nicht!« schrie Jassy und warf sich auf ihn. Schluchzend zerkratzte sie ihm das Gesicht, dann schleuderte er sie zu Boden und stürzte sich auf sie, obwohl Elizabeth ihn daran zu hindern suchte. Er drehte Jassy auf den Bauch, fesselte ihr mit einer Lederschnur die Hände am Rücken und schleifte sie in eine Ecke, wo er sie an einem Pfosten festband.

»Lassen Sie sie in Ruhe!« kreischte Elizabeth und fuhr ihm mit den Fingernägeln über die nackten Schultern. Aber er ignorierte den Angriff und starrte Jassy an. »Zwingen Sie mich nicht zu vergessen, wer Sie sind, Camerons Frau!« drohte er.

»Sie können nicht...«, begann sie, doch er beachtete sie nicht. Erbost zerrte er Elizabeth aus Jassys Blickfeld.

Sie hörte, wie sich ihre Schwester weinend wehrte. Aber Elizabeth kämpfte auf verlorenem Posten. Ein schriller Schrei verriet, daß der Indianer brutal seinem Verlangen nachgab, ein heftiges Keuchen folgte und schließlich ein zufriedenes Grunzen, als seine Lust gestillt war.

Die ganze Nacht hörte Jassy ihre Schwester schluchzen. Und sie konnte nicht zu ihr gehen, konnte sie nicht trösten. Powan lag neben Elizabeth, und im schwachen Feuerschein sah Jassy, wie er das Mädchen mit seinem starken braunen Arm festhielt. Sie selbst fand keinen Schlaf.

Ehe Powan am Morgen das Haus verließ, zerschnitt er Jassys Fesseln und ignorierte ihren vorwurfsvollen Blick. Sobald er hinausgegangen war, kroch sie zu ihrer Schwester und berührte ihre Wange.

Erschrocken zuckte Elizabeth zusammen, dann erkannte sie Jassy und schaute sie mit tränenfeuchten Augen an. »Oh, es war so gräßlich.«

Jassy nahm sie in die Arme, wiegte sie besänftigend hin und her, und Elizabeth gelobte wütend, eines Tages würde sie Powan das Herz aus der Brust schneiden und ins Feuer werfen.

Als sie sich beruhigt hatte, brachten sie ihre Kleider einigermaßen in Ordnung und gingen zum Bach. Die Indianer schauten ihnen nach, aber niemand hielt sie auf. Immer wieder sah sich Jassy um, in der Hoffnung, eine Fluchtmöglichkeit zu finden, aber sie wurden von allen Seiten beobachtet.

»Er wird es wieder tun«, jammerte Elizabeth, und Jassy konnte es nicht bestreiten.

»Wir werden fliehen«, versprach sie.

Doch das gelang ihnen weder im Lauf des Tages noch am Abend. Powan fesselte Jassy erneut an den Pfosten, um sich dann mit Elizabeth zu vergnügen. Diesmal schrie das Mädchen nicht und ließ resignierend alles über sich ergehen.

Zwei Wochen später war die Flucht noch immer nicht geglückt. Inzwischen hatten die beiden Gefangenen die Lebensart der Indianer kennengelernt. Der Häuptling verbrachte den Großteil seiner Zeit auf Versammlungen. Außerdem ging er täglich zur Jagd. Ein Pamunkee durfte sich so viele Frauen nehmen, wie er wollte, solange er sie ernähren konnte. Und so war es nur natürlich, daß Powan die weißen Ladys für sich beanspruchte und als Geiseln festhielt, um gegebenenfalls Lösegeld zu fordern. Im großen und ganzen wurden sie in Ruhe gelassen. Hope teilte ihnen regelmäßig mit, was im Dorf geschah.

Morgens badeten sie im Bach, dann arbeiteten sie, zermahlten Getreidekörner, flickten Kleider, rupften wilde Truthähne oder häuteten andere Jagdbeute. Jassy machte es nichts aus, sich mit diesen Dingen zu beschäftigen, denn die lenkten sie ein wenig von ihren schmerzlichen Gedanken ab.

Sie haßte die Nächte, wo sie mit anhören mußte, wie Powan mit ihrer Schwester schlief, wo sie sich angstvoll fragte, ob Daniel gut betreut wurde und sie vermißte. Genauso qualvoll war die Überlegung, ob und wann Jamie kommen würde. Wenn er noch lebte, würde er sie retten. Das gebot ihm sein Ehrgefühl, mochte er sie lieben oder nicht. Er mußte sie befreien, und sei es auch nur, um sie nach England zurückzuschicken.

Während der dritten Woche begann sich die Atmosphäre zu ändern. Nachts hörte sie andere Geräusche. Offenbar hatte Powan beschlossen, ihre Schwester nicht mehr zu vergewaltigen, sondern zu verführen. Elizabeth stöhnte leise – nicht mehr gequält wie zuvor, sondern eher lustvoll. Einmal sah Jassy die beiden im Feuerschein stehen, und der Indianer streichelte Elizabeths weißen Körper. Beschämt schloß sie die Augen und drehte sich zur Wand. Sie vernahm ein Flüstern, das alles und nichts bedeuten konnte, versuchte, nicht zu lauschen, vermochte aber das Gefühl der Sehnsucht nicht zu unterdrücken, das in ihr aufstieg. Wenn sie doch bei Jamie läge – so wie Elizabeth bei dem Pamunkee...

Er nannte Elizabeth seinen goldenen Vogel und schien immer mehr für sie zu empfinden. Und sie errötete jedesmal, wenn sein Name genannt wurde. Jassy begann ernsthafte Fluchtpläne zu schmieden.

Am fünfundzwanzigsten Morgen der Gefangenschaft stellte sie fest, daß sich nur wenige Krieger im Dorf aufhielten. Die Frauen gingen ihren täglichen Pflichten nach. Sie achteten kaum noch auf die beiden weißen Ladys. »Wenn wir nach unserem Bad im Bach einfach in den Wald gehen, wird man uns erst ein paar Stunden später vermissen«, erklärte Jassy ihrer Schwester.

»Aber wir wissen doch gar nicht, wo wir sind.«

»Der James River liegt im Süden. Wenn wir ihn gefunden haben, brauchen wir ihm nur zu folgen.«

»Wir müßten zu Fuß gehen. Und sie würden uns nachreiten.«

»Wir verstecken uns. Nach einiger Zeit werden sie's aufgeben und umkehren. Und vielleicht treffen wir im Wald weiße Männer, die uns suchen.«

Endlich stimmte Elizabeth zu.

Als Hope ihnen einen Truthahn brachte, den sie rupfen sollten, erklärte Jassy ihr flüsternd, sie würden an diesem Morgen fliehen. »Kommen Sie mit?«

Die Halbindianerin überlegte eine Weile. »Nein. Wenn man uns erwischt, würde ich als Verräterin gelten und streng bestraft werden.«

Jassy fragte nicht, was man dem Mädchen antun würde. Sie wollte es nicht wissen. Spontan umarmte sie Hope und versicherte, sie würden sich bestimmt wiedersehen.

Eine halbe Stunde später wanderte sie mit ihrer Schwester in den Wald. Als sie mehrere Pferde entdeckte, zog sie Elizabeth in ein Gebüsch. Sie hatte die scheckige Stute wiedererkannt, auf der sie nach ihrer Gefangennahme mit Pocanough ins Dorf geritten war. »Offenbar gehen die Männer hier in der Nähe auf die Jagd«, wisperte sie.

»Was wollen wir tun?«

»Wir warten, bis sie wegreiten.«

Nach einigen Minuten erschien Pocanough mit fünf Kriegern und band mehrere Fasane an seinem Pferd fest, die er mit Pfeil und Bogen erlegt hatte. Lachend stiegen die Indianer auf, um den Heimweg anzutreten.

Plötzlich schnappte Elizabeth nach Luft, und Jassy hörte ein leises Zischen. Dicht vor ihnen hatte sich eine angriffslustige Schlange aufgerichtet.

»Oh, verdammt!« Jassy packte ihre Schwester und wälzte sich mit ihr aus dem Gebüsch – direkt vor die Pferdehufe. Pocanough zügelte seine Stute und stieg ab.

Als Jassy das bösartige Funkeln in seinen Augen sah, sprang sie entsetzt auf und lief davon. Ihre Angst vor Schlangen war vergessen. In wilder Panik stürmte sie in die Büsche, gefolgt von Pocanough.

In diesem Wald kannte er sich besser aus als sie. Und so stand er auf einmal vor ihr. Offenbar hatte er ihr den Weg abgeschnitten. Keuchend preßte sie eine Hand auf ihre Brust und wich zurück. Der Pamunkee grinste, sprang sie an und riß sie mit sich zu Boden. Schreiend wand sie sich unter ihm hin und her und zerkratzte seine Wange. Das brachte ihn in helle Wut, und er schlug mit aller Kraft in ihr Gesicht. Ein heftiges Schwindelgefühl erfaßte sie. Er hob die Hand, um sie noch einmal zu ohrfeigen, doch da legten sich bronzebraune Hände auf seine Schultern und zerrten ihn von ihr weg.

Mit jedem Tag war Jamies Verzweiflung gewachsen. Die ganze Halbinsel hatte er abgesucht und sich trotz des Massakers zu Opechancanough gewagt. Er betrat das Indianerdorf in so arroganter Haltung, daß der verdutzte Häuptling ihn am Leben ließ. Opechancanough erklärte, Powan halte Jamies Frau und dessen Schwägerin fest. Aber er wisse nicht, wo Powan sei. Jamie müsse ihn suchen. Das sei allerdings gefährlich. Ja, er habe den Angriff auf die Weißen befohlen, weil er von einer Vision verfolgt worden sei. Er träumte, daß immer mehr weiße Siedler ins Land kommen würden, um die Indianer zu verdrängen und die ruhmreiche Powhatan-Konföderation zu vernichten. »Die Engländer müssen verschwinden. Das wissen meine Leute. Wenn sie Ihnen im Wald begegnen, werden Sie vermutlich sterben, James Cameron.«

»Sie vergessen, daß ich von den Powhatans gelernt habe, wie man sich im Wald bewegt. Und ich muß meine Frau befreien. Ich kann nicht anders handeln. Das sollten Sie verstehen.«

Die Tage verstrichen, und er fand das Dorf nicht, wo Powan wohnte. Er traf Stämme von den Chickahominies, die ihm nicht feindlich gesinnt waren, aber keine Hinweise geben konnten. Schließlich fand er einen Medizinmann, der ihm den Weg zu einem Dorf tief im Innern des Waldes beschrieb.

Diesem Weg folgte Jamie. Eines Vormittags rastete er am Ufer eines Bachs, warf Steine ins Wasser und quälte sich mit schrecklichen Fantasiebildern. Opechancanough hatte seinen Leuten befohlen, alle Weißen zu töten – Frauen und Männer. Trotzdem war es möglich, daß Powan die Frau und die Schwägerin Lord Camerons gefangenhielt, um Lösegeld zu fordern. Aber wenn sie ihn in Wut brachten – wenn er sie ermordete...

Soviel er wußte, waren Jassy und Elizabeth von einem Krieger namens Pocanough entführt worden, einem temperamentvollen jungen Mann, der seinem Häuptling Powan vielleicht nicht immer gehorchte und nach eigenem Gutdünken mit den weißen Frauen verfuhr...

Gepeinigt schloß Jamie die Augen, als er sich vorstellte, wie der Krieger Jassy vergewaltigen oder schlagen oder umbringen könnte. Und die arme unschuldige Elizabeth... Er mußte die beiden Frauen finden – koste es, was es wolle...

Plötzlich hörte er einen Schrei. Oder war es nur eine Ausgeburt seiner schmerzlichen Fantasie? Da erklang ein zweiter Schrei. Jamie sprang auf und zog sein Messer aus der Scheide im Stiefelschaft. Nun raschelten Blätter, knackten Zweige. Er trat in den Schatten eines Beerenstrauchs, und dann sah er einen Pamunkee auf eine kleine Lichtung laufen. Der Indianer blieb stehen und schien zu warten, ein teuflisches Grinsen verzerrte seine Lippen.

Und dann erschien Jassy in einem indianischen Lederkleid, kurz und ärmellos. Das offene blonde Haar wehte wie eine goldene Fahne hinter ihr her, als sie ahnungslos dem Pamunkee entgegenrannte. Er stürzte sich auf sie, fiel mit ihr zu Boden, schlug sie mit grausamer Kraft.

Jamie sah rot. Er sah das Rot des Blutes, das Carlyle Hundred befleckt hatte, das heiße Rot der Morgensonne, das Rot seiner eigenen Wut, das ihn zu blenden drohte. Er schob das Messer in die Scheide zurück, stürmte zu dem Krieger und riß ihn von seiner Frau weg. Der junge Mann war kein Feigling und auch kein Schwächling. Aber der Zorn verlieh Jamie übermenschliche Kräfte, und er hatte in vielen Schlachten kämpfen gelernt. Er warf sich auf den Indianer, hieb immer wieder seine Faust in das stolze Gesicht. Dann bäumte sich der Pamunkee auf und schleuderte ihn von sich.

»Jamie!«

Er hörte die Angst in Jassys Stimme, die verzweifelte Sorge, die ihm wie süße Musik erschien. Und er wollte sie anschauen, in seine Arme nehmen. Doch das durfte er noch nicht. Er mußte sich auf den Kampf konzentrieren.

Hart landete er am Boden, sprang aber sofort wieder auf und wich einem Angriff des Indianers aus, der gegen einen Baum prallte, von seiner eigenen Schwungkraft getrieben. Jamie stürzte sich auf ihn, um ihn wieder mit beiden Fäusten zu bearbeiten. Verbissen wehrte sich sein Gegner. Als Jamie von einem Schlag getroffen wurde, taumelte er nach hinten, und der Pamunkee zog sein Messer. Jamie folgte diesem Beispiel. Lauernd umkreisten sie einander auf der kleinen Lichtung.

»Cameron!« rief der Indianer, dann redete er in seiner Stammessprache weiter, und Jamie verstand jedes Wort. Die weiße Frau hatte sich gegen

Powan aufgelehnt und war geflohen. Er selbst hatte sie erobert. Und Cameron mußte sterben.

Pocanough machte einen Satz nach vorn, und Jamie schmetterte eine Faust gegen die Schulter des Indianers, der auf die Knie sank, und hielt ihm die Klinge an die Kehle.

Plötzlich krachte ein Schuß. »Nein!« rief eine gebieterische Stimme.

Verblüfft drehte Jamie sich um, ohne das Messer von Pocanoughs Hals zu nehmen. Powan war auf die Lichtung geritten und hatte einem seiner Begleiter befohlen, eine Muskete abzufeuern. Und vor ihm auf dem großen braunen Hengst saß Jassy. Angstvoll starrte sie Jamie an, der dem Häuptling erklärte: »Ich bin gekommen, um meine Frau und die Mutter meines Sohnes zu holen.«

»Diese Streitfrage muß in Anwesenheit aller Pamunkees geklärt werden«, entschied Powan und musterte Pocanough verächtlich. »Ihr werdet um sie kämpfen. Sie gehört keinem von euch beiden, sondern mir. Wenn ihr beide im Zweikampf fallen werdet, gehört sie immer noch mir. Sollte einer von euch den anderen im gerechten Kampf vor Zeugen töten, gehört sie dem Sieger.« Zu seinen Männern gewandt fuhr er fort: »Bringt sie ins Dorf. Morgen werden sie kämpfen.«

Jamie ließ das Messer fallen. Er hätte Pocanough töten können, und er wollte es auch. Aber dann hätten die anderen ihn auf der Stelle umgebracht. Er würde Jassy nur zurückgewinnen, wenn er sich Powans Wünschen fügte. Willig folgte er den Indianern. Als er an seiner Frau vorbeiging, schaute er sie nicht an. Er spürte ihren Blick und fragte sich, was sie wohl dachte.

An diesem Abend trafen die Pamunkees ihre Vorbereitungen für das morgige Fest. Sie tanzten um ein großes Lagerfeuer herum. Die Frauen hatten ihre nackten Körper mit Beerensaft bemalt. Aufreizend wiegten sie sich hin und her. Die Szene erinnerte Jamie an die Zeiten, wo er mit Kapitän Smith zu den Indianern gereist war. Damals hatte er als Gast an solchen Feiern teilgenommen. Jetzt sollte er selbst für Unterhaltung sorgen.

Sie hatten ihn zum Bach geführt, um ihn baden zu lassen, und ihm dann einen Lendenschurz angelegt. Nun saß er am Feuer neben Powan, und als die Frauen verschwanden, erhob sich der Häuptling, um seinen Untertanen zu verkünden, morgen würde ein Kampf auf Leben und Tod stattfinden. Falls der Weiße überlebe, dürfe er unbehelligt mit seiner Frau wegreiten. Dies sei sein, Powans, Wort und müsse befolgt werden.

Dann wurden Jamie und Pocanough an Pfähle gebunden. Nackte, tätowierte Krieger tanzten um sie herum, schwenkten Bärentatzen. Plötzlich fuhren sie damit über die Rücken der Gefesselten. Jamie fühlte, sie seine Haut aufgerissen wurde, und biß die Zähne zusammen, um keinen Laut von sich zu geben. Ein Pamunkee durfte nicht vor Schmerz schreien, und so erduldete er schweigend alle Qualen, die ihm zugefügt wurden.

Als sie ihn losbanden, wurde ihm schwarz vor Augen, und er stürzte beinahe. Er mußte sich am Pfosten festhalten und sah voller Genugtuung, daß auch Pocanough schwankte. Sie führten ihn zu einem kleinen Haus nahe dem Wohnsitz des Häuptlings. Jamie trat ein, fiel auf die Knie, dann kroch er zu einer Matte und streckte sich darauf aus. Allmählich fühlte er sich etwas besser. Die Indianer hatten ihm ein Getränk in einem Kürbisgefäß hingestellt. Er nahm einen Schluck und vermutete, daß es sich um eine Arznei handelte, die seine Schmerzen lindern und einen erholsamen Schlaf herbeiführen sollte.

Trotzdem erwachte er mitten in der Nacht. Zunächst wußte er nicht, was ihn geweckt hatte. Das Feuer in der Mitte des Raumes war herabgebrannt, verbreitete nur noch einen schwachen, unheimlichen Schimmer. Er spürte eine kühle Brise, stützte sich auf einen Ellbogen und starrte die Erscheinung an, die vor ihm stand. Jassy... Sie war nackt, das blonde Haar fiel ihr auf die Schultern. Provozierend zitterten ihre vollen Brüste. Ihr Lederkleid lag in einer Ecke.

War sie Wirklichkeit oder nur ein Traumbild, das seine sehnsüchtigen Augen narrte? »Jassy!«

Sie legte einen Finger an die Lippen, dann stellte sie sich über ihn, mit gespreizten Beinen. Langsam sank sie auf seine Hüften herab, ihre Locken streiften seine Brust, ihre Lippen liebkosten seine Schulter. Sinnlich bewegte sie sich hin und her. Heißes Verlangen erfaßte ihn, und er wollte sie umarmen, unter seinen Körper legen.

»Nein«, flüsterte sie. Ihr Mund glitt über seine Brust und tiefer hinab, umschloß das harte Zeichen seiner Begierde. Jamie glaubte den Verstand zu verlieren. Stöhnend grub er die Finger in ihr Haar. Als er es nicht mehr ertrug, richtete er sich auf und zog Jassy hoch, so daß sie voreinander knieten. Mit verzehrender Leidenschaft küßte er sie, dann wanderten seine Lippen über ihren Hals und zu den Brüsten. Seine Zunge umkreiste eine Knospe. Hingebungsvoll saugte er daran, bis Jassy ihren Kopf in den Nacken warf und flüsternd um Erlösung von der süßen Qual flehte. Da vereinte er sich mit ihr, und gleißendes Licht schien die Nacht zu erfüllen.

Nie zuvor hatte er einen so berauschenden Liebesakt erlebt, noch nie eine so zärtliche Leidenschaft bei seiner Frau gefunden wie in diesem dunklen Indianerhaus, im ersterbenden Flammenschein.

Und sie war zu ihm gekommen...

Danach lagen sie erschöpft nebeneinander. Leise schluchzend schmiegte sich Jassy an ihren Mann. »Warum bist du hier?« fragte er. »Hat Powan dir erlaubt, mich zu besuchen?«

»Ja.«

»Hat er – dich angerührt?«

»Nein, er schläft mit Elizabeth – schon seit vielen Tagen.« Ein Schauer rann über ihren Rücken. »O Jamie, ich habe solche Angst.«

»Warum? Wenn ich sterbe, werde ich meinen Gegner in den Tod mitnehmen, das schwöre ich dir.«

»O Gott, ich will nicht, daß du meinetwegen stirbst! Ich habe dir nur Unglück gebracht...«

Liebevoll strich er ihr das Haar aus der Stirn. »Du hast mir alles gegeben – und Daniel geschenkt.«

»Daniel...«

»Mach dir keine Sorgen, er wird gut betreut. Wenn ich sterbe, wird auch Pocanough nicht mehr leben. Du mußt an Powans Ehrgefühl appellieren, als die Mutter meines Sohnes. Er wird dich zu unserem Kind gehen lassen. Ich kenne ihn.«

»O Jamie...«

»Liebe mich noch einmal, ehe der Tag anbricht, ehe du mich verlassen mußt.«

Bereitwillig erfüllte sie seinen Wunsch. Als die Morgenröte den Himmel färbte, schlüpfte sie in ihr Lederkleid und kehrte ins Haus des Häuptlings zurück.

Während die Sonne aufging, badete Jamie wieder im Bach, und nach dem Frühstück versammelten sich die Indianer, um den Kampf zu verfolgen. Jassy sah er erst am Schauplatz des großen Ereignisses wieder. Sie saß neben Elizabeth vor Powan, und die Hände des Häuptlings lagen auf den blonden Frauenköpfen.

Elizabeth versuchte Jamie ermutigend anzulächeln, Jassy bemühte sich erst gar nicht darum. Deutlich spiegelten ihre Augen die Angst wider, die sie peinigte.

Barfuß, mit nackter Brust und unbewaffnet stand er da. Hope trat vor ihn hin und reichte ihm das Messer, mit dem er kämpfen sollte. In ihrem Blick lag unerschütterlicher Glaube an seinen Sieg.

Er betrachtete das Messer. Pocanough, der ihm gegenüber Stellung bezogen hatte, war mit der gleichen Waffe gerüstet. Um den Kampf zu verlängern, hatte man kurze Klingen gewählt. Es würde nicht einfach sein, den Feind damit zu töten.

Ein Gesang stieg in die Morgenluft. Powan stand auf, hielt eine Rede und gab das Zeichen zum Beginn des Zweikampfs.

Pocanough wartete keine Sekunde lang. Knurrend wie ein Bär, stürzte er sich auf Jamie, der das Gleichgewicht verlor. Beide Männer fielen zu Boden. Sie wälzten sich hin und her, jeder versuchte auf den anderen einzustechen. Pocanoughs Messer ritzte über Jamies Rücken, über die Wunden vom letzten Abend, die noch nicht verheilt waren.

Beinahe schrie Jamie auf. Er trat nach seinem Gegner, beförderte ihn an den Rand des Kampfplatzes, sprang hoch und warf sich auf ihn. Beide Körper waren mit Bärenfett eingerieben worden, und es war ihm unmöglich, den Indianer festzuhalten. Er riß sich los, stand auf, sprang umher und wartete den nächsten Angriff ab.

Pocanough schnellte empor, seine Füße prallten gegen Jamies Brust und preßten ihm die Luft aus den Lungen. Halb betäubt, brach er zusammen.

Und da hörte er Jassy schreien. Er blinzelte, sah Pocanough auf sich zukommen. Triumphierend hob der Pamunkee das Messer, um es ihm ins Herz zu stechen.

Blitzschnell rollte sich Jamie zur Seite, und der Indianer landete am Boden. In der nächsten Sekunde lag sein Gegner auf ihm, die kurze Klinge bohrte sich zwischen die Schulterblätter des Kriegers. Pocanough hob den Kopf, in zornigem Schmerz stieß er einen ersterbenden Schrei aus, der mit einem seltsamen Gurgeln endete, dann sank sein Gesicht in den Sand.

Jamie taumelte zum Häuptling, fiel auf die Knie und schaute in Powans Augen. »Ich beanspruche meine Frau und ihre Schwester...« Erschöpft stürzte er zur Seite und fragte sich, ob ihn die Schwärze des Todes einhüllte.

»Jamie!« Sie rief seinen Namen, setzte sich zu ihm, legte seinen Kopf in ihren Schoß. Langsam öffnete er die Augen, sah Jassys Tränen und lächelte. Dann verlor er endgültig die Besinnung.

Ehe er am Abend erwachte, fragte er sich in einem unruhigen Schlaf, was Wirklichkeit und was nur ein Traum gewesen war. Als er die Augen aufschlug, saß Jassy neben ihm.

Sie war Wirklichkeit. Er richtete sich auf und griff nach ihr. »Jassy...«

»Du mußt schlafen.«

Rasch stand er auf und schüttelte den Kopf. Er war nackt, aber seine europäische Hose lag in seiner Nähe, und er zog sie an.« Ich will nicht mehr schlafen, ich möchte nach Hause – und dich von hier wegbringen.«

»Jamie...«

»Sofort.« Er umfaßte ihr Kinn und fragte sich, ob auch die zärtliche Liebe, die er in ihren Augen las, Wirklichkeit war. »Ich fühle mich gut, das schwöre ich dir. Und jetzt will ich mit dir auf Windwalker steigen und heimreiten. Hol Elizabeth.«

Sie verließ ihn und ging in Powans Haus. Jetzt, wo alles ausgestanden war, zitterten ihre Hände unkontrollierbar. Ein neues Leben begann.

Ihre Schwester saß am Feuer des Häuptlings und starrte in die Flammen. Jassy beugte sich hinab und legte ihr eine Hand auf die Schulter. »Mach dich fertig! Wir reiten nach Hause.«

Elizabeths blaue Augen füllten sich mit Tränen. »Ich werde euch nicht begleiten.«

»Was?«

»Ich erwarte ein Kind von Powan. Und ich glaube nicht, daß es in Carlyle Hundred willkommen wäre.«

»Unsinn! Wir alle werden dein Baby lieben...«

Lächelnd berührte Elizabeth die Hand ihrer Schwester. »O Jassy, du besitzt so wunderbare innere Kräfte und eine so starke, gefühlvolle Persönlichkeit. Wenn du es den Leuten befiehlst, werden sie mein Kind zweifellos lieben. Aber...« Sie zauderte, dann fügte sie leise hinzu: »Ich hatte immer Angst vor der Welt, vor den Männern – vor allem. Hier fürchte ich nichts und niemanden. Bitte, lach mich jetzt nicht aus, aber – ich glaube, ich liebe Powan. Er will mich heiraten, und er sagt, wenn er mich hat, braucht er keine anderen Frauen. Ich bin in diesem Dorf zu Hause, Jassy. Bitte, versuch mich zu verstehen – und mich trotzdem lieb zu haben.«

»Ich werde dich immer lieben, Elizabeth«, versprach Jassy.

Weinend umarmten sie sich. Als Jamie und Powan ins Haus traten, wußten sie nichts zu sagen.

Eine Stunde später, in der Abenddämmerung, ritten Jassy und Jamie auf Windwalker davon.

Es dauerte lange, bis er das Schweigen brach. »Alles in Ordnung?«

»Die Indianer haben mir nichts Schlimmes angetan.« Sie lehnte sich an seine Brust, genoß die Wärme seines kraftvollen Körpers. Und es war so tröstlich, seine Arme zu spüren.

»Jassy...« Er zögerte, und als er weitersprach, klang seine Stimme seltsam demütig. »Wenn du es wünschst, bringe ich dich nach Hause.«

»Wir sind doch auf dem Heimweg.«

»Ich meine – nach England. Natürlich müßte ich in die Neue Welt zurückkehren, aber ich werde dich nicht mehr zwingen, hier mit mir zu leben. Nie hätte ich geglaubt, daß ein solches Massaker möglich wäre...« Verzweifelt dachte er an die vielen hundert englischen Siedler, die in der gesamten Virginia-Kolonie den Tod gefunden hatten. Zu den schlimmsten Tragödien zählte die Tatsache, daß John Rolfe, Prinzessin Pocahontas' Witwer, von den Verwandten seiner Frau ermordet worden war. Der Sohn der beiden lebte glücklicherweise in England, und so war er dem Gemetzel entronnen. »Du sollst nie wieder Angst haben«, flüsterte Jamie, »und nie mehr in Gefahr schweben.«

Jassy drehte sich um und schaute ihn an. Sanft berührte sie die Bartstoppeln auf seiner Wange. »Ich habe keine Angst.«

»Ich werde dich nach England bringen.«

Entschlossen zügelte sie Windwalker, schwang ein Bein über den Pferderücken und sprang zu Boden, dann starrte sie ärgerlich zu Jamie herauf. »Warum hast du mich denn aus der Gefangenschaft befreit, mein großartiger Lord Cameron? Nur um mich loszuwerden?«

»Ich sagte nur...«

Lächelnd fiel sie ihm ins Wort. »Du hast mich geheiratet, und ich lasse mich nicht so einfach abschieben. Mein Zuhause ist hier.«

»Was?« Skeptisch hob er die Brauen.

»Ich bin deine Frau, es ist mein gutes Recht, hierzubleiben, und genau das habe ich auch vor.« Nach einer kleinen Pause fügte sie leise hinzu: »Wirklich, Jamie – ich bin zu Hause.«

Er schwang sich vom Pferd, und ein Hoffnungsstrahl glänzte in seinen Augen. »Wir haben kein Zuhause«, erwiderte er mit rauher Stimme. »Das Feuer hat nur die Grundmauern unseres Heims verschont.«

Jassy biß sich auf die Unterlippe, um ihre Tränen zurückzuhalten. »Wenn die Grundmauern noch stehen, haben wir alles, was wir brauchen.«

Er umklammerte ihre Arme so fest, daß es weh tat, aber sie protestierte nicht und hielt seinem eindringlichen Blick stand. »Du willst wirklich hierbleiben?« fragte er atemlos.

»Ja!«

»Warum?«

»Warum?« wiederholte sie.

»Warum?« brüllte er, rücksichtslos und unbarmherzig wie eh und je.

Sie riß sich los, und jetzt rollten heiße Tränen über ihre Wangen. Zitternd grub sie ihre Fingernägel in die Handflächen und schrie zurück: »Weil ich dich liebe, du dummer, arroganter Kerl!«

»Was?« donnerte Jamie und machte einen Schritt auf sie zu. Wollte er sie packen, um die Unverschämtheit aus ihr herauszuschütteln? Sie wollte fliehen, aber er schlang einen Arm um ihre Taille, sie fielen beide ins Gras. Er saß auf ihren Hüften und hielt ihre Handgelenke fest. »Sag das noch mal.«

»Du dummer, arroganter...«

»Nein!«

»Du wolltest doch...«

»Ich meine das andere. Verdammt, sag es!«

Neue Tränen brannten in ihren Augen. Sie wollte schreien, konnte aber nur flüstern. »Ich liebe dich, Jamie.«

»Noch mal.«

»Ich liebe dich...«

Seine Lippen verschlossen ihr den Mund – zärtlich, hungrig und betörend. Er küßte sie, als gäbe es nichts Wichtigeres auf der Welt, und vielleicht gab es in diesem Augenblick, im dunkelgrünen Schatten des Waldes, tatsächlich nichts, was von größerer Bedeutung gewesen wäre.

Als er den Kopf hob, lächelte er so glücklich, daß sie überwältigt die Arme um seinen Hals schlang. Behutsam strich er mit einem Daumen über ihre Wange. »Kannst du mich wirklich lieben?«

»O ja, Jamie. Bitte, schick mich nicht weg!«

»Das wollte ich nie. Ich hatte nur beschlossen, deinen Wunsch zu erfüllen und dich freizugeben.« Eindringlich fuhr er fort: »Ich habe dich nicht geheiratet, um eine starke Frau zu bekommen, die in dieser Wildnis überleben kann, sondern wegen deines unbeugsamen Geistes, wegen der Leidenschaft in deinen Augen und in deiner Seele. Und seit ich diese schlummernde Leidenschaft geweckt hatte, geriet ich immer tiefer in deinen Bann. Ich liebe dich schon so lange...«

»Das hast du aber sehr gut verborgen«, warf sie ihm vor, und er lachte.

»Nun ja, du hast nach Robert Maxwell geschmachtet, und ich bin ein stolzer Mann.«

»Seltsam – das ist mir noch gar nicht aufgefallen«, scherzte Jassy, dann wurde sie sofort wieder ernst. »Ich habe mich geirrt, die ganze Zeit. Du warst es, der den Sarg für meine Mutter bezahlt hat, nicht wahr?« Er schwieg, und sie lächelte. Roberts feiges Verhalten am Tag des Indianerangriffs würde sie nicht erwähnen. Darauf kam es jetzt nicht an. Eine andere Tatsache war viel wichtiger. »Ich liebe Robert schon lange nicht mehr.«

»Wieso nicht?«

»Nachdem du mein Herz erobert hattest, war darin kein Platz mehr für ihn. Du sagtest einmal, ich würde dich nie vergessen. Und du hast recht behalten. Als du dich von mir abwandtest, konnte ich es kaum ertragen.«

Stöhnend preßte er sein Gesicht an ihren Hals. »Ich glaubte, du würdest mich immer noch verabscheuen, und ich wollte dich zu nichts mehr zwingen.«

»Jamie! Hast du nicht gemerkt, wie schnell ich dahinschmelze, sobald du mich anrührst?«

»Wir sind beide stolz und eigensinnig, und das hätte uns beinahe das Glück einer gemeinsamen Zukunft gekostet. Daß ich deine Leidenschaft entfacht hatte, wußte ich. Aber ich wollte deine Liebe.«

»Die hast du – für immer.«

Über ihnen raschelten die Zweige, eine sanfte Brise wehte durch den Wald. Sie küßten sich wieder, und als ihre Körper miteinander verschmolzen, waren sie sich so nah wie nie zuvor. Jassys geflüsterte Liebesworte führten Jamie zu ungeahnten Höhen der Lust empor, und seine Schwüre spornten ihre Ekstase immer wieder von neuem an.

Später lagen sie zufrieden in der dunklen Stille, die Nachtluft kühlte ihre erhitzte nackte Haut. Schließlich zogen sie sich an und setzten die Reise fort. Sie hatten einen weiten Weg vor sich, doch die Zeit wurde ihnen nicht lang, während sie von der Vergangenheit und der Zukunft sprachen.

Endlich erreichten sie Carlyle Hundred. Der Wachtposten hatte sie bereits entdeckt, und trotz der späten Stunde eilten ihnen viele Leute entgegen und winkten aufgeregt. Glücklich lehnte sich Jassy an die Brust ihres Mannes. »Wir sind zu Hause, Jamie.«

»Unser Heim existiert nicht mehr.«

Lächelnd drehte sie sich zu ihm um. »Aber die Grundmauern stehen noch. Und darauf bauen wir uns ein schönes neues Haus.«

»Ja, meine Liebste.« Er schlang seine Finger in ihre, und beide wußten, daß die wichtigsten Grundfesten nicht aus Ziegeln bestanden, sondern in ihren Herzen lagen.

Jamie trieb Windwalker an, und sie ritten weiter. Ihr Heim und ihr kleiner Sohn warteten – und ein goldener Morgen.

# JOHANNA LINDSEY

01/6641

**Johanna Lindsey schreibt romantische und abenteuerliche Liebesromane, die Millionen Leser in aller Welt fesseln.**

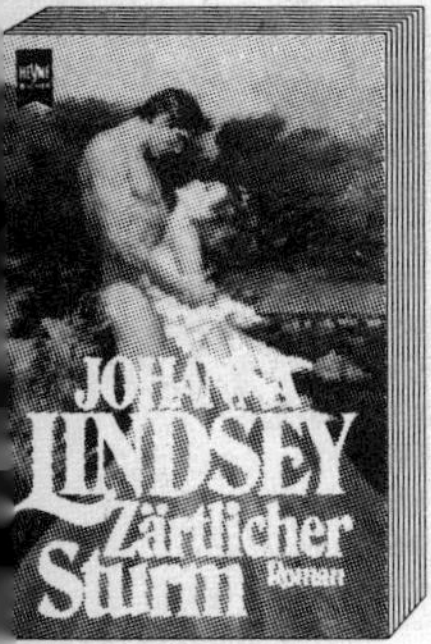


01/6883

01/6976

01/7672

01/7746

01/7843

01/7928

Wilhelm Heyne Verlag München

HEYNE BÜCHER

# Romane für »SIE«

Romane um Liebe, Abenteuer, Leidenschaft und Verrat – vom großen historischen Liebesroman bis zum modernen Roman aus der Glitzerwelt des Jet-Set. Ausgewählte internationale Autoren des Genres garantieren Spannung und Lesevergnügen.

04/19

04/20

04/21

04/22

04/23

04/24

*Wilhelm Heyne Verlag München*

HEYNE BÜCHER

# Ellen Tanner Marsh

Faszinierende Romane über leidenschaftliche Liebe und romantische Abenteuer

01/7796

01/7882

01/7962

01/8034

01/8174

01/8219

**Wilhelm Heyne Verlag München**

HEYNE BÜCHER

# Romane für »SIE«

Romane um Liebe, Abenteuer, Leidenschaft und Verrat – vom großen historischen Liebesroman bis zum modernen Roman aus der Glitzerwelt des Jet-Set. Ausgewählte internationale Autoren des Genres garantieren Spannung und Lesevergnügen.

04/25

04/26

04/27

04/28

04/29

04/30

Wilhelm Heyne Verlag München

HEYNE BÜCHER

# Susan Howatch

*Die bewegenden, mitreißenden Gesellschaftsromane der englischen Bestseller-Autorin Ein faszinierendes Lesevergnügen*

01/7908

01/5715

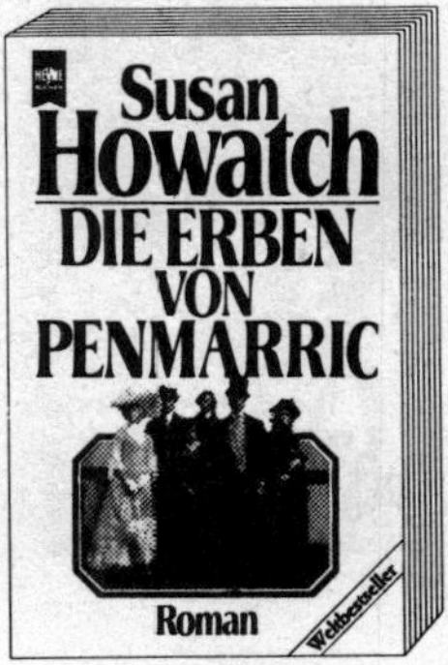

01/5820

01/5859

01/5920

01/5974

01/6015

Wilhelm Heyne Verlag München

HEYNE BÜCHER

# Romane für »SIE«

Romane um Liebe, Abenteuer, Leidenschaft und Verrat – vom großen historischen Liebesroman bis zum modernen Roman aus der Glitzerwelt des Jet-Set. Ausgewählte internationale Autoren des Genres garantieren Spannung und Lesevergnügen.

04/31

04/32

04/33

04/34

04/35

04/36

*Wilhelm Heyne Verlag München*